L'inoubliable étreinte

Amants ou ennemis ?

LISA JACKSON

L'inoubliable étreinte

Traduction française de
ADELINE EVENS

Passions

HARLEQUIN

Collection : PASSIONS

Titre original :
THE MCCAFFERTYS : THORNE

Ce roman a déjà été publié en 2014

HARPERCOLLINS FRANCE
83-85, boulevard Vincent-Auriol, 75646 PARIS CEDEX 13
Service Lectrices — Tél. : 01 45 82 47 47

www.harlequin.fr

ISBN 978-2-2804-1647-4 — ISSN 1950-2761

Prologue

— Mon fils, annonça John Randall McCafferty, j'ai quelque chose d'important à te dire.

— Je t'écoute, répondit Thorne.

— Voilà : tu as trente-neuf ans, Matt en a trente-sept, et Slade, ce gamin, trente-six. Aucun de vous n'est marié et je n'ai pas de petits-enfants.

Il fronça les sourcils et reprit :

— Et votre sœur non plus n'est toujours pas installée.

— Randi n'a que vingt-six ans, papa.

— C'est déjà assez, déclara le vieil homme affaibli, serrant si fort les accoudoirs de son fauteuil roulant, « le machin », comme il l'appelait, que ses mains en devinrent toutes blanches.

Il avait demandé à Thorne de le conduire jusqu'à la barrière de la propriété, à quelques centaines de mètres de la maison. En dépit de la chaleur estivale, ses jambes étaient enroulées dans une épaisse couverture de laine. Sur ses genoux, il tenait une canne, autre symbole haï de sa déchéance.

— Je suis sérieux, Thorne. Je veux être sûr que la dynastie des McCafferty ne s'éteindra pas avec vous.

— C'est une vision très archaïque des choses, papa.

A son âge, Thorne estimait qu'il n'avait d'ordres à recevoir de personne. Surtout pas de son père.

— Eh bien, c'est comme ça ! Bon sang, Thorne, tu sais bien qu'il ne me reste plus longtemps à passer sur cette terre ! s'écria John Randall en plantant sa canne dans le sol avec rage.

Harold, le vieux chien du ranch, lança un aboiement de

désapprobation depuis le porche de la maison, et un mulot fila sous les ronces.

— Je ne te comprends pas, grommela le patriarche. Tout cela aurait pu être à toi, mon garçon. Regarde.

Il fit un geste circulaire avec sa canne.

Thorne embrassa le paysage du regard. De jeunes poulains aux jambes graciles gambadaient dans un pré. Un peu plus loin, un troupeau de vaches se dirigeait lentement vers le lit asséché de la rivière qui traversait ce que l'on appelait « la grande prairie » : le Flying M Ranch.

Cette magnifique propriété qui faisait autrefois la joie et la fierté de John Randall McCafferty avait connu des jours meilleurs. Les bâtiments étaient à l'image de leur propriétaire. La peinture de la grange s'écaillait, les fenêtres des étables bâillaient, les carreaux étaient cassés. Depuis qu'il était trop vieux pour s'en occuper et que tous ses enfants étaient partis, John Randall avait confié la gestion du ranch à un régisseur.

Thorne regarda les terres vallonnées du Montana, qui s'étendaient devant lui, avec un sentiment mêlé d'amour et de haine.

— Je ne veux pas me marier, papa, dit-il d'une voix sourde. Pas pour l'instant.

— Mais qu'est-ce qui t'arrête ? voulut savoir le vieil homme en levant ses yeux fatigués vers son fils. Ne me dis pas que tu attends d'être installé, c'est largement fait. A combien s'élève ta fortune aujourd'hui ? Trois millions ? Cinq ?

— Environ sept.

— Moi aussi, j'ai été riche en mon temps, soupira John Randall avec un sourire amer. Et j'ai presque tout perdu. Mais l'argent n'est pas tout, Thorne. Ce qui compte, ce sont les enfants. Et la terre. Bon sang, où ai-je fourré ce truc..., marmonna-t-il en fouillant dans sa poche. Ah ! le voilà.

Il sortit un petit objet qui lança un éclair dans le soleil couchant.

Thorne sentit son cœur se serrer en reconnaissant le premier anneau de mariage de son père.

— Prends-le, dit John Randall en lui tendant le bijou en

or incrusté d'un mince fil d'argent. Ta mère me l'a passé au doigt le jour de notre mariage.

— Je sais, murmura Thorne.

Il avait l'impression de commettre une énorme erreur en acceptant ce cadeau. L'anneau était froid et dur. Pour lui, il était le symbole d'un rêve brisé et n'augurait rien de bon. Il le fourra vivement au fond de sa poche.

— Promets-moi, Thorne.

— Quoi ?

— Que tu te marieras.

— On verra.

— Ne tarde pas trop, d'accord ? J'aimerais quitter cette terre en ayant connu mes petits-enfants.

— J'y songerai, marmonna Thorne.

Soudain, le petit anneau enfoui dans sa poche lui sembla peser une tonne.

- 1 -

Grand Hope, Montana.
Trois mois plus tard

Le Dr Nicole Stevenson sentit une montée d'adrénaline, comme chaque fois que l'on amenait des victimes d'accidents au service des urgences du St. James Hospital.

Elle lut la même appréhension dans les yeux du Dr Maureen Oliverio, qui raccrochait le téléphone.

— L'hélicoptère est là ! Soyez prêts !

L'équipe de médecins et d'infirmières se regroupa à l'appel.

— Les ambulanciers arrivent avec la patiente. Elle est à vous, docteur Stevenson.

— De quoi s'agit-il ? demanda Nicole.

Le Dr Oliverio poussa les portes battantes.

— Accident de voiture à Glacier Park. Un seul véhicule en cause, apparemment. La victime est une femme entre vingt-cinq et trente ans, enceinte à terme. Fractures, blessures internes, contusions multiples… Un vrai carnage. La poche des eaux s'est rompue. Il va falloir procéder à une césarienne le plus rapidement possible. On profitera de l'opération pour intervenir sur les autres blessures. Tout le monde est là ? Bien. Le Dr Stevenson la prend en charge jusqu'à ce qu'elle soit transportée en salle d'opération.

Nicole échangea un regard grave avec les autres médecins pendant qu'ils enfilaient leurs gants et attachaient leurs masques. Leur rôle consistait à stabiliser la blessée afin de permettre l'intervention des chirurgiens.

Les portes de la salle des urgences s'ouvrirent brusquement, et deux secouristes firent irruption, poussant un chariot.

— Quel est l'état de la patiente ? demanda Nicole à l'un d'eux, un petit homme au visage rubicond barré d'une moustache grisonnante. Quels sont les signes vitaux ? Comment réagit le bébé ?

— Tension normale ; rythme cardiaque à 62, mais ralentit doucement...

Tout en écoutant les informations que l'homme lui livrait, Nicole regarda la victime, une jeune femme dont le visage, qui devait être beau, était couvert de sang et commençait à bleuir. Son ventre était distendu, sa tête et son cou étaient enserrés dans une minerve, et son bras était relié à un goutte-à-goutte. Elle était inconsciente.

— ... lacérations, ecchymoses, fracture du crâne, de la mâchoire et du fémur, possibilité d'hémorragie interne..., poursuivait le secouriste.

— Vite, posez un moniteur fœtal ! ordonna Nicole à une infirmière.

— C'est parti.

— Bien, dit Nicole. Commençons par stabiliser la mère.

— A-t-on pu joindre le mari ? Avons-nous le consentement ? demanda le Dr Oliverio.

— Aucune idée, répondit un secouriste au visage sombre. La police essaie de joindre la famille. D'après ses papiers, elle s'appelle Randi McCafferty. Aucune allergie n'est signalée, pas d'ordonnance non plus dans son sac.

McCafferty ! Le cœur de Nicole fit un bond dans sa poitrine. Elle se figea. L'espace d'une seconde, elle perdit sa concentration puis se reprit.

— Etes-vous sûr ? demanda-t-elle.

— Tout à fait.

— Randi McCafferty, répéta le Dr Oliverio en retenant son souffle. Ma fille était à l'école avec elle. Son père, John Randall McCafferty, était une grosse fortune de la région. Il possédait le Flying M Ranch, à une trentaine de kilomètres d'ici. Randi a trois demi-frères.

« Et l'un d'eux est Thorne », ajouta mentalement Nicole en serrant les mâchoires.

— Et le mari ou le petit ami ? insista le Dr Oliverio. Cet enfant doit bien avoir un père, non ?

— Nous l'ignorons. Nous n'avons encore rien trouvé là-dessus.

— Nous verrons cela plus tard, intervint Nicole. Pour l'instant, occupons-nous de stabiliser la mère et l'enfant. Le moniteur fœtal est en place ?

— Oui, répondit une infirmière.

— Le pouls chute, docteur, dit une autre infirmière.

— Bon sang !

Nicole sentit son cœur battre plus vite. Elle n'allait pas perdre cette patiente. « Allez, Randi, l'encouragea-t-elle en silence, où est la légendaire combativité des McCafferty ? Bats-toi ! »

— Où est l'anesthésiste ? demanda-t-elle.

— Il arrive.

— Qui est-ce ?

— Brummel. Bonne réputation, ajouta le Dr Oliverio en croisant le regard inquiet de Nicole.

— Le moniteur est en place, intervint une infirmière au moment où le Dr Brummel, un homme mince aux petites lunettes cerclées de fer, poussait la porte de la salle.

— Qu'avons-nous ? demanda-t-il en examinant rapidement la malade.

— Une femme. Inconsciente. Sur le point d'accoucher. Accident de voiture. Pas d'allergie ou d'antécédents médicaux connus, mais nous vérifions, lui expliqua Nicole. Elle a une fracture du crâne, diverses fractures sur tout le corps, un pneumothorax. Nous l'avons intubée. La poche des eaux est rompue, l'enfant est engagé, et il y a sans doute d'autres lésions internes au niveau de l'abdomen.

— Le pouls de la mère est stabilisé, annonça une infirmière.

Mais Nicole n'était pas rassurée pour autant. En cet instant précis, elle était incapable d'estimer les chances de survie de la jeune femme, et elle n'aimait pas du tout cela.

— Continuez à surveiller quand même, ordonna-t-elle. Comment va le bébé ?

— Pas bien. Pas bien du tout même, répondit le Dr Oliverio sans quitter des yeux le moniteur.

— Alors il faut le sortir vite.

— Je suis prêt dans une minute, les informa le Dr Brummel à travers son masque en ajustant le tube dans la trachée.

Il lança un regard à Nicole.

— Allons-y.

— Le service de néonatologie se tient prêt pour accueillir l'enfant.

— Bien, dit Nicole en vérifiant l'état de Randi sur les écrans. La patiente est stable.

Elle croisa le regard du Dr Oliverio, puis ceux des autres membres de l'équipe.

Randi McCafferty et son bébé étaient entre la vie et la mort.

Thorne roulait à tombeau ouvert. Trois heures plus tôt, il avait reçu un appel de son frère Slade lui annonçant l'accident de Randi à Glacier Park, ici, dans le Montana.

Sans réfléchir, il avait annulé l'importante réunion qu'il devait animer à Denver, dans les bureaux de McCafferty International. Il avait juste eu le temps de dire à sa secrétaire de parer au plus pressé et de reporter ses rendez-vous, puis il avait attrapé un sac, qu'il gardait toujours prêt dans un placard de son bureau, et avait foncé à l'aéroport. Dans l'heure qui suivait, il s'envolait dans son jet privé et atterrissait bientôt sur la piste du ranch. Ne prenant pas le temps de voir si ses frères étaient là, il avait sauté dans un pick-up pour gagner au plus vite le St. James Hospital de Grand Hope.

Les pneus crissaient sur le bitume. Il ne savait rien de ce qui était arrivé. L'appel de Slade depuis son téléphone portable avait été coupé car les liaisons n'étaient pas toujours bonnes dans cette région montagneuse. Tout ce qu'il avait compris, c'était que la vie de Randi était en jeu, et que le médecin s'appelait Stevenson. A part cela, il n'avait aucun détail.

La nuit tombait sur les champs. Les essuie-glaces allaient et venaient sur le pare-brise, dans un mouvement régulier, seule note de calme et de certitude. Le visage de Thorne se crispait de plus en plus. Que s'était-il passé ? Pourquoi Randi se trouvait-elle dans le Montana alors qu'elle travaillait à Seattle ? Que faisait-elle à Glacier Park ? Ses blessures étaient-elles sérieuses au point de mettre sa vie en danger ? Un détail lui revint soudain à l'esprit. Lors de sa brève conversation avec Slade, ce dernier n'avait-il pas dit qu'elle était enceinte ? Impossible ! Il avait vu Randi six mois plus tôt. Elle n'avait personne dans sa vie ; pas de petit ami fixe en tout cas. Mais que savait-il au juste de sa vie ? Connaissait-il vraiment sa sœur ?

Un sentiment de culpabilité l'envahit alors. Il aurait dû l'appeler plus souvent. Il était l'aîné, c'était son devoir. Ce n'était pas sa faute à elle si sa mère avait séduit son père vingt-six ans plus tôt et brisé son premier mariage. Ce n'était pas sa faute non plus s'il était tellement pris par son travail qu'il n'avait plus de temps pour sa famille.

Tous ces regrets se bousculaient dans son esprit quand il aperçut au loin les lumières de la ville.

Pour ce qu'il convenait de faire, on verrait plus tard.

Si Randi survivait.

Les doigts de Thorne se crispèrent sur le volant.

Thorne McCafferty.

Tout en retirant ses gants de chirurgie, Nicole essaya une fois de plus de réprimer l'angoisse qui l'envahissait. Thorne était la dernière personne sur terre qu'elle avait envie de revoir, et, cependant, il serait bientôt là, devant elle. Certes, ce n'était pas en tant que femme mais en tant que médecin qu'elle allait devoir l'affronter, et elle ne devait voir en lui qu'un proche de la victime. Rien de plus. Pourtant, elle redoutait de se retrouver face à lui. En elle subsistaient trop de blessures, trop de douleurs qu'elle avait tenté d'oublier pendant toutes ces années. Trop d'émotions refoulées. Elle savait qu'en revenant à Grand Hope après son divorce, elle serait amenée, tôt ou tard, à revoir Thorne. La ville, malgré un développement récent, restait de taille relativement modeste, et John Randall McCafferty en était une figure marquante, ainsi que ses enfants qui avaient tous grandi ici.

Et ce qui devait arriver était arrivé : le destin mettait de nouveau Thorne sur son chemin. Malheureusement, les circonstances dramatiques de ces retrouvailles n'étaient pas ce que l'on pouvait souhaiter de mieux.

Nicole remit son stéthoscope dans sa poche et essaya de se préparer à la rencontre. Non seulement elle allait devoir affronter Thorne, mais aussi ses frères ; elle les connaissait bien pour les avoir croisés quand elle sortait avec lui. Son idylle avec l'aîné des McCafferty avait été brève, pourtant. Intense et inoubliable, certes, mais brève. Les jeunes frères de Thorne, qui avaient leurs propres occupations, ne se souvenaient peut-être pas d'elle.

C'était hélas peu probable. Quand il s'agissait de femmes, les frères McCafferty n'avaient pas les yeux dans leurs poches. Ils étaient d'ailleurs connus dans toute la région pour leurs innombrables conquêtes. Aucune fille ne leur résistait.

Le cœur de Nicole se serra à l'idée qu'elle n'ait été qu'un flirt parmi d'autres pour Thorne, un des nombreux trophées accrochés à son tableau de chasse. Une jeune fille studieuse et trop naïve qui, l'espace d'un été, avait attiré son attention. Une histoire banale, vieille comme le monde, mais malheureusement bien réelle.

A travers les larges fenêtres, Nicole voyait les nuages gris qui traversaient le ciel nocturne à grande vitesse, reflétant ses sombres pensées. On était encore en octobre, mais la station météo avait annoncé l'arrivée imminente de la neige.

La jeune femme avait passé toute la journée aux urgences et avait presque terminé sa garde quand on lui avait amené Randi McCafferty.

Tout s'était enchaîné très vite ensuite, et elle se sentait épuisée. Elle avait mal aux pieds et à la tête, rêvait d'une douche suivie d'un moment de pur bonheur devant le feu qui crépite, en compagnie de ses jumelles blotties contre elle sur le canapé tandis qu'elle leur lirait une histoire avant d'aller au lit. A cette pensée, elle ne put retenir un sourire. Hélas, ce moment était encore loin. Il lui restait, avant, quelques problèmes à régler.

Randi, toujours en réanimation, n'était pas encore tirée d'affaire, et l'attente risquait de durer. Elle allait certainement passer une partie de la semaine dans le service, sous surveillance vingt-quatre heures sur vingt-quatre.

Le bébé, en revanche, un robuste garçon, semblait bien se remettre de sa naissance mouvementée. Pour l'instant.

Tendue, affichant un sourire forcé, Nicole enfila une blouse propre et ouvrit les portes de la salle d'attente où deux des frères McCafferty étaient assis, feuilletant distraitement des magazines, leurs tasses de café oubliées sur un coin de table. Tous deux étaient de beaux hommes grands et minces au regard expressif. Mais à cet instant précis, leurs traits étaient tirés, leurs visages marqués par l'inquiétude.

A son arrivée, ils abandonnèrent les magazines et se dressèrent comme un seul homme.

— Messieurs McCafferty ? demanda-t-elle bien qu'elle les eût reconnus au premier coup d'œil.

— Je suis Matt, dit le plus grand sans avoir l'air de la reconnaître.

Tant mieux, se réjouit-elle. La situation resterait ainsi plus professionnelle.

Dépassant le mètre quatre-vingts, les yeux sombres et les cheveux presque noirs, Matt mâchouillait nerveusement une allumette. Il était vêtu d'un jean et d'une chemise de cow-boy dont il avait roulé les manches et portait des bottes de cuir.

— Et voici mon frère, Slade.

Le plus jeune des frères McCafferty était un vrai baroudeur. Plus petit que Matt, les yeux d'un bleu perçant, son visage aux traits de faucon était traversé de haut en bas par une mince cicatrice. Il portait une chemise de flanelle, un jean délavé et de vieilles baskets. Il se dandinait nerveusement d'un pied sur l'autre.

— Je suis le Dr Stevenson, c'est moi qui me suis occupée de votre sœur à son arrivée aux urgences.

— Comment va-t-elle ? demanda Slade avec anxiété.

Nicole remarqua qu'il commençait à la regarder avec insistance. Mais cela prendrait un certain temps avant qu'il la reconnaisse : les années avaient passé, elle avait changé de nom, et Slade devrait passer en revue un nombre incalculable de jeunes femmes avant de se rappeler qui elle était.

Mais ce n'était pas le moment de penser à ça. Dans l'immédiat, elle était là pour apaiser, dans la mesure du possible, leurs craintes sur l'état de Randi.

— L'opération s'est bien déroulée, mais votre sœur était dans un état critique lorsqu'on l'a amenée ici. Et bien qu'elle ait été dans le coma, l'accouchement avait commencé. Nous avons mis le bébé au monde par césarienne. Il semble en bonne santé, mais nous l'avons envoyé au service de néonatologie pour un examen complet. Le pronostic pour Randi est plutôt bon, sauf complications éventuelles. Mais elle a subi un très grave traumatisme.

Sous le regard inquiet des deux frères, Nicole fournit une description détaillée des blessures de Randi : commotion, poumon percé, côtes cassées, mâchoire fracturée, fémur brisé. La liste était longue. Au fur et à mesure des annonces, les visages des deux hommes devenaient de plus en plus graves. Choisissant avec soin ses mots, Nicole leur expliqua tout ce qui avait été mis en œuvre pour soigner leur sœur. Malgré son teint hâlé, Matt était pâle comme un linge et regardait au loin par la fenêtre, fixant un point invisible et mâchonnant sans cesse son allumette. Son frère, au contraire, ne lâchait pas Nicole du regard, la mâchoire serrée, le regard dur.

Quand elle s'arrêta, il lâcha un léger sifflement.

— Au diable tout ça !

Matt se frotta le menton et tourna les yeux vers elle.

— Mais elle va s'en sortir, n'est-ce pas ?

— A moins qu'une nouvelle complication surgisse, je le pense, oui. Il est toujours difficile de donner un pronostic lorsqu'il y a eu un choc violent à la tête, mais votre sœur est stabilisée maintenant.

— Pourtant elle est toujours dans le coma, rétorqua vivement Slade en fronçant les sourcils.

— Oui, reconnut Nicole. Comme je l'ai dit, je suis le médecin urgentiste qui l'a prise en charge à son arrivée. Désormais, elle est entre les mains de spécialistes qui vous tiendront au courant de l'évolution de son état.

— Quand ?

— Dès qu'ils le pourront. J'ai bientôt terminé mon service, ajouta-t-elle avec un sourire rassurant. Les autres médecins vous tiendront informés. Mais j'ai tenu à vous voir avant, pour vous rassurer.

« Et aussi parce que je connais personnellement votre famille », se garda-t-elle d'ajouter.

— Difficile d'être rassuré, vu les circonstances, fit remarquer Matt en regardant sa montre. Thorne ne devrait pas être arrivé ? demanda-t-il à son frère.

En entendant ce prénom, Nicole sentit son cœur bondir dans sa poitrine.

— Il est sur la route, répondit Slade qui se tourna ensuite vers Nicole. C'est notre frère aîné. Il exigera un rapport complet.

— Je n'en doute pas, dit-elle. Je l'ai déjà rencontré. Il y a plusieurs années.

Elle en avait trop dit, ou pas assez. Cependant les frères McCafferty n'y firent pas attention.

— Randi va s'en sortir, dit Matt lentement.

Mais ses yeux, assombris par le doute, démentaient ses paroles.

— Nous avons bon espoir, le rassura Nicole. Comme je l'ai dit, son état est stable, même si la blessure à la tête reste préoccupante.

Elle aurait voulu être plus convaincante, plus rassurante encore, mais c'était impossible.

— Nous la surveillons heure par heure.

— Bon Dieu…, murmura Slade, ses mots sonnant plus

comme une prière que comme un juron. Je… nous apprécions tout ce que l'équipe médicale a fait mais…

Matt lui envoya un regard qui l'invitait clairement à se taire. Slade n'en tint pas compte.

— Si elle a besoin de quoi que ce soit, spécialistes, équipements particuliers ou autre, nous voulons que le maximum soit fait, ajouta-t-il.

— Bien entendu, répondit Nicole avec fermeté. N'ayez crainte. Que ce soit au niveau des installations ou du personnel médical, le St. James Hospital est un excellent établissement.

— Et le bébé ? Vous avez dit qu'il allait bien, n'est-ce pas ? demanda Matt.

— Apparemment, tout est normal, mais il est toujours en observation dans l'unité pédiatrique. Il semble vigoureux et en parfaite santé, mais nous devons être vigilants car la poche des eaux avait été rompue avant l'arrivée de votre sœur à l'hôpital. Le Dr Oliverio vous donnera plus de détails, ainsi que le pédiatre, bien sûr.

— Bon sang, répéta Slade.

— Quand pourrons-nous voir Randi ? demanda Matt.

— Bientôt. Elle est toujours en réanimation. Dès que les médecins estimeront que son état est satisfaisant, elle pourra recevoir des visites, mais uniquement de la famille, et seulement quelques minutes par jour. Une personne à la fois. Mais on vous tiendra au courant.

Matt hocha la tête, et Slade serra les poings, mais ils ne dirent mot. Avec leurs visages taillés à la serpe et leurs mentons carrés — la marque de fabrique des McCafferty —, la ressemblance entre les deux frères était frappante.

— Vous devez comprendre que Randi est dans le coma et qu'elle ne répondra pas à vos sollicitations, poursuivit Nicole. Et nous ignorons quand elle se réveillera… Oh, mais voici le médecin responsable de notre service.

Nicole prit quelques minutes pour présenter les frères McCafferty au Dr Oliverio puis, s'excusant, les laissa pour regagner son bureau.

C'était une petite pièce avec une fenêtre, où il y avait juste la place pour une table et une armoire. Nicole retira sa blouse et s'installa à son ordinateur pour rédiger un rapport complet sur Randi McCafferty, ce qui lui prit une bonne demi-heure. Puis elle décrocha le téléphone, composa le numéro de chez elle et se massa le cou en attendant que quelqu'un réponde. Pour la première fois depuis qu'elle avait mis les pieds à l'hôpital, ce matin, elle prêta attention à la musique diffusée par les haut-parleurs des couloirs.

— Allô ? répondit Jenny Riley, la jeune fille qui s'occupait des jumelles de Nicole après l'école.

— C'est moi, Jenny. Je voulais juste savoir si tout allait bien. Je serai là d'ici… — elle vérifia l'heure sur sa montre — d'ici environ une heure. Vous avez besoin que je vous apporte quelque chose ?

— Un rayon de soleil pour Molly peut-être ? plaisanta Jenny. Elle est de très mauvaise humeur depuis que je l'ai récupérée.

— Vraiment ? dit Nicole avec une grimace.

Elle se renversa sur le dossier de son fauteuil qui grinça. Molly, la plus turbulente de ses deux filles, était toujours grognon pour un oui ou pour un non, alors que Mindy, plus douce et plus timide, avait toujours le sourire au réveil.

— Elle est vraiment affreuse, confirma Jenny.

— Pas vrai ! lança une petite voix perçante.

— Oh si, mais tu es quand même une adorable petite fille, dit Jenny, d'une voix douce.

— Suis pas affreuse !

Nicole poussa un soupir. Tous les soucis de la journée disparaissaient instantanément quand elle pensait à ses filles, deux petites tornades de quatre ans dont la présence l'avait aidée à supporter son divorce.

— Jenny, dites-leur que je leur apporterai une pizza si elles sont sages.

Elle écouta Jenny transmettre le message salué par des cris de joie.

— Elles vont vous attendre avec impatience, dit la jeune fille en riant.

L'attention de Nicole fut soudain détournée par un coup brusque frappé à sa porte qui s'ouvrit dans la foulée. Un homme de grande taille, un bon mètre quatre-vingt-dix, fit irruption dans la pièce.

— Docteur Stevenson ? lança-t-il.

Son visage fermé se décrispa légèrement et ses yeux s'arrondirent sous l'effet de la surprise.

— Jenny, reprit Nicole en tentant de calmer les battements désordonnés de son cœur, je dois vous laisser. A tout à l'heure.

Elle raccrocha lentement le combiné en se redressant.

— Nikki ? murmura Thorne, incrédule.

Nicole se leva malgré elle et se sentit toute petite à côté de Thorne.

— Dr Stevenson maintenant.

— Tu es le médecin de Randi ?

— Je suis l'urgentiste qui l'a prise en charge à son arrivée à l'hôpital, précisa-t-elle.

Pourquoi, après toutes ces années, éprouvait-elle ce sentiment ridicule d'être déçue qu'il n'ait jamais cherché à la revoir ? Comment pouvait-elle être aussi fleur bleue ? Mais tout cela était hors de propos quand la sœur de cet homme était entre la vie et la mort.

— A présent, elle n'est plus dans mon service, reprit-elle, même si j'ai tenu à parler moi-même à tes frères. Ils attendaient depuis longtemps, et les chirurgiens étaient trop occupés.

— Je vois.

Le beau visage de Thorne s'était patiné avec le temps, nota-t-elle. Les traits pleins du jeune homme avaient laissé place à une expression plus sévère, renforcée par sa tenue d'homme d'affaires, costume sombre, chemise blanche et cravate. Thorne McCafferty, son ancien flirt, était aujourd'hui à la tête d'un important empire financier.

— Je… je ne m'attendais pas à te trouver ici, dit-il.

— J'imagine effectivement.

Il posa sur elle son regard gris, si intimidant d'habitude, aujourd'hui fatigué et inquiet.

— As-tu vu tes frères au service de soins intensifs ? demanda-t-elle.

— Non, je suis venu directement. Slade m'a appelé, il m'a dit que Randi était soignée par le Dr Stevenson, et je me suis renseigné à l'accueil pour te trouver. Je voulais savoir à quoi m'attendre avant de voir Randi, ajouta-t-il comme s'il avait lu la question dans ses yeux.

— Je comprends, dit-elle en lui faisant signe de s'asseoir sur la chaise qui faisait face à son bureau. Je vais te dire ce que je sais, puis tu pourras voir les autres médecins qui te donneront leur pronostic.

Tout en se rasseyant, elle lui lança un regard qui aurait fait trembler le plus arrogant des internes. Elle tenait à ce que les choses soient claires avec lui. Elle n'était plus la jeune fille timide qu'il avait séduite et abandonnée autrefois.

— Avant de commencer, j'aimerais te faire remarquer que, normalement, les gens ne rentrent pas comme ça dans mon bureau sans prévenir.

— J'étais pressé, marmonna Thorne en réprimant un geste d'agacement. Mais tu as raison, je m'en souviendrai la prochaine fois. Excuse-moi.

— Bien.

— Donc, Randi est en soins intensifs ?

— Oui.

Nicole lui donna les détails de l'admission de Randi, de son état, et des soins qui lui avaient été prodigués.

Thorne écouta solennellement sans la quitter du regard.

Quand elle eut terminé, il lui posa encore quelques questions puis desserra un peu sa cravate.

— Allons-y, dit-il.

— Aux soins intensifs ? Ensemble ?

— Oui.

Il était déjà debout.

Nicole se hérissa et s'apprêtait à le remettre à sa place, lorsqu'elle surprit un éclair de douleur dans ses yeux, suivi de quelquc chose qui pouvait ressembler à de la culpabilité.

— Bien. J'ai encore un peu de temps, se résigna-t-elle en jetant un coup d'œil sur sa montre.

Elle était déjà en retard, mais cela faisait partie du métier. Tout comme la confrontation avec les familles de ses patients.

— Je vais d'abord vérifier qu'elle a quitté la réanimation, ajouta-t-elle.

Elle passa un rapide coup de fil qui lui confirma que Randi avait bien été transférée, et elle annonça leur arrivée. Pendant sa brève conversation, elle avait senti le regard pénétrant de Thorne posé sur elle, et elle se demanda s'il se souvenait encore de leur histoire, qui avait tant compté pour elle et avait changé le cours de sa vie. Probablement pas. Une fois passé le choc de la retrouver ici, il était revenu à ses affaires.

— Bien, dit-elle en raccrochant, c'est arrangé. Matt et Slade ont déjà vu Randi, et l'infirmière de service était un peu réticente pour une troisième visite, mais j'ai réussi à la convaincre.

— Mes frères sont encore ici ?

— Je ne sais pas. Ils ont dit à l'infirmière qu'ils allaient revenir mais n'ont pas précisé quand.

Elle boutonna sa blouse et fit le tour du bureau. Il eut la courtoisie de lui tenir la porte, et, en traversant les couloirs, il fit en sorte d'ajuster son pas au sien. Elle avait oublié ce détail. Mais elle avait tout fait pour effacer tous les souvenirs qui se rapportaient à cette époque ancienne.

Imposant, la dépassant de plus d'une tête, Thorne marchait comme il avançait dans la vie : droit au but. Elle se demanda s'il prenait parfois le temps de se détendre. Déjà, dans leur jeunesse, il ne laissait rien au hasard, et chacune de leurs rencontres était planifiée dans son emploi du temps toujours très chargé.

Devant l'ascenseur, Nicole laissa passer un chariot sur lequel était allongée une vieille dame frêle reliée à une perfusion puis entra, suivie de Thorne. La porte se referma, et ils se retrouvèrent seuls.

Thorne se tenait droit comme un I derrière elle, et s'il

était gêné par l'intimité de ce lieu exigu, il n'en laissait rien paraître. Son regard était rivé aux voyants indiquant les étages.

Nicole, de son côté, ne s'était jamais trouvée dans une situation aussi inconfortable.

L'ascenseur s'arrêta avec une légère secousse, et tous deux sortirent sans un mot.

Ce fut Thorne qui brisa le silence.

— Au téléphone, Slade m'a dit qu'il était possible que Randi ne s'en sorte pas.

Devant la porte de l'unité de soins intensifs, Nicole se rappela une fois de plus qu'elle devait rester professionnelle en toutes circonstances. Elle leva les yeux vers Thorne.

— Il y a toujours un doute quand la victime a subi des blessures d'une telle gravité. Mais ta sœur est jeune et forte, et toute l'équipe soignante fera son maximum. Il est donc inutile d'exprimer un quelconque doute en sa présence. Elle est dans le coma, mais nous ne savons pas ce qu'elle peut entendre ou ressentir. Essaie d'être le plus rassurant possible avec elle.

Comme il allait protester, Nicole posa sa main sur la sienne, trouvant sous ses doigts étonnés une peau dure et calleuse.

— Nous faisons tout ce qui est en notre pouvoir pour la sauver, Thorne, dit-elle, s'attendant à être repoussée. Ta sœur lutte contre la mort, nous allons tous l'aider, alors, toi aussi, tu dois te montrer positif et l'encourager. Je peux compter sur toi ?

Il fit un bref signe de la tête, mais ses lèvres s'étaient pincées ; Thorne McCafferty n'avait pas l'habitude de recevoir des ordres, ou même des conseils, de qui que ce fût.

— Tu as des questions ? ajouta-t-elle.

— Une seule, articula-t-il lentement.

— Laquelle ?

— Ma sœur compte beaucoup pour moi, tu le sais. Je veux être sûr qu'elle recevra les meilleurs soins, avec les meilleurs médecins, dans le meilleur hôpital. Je mettrai le prix s'il le faut.

Nicole retira sa main, vexée. Ce n'était pas la première fois que ses capacités professionnelles étaient mises en doute, et ce ne serait sans doute pas la dernière, mais venant de Thorne, la remarque était encore plus blessante.

— Que veux-tu dire ? demanda-t-elle d'un ton sec.

— Je veux être sûr que les médecins qui soignent Randi sont les meilleurs du pays, et même de cette fichue planète.

Riche, arrogant, sûr de lui. Thorne était comme ça. Depuis toujours. Pourquoi aurait-il changé ?

— C'est ce que tout le monde souhaite pour ses proches, Thorne.

— La différence, c'est que je peux payer.

Elle sentit son cœur sombrer. Thorne n'avait pas changé. Pourquoi avait-elle cru voir de la tendresse dans ses yeux ? Idiote. Incorrigible romantique.

— Je suis un bon médecin, Thorne, répliqua-t-elle doucement. Mes collègues également. Cet hôpital a reçu des récompenses pour la qualité du travail qui y est accompli. Il est petit, mais la qualité est là, je peux te l'assurer. Des médecins de tout le pays, d'Atlanta à Seattle, de New York à Los Angeles, sont venus travailler ici, justement parce qu'ils en avaient assez des structures inhumaines des grandes villes.

Elle se mordit la langue, regrettant aussitôt ses paroles. Thorne pouvait bien penser ce qu'il voulait, elle n'avait pas à se justifier.

— Entrons, enchaîna-t-elle. Et rappelle-toi : sois positif. Et surtout, quand on te demandera de sortir, ne discute pas. Tu pourras revenir demain.

Elle attendit, mais il ne répondit pas.

— On est d'accord ? insista-t-elle.

— D'accord.

— Alors tout ira bien, affirma-t-elle, bien qu'elle n'en soit pas si certaine.

Il y avait des points sur lesquels Thorne et elle ne seraient jamais d'accord.

Elle appuya sur la sonnette et pressa son visage contre la vitre pour que l'infirmière à l'intérieur puisse la voir. La porte électronique s'ouvrit, et Nicole sentit le regard de Thorne dans son dos. Sans un mot, il la suivit à l'intérieur. Elle se demanda un instant s'il accepterait d'obéir aux médecins et aux règles de l'hôpital comme il l'avait promis.

Mais elle connaissait la réponse.

Thorne McCafferty n'avait pas changé. C'était un homme qui ne se pliait jamais qu'à sa propre loi.

- 2 -

« Oh, non, ce n'est pas possible. Ce n'est pas Randi… »

Thorne considérait la petite forme inerte allongée sur le lit et n'arrivait pas à y croire. Un entrelacs de tubes et de fils reliait son corps à un arsenal d'appareils, indicateurs et écrans à lecture digitale qu'il ne comprenait pas, sa tête était enveloppée de bandages, une de ses jambes était surélevée et reposait dans une gouttière, les parties de son visage encore visibles étaient enflées et couvertes d'hématomes.

Paralysé par l'émotion, Thorne se tenait immobile au pied du lit, les poings serrés, la gorge nouée. Une colère sourde montait en lui. Comment une telle chose avait-elle pu arriver ? Pourquoi la voiture de Randi avait-elle dérapé ? Que faisait sa sœur à Glacier Park ?

Le moniteur cardiaque émettait un bruit régulier, mais Thorne n'était pas rassuré pour autant. Cette chose informe ne pouvait pas être sa petite sœur adorée. Les souvenirs de son enfance lui revinrent soudain en vrac.

Randi Penelope McCafferty était une jeune femme gaie et vive. Le regard espiègle, le rire contagieux, elle était irrésistible et avait le cœur sur la main. Sous ses airs candides, elle menait son père par le bout du nez et croquait la vie à pleines dents. Toute petite déjà, elle avait mis tout le monde dans sa poche, même ses diables de demi-frères qui s'étaient pourtant juré, en apprenant que leur belle-mère était enceinte, de mener la vie dure à ce bébé qui, à leurs yeux, était la cause du divorce de leurs parents. Et malgré tout le ressentiment qu'il avait éprouvé à sa naissance, Thorne n'avait jamais réussi à la détester, bien au contraire.

Aujourd'hui, vingt-six ans plus tard, il avait honte de cette hostilité. Il avait treize ans à l'arrivée de ce petit être rouge et braillard. Il était dégoûté à l'idée que son père et cette femme beaucoup plus jeune que lui « avaient fait ça ». Sans compter le scandale provoqué par cette naissance à peine six mois après le second mariage de John Randall. Cela avait valu à Thorne de nombreux quolibets de la part de ses camarades de classe, ravis de trouver là un motif de se moquer de cette famille si enviée pour sa fortune et sa réputation. Mais toutes les mortifications, toutes les humiliations avaient disparu à l'instant où il avait posé les yeux sur le visage innocent de la petite Randi.

Dans la grande chambre du premier étage, devant le magnifique berceau orné de dentelles, Thorne s'était préparé à haïr l'enfant. Mais sa colère avait été tout de suite désamorcée par les grands yeux brillants, les cheveux noirs et les petits poings qui battaient l'air. Randi semblait être aussi surprise que lui d'être là. Elle criait, pleurait, s'agitait, faisant un raffut de tous les diables.

Il avait caché ses sentiments et n'avait parlé à personne de cette fascination qu'exerçait sur lui ce bébé, encore moins à son père ou à ses frères. Mais la vérité était là : dès les premiers instants de sa vie, sa petite sœur l'avait ensorcelé.

Puis la vie les avait éloignés l'un de l'autre. Ces dernières années, il n'avait que très peu de contacts avec Randi, et maintenant il était trop tard. Victime de ce terrible accident, elle gisait presque sans vie sur un lit d'hôpital. Et Thorne en était réduit, impuissant, à la regarder lutter contre la mort, la respiration difficile, son beau visage tuméfié disparaissant sous les bandages maculés de sang.

— Tu devrais lui parler, dit doucement une voix féminine, l'arrachant à son nuage de souvenirs et de douleur.

Il se retourna et vit Nicole qui le regardait avec compassion. Ses yeux d'ambre bordés de longs cils semblaient plonger au plus profond de son âme. Comme lorsqu'il avait vingt-deux ans et elle à peine dix-sept. Cela faisait une éternité.

— On ne sait pas si elle nous entend, mais cela ne peut pas lui faire de mal, reprit-elle avec un sourire encourageant.

Il hocha la tête, ne sachant que dire, surpris de découvrir que la jeune fille innocente qu'il avait connue autrefois était devenue non seulement une femme séduisante, dans la fleur de l'âge, mais aussi un médecin capable de commander une équipe ou de murmurer des paroles de réconfort avec la même assurance. Etait-ce bien là Nikki Sanders, celle qui lui avait presque brisé le cœur ? Celle pour qui il avait failli rester à Grand Hope ? La quitter avait été une épreuve pour lui. Mais il l'avait fait. Et il avait eu raison. La vie de propriétaire terrien, ce n'était pas pour lui ; lui, il voulait connaître autre chose.

Sentant qu'il était gêné, Nicole se retourna et se plongea dans la lecture de la feuille de soins.

Le regard de Thorne s'attarda sur la courbe de son cou, et il remarqua une mèche blonde qui s'était échappée de sa pince. Ce détail le toucha, il adoucissait l'image trop sérieuse du médecin.

Thorne s'approcha du lit, posa la main sur le montant métallique et regarda de nouveau Randi. Il s'éclaircit la gorge.

— Randi ? murmura-t-il, mal à l'aise. Tu m'entends ? C'est moi, Thorne.

Elle ne réagit pas.

Thorne sentit son cœur se serrer. Un tourbillon de souvenirs tournait dans sa tête. Il se rappela ce jour où il avait retrouvé Randi en pleurs après qu'elle était tombée de vélo. Elle avait cinq ans, et il était revenu passer quelques jours au ranch pendant les vacances scolaires. Il l'avait retrouvée au bord du chemin, les genoux en sang, couverte de poussière, pleurant à chaudes larmes, folle de rage et de honte de ne pas arriver à tenir sur son vélo. Il l'avait ramenée à la maison, avait enlevé un à un les graviers incrustés dans ses genoux puis réparé la roue. Ensuite il l'avait aidée à trouver son équilibre sur l'engin rebelle.

Quand Randi avait eu neuf ou dix ans, Thorne avait passé

un après-midi entier à lui montrer comment lancer une balle de base-ball comme un garçon. La fillette s'était acharnée des heures durant contre le mur de la grange ; la peinture en portait encore les marques.

Quelques années plus tard, Thorne, revenu pour un week-end, avait retrouvé son petit garçon manqué transformé en vraie jeune fille. Vêtue d'une robe froufroutante, perchée sur de hauts talons, ses beaux cheveux acajou ramassés en un savant chignon, Randi posait, presque provocante, comme si elle attendait le prince charmant. Autour du cou, elle portait fièrement une fine chaîne en or rappelant le bijou que John Randall avait offert à sa mère pour leur mariage. Telle était Randi. Exubérante et pleine de vie.

Et à présent elle était là, devant lui, immobile et inconsciente, luttant à chaque respiration pour se maintenir en vie.

Nicole revint à côté du lit. Délicatement, elle souleva les paupières de la malade et observa ses yeux avec une petite lampe, puis elle posa ses doigts sur son poignet d'un geste sûr. Profondément absorbée par ses pensées, elle fronça légèrement les sourcils et se mordit la lèvre. Cette mimique était terriblement sexy et Thorne détourna la tête, gêné d'avoir une telle pensée dans ce lieu.

Du coin de l'œil, il vit Nicole griffonner quelques notes sur la feuille de soins puis se diriger vers le box central où se trouvaient les infirmières. Les lits des patients étaient disposés en cercle tout autour, isolés les uns des autres par des tentures vert pâle. Le personnel soignant allait et venait silencieusement d'un malade à l'autre.

— Essaie encore une fois, suggéra Nicole sans le regarder.

Il se sentait idiot. Déplacé. Trop grand. En pleine santé.

— Vas-y, l'encouragea-t-elle en lui tournant le dos. Parle-lui.

Ses doigts se crispèrent sur le montant du lit. Que pouvait-il lui dire ? Il se pencha vers elle.

— Randi, murmura-t-il d'une voix brisée par l'émotion, tu m'entends ?

Il lui toucha la main, mais elle ne réagit pas. Il se sentait complètement désarmé.

— Comment vas-tu ? dit-il en croisant ses doigts avec les siens.

Pas de réponse. Et tandis que le moniteur émettait toujours ses bips réguliers et rassurants, il se maudit de n'avoir pas été un grand frère plus présent. Il remarqua son ventre encore proéminent sous le drap. Elle avait eu un bébé ! Maman à vingt-six ans. Pourtant personne dans la famille ne lui connaissait de fiancé.

— Eh, petite sœur… tu m'entends ?

C'était ridicule. Elle ne pouvait pas parler. Et il était convaincu qu'elle ne l'entendait pas, qu'elle ne sentait même pas sa présence. Il se tenait là, bêtement, cloué au sol, comme si leurs doigts ne pouvaient plus se détacher, comme s'il voulait lui transmettre un peu de sa force et de son indomptable volonté.

Il croisa le regard de Nicole et comprit que la visite était terminée. Il retira doucement sa main.

— Tu vas t'accrocher, hein ? Matt, Slade et moi, on est avec toi. On va tout faire pour que tu t'en sortes. Et tu as un bébé maintenant, un petit garçon. Il a besoin de toi. Comme nous tous.

Dieu tout-puissant, tout cela était ridicule !

— Je… euh, on s'occupe de tout et je reviendrai vite. Promis.

Sa voix se brisa sur le dernier mot.

Randi ne bougea pas.

Thorne sentit ses yeux brûler comme à la mort de son père. Enfonçant les mains dans les poches de son manteau, il sortit de la pièce à grands pas.

Nicole le suivit après avoir échangé quelques mots avec les infirmières.

— Sois franche avec moi, lui dit-il tandis qu'ils marchaient sous la lumière crue des néons. Quelles sont ses chances ?

Dehors, il faisait nuit, des nuages sombres s'étaient amoncelés et quelques gouttes de pluie s'écrasaient sur l'asphalte du parking. Des arbres chétifs plantés çà et là se découpaient dans le ciel noir.

Nicole marchait d'un pas rapide pour rester à la hauteur de Thorne. Son visage était soucieux.

— Elle est jeune et forte. Elle peut s'en sortir.

Ils croisèrent un aide-soignant qui poussait un homme sur une chaise roulante. Quelque part, un téléphone sonna. La musique en sourdine ponctuait les conversations étouffées et le roulement des chariots transportant divers appareils à travers les corridors. Devant l'ascenseur, Thorne posa la main sur le bras de Nicole.

— Je veux savoir si ma sœur va guérir.

— Je n'ai pas de boule de cristal, Thorne, répondit Nicole en rougissant légèrement. Je sais que tes frères et toi, vous voulez des réponses fermes, définitives et rapides, mais je n'en ai pas. C'est trop tôt.

— Mais vivra-t-elle ? répéta-t-il, cherchant âprement un espoir auquel se raccrocher.

Lui qui contrôlait et dirigeait sa vie d'une main de fer se retrouvait suspendu aux paroles d'une femme qu'il avait décidé d'oublier depuis longtemps déjà. La vie vous jouait parfois de drôles de tours.

— Comme je l'ai dit, sauf complications imprévues...

— Je sais, j'ai entendu. Mais je veux la vérité. Randi va-t-elle s'en sortir ?

A bout de patience, Nicole prit une longue respiration.

— Je pense que oui. Nous ferons notre maximum.

Thorne remarqua de minuscules rides au coin de ses yeux couleur d'or, si pétillants d'intelligence, et il se sentit irrésistiblement attiré par elle, comme lorsqu'elle était encore lycéenne.

— Excuse-moi. Ce n'est pas que je refuse de te répondre, reprit-elle en raccrochant une mèche de cheveux dans son chignon. J'aimerais te dire que Randi va bien, qu'elle sera sur pied dans quelques semaines et qu'elle pourra s'occuper de son bébé. Mais je ne peux rien affirmer pour l'instant. Elle a subi de sérieux traumatismes. Ses organes internes sont touchés, et elle a de nombreuses fractures. Son état est grave, je ne peux pas te le cacher. Et si elle survit, il se peut qu'il y ait des lésions au cerveau. Nous ne savons pas encore.

Le cœur de Thorne s'arrêta. Il craignait pour la vie de sa sœur, mais il ne lui était pas venu à l'esprit qu'elle puisse être handicapée. Elle qui était si intelligente, « plus rapide qu'une flèche », disait leur père…

— Ne devrait-elle pas être vue par un spécialiste ? demanda-t-il d'une voix sourde.

— Elle en a déjà vu plusieurs. Le Dr Nimmo, qui l'a examinée, est un des neurochirurgiens les plus réputés de l'Etat. Il exerce généralement au Bitterroot Memorial et a été appelé pour une autre urgence après avoir vu Randi. Mais il va t'appeler. Crois-moi, ta sœur est entre de bonnes mains, et tu ne trouveras pas mieux ailleurs. Mais nous avons déjà eu cette conversation, tu dois me faire confiance. Autre chose ?

— Je veux être tenu au courant de l'évolution de son état. S'il y a le moindre changement, pour elle ou le bébé, je tiens à être prévenu immédiatement. Voici mes coordonnées professionnelles, ajouta-t-il en sortant une carte de visite de son portefeuille. Je te note aussi le numéro du ranch. Pour l'instant, je suis là-bas.

Elle souleva un sourcil en prenant la carte.

— Tu veux que ce soit moi qui te contacte ?

— J'aimerais bien, oui, dit-il en posant sa main sur son épaule. Accorde-moi cette faveur.

Ses joues s'enflammèrent et elle grimaça.

— Au nom de notre liaison passée ? dit-elle en reculant.

Il retira sa main.

— Parce que je sais que tu te soucies du sort de Randi. Je ne doute pas des qualités des autres médecins. Mais je ne les connais pas, et toi, je sais que je peux te faire confiance.

— En es-tu certain ?

— Je te connais. Nous avons été… intimes, non ?

Elle avala sa salive.

— Laissons ça pour l'instant. Mais c'est entendu, je te tiendrai informé.

— Merci, dit-il en la gratifiant d'un sourire.

— N'essaie pas de me prendre par les sentiments, Thorne. Tu n'obtiendras rien de moi de cette manière. Je te dirai ce qu'il en est, un point c'est tout. Et je ne le fais pas au nom d'une quelconque nostalgie du passé, on est bien d'accord ? S'il y a du nouveau, je t'avertirai.

— Je t'appellerai régulièrement.

— Ce n'est plus moi qui soigne Randi, Thorne.

— Mais tu seras là.

— La plupart du temps, oui. Maintenant, il faut vraiment que j'y aille.

Elle fit mine de partir, mais Thorne la retint par le bras.

— Je te remercie, Nikki.

Elle rougit jusqu'aux oreilles.

— Pas de problème, cela fait partie de mon boulot, dit-elle en se dégageant.

Et elle disparut sans plus attendre dans une salle réservée au personnel. Thorne regarda la porte se balancer et se retint de la suivre. Il ignorait ce qui le poussait vers elle. Il n'y avait plus rien à dire, leur conversation était terminée, il avait tous les renseignements nécessaires. Tout en rangeant son portefeuille dans sa poche, il ressentit soudain la nécessité de reprendre une relation avec elle, de renouer avec le passé. Il avait une tonne de questions à lui poser. Mais était-ce vraiment utile de remuer tout cela ? Nicole Stevenson était un des médecins de l'hôpital, rien de plus. Elle le rappellerait pour des raisons professionnelles uniquement, elle avait été claire là-dessus.

— Idiot, marmonna-t-il, sentant le mal de tête s'insinuer.

Oui, c'était une belle femme, intelligente, une femme avec qui il était sorti autrefois. Mais leur histoire était terminée.

— Et elle est sans doute mariée. Elle s'appelle Stevenson maintenant, tu as remarqué ?

Quelle importance ? En quoi cela le concernait-il ? De toute façon, elle était hors d'atteinte. Ensorcelante certes, mais hors d'atteinte. Et il fallait qu'il se mette ça dans la tête une bonne fois pour toutes. Et rapidement.

Il entra dans l'ascenseur et appuya sur le bouton de l'étage de la maternité, essayant de chasser la jeune femme de son esprit.

Mais rien n'y faisait ; son image le hantait, comme elle l'avait hanté des années plus tôt quand il l'avait quittée sans explication. Que lui aurait-il expliqué de toute façon ? Qu'il partait parce qu'il l'aimait trop ? Que s'il était resté plus longtemps, jamais il n'aurait pu s'émanciper, jamais il n'aurait pu prouver à son père — et à lui-même — qu'il était capable de mener sa vie comme il l'entendait ?

Pourtant, elle avait été la seule femme qui avait su lire en lui et le comprendre. Et il s'était aperçu de son erreur quelques années plus tard. Mais il n'était pas du genre à revenir sur ses décisions. Il s'était dit qu'il serait toujours temps de chercher une autre femme plus tard, quand il serait installé.

Evidemment, il ne l'avait pas trouvée.

Et cela ne l'avait pas inquiété jusqu'à ce qu'il revoie Nikki Sanders et que resurgisse, bien vivace, le souvenir de leurs étreintes. S'il était resté, il l'aurait épousée ; et son père ne serait pas mort sans avoir connu la joie d'être grand-père.

— Stop, grommela-t-il entre ses dents.

Nicole souffla un peu en traversant le labyrinthe de couloirs de l'hôpital. Elle était encore toute retournée. Habituée à affronter l'angoisse, et parfois l'agressivité, des familles dans la souffrance, elle ne s'attendait pas à avoir une telle réaction face à Thorne McCafferty.

— Bah, c'est un homme comme un autre, murmura-t-elle en montant les escaliers.

Des hommes, elle en voyait tous les jours. De tout type, de toute condition, mais aucun ne l'avait déstabilisée à ce point.

Etait-ce parce qu'il avait été son premier amour ? Parce qu'il l'avait tant fait souffrir en la quittant ? Parce qu'il ne l'avait pas assez aimée ?

— Arrête, dit-elle en poussant la porte du couloir qui menait à son bureau.

— Pardon ? demanda un vigile qui passait par là.

— Excusez-moi, je parlais toute seule, répondit-elle avec un sourire gêné.

Elle entra dans la pièce, se laissa tomber sur sa chaise et regarda l'écran de son ordinateur. Les notes qu'elle avait en tête une heure plus tôt s'étaient toutes envolées, et son esprit était entièrement occupé par Thorne. Elle avait dix-sept ans quand elle l'avait vu pour la première fois, et elle était immédiatement tombée amoureuse de lui, avec toute la fougue et l'innocence de la jeunesse. Il était un peu plus âgé qu'elle. Et très riche. Lui et ses frères, ils étaient connus dans la région pour leurs frasques en tout genre et leurs innombrables conquêtes féminines.

Séduisant, arrogant et sûr de lui, Thorne avait facilement conquis son cœur. Fille unique d'une femme de milieu modeste qui travaillait et l'élevait à la dure, Nicole était en pleine rébellion contre son éducation. Elle tomba sur le beau Thorne et plongea la tête la première dans une aventure follement romantique dans laquelle elle plaça tous ses espoirs et tous ses rêves.

Nicole se passa la main dans les cheveux et tenta de déloger de sa tête ces souvenirs douloureux. Elle était trop jeune et avait fantasmé sur le moins sérieux des candidats au mariage.

— N'y pense plus, se dit-elle en cliquant sur la souris de son ordinateur, les yeux fixés sur l'écran, alors que les souvenirs de leurs nuits d'amour sous le ciel étoilé se glissaient de nouveau dans son esprit.

Elle revit les yeux de Thorne éclairés par la lumière de la lune, son sourire étincelant, son corps d'athlète. Aujourd'hui, il était un redoutable homme d'affaires.

Comme Paul. Elle jeta un rapide coup d'œil sur sa main gauche et constata avec soulagement que la marque laissée par l'alliance avait disparu. Son ex-mari aussi avait grimpé très vite les échelons de son entreprise, si vite qu'il avait laissé sa femme et ses deux filles en chemin.

Thorne ne devait pas être si différent.

Quand elle était revenue à Grand Hope, l'année passée, elle avait appris que la famille McCafferty s'était dispersée dans le pays, et elle pensait ne pas avoir beaucoup d'occasions de tomber sur Thorne. D'après les nombreuses rumeurs qui circulaient sur la famille, il avait terminé ses études de droit, avait travaillé un temps pour une société de Missoula puis était parti pour la Californie et s'était finalement fixé à Denver où il dirigeait une multinationale. Il n'était toujours pas marié, n'avait pas d'enfant, du moins on ne lui en connaissait pas, et avait eu de nombreuses liaisons, toutes plus éphémères les unes que les autres.

Bien. Sur ce plan, Thorne ne ressemblait pas à Paul.

— Mais tu es toujours attirée par lui, n'est-ce pas ? Un regard, et ton cœur de midinette se met à battre la chamade comme au premier jour. Arrête de rêver ! gronda-t-elle en essayant de se concentrer.

Cela ne lui ressemblait pas de se disperser comme ça. Elle était connue pour être sérieuse et organisée, partageant une vie sans histoire entre son travail et ses filles. Et il suffisait que Thorne débarque, pour que cette belle mécanique soit toute chamboulée ? Non, elle ne voulait pas, ne devait pas succomber une nouvelle fois à son charme insidieux.

Avec détermination, elle chassa une fois pour toutes Thorne de ses pensées, se redressa sur sa chaise et réajusta sa pince à cheveux. Mais elle allait le croiser encore sur son chemin et, à cette idée, son cœur s'emballa. L'affronter de nouveau lui semblait un défi à la fois délicieux et insurmontable.

Vingt minutes plus tard, Thorne était encore bouleversé par la visite qu'il avait rendue au bébé de Randi. Une infirmière aux allures de cheftaine lui avait permis de le voir quelques secondes puis l'avait poussé sans ménagement hors de l'unité pédiatrique. A travers une épaisse vitre, il regarda encore les nouveau-nés endormis dans leurs berceaux transparents. Sous des lampes chauffantes, le bébé de Randi respirait doucement. Quelques mèches blond-roux parsemaient sa petite tête. Thorne avait éprouvé une irrésistible envie de lui caresser les cheveux. L'enfant était si minuscule, si innocent, inconscient des circonstances dramatiques de son arrivée dans le monde…

En quittant le service, Thorne se demanda qui pouvait bien être le père. Il faudrait pourtant pouvoir le contacter. Quelles relations Randi entretenait-elle avec lui ? Pourquoi avait-elle caché sa grossesse à sa famille et n'avait-elle jamais évoqué l'existence d'un petit ami ?

Quoi qu'il en soit, Thorne retrouverait cet homme. Il ne pouvait rester sans rien faire à attendre que Randi se remette. Les mains dans les poches, perdu dans ses réflexions, il descendit l'escalier qui menait au rez-de-chaussée.

— Réfléchissons vite, mais bien, se dit-il à lui-même, échafaudant déjà un plan.

D'abord, il fallait s'assurer que Randi et son petit garçon étaient sur la voie de la guérison, puis il faudrait engager un détective pour enquêter sur la vie privée de sa sœur. Cette idée le gênait, mais il n'avait pas le choix. Dans l'état où elle se trouvait, Randi ne lui était d'aucune aide. Et elle était incapable de s'occuper de son bébé.

Une fois le père retrouvé, il faudrait prendre quelques dispositions légales vis-à-vis de l'enfant.

Satisfait de son plan, Thorne ouvrit la porte d'un coup d'épaule et sortit sur le parking. Dehors, le temps s'était encore gâté. Une pluie mêlée de neige tombait d'un ciel de plomb. Il remonta son col en frissonnant. Evitant les flaques, il se dirigea vers son pick-up.

C'est alors qu'il la vit.

Courant sous la pluie, tenant sa sacoche au-dessus de sa tête en guise de parapluie, le Dr Nicole Stevenson s'arrêta devant un 4x4 garé à l'autre bout du parking.

La pluie coulait dans son cou. Ses cheveux lâchés étaient soulevés par les bourrasques. Elle avait troqué sa blouse de médecin contre un trench-coat en cuir fermement noué à la taille.

Sans réfléchir, Thorne courut jusqu'à elle.

— Nikki !

— Oh, Thorne ! dit-elle en levant les yeux.

Il s'arrêta, le souffle coupé. Avec les gouttes de pluie qui s'accrochaient à ses cils et à ses cheveux blonds flottant autour de son visage, elle était encore plus belle que dans ses souvenirs. L'eau dégoulinait le long de ses joues jusqu'à sa bouche qui esquissait une moue adorable.

L'espace d'une seconde, il songea à l'embrasser mais se retint.

— Que fais-tu à rôder par ici ? demanda-t-elle en ouvrant la portière.

— Qui sait ? Je t'attendais peut-être, dit-il spontanément.

Bon sang, mais à quoi pensait-il ? Il n'allait pas lui faire la cour, tout de même !

Il lut la surprise dans ses yeux.

— Pardon ? dit-elle, piquée au vif.

— Non, en vérité je sors de l'unité pédiatrique. L'infirmière vient de me mettre dehors un peu rudement.

— Et tu t'es laissé faire ? s'exclama-t-elle en soulevant un sourcil incrédule. Ça m'étonne de toi.

Elle ouvrit sa portière.

— Sérieusement, Thorne, tu voulais quelque chose ?

« Toi », se dit-il intérieurement avant de se traiter de tous les noms.

— Je n'ai pas le numéro de téléphone de chez toi, dit-il.

— Je ne te l'ai pas donné.

— A cause de ton mari ?

— Quoi ? Oh non, dit-elle en secouant la tête. Je n'ai pas de mari.

Elle était libre ! Le cœur de Thorne s'accéléra.

— Tu n'as qu'à m'appeler ici, ajouta-t-elle. S'il y a une urgence, l'hôpital saura où me joindre.

— Je serais plus tranquille si…

— Ecoute, Thorne, le coupa-t-elle avec une pointe d'agacement, je sais que tu es quelqu'un qui a l'habitude de tout diriger et d'obtenir toujours ce qu'il veut quand il veut. Mais c'est inutile d'insister, d'accord ? Si tu n'as rien d'autre à me demander, j'y vais.

Ses yeux brillaient de colère, et ses lèvres mouillées par la pluie ne demandaient qu'à être embrassées.

Au diable les convenances et les discours ! Certain qu'elle allait le repousser, il la prit dans ses bras, l'attira contre lui et se pencha vers ses lèvres.

— D'accord, Nikki, dit-il en la sentant sursauter. Je te laisse.

Puis il pressa sa bouche sur la sienne. Au bout de quelques

secondes, les lèvres de la jeune femme s'entrouvrirent, et il sentit son souffle chaud sous la pluie battante. Son parfum subtil le ramena instantanément quelques années en arrière, quand ils faisaient l'amour jour après jour. Et elle lui répondait alors, comme elle le faisait aujourd'hui. Un flot d'émotions trop longtemps contenues le submergea, et, avec un grognement, il la serra et l'embrassa avec plus de fougue encore.

Soudain, Nicole se raidit et rejeta la tête en arrière.

— Arrête, murmura-t-elle, la voix rauque et les lèvres tremblantes.

Elle se ressaisit et essaya de se dégager.

— Ne fais plus jamais ça, Thorne. C'est totalement… totalement déplacé !

— Tu as raison, reconnut-il sans la lâcher pour autant.

— Tu entends, Thorne ?

— Pourquoi ? Je te fais peur ?

— Parce qu'il n'y a plus rien entre nous.

— Je n'en suis pas si sûr…

— Ça suffit ! dit-elle en se dégageant complètement de son étreinte.

Bien qu'il n'eût aucune envie de la lâcher, il la laissa et essaya de calmer la tempête qui s'était levée en lui.

— Je ne sais pas ce que tu as fait pendant ces dix-sept années, reprit-elle, mais, à mon avis, tu devrais prendre des leçons de savoir-vivre.

— Tu crois ? Tu pourrais être mon professeur alors.

— Moi ? Arrête de dire des bêtises, dit-elle avec un sourire las.

Elle se glissa dans sa voiture et tendit la main pour fermer la portière.

Il l'arrêta.

— C'est bon, je regrette ce que j'ai fait.

— Vraiment ?

— Vraiment.

— Alors oublions ça.

Elle tourna la clé pour mettre le contact, marmonna quelque chose à propos des hommes qui se croient tout permis et lui envoya un regard lui signifiant qu'il devait partir. Le moteur toussa, puis s'arrêta.

— Ne me fais pas ça, ordonna-t-elle.

Thorne se demanda un instant à qui elle parlait et la regarda, étonné.

— Pas maintenant…

Elle fit un nouvel essai, et le moteur refusa de partir.

— Zut !

— Si tu veux que je te raccompagne…, lui proposa-t-il, ravi à cette idée.

— Elle va partir. Elle est un peu capricieuse.

— Comme sa propriétaire.

— Si tu le dis.

Elle poussa un soupir et attacha sa ceinture de sécurité.

— Bonne nuit, Thorne, dit-elle en claquant la portière.

Elle tourna la clé une nouvelle fois, et le moteur se mit enfin en marche. Elle appuya sur l'accélérateur pour faire venir l'essence et ouvrit la vitre.

— Je te tiens au courant pour ta sœur.

Et elle démarra. Thorne regarda les feux arrière de la voiture s'éloigner, se maudissant intérieurement.

Il n'aurait pas dû l'embrasser.

Mais il savait qu'il le referait.

A la première occasion.

Oui, il n'hésiterait pas une seconde.

- 3 -

— Mon Dieu, aidez-moi, murmura Nicole, qui essayait de comprendre pourquoi Thorne l'avait embrassée si furieusement, et surtout pourquoi elle s'était laissé faire. « Parce que tu étais d'accord, évidemment. »

En sortant du parking, elle jeta un regard dans le rétroviseur et le vit, debout sous un réverbère. Grand, large d'épaules, trempé de la tête aux pieds, il la suivait du regard. Immobile.

— Il ne me manquait plus que ça, dit-elle en s'engageant sur la rue.

De quel droit se permettait-il de faire irruption dans son bureau sans frapper, de mettre en question la qualité de son travail et… et de l'embrasser comme si elle était une gourde de quinze ans jamais sortie de chez elle !

Voilà le souvenir qu'il avait d'elle. Et c'est bien ce qu'elle était !

Elle rougit de honte et serra très fort le volant. Elle avait travaillé dur pour surmonter sa timidité, pour prendre confiance en elle et devenir le médecin responsable qu'elle était aujourd'hui, et Thorne McCafferty débarquait et remettait tout en cause ! Non, elle ne l'accepterait pas ! Elle n'était plus celle qu'il avait abandonnée, c'était dans une autre vie, et la blessure s'était refermée depuis longtemps.

Elle s'arrêta à un feu rouge, alluma la radio et chercha une station jusqu'à ce qu'elle tombe sur un air qui lui plaisait — Whitney Houston, c'était parfait — et essaya de se calmer. Mais en vain. Elle s'en voulait toujours d'avoir succombé si facilement.

Elle tourna bientôt dans une petite rue et aperçut l'enseigne lumineuse de la pizzeria Montana Joe.

Elle se gara devant et entra dans le restaurant où cinq ou six clients patientaient devant le comptoir. Leurs vêtements détrempés gouttaient sur le sol, et une grande flaque s'était formée sous leurs pieds. Dans un coin de la pièce aménagée avec des paravents entre les tables, un feu crépitait dans la cheminée. Pics, pelles et autres outils de mineurs étaient accrochés sur les murs de bois, et, trônant au centre d'un panneau, Montana Joe, le bison empaillé qui faisait la joie des enfants, fixait de ses yeux de verre les convives qui savouraient les délicieuses pizzas du patron réputées dans toute la région.

Tout en attendant son tour, Nicole vérifia dans son sac combien d'argent liquide il lui restait, prêtant une oreille distraite aux conversations autour d'elle. Deux hommes discutaient du match de vendredi au cours duquel, apparemment, le club de foot de Grand Hope avait perdu face à la ville voisine, son éternelle rivale. Mais certains points étaient litigieux. Classique.

Ailleurs, elle surprit plusieurs fois le nom de McCafferty. « Terrible accident… Tu sais, la demi-sœur… Enceinte, mais personne ne connaît le père… Non, elle n'est pas mariée… Il y a toujours eu des problèmes dans cette famille… Moi, ce que j'en dis… »

Bien que Grand Hope se soit beaucoup développée ces dernières années et soit devenue une agglomération importante à l'échelle du Montana, cela restait néanmoins une petite ville tranquille où tout le monde se connaissait, et les nouvelles se répandaient vite. Nicole prit une carte sur le comptoir et essaya de faire son choix, l'esprit troublé. Elle passa sa commande, attendit près du juke-box en regardant les titres des dernières chansons à la mode, puis, à l'annonce de son nom, prit ses pizzas et sortit rapidement.

Elle ne voulait plus entendre parler des McCafferty, et particulièrement de Thorne. Il était sorti de sa vie. La raison pour laquelle elle avait craqué tout à l'heure était simple : elle n'avait pas embrassé d'homme depuis deux ans, et cela faisait bien cinq ans qu'elle n'avait plus ressenti le frisson de la passion. Et elle ne voulait même plus penser à la flamme du désir qui la ramenait immanquablement à sa jeunesse et à Thorne. Elle devait être un peu fragile en ce moment. C'était tout. Ce moment d'égarement n'avait rien à voir avec de l'amour.

Elle remonta dans sa voiture et voulut démarrer. En vain.

— Allez, démarre, s'énerva-t-elle en appuyant désespérément sur l'accélérateur, se maudissant de n'avoir pas fait réviser son véhicule avant l'arrivée de l'hiver.

— Allez, tu peux y arriver !

Et, à la quatrième tentative, le moteur se mit en marche.

— Bravo ! dit-elle en tapotant le tableau de bord, comme pour l'encourager. Demain, promis, je te conduis au garage.

Elle suivit un labyrinthe de petites ruelles jusqu'à sa maison, située en banlieue. Malgré l'odeur alléchante du fromage fondu et de la sauce épicée qui aiguisait son appétit de minute en minute, ses pensées revenaient obstinément vers Thorne et à la sensation de ses lèvres sur les siennes. Il était pourtant tout ce qu'elle détestait : cynique, prétentieux, arriviste et sans scrupule. Le genre d'homme qu'elle fuyait comme la peste.

Mais derrière cette façade impénétrable et convenue, elle avait senti chez lui, devant le corps inerte de sa sœur, une personnalité plus complexe, plus tendre qu'il ne voulait le laisser paraître. Elle avait été touchée par sa maladresse quand il avait essayé de parler à Randi. Dans ses yeux gris, elle avait lu une profonde détresse, comme s'il se sentait responsable indirectement de cet accident.

— Allez, tu te fais du cinéma, se dit-elle en tournant dans son allée.

Elle s'arrêta devant le garage et nota mentalement qu'entre les inscriptions à l'école, les cours de danse des jumelles, le ménage et les courses, elle devrait penser à appeler le couvreur car le toit commençait à s'affaisser.

Sa sacoche dans une main, les boîtes de pizzas en équilibre dans l'autre, elle courut jusqu'au porche, réussit à ouvrir acrobatiquement la porte, la poussa d'un coup de hanche et entra.

Patches, le chat noir et blanc, faillit la faire tomber en se faufilant entre ses jambes. Des petits pas précipités résonnèrent aussitôt.

— Maman ! Maman ! crièrent les deux fillettes, la suivant dans la cuisine en se bousculant.

Patches, lui, préféra filer vers les chambres.

Molly et Mindy étaient toutes les deux en pyjama rose et blanc, fermé devant par un zip, avec chaussons intégrés. Leurs cheveux étaient encore mouillés et formaient de jolies boucles brunes autour de leurs petits visages aux yeux vifs.

Nicole posa les pizzas, s'agenouilla et serra ses enfants dans ses bras.

— Contentes de retrouver maman ? demanda-t-elle.

— Oh, oui, dit Mindy avec un grand sourire.

— Tu as les pizzas ? demanda Molly, plus pratique et moins romantique.

— Bien sûr, mon cœur. On va se régaler.

Elle posa un baiser sur chaque tête, se redressa, enleva son manteau et le suspendit dans l'entrée.

Jenny Riley entra à son tour dans la cuisine. Grande et élancée, avec de longs cheveux noirs et un piercing dans le nez, la jeune fille âgée de vingt ans était la baby-sitter des jumelles depuis leur arrivée à Grand Hope.

— Comment étaient-elles aujourd'hui ? lui demanda Nicole.

— Affreuses, comme d'habitude, répondit Jenny avec un clin d'œil.

— Pas vrai ! s'écria Molly en serrant les poings. On était sages.

— Sûr ? dit Nicole.

— Oui, dit Mindy. Très sages.

Jenny se mit à rire et se pencha pour renouer les lacets de ses Converse.

— D'accord, les filles, j'ai menti. Vous avez été gentilles. Très gentilles. Toutes les deux.

— C'est vilain de mentir ! cria Molly.

— Je sais, je sais. Je ne recommencerai pas, promit Jenny en prenant son sac.

— Voulez-vous un morceau de pizza ? lui proposa Nicole.

A l'aide d'une spatule, elle fit glisser des parts encore brûlantes sur des assiettes en carton. Les fillettes grimpèrent sur leurs tabourets.

— Non, merci, ma mère m'attend pour dîner, et… j'ai un rendez-vous après.

— Ooooh… Quelqu'un que je connais ?

— Non. A moins que vous ne fréquentiez les cow-boys de vingt-deux ans.

— Seulement aux urgences. J'ai eu l'occasion d'en croiser quelques-uns.

— Pas celui-là, affirma Jenny en rougissant légèrement.

— Racontez-moi.

— Il s'appelle Adam. Il travaille parfois au ranch McCafferty. Mais je vous en dirai plus la prochaine fois, il faut que j'y aille.

La bonne humeur de Nicole s'évanouit en entendant le nom de McCafferty. Décidément, elle était poursuivie !

— Au revoir ! lança Jenny, tandis que Molly se penchait sur la table pour attraper un morceau de jambon sur la part de sa sœur.

Mindy poussa un cri à réveiller les morts.

— Non ! Mamaaaan !

En riant, Molly balança le morceau devant sa bouche grande ouverte et le fit tomber sur sa langue. Puis elle le mâcha consciencieusement en regardant sa sœur.

— Bon, je vous laisse, dit Jenny en s'éloignant.

Nicole allait intervenir auprès des jumelles quand Patches, apparu d'on ne sait où, choisit ce moment pour sauter sur le comptoir à côté du micro-ondes.

— Veux-tu descendre de là, toi ! s'écria-t-elle en frappant bruyamment dans ses mains.

Le chat sauta à terre et fila dans le salon.

— Eh bien, tout le monde s'y met aujourd'hui !

Elle se tourna vers ses filles.

— Molly, ne vole pas dans l'assiette de ta sœur.

— Mais elle mange même pas son jambon, répliqua la fillette avec aplomb.

— Si ! cria Mindy. Mais après.

De grosses larmes commençaient à couler sur ses joues.

— On doit partager, c'est toi qui l'as dit, affirma Molly, sûre de son bon droit.

— Pas la nourriture… Enfin pas comme ça. Tu le sais très bien, Molly. Allons, calmez-vous, ce n'est pas grave.

Nicole prit des morceaux de jambon sur une autre part et les posa sur celle de Mindy.

— Voilà, c'est réparé.

Mais Mindy continuait à pleurer et à pointer un doigt accusateur sur sa sœur.

— Tu es méchante !

Molly secoua la tête.

— Pas vrai.

Nicole lui lança un regard qui lui signifiait de se taire et prit Mindy dans ses bras pour la consoler.

— Allons, tu es une grande fille maintenant. Viens, tu vas te brosser les dents et aller au lit, dit-elle en se levant. Tu viens, Molly ?

— Non !

Une fois seule, Molly hésita un instant puis descendit de son tabouret et courut derrière sa mère et sa sœur. La dispute était oubliée, les larmes séchées, et les deux fillettes se brossèrent les dents sans protester. Tandis que la pizza refroidissait, le trio s'installa confortablement dans le rocking-chair de la grand-mère, sous une couverture bien chaude, pour l'heure des câlins. Nicole lut deux histoires que les jumelles connaissaient par cœur. Mindy commençait à fermer les yeux, et Molly, toujours en alerte, luttait de toutes ses forces pour rester éveillée. Mais au bout de quelques minutes, elle capitula.

Pour la première fois de la journée, Nicole se sentit en paix. Elle jeta un coup d'œil sur le feu que Jenny avait allumé tout à l'heure. Les braises chauffaient encore délicatement sous la cendre, diffusant leur douce chaleur dans la pièce confortable. Nicole se balança un peu, somnolente, et s'assoupit presque.

Puis elle s'extirpa du rocking-chair et porta ses filles jusqu'à leur chambre où elle les coucha avant de les embrasser.

Mindy bâilla et s'enroula en boule, mettant instinctivement le pouce dans la bouche.

— Bonne nuit, maman, marmonna Molly en clignant des yeux.

— Bonne nuit, ma chérie.

Mindy poussa un long soupir et Molly lui envoya un dernier baiser.

Nicole referma doucement la porte et s'appuya contre le chambranle. Les paroles de son ex-mari lui revinrent à l'esprit. « Tu n'y arriveras jamais toute seule. »

— Tu t'es trompé, Paul. Et puis je ne suis pas seule, j'ai les filles.

Elle n'avait pas tout perdu dans ce mariage raté, puisqu'elle avait deux adorables petites filles. Ensemble, elles formaient une famille, pas une famille au sens traditionnel du terme, peut-être, mais une famille tout de même.

Le cœur serré, elle pensa au bébé de Randi, seul dans sa couveuse à la maternité. Personne ne connaissait son père, et sa mère était dans le coma. Qu'allait-il devenir ?

Il avait bien ses oncles. Tous trois semblaient très soucieux de son sort. Mais ils étaient tous célibataires et avaient une vie bien remplie. Qui allait s'occuper de lui ?

— Bah, ils se débrouilleront, se dit-elle en regardant par la fenêtre.

La pluie tombait de la gouttière et s'écrasait sur le sol. Elle pensa encore à Thorne, à la chaleur de ses lèvres, et se dit qu'il vaudrait mieux, désormais, éviter d'être seule avec lui. Elle devrait s'efforcer de maintenir leur relation sur un plan professionnel, car avec Thorne, les ennuis n'étaient jamais loin.

Il était en train de faire une grosse bêtise et il le savait. Mais c'était plus fort que lui.

Conduisant à travers les rues de la ville et s'étonnant de la découvrir si animée, Thorne avait décidé de revoir

Nicole avant de rentrer au ranch. Elle allait certainement être furieuse, et elle aurait tout à fait raison. Mais il fallait qu'il la voie une dernière fois aujourd'hui.

Après l'avoir quittée sur le parking, il était finalement retourné à l'hôpital, avait bu un café à la cafétéria puis avait essayé de joindre plusieurs médecins qui étaient intervenus auprès de Randi et du bébé. Mais il n'était tombé que sur des répondeurs. Après avoir parlé avec les infirmières des unités concernées, il avait appelé au ranch pour dire qu'il arriverait bientôt. Il s'était arrêté au stand de fleurs pour acheter une rose blanche et, courbant l'échine, avait couru sous la pluie et sauté dans son pick-up.

— Je suis fou, se dit-il en franchissant un petit pont.

Il venait d'arriver dans un quartier résidentiel et cherchait la rue de Nicole. Il avait trouvé son adresse dans le répertoire des médecins, en consultant le registre de l'hôpital. Se préparant à une douche froide, au figuré celle-là, il s'arrêta devant la petite maison et descendit de voiture.

Il remonta d'un pas décidé l'allée de dalles et pressa le bouton de la sonnette. Il avait connu des situations pires après tout. Il entendit des bruits de pas à l'intérieur. Le couloir s'illumina, et Thorne vit le visage de Nicole à travers une des petites fenêtres découpées dans la porte.

Le verrou claqua, et la porte s'entrebâilla. La jeune femme apparut, enveloppée dans un peignoir blanc.

— Que se passe-t-il encore ? laissa-t-elle tomber froidement.

Ses yeux se posèrent sur la rose qu'il tenait à la main.

Il sourit, soudain gêné.

— En fait, cela me semblait être une bonne idée tout à l'heure… mais maintenant… je me sens un peu idiot.

— Que cherches-tu exactement ? demanda-t-elle en levant les sourcils.

— Je… je voulais te présenter des excuses pour mon comportement de tout à l'heure.

— Sur le parking ?

— Et à l'hôpital.

— Tu étais bouleversé. Ce n'est pas grave.

— Peut-être, mais je suis allé trop loin, et je voulais me racheter.

— Et comment ? Avec ça ? demanda-t-elle en montrant la fleur.

— Oui.

Il lui tendit la rose. Malgré son attitude pour le moins revêche, il sentit qu'elle était émue. Elle prit la rose et la porta à son nez.

— Merci, Thorne. Mais ce n'était pas la peine.

— Si, je crois que je te dois une explication.

Elle se raidit de nouveau.

— C'était juste un baiser. Je survivrai.

— Une explication… à propos du passé.

— Ah non ! s'écria-t-elle. Je ne veux plus revenir là-dessus ! La journée a été longue, pour toi comme pour moi. Je te remercie pour la rose et pour les excuses, c'est très gentil, mais je crois qu'il est préférable pour tout le monde, pour nous, mais aussi pour ta sœur et pour le bébé, que nous fassions comme s'il ne s'était rien passé entre nous.

— Tu crois que c'est possible ?

— O… oui, bien sûr.

Il ne put s'empêcher de sourire.

— Tu mens, et tu le sais très bien, dit-il.

Nicole recula d'un pas. Comment avait-il osé venir chez elle et… Et quoi ? S'excuser ? Embrasser une femme était-il un crime ? Qu'attendait-elle pour lui dire d'entrer et lui offrir un verre ?

— Faux ! s'écria-t-elle.

— Tu ne mens pas ?

— D'habitude, non, marmonna-t-elle en se ressaisissant. Elle sentait que son peignoir s'entrouvrait sur sa poitrine, et elle se retint de le resserrer comme une petite fille effarouchée.

— Mais tu as l'art de faire ressortir mes mauvais côtés, ajouta-t-elle.

— N'est-ce pas…

Il se pencha vers elle, et elle crut qu'il allait l'embrasser de nouveau. Mais il se contenta de déposer un baiser sonore sur sa joue.

— Bonne nuit, docteur, murmura-t-il avant de se retourner et de s'éloigner rapidement sous la pluie.

Elle resta un moment sans bouger dans la lumière du porche, serrant la fleur, et le regarda faire demi-tour et disparaître dans la nuit. Puis, frissonnante, elle rentra, referma la porte et tira le verrou presque machinalement. Elle ne comprenait pas bien ce qui arrivait, mais elle avait l'impression de faire quelque chose de mal.

Elle ne pouvait pas, ne voulait pas reprendre une relation avec Thorne McCafferty. En aucune manière. Il fallait qu'elle jette cette fleur à la poubelle. Immédiatement. Elle se dirigea résolument vers la cuisine, ouvrit le placard sous l'évier et hésita. Les excuses de Thorne étaient maladroites, enfantines presque. Il n'y avait rien de mal là-dedans. Finalement, elle sortit un vase qu'elle remplit d'eau et y planta la rose presque avec rage.

Thorne se gara devant la remise où l'on rangeait autrefois les machines agricoles et regarda la maison où il avait grandi. Il s'était pourtant juré, un jour, de ne jamais y revenir. A travers les rideaux de pluie, il distinguait la silhouette trapue de la grande bâtisse éclairée par les hautes fenêtres qui brillaient dans la nuit. Un paradis autrefois, mais aussi une prison.

Il attrapa son porte-documents et son sac de voyage, se demandant encore ce qui lui avait pris. Pourquoi était-il passé chez Nicole ? Ce n'était pas seulement pour s'excuser, il le savait bien. C'était comme si cette rencontre inattendue avait réveillé un feu qui brûlait en lui et dont il ignorait l'existence.

Mais pour l'instant, il avait autre chose à faire que de s'attarder sur ses sentiments pas tout à fait clairs, il le sentait.

L'étable était allumée, et il reconnut la voiture de Slade à côté de la grange. Il repensa à la première fois qu'il avait vu Nicole, pour la fête nationale, le 4 Juillet. Elle n'avait que dix-sept ans, c'était une jeune fille timide et réservée. Elle regardait la colline d'où allait être tiré le feu d'artifice, et il avait tout de suite remarqué ses yeux, les plus beaux qu'il ait jamais vus.

C'était étrange, il n'avait jamais repensé à cette nuit jusqu'à présent. Il avait l'impression que des siècles s'étaient écoulés depuis.

D'autres souvenirs plus anciens et plus douloureux se raccrochaient au ranch familial, comme lorsqu'il avait failli se noyer dans un étang, à huit ans, alors qu'il chassait le faisan avec ses frères. Ou comme le silence glacial qui s'était installé peu à peu entre ses parents.

Bravant la pluie, il courut jusqu'au perron, grimpa d'un coup les quelques marches et ouvrit la porte. A l'intérieur, il retrouva les parfums de son enfance, le feu dans la cheminée, les parquets cirés, et l'odeur tenace et alléchante du bacon frit qui s'engouffrait dans les couloirs et les pièces. Il jeta ses affaires dans le hall et essuya la pluie de son visage.

— Thorne ?

La voix de Matt résonna dans la demeure centenaire, et Thorne entendit son frère descendre à grandes enjambées du premier étage.

— Je me demandais quand tu allais arriver.

Vêtu de son éternel jean et d'une chemise de cow-boy, Matt serra son frère dans ses bras.

— Comment vas-tu, vieux frère ?

— Bien, comme toujours.

— En route pour la fortune, les dents bien acérées ? lança Matt selon sa formule habituelle.

Mais cette fois, Thorne en fut gêné et contrarié.

— Espérons, dit-il en déboutonnant son manteau.

Il mentait. Il était fatigué de sa vie. Il voulait autre chose. Mais il ne savait pas quoi.

— Comment va Randi ? demanda Matt, le visage grave.

— Rien de nouveau depuis que je t'ai appelé de l'hôpital.

— Je suppose que cela va prendre du temps, fit remarquer Matt en indiquant du menton le grand salon éclairé. Viens, je t'offre un verre. J'ai l'impression que tu en as besoin.

— Tant que ça ?

— On en a tous besoin aujourd'hui.

Thorne approuva de la tête.

— Où est Slade ? demanda-t-il.

— Il nourrit les bêtes. Il a bientôt terminé, je pense. J'allais sortir pour l'aider, mais puisque tu es là… Oh ! il se débrouillera bien sans moi.

Matt ponctua ses paroles de son sourire taquin qui avait séduit tant de femmes. Aucune ne résistait à cet homme grand et ténébreux. Deuxième de la fratrie, il avait les yeux presque noirs, la peau tannée par la vie au grand air, et la barbe aussi sombre que celle de son père autrefois.

Taillé dans le roc, Matt McCafferty savait tout faire dans un ranch : ferrer un cheval, dompter un mustang ou attraper un veau au lasso. Bourru, sauvage. Et têtu comme un âne.

Matt était chez lui au ranch.

Pas Thorne.

Pas depuis que ses parents avaient divorcé.

— Regardez-moi ça, dit Matt avec un sifflement d'admiration en passant la main sur le tissu du manteau de son frère. Ma parole, tu ne te refuses rien. Une vraie gravure de mode.

— Tu exagères. J'étais au bureau quand Slade m'a appelé, répondit Thorne en riant.

Il accrocha son manteau à une patère en cuivre qui devait avoir l'âge de la maison. Le long manteau de cachemire semblait incongru au milieu des vestes en jean et en peau retournée.

— Et je n'ai pas eu le temps de me changer, ajouta-t-il en dénouant sa cravate de soie. Bien, allons discuter au chaud maintenant.

— Bonne idée.

Ensemble, ils pénétrèrent dans le grand salon. Les canapés de cuir étaient fatigués, le piano couvert de poussière, et les deux rocking-chairs qui encadraient la cheminée noircie semblaient figés dans l'immobilité. Au-dessus, le fusil du grand-père trônait, suspendu à des bois d'élan.

Matt ouvrit le placard où étaient rangés les alcools, sous

une bibliothèque remplie de livres aux reliures de cuir que personne n'avait ouverts depuis bien longtemps.

— Qu'est-ce que tu prends ?

— Un whisky.

— Sec ?

— Euh… oui.

Matt fouilla parmi les bouteilles et sortit un flacon poussiéreux.

— Tu as de la chance.

Il sortit des verres, les essuya avec sa manche et servit deux whiskys.

— Je peux aller chercher des glaçons dans la cuisine, si tu veux.

— Pas la peine pour moi.

— Vu les circonstances, un whisky sec s'impose, murmura Matt avec une grimace.

— Effectivement.

Thorne prit le verre que lui tendait son frère et ils trinquèrent.

— A Randi.

— A Randi.

Thorne porta son verre à ses lèvres et se détendit un peu en sentant le liquide brûlant couler dans sa gorge. Il fit tourner sa tête pour essayer d'apaiser les tensions dans son cou.

— Alors ? Dis-moi ce que tu sais, demanda-t-il tandis que Matt allumait le petit bois dans la cheminée. Que s'est-il passé exactement ?

— J'aimerais bien le savoir. D'après la police, Randi a eu son accident toute seule, à Glacier Park. Il n'y a pas de témoin, personne ne sait comment c'est arrivé. L'enquête est en cours, mais on suppose qu'elle a glissé sur une plaque de verglas, ou a peut-être voulu éviter un obstacle, un cerf ou autre chose. Le résultat, c'est qu'elle a perdu le contrôle de sa voiture et qu'elle est sortie de la route. Elle est tombée dans le fossé et… et elle a eu de la chance de s'en sortir vivante, conclut-il d'une voix tendue.

Le visage de Thorne se crispa.

— Qui l'a trouvée ? demanda-t-il.

— Des gens qui passaient par là. Ce sont eux qui ont appelé le shérif du comté.

— Tu as leurs noms ?

Matt fouilla dans la poche de son jean et sortit un bout de papier qu'il tendit à Thorne.

— Jed et Bill Swanson. Deux frères qui revenaient de la chasse. Tu as aussi le nom du shérif adjoint.

Thorne passa en revue la liste de noms et s'attarda sur celui du Dr Nicole Stevenson.

— Nous devrions garder cette liste, il y a toutes les personnes impliquées dans l'affaire, ajouta Matt.

— Bien sûr, dit Thorne en la mettant dans sa poche. As-tu une idée de ce que faisait Randi là-haut ? D'après les dernières nouvelles, elle travaillait à Seattle. Sais-tu quelque chose sur le père du bébé ?

Matt finit son verre.

— Rien du tout.

— Quand même, c'est un comble ! Il faut absolument retrouver ce salaud et savoir de quoi il retourne.

— Tu peux compter sur moi, décréta Matt en regardant son frère droit dans les yeux.

— Commençons tout de suite alors. Dès que Slade sera là, nous nous répartirons les recherches. Mais avant tout…

— Randi et le bébé, le coupa son frère.

— Oui. Nous pouvons entamer toutes les recherches du monde, cela n'aura aucun sens s'ils ne s'en sortent pas.

— Ils s'en sortiront, affirma Matt.

A ce moment, la porte s'ouvrit et Slade apparut, apportant dans son sillage l'odeur âcre de l'étable.

— Merci pour votre aide, les gars, grommela le plus jeune des frères McCafferty.

Il prit un verre et se servit une bonne rasade de whisky.

— Tu t'en es bien tiré, je parie, ironisa Matt.

— Qu'est-ce qui te fait croire que Randi va guérir ? lui demanda Thorne.

— C'est une McCafferty. Comme nous. Elle est trop forte pour renoncer.

Mais à cet instant précis, Thorne en doutait un peu.

- 4 -

— Je veux pas danser, annonça Molly à sa mère qui venait chercher ses filles à la maternelle.

La pluie s'était arrêtée pendant la nuit, et un pâle soleil d'octobre perçait timidement les nuages.

— Pourquoi donc, ma puce ?

— Parce que j'aime pas.

Molly grimpa dans son siège-auto et commença à accrocher sa ceinture pendant que sa mère aidait Mindy.

— L'année prochaine je t'inscrirai au foot, et au printemps, tu iras à la piscine, lui promit Nicole. Mais pour l'instant, tu continues la danse, cela ne peut pas te faire de mal. Et j'ai payé les leçons.

— Moi, j'aime bien danser, dit Mindy en lançant un regard de reproche à sa sœur. Et j'aime bien miss Palmer.

— Moi, je la *déteste* ! rétorqua Molly en croisant ses bras potelés sur sa poitrine, le regard noir.

Nicole s'installa au volant, dissimulant un sourire.

— C'est pas bien de détester, dit Mindy d'un air sentencieux en cherchant du regard sa mère pour s'assurer que sa sœur était bien l'incarnation du diable.

— « Détester » est un mot un peu fort, c'est vrai, confirma Nicole en démarrant. Tu ne dois pas dire cela, Molly.

Cette fois, le moteur partit au quart de tour.

Mindy jeta un regard faussement angélique à sa sœur en secouant ses boucles brunes.

— Arrête ! Mamaaan, elle arrête pas de me regarder !

— Ça suffit, maintenant. Toutes les deux.

— Je veux une glace, dit Molly.

— Après la danse.

— Je *déteste* la danse.

— Je sais, Molly, on en a déjà parlé. Maintenant, c'est terminé, dit Nicole en mettant en route le chauffage et le dégivrage.

Elle traversa le petit pont puis s'engagea dans la partie plus ancienne de la ville et s'arrêta bientôt devant un bâtiment de brique rouge, un ancien collège transformé en centre culturel. Elle confia les jumelles à une responsable du centre puis se rendit à une station-service pour faire réparer sa voiture. Le mécanicien, un homme grisonnant au ventre proéminent, souleva le capot, plongea dans le moteur et se releva en se grattant la tête.

— Là, je ne vois rien, soupira-t-il en s'essuyant les mains avec un chiffon. Tout a l'air normal. Il faudrait que vous la laissiez pour qu'on fasse des vérifications.

Nicole prit rendez-vous, croisa mentalement les doigts pour que ce ne soit pas trop grave puis fit quelques courses avant d'aller récupérer ses filles. Comme promis, elle leur acheta une glace.

— Pourquoi papa vit pas avec nous ? demanda Mindy alors qu'elles arrivaient devant la maison.

— Parce que papa et maman ont divorcé, dit Nicole. Vous le savez. Allez, descendez de la voiture.

— Et papa vit très loin, renchérit Molly.

La glace coulait sur son menton.

— Il vient jamais nous voir. Le papa de Bobbi Martin, il vient toujours la voir.

— Vous aimeriez voir papa plus souvent ? demanda Nicole en ouvrant la portière arrière.

— Ouiiii !

— Pas moi, dit Molly en secouant la tête. Il nous aime pas.

— Molly, voyons !

Nicole allait prendre la défense de son ex-mari mais se ravisa. Molly n'avait pas tort. Paul s'était totalement désintéressé de ses filles depuis le divorce. Il se contentait d'envoyer la pension, devant estimer que cela suffisait à remplir son rôle de père.

— Tu ne peux pas dire cela, tu ne le connais pas bien, reprit-elle néanmoins.

— Est-ce qu'il va venir ? demanda Mindy, les yeux brillants, oubliant sa glace qui coulait lentement mais sûrement le long de ses doigts.

— Je ne sais pas. Pas pour l'instant je crois. Mais si vous voulez, je peux l'appeler.

— Oh oui ! s'exclama Mindy.

— Il viendra pas, affirma Molly sans s'émouvoir. Tiens, j'en veux plus, ajouta-t-elle en tendant son cornet de glace à sa mère.

Elle sauta de la voiture et courut vers les balançoires.

— Mindy, tu aurais pu m'aider ! dit Nicole en soulevant la barre de sécurité du siège-auto.

— Non, c'est toi maman.

Mindy descendit à son tour avec un sourire malicieux, sa glace toujours à la main.

« Elles sont trop gâtées, se dit Nicole en rentrant les sacs de courses. Tu leur passes tout sous prétexte de compenser l'absence de leur père. »

Etait-elle responsable de cette situation ? Elle avait eu de bonnes raisons de vouloir quitter San Francisco et recommencer sa vie ailleurs. Mais en faisant ce choix, en éloignant ses enfants de leur père, ne les privait-elle pas d'une partie essentielle de leur vie ?

Non que Paul se soit montré très présent lorsqu'elles vivaient là-bas. Il ne les voyait que rarement, d'autant que sa nouvelle femme avait bien fait comprendre qu'elle ne voulait pas s'encombrer d'enfants.

Alors elle n'avait rien à se reprocher. Ses filles allaient très bien.

Patches, qui se nettoyait le museau sur le rebord de la fenêtre, sauta légèrement sur le sol.

— Tu es un coquin, toi, lui dit Nicole en lui remettant quelques croquettes dans sa gamelle.

Elle rangea ses courses en surveillant les filles par la fenêtre ; elles jouaient gaiement sur la balançoire dans l'air vif, tandis que les nuages s'amoncelaient de nouveau. Puis elle écouta les messages sur son répondeur.

La première voix qu'elle entendit était celle de Thorne McCafferty. Son cœur tressaillit dans sa poitrine.

« Bonjour, c'est Thorne. Rappelle-moi. »

Suivait son numéro de téléphone débité à toute allure.

Pourquoi cherchait-il à la revoir après toutes ces années ? En tout cas, il insistait lourdement. Il avait été son premier amour, certes, mais cela faisait si longtemps... Et elle, pourquoi était-elle si émue ? Elle jeta un coup d'œil à la rose blanche, une simple marque de savoir-vivre, rien de plus, se dit-elle.

Elle soupira. Oui, vraiment, elle aurait bien aimé savoir pourquoi elle n'arrivait pas à le chasser de ses pensées. Elle n'était pas seule. Elle avait tout ce qu'il lui fallait. Et elle ne voulait pas d'homme dans sa vie. Du moins pas pour l'instant. Alors pourquoi, chaque fois qu'elle entendait la voix de Thorne, les souvenirs enfouis resurgissaient-ils et commençaient-ils une ronde folle dans sa tête ?

— Parce que tu es une idiote !

En finissant de décharger la voiture, elle se remémora leur première rencontre. Le soleil se couchait, le ciel était rougeoyant derrière les collines, et les premières étoiles apparaissaient déjà. L'air était encore chaud, une brise légère soulevait ses cheveux et lui caressait le visage. Elle était assise sur une couverture, seule, car sa meilleure amie l'avait lâchée au dernier moment pour rejoindre son petit copain. Soudain, Thorne était apparu, grand, athlétique, vêtu d'un T-shirt moulant et d'un jean délavé qui tombait sur ses hanches.

— La place est prise ? avait-il demandé.

Elle n'avait pas répondu, croyant qu'il s'adressait à quelqu'un d'autre.

— Excuse-moi, avait-il insisté, je peux m'asseoir ici ?

Elle s'était tournée vers lui et avait rencontré son regard gris, intense, qu'elle n'oublierait jamais plus. Elle avait du mal à comprendre. Il y avait des dizaines de couvertures éparpillées dans le champ, des centaines de gens qui pique-niquaient sur cette colline en attendant le spectacle. Et il voulait s'asseoir là, à côté d'elle ?

— Oui… bien sûr, avait-elle bégayé, le visage cramoisi.

Il s'était installé à côté d'elle, les bras autour de ses genoux repliés. Quelques centimètres à peine les séparaient, et elle pouvait sentir son odeur, un mélange d'eau de toilette et de savon.

— Merci, avait-il dit de sa voix grave, avec un sourire éclatant. Je suis Thorne McCafferty.

Elle connaissait le nom, bien sûr, et avait entendu parler de sa famille. Elle avait croisé ses frères à plusieurs reprises, mais jamais elle n'avait vu le plus âgé des frères McCafferty. Jamais de sa vie non plus elle n'avait senti son cœur s'emballer à ce point sous le regard d'un homme ; car c'était bien un homme, et non plus un adolescent.

De cinq ans son aîné, il semblait à des années-lumière de son univers. Il avait été pensionnaire quelque part sur la côte est, dans un collège très chic, mais elle ne se souvenait plus exactement lequel.

— Je suppose que tu as un nom, avait-il dit, légèrement moqueur.

Elle s'était sentie en dessous de tout.

— Oh… oui. Nicole Sanders, avait-elle bégayé en lui tendant la main.

— Ah, Nicole.

— Oui. Parfois on m'appelle Nikki, avait-elle ajouté en avalant sa salive.

Avec sa queue-de-cheval, son jean coupé et son chemisier sans manches, elle avait l'impression d'être une petite fille.

— Nikki, c'est joli.

Il avait arraché un brin d'herbe et s'était mis à le mâchouiller nonchalamment. Nicole le regardait du coin de l'œil. Il était très sexy. Bien plus viril que tous les garçons qu'elle avait fréquentés jusqu'alors.

— Tu habites ici ?

— Oui, en ville. Alder.

— Alder Street. Je m'en souviendrai, avait-il promis.

Mon Dieu, elle avait failli mourir. Là, tout de suite, sur cette couverture. Il lui avait lancé un clin d'œil et s'était allongé tout près d'elle.

Et sous un feu d'artifice qui illuminait le ciel de mille couleurs, Nicole France Sanders avait passé la soirée la plus romantique de sa vie et, sans penser aux conséquences, était tombée éperdument amoureuse.

Mais tout cela, c'était il y avait une éternité. Un moment magique, inoubliable. Et aujourd'hui encore, dans sa petite cuisine, elle ressentait le même picotement d'excitation au fond d'elle, la même irrésistible attirance en pensant à Thorne.

— Stop, terrain glissant, murmura-t-elle en serrant fort le bord du comptoir. Tout cela est fini depuis longtemps. Pour Thorne aussi, certainement.

Elle fit rentrer les jumelles, leur donna un bain, leur lut une histoire puis, avec appréhension, composa le numéro du Flying M Ranch.

Thorne décrocha tout de suite.

— Flying M Ranch. Thorne McCafferty à l'appareil.

— Bonsoir, c'est Nicole. Tu m'as appelée ? dit-elle en surveillant ses filles qui couraient dans toute la maison.

— Oui. J'aimerais que l'on se revoie.

Elle faillit lâcher le téléphone.

— P… pardon ?

— On pourrait dîner ensemble.

On y était ! Le cœur battant, elle fixait la rose qui commençait à s'ouvrir.

— Il… y a une raison particulière ?

— Plusieurs en fait. J'aimerais parler avec toi de Randi et du bébé, bien sûr. De leur traitement, de leur convalescence quand ils sortiront de l'hôpital, de ce qui se passera si on ne trouve pas le père. Ce genre de choses.

— Oh, fit-elle, déçue. Mais tu pourras tout aussi bien voir cela avec les autres médecins.

— C'est à toi que je veux parler, murmura-t-il.

— Ce sont des professionnels.

— Mais je ne les connais pas. Je n'ai pas confiance.

— Et à moi, tu me fais confiance ? ironisa-t-elle, touchée malgré elle.

— Oui.

Les jumelles déboulèrent dans la pièce.

— Maman, maman, elle m'a tapée ! criait Molly, furieuse, tandis que Mindy secouait la tête en signe de protestation.

— C'est pas moi !

— Si, c'est elle !

— Mais c'est elle qu'a commencé !

Et Molly se mit à pleurer.

— Excuse-moi un instant, Thorne. Mes filles sont en pleine guerre.

— Je t'en prie.

Nicole s'agenouilla et embrassa Molly pour la consoler.

— Je ne savais pas que tu avais des enfants, reprit Thorne.

— Des jumelles. De vraies tornades. Je suis divorcée, ajouta-t-elle aussitôt. Cela va faire deux ans.

Elle crut entendre un soupir de soulagement à l'autre bout du fil, mais peut-être étaient-ce les sanglots de Molly.

— Je te rappelle un peu plus tard, si tu veux, lui proposa Thorne.

— D'accord.

Elle raccrocha et prit les deux fillettes dans ses bras, mais ses pensées allaient vers Thorne. Elle avait envie d'être seule avec lui. Mais non, elle ne prendrait pas ce risque. Même s'il avait essayé de s'excuser pour sa conduite d'autrefois, même si elle avait espéré son retour pendant des années. Elle n'était plus seule à présent, elle avait des enfants, et ses peines de cœur passaient au second plan. Et pourtant… elle avait envie de le voir, de lui sourire, de l'embrasser… Mais elle s'égarait. Le baiser sur le parking avait été si passionné qu'il avait réveillé en elle des souvenirs merveilleux, et le baiser chaste posé sur sa joue l'avait troublée plus encore. C'était comme une caresse pleine de promesses…

— Arrête ça ! dit-elle tout haut.

— Arrête quoi ? demanda Molly, les yeux remplis de larmes. J'ai rien fait !

— Je sais, ma chérie, je sais.

Thorne chassa Nicole de ses pensées et entra dans l'étable. Il avait bien d'autres soucis en tête, d'autres problèmes plus urgents à régler. En plus de l'état de santé de Randi et du bébé, il y avait la question de l'accident, et évidemment les affaires qu'il avait laissées à Denver.

L'odeur de paille fraîche et de bêtes mouillées lui rappela immédiatement son enfance. De grosses gouttes de pluie commençaient à marteler le toit de tôle tandis que Slade lançait les ballots de foin depuis le grenier. Matt les tirait jusqu'aux mangeoires et coupait avec dextérité les liens qui les retenaient. Thorne saisit une fourche et, comme chaque hiver quand il était jeune, se mit à répartir le foin dans les mangeoires.

Les bêtes se bousculaient pour manger. Leurs robes brunes, rousses, noir et blanc, bien fournies en prévision de l'hiver, étaient poussiéreuses et maculées de boue.

Thorne les observa un instant. Après une journée de folie, ce travail physique lui faisait du bien. Il avait passé la matinée assis au bureau de son père d'où il avait appelé Nicole, sa secrétaire à Denver, plusieurs clients et quelques prospects, ainsi que des magasins de la région car il avait besoin de matériel pour installer un bureau provisoire au ranch. Puis il s'était rendu à l'hôpital pour discuter avec les médecins et essayer de comprendre ce qui était arrivé à sa sœur.

Sur ce dernier point, il n'avait guère avancé. De plus, il avait espéré croiser Nicole, mais en vain.

— Personne ne sait pour quelle raison Randi était revenue dans le Montana, dit-il en étalant le foin avec la fourche.

Une génisse y plongea son gros museau blanc.

— J'ai appelé un peu partout cet après-midi, pendant que tu étais à l'hôpital, dit Slade.

— Et alors ?

— Rien. Le noir complet.

Slade lança un dernier ballot puis sauta à terre. Il fit la grimace en atterrissant sur sa mauvaise jambe. Son boitillement ainsi que la longue cicatrice qui lui barrait la joue étaient les souvenirs d'un grave accident de ski qui avait failli lui coûter la vie. Mais ces marques n'étaient que la partie visible de l'iceberg, car Thorne imaginait que les blessures de son âme devaient être bien plus profondes. Son frère, quelques mois auparavant, avait perdu sa fiancée qui était enceinte.

— J'ai parlé à plusieurs personnes qui travaillent au *Seattle Clarion*, le journal pour lequel elle écrivait. Je ne sais pas très bien ce qu'elle y faisait, d'ailleurs.

— Elle répondait au courrier du cœur, lui apprit Thorne.

Une pluie froide se mit à battre les fenêtres, et le vent se leva dans la vallée, annonçant l'hiver.

— C'est un peu plus que ça, intervint Matt. Ce sont des conseils pour les personnes seules. Sur tous les sujets, le divorce, comment élever ses enfants seul, comment aborder les nouvelles relations, comment trouver l'équilibre entre le travail et la famille, gérer son budget... et je ne sais quoi encore.

— Tu es bien au courant, fit remarquer Thorne, prenant conscience que son frère était resté plus proche de leur sœur que Slade et lui.

— J'ai récupéré un autre journal qui publie ses articles. Il est distribué assez loin, jusqu'à Chicago.

— Vraiment ? Je ne savais pas.

Thorne était vexé. Finalement, il ne savait pas grand-chose de sa sœur.

— Oui, elle a beaucoup d'humour, et ça marche bien.

— Depuis quand est-elle journaliste ? demanda Slade.

— Aucune idée, dit Matt en frottant sa barbe naissante. En tout cas, elle donnait des conseils aux autres, mais cela ne l'a pas aidée pour sa propre vie, on dirait.

Thorne donna un coup de pied dans une balle de foin qui s'affaissa et s'ouvrit. Pourquoi Randi ne lui avait-elle pas dit qu'elle attendait un bébé ? Pourquoi ne lui avait-elle pas confié ses difficultés ? Mais évidemment, elle ne pouvait pas prévoir ce qui allait arriver.

— Bien ! Avez-vous trouvé autre chose ? demanda-t-il, refusant de se laisser gagner par la culpabilité.

Slade haussa les épaules.

— Rien de très intéressant. Ses collègues savaient tous qu'elle était enceinte, évidemment. Elle ne pouvait plus le cacher. Mais personne ne connaît le nom du père.

— Tu crois qu'ils sont sincères ?

— Je pense, oui.

— Bien.

— Et personne ne lui connaissait de petit ami.

— Alors il y a vraiment un problème, grommela Matt.

Slade poussa une vache pour que les jeunes veaux puissent s'approcher de la mangeoire.

— Allez, pousse-toi, ordonna-t-il à l'animal qui se contenta de bouger les oreilles.

Il s'essuya les mains sur son jean râpé.

— L'éditeur de Randi, Bill Withers, dit qu'elle avait prévu de s'arrêter trois mois, le temps de s'installer et de s'organiser avec son bébé. Elle avait écrit assez d'articles d'avance, et ils avaient un petit stock pour tenir quelques mois. Elle ne pensait pas revenir travailler avant le début de l'année.

— Donc elle n'avait pas de problème au travail ?

— Apparemment, non. Mais j'ai le sentiment que son entourage ne savait pas tout.

— Ça, c'est typique des journalistes. Ils sont toujours prêts à fourrer leur nez dans les affaires des autres, mais quand il s'agit de parler d'eux, il n'y a plus personne, ironisa Matt en ramassant les morceaux de ficelle épars. Ils étaient au courant de son accident, à son boulot ?

— Non, dit Slade. Et ils ont été très choqués. Surtout ceux dont elle était proche. Sarah Peeples, qui fait la chronique cinéma, a failli s'évanouir en apprenant la nouvelle. Elle n'arrivait pas à croire que Randi était à l'hôpital. Dave Delacroix, qui s'occupe de la rubrique sport, croyait que je faisais une mauvaise blague. Quand il a compris que je ne plaisantais pas, il est devenu agressif. Il a exigé des explications. Je n'ai pas pu lui en donner.

— Cela nous donne au moins quelques éléments, dit Thorne en réfléchissant.

« Il est temps d'agir », pensa-t-il.

Slade prit un balai pour rassembler les dernières brindilles de foin.

— Allez-y, je vous rattrape, dit-il. Servez-moi un verre.

— O.K.

Thorne suivit Matt sous la pluie de plus en plus glaciale. L'hiver s'installait rapidement.

Dans la maison, Matt ralluma les braises de la veille, et Thorne servit trois whiskys. Ils commencèrent à boire en attendant Slade, s'inquiétant pour leur intrépide demi-sœur et se demandant comment ils allaient s'organiser pour le bébé.

— Finalement, aucun de nous ne connaît vraiment la vie de Randi, murmura Thorne d'un air pensif.

— Je pense que cela l'arrangeait. On peut toujours se trouver des torts les uns ou les autres, mais en fait, c'était son choix. Tu te souviens, quand papa est mort ?

Comment aurait-il pu oublier ? A l'enterrement de leur père, en mai dernier, Randi était inconsolable, refusant tout réconfort de la part de ses frères, préférant rester à l'écart de la famille, drapée dans une robe de crêpe noire trop grande pour elle, pendant qu'un jeune prêtre qui connaissait à peine le mort récitait les prières.

Elle devait être enceinte de quatre mois à l'époque. Mais Thorne était à mille lieues d'imaginer une telle chose. Il était enfermé dans sa propre tristesse, tripotant sans cesse l'anneau que lui avait donné son père et qui ne quittait jamais sa poche.

— Randi a toujours été très secrète sur sa vie, reprit-il.

— Comme nous tous, non ? fit remarquer Matt.

— Il est peut-être temps de changer tout ça.

— C'est vrai, admit son frère en levant son verre.

La porte d'entrée s'ouvrit, et une bourrasque de vent s'engouffra dans le hall. Slade se réfugia vite dans le salon en secouant ses cheveux mouillés. Il retira sa veste et la jeta sur le canapé.

— Des nouvelles de Randi ? demanda-t-il en se dirigeant vers le placard au fond de la pièce.

Il prit son verre et en vida une bonne partie.

— Non.

— J'espère vraiment qu'elle va s'en sortir, poursuivit Slade, comme s'il se parlait à lui-même.

Le plus jeune des trois frères était une vraie tête brûlée. Il avait roulé sa bosse du Mexique au Canada, laissant derrière lui une multitude de cœurs brisés. Tandis que Matt s'était acheté un petit ranch près de la frontière de l'Idaho, Slade semblait incapable de se fixer nulle part. Il avait tout fait : courses de voitures, rodéos, et même des cascades dans des films. Les marques de cette vie mouvementée étaient d'ailleurs visibles sur son corps, et parfois Thorne se demandait pourquoi son jeune frère aimait flirter ainsi avec la mort.

Debout devant le feu, Slade se chauffait le dos.

— Qu'allons-nous faire avec le bébé ? demanda-t-il.

— Nous nous en occuperons en attendant que Randi se remette.

— Il faudra faire quelques aménagements dans la maison, alors, fit remarquer Slade.

— Le chirurgien orthopédiste a appelé, annonça Matt en revenant dans la pièce. Dès que l'état de Randi le permettra, il opérera sa jambe.

— Parfait. J'ai appelé Nicole, leur apprit Thorne. Je voulais avoir son avis sur le pronostic des médecins et sur la suite des événements.

— Nicole ? s'étonna Matt. Je savais bien qu'elle me disait quelque chose. Tu es sorti avec elle, n'est-ce pas ?

— Oui, mais cela n'a duré que quelques semaines, précisa Thorne en se renfrognant.

— Je ne me souviens pas, dit Slade en se grattant le cou.

— Parce que tu étais occupé sur les circuits de courses à courir les filles, ironisa Matt. On ne te voyait pas beaucoup, à l'époque.

Slade ne prêta aucune attention à la remarque de Matt et considéra Thorne d'un air moqueur.

— Laisse-moi deviner… Tu l'as quittée pour une autre créature de rêve aux longues jambes ?

— Non, il n'y avait pas d'autre femme, répliqua Thorne, surpris par son ton agressif.

— Tu voulais juste prouver à papa et à la Terre entière que tu pouvais te débrouiller seul dans la vie.

— C'était il y a bien longtemps, murmura Thorne. Pour l'instant, il faut nous concentrer sur Randi.

— Et c'est pour cela que tu as appelé le Dr Stevenson ? dit Matt, visiblement sceptique.

— Bien sûr.

Thorne s'assit sur l'accoudoir du canapé, conscient de mentir non seulement à ses frères, mais aussi à lui-même.

Prendre des nouvelles de Randi était essentiel, bien sûr, mais c'était aussi un prétexte. Depuis qu'il avait retrouvé Nicole, il avait de plus en plus envie de la voir, de passer du temps avec elle. Il savait qu'il avait tort, mais il ne pouvait s'en empêcher.

— S'il y a une chose que j'aimerais éclaircir au plus vite, reprit-il, c'est l'identité du père.

— Ça va être difficile, vu l'état de Randi, dit Slade en s'appuyant sur le bord de la cheminée. Combien de temps as-tu prévu de rester ici, monsieur le rat des villes ?

— Le temps qu'il faudra.

— Tu n'as donc pas d'affaires de la plus haute importance qui t'attendent à Denver, ou à New York, ou je ne sais où encore ?

Thorne essaya de contenir son agacement.

— Je peux m'en occuper d'ici, répliqua-t-il.

— Comment ça ?

— Par la grâce du fax, d'internet, du téléphone portable et de l'ordinateur. Tu connais ?

— Je croyais que tu détestais cet endroit. Depuis le divorce de papa et maman, tu es parti pour tes études et tu as toujours évité le ranch comme la peste.

Thorne ne pouvait pas le nier.

— Oui, mais aujourd'hui, Randi a besoin de moi… De nous tous.

Matt remit une bûche dans le feu et alluma une lampe.

— Bien, maintenant il faut que l'on s'organise, reprit Thorne d'un ton péremptoire.

— Et c'est toi qui dirigeras les opérations, je suppose, laissa tomber Slade, amer. Comme quand on était jeunes.

Cette fois, Thorne perdit patience.

— On travaille ensemble, d'accord. Ce qui compte, c'est le résultat.

— O.K., dit Matt. Je m'occupe du ranch. J'ai déjà contacté deux gars qui viendront m'aider.

Slade ramassa sa veste.

— Matt a l'habitude du ranch, et je serai là en cas de besoin. Thorne, pourquoi n'appellerais-tu pas Juanita ? Elle pourrait nous aider pour le bébé. Après tout, c'est elle qui s'est occupée de tous les enfants de la famille.

— Bonne idée. Nous aurons besoin de quelqu'un vingt-quatre heures sur vingt-quatre, approuva Thorne.

— De mon côté, je vais enquêter sur la vie de Randi, surtout sur l'année qui vient de s'écouler, poursuivit Slade. Je connais un détective privé qui pourrait nous aider, si on y met le bon prix.

— Il travaille bien ? demanda Thorne, méfiant.

Le visage de Slade se rembrunit.

— Si quelqu'un peut nous aider dans ce domaine, c'est bien Kurt Striker, j'en mets ma main à couper.

— Tu es sûr ?

— J'ai dit, j'en mets ma main à couper. C'est clair, non ?

— Alors appelle-le, dit Thorne, gagné par la conviction de son frère.

— C'est déjà fait.

— J'aimerais lui parler dès que possible.

— Pas de problème.

— Moi, je reste en contact avec les médecins. Je peux

gérer la plupart de mes affaires depuis le ranch. Je ne rentrerai pas à Denver d'ici un moment.

Matt le regarda pendant de longues secondes et, pour la première fois de sa vie, Thorne découvrit que son frère n'approuvait pas son style de vie. Mais peu importait.

— D'accord. Je suis sûr que nous ferons du bon travail, intervint Matt, semblant décidé malgré tout à faire confiance à son aîné, comme autrefois.

— Sûr.

— Si Randi y met du sien, ajouta Slade.

— C'est une battante.

En prononçant cette phrase, Thorne remarqua combien elle était creuse. « Elle est très forte, elle s'en sortira, elle ne renoncera pas. » Tout cela n'était que des formules vides de sens, assénées par des personnes qui doutaient, tentant ainsi de conjurer leurs peurs.

— Bon ! Je vais faire l'inventaire des provisions, décida Matt en quittant le salon.

— Moi, je vais vérifier la réserve de fuel, renchérit Slade en le suivant.

Thorne les regarda par la fenêtre. Slade s'arrêta sous le porche pour allumer une cigarette, et Matt disparut derrière la grange.

Enfants, ils étaient inséparables, mais avec l'âge, chacun avait suivi son propre chemin. Thorne, après ses études, avait fait ses armes dans une importante entreprise avant de créer sa propre affaire, qui était devenue rapidement florissante. Son frère avait raison : il voulait se prouver qu'il pouvait réussir dans la vie, et, pour lui, la plus belle preuve de réussite était son compte en banque. Mais pour la première fois de sa vie, cette conception des choses lui paraissait creuse. Et ridicule.

Aujourd'hui, il se posait des questions.

Tout en pensant à Randi et à son bébé, il traversa le grand hall d'entrée où étaient alignés les portraits de la famille : son père, sa mère, sa belle-mère et les quatre enfants McCafferty ; Thorne dans l'uniforme du club de football du lycée, Matt montant un cheval dans un rodéo, Slade sur des skis et Randi dans sa tenue de lauréate, à côté d'un garçon dont Thorne avait oublié le nom. Il s'arrêta, touché, et se promit en silence qu'il ferait tout, *tout* pour qu'elle s'en sorte. Il alla se préparer un café avant d'appeler Nicole pour avoir les dernières nouvelles. Et uniquement pour cela, se rappela-t-il en entrant dans la cuisine. Du coin de l'œil, il vit son reflet dans la vitre. L'espace d'un instant, il imagina une belle jeune femme aux yeux dorés à son bras, un sourire radieux aux lèvres.

Bon sang que s'imaginait-il ? Nicole était le médecin qui avait reçu Randi aux urgences, c'était tout. Mais depuis qu'il l'avait revue dans son bureau à l'hôpital, penchée sur sa chaise, le téléphone coincé sur son épaule, il n'avait cessé de penser à elle. Et la scène sur le parking, où elle n'était plus un médecin mais une femme — et une très belle femme —, n'avait rien arrangé. Il avait été incapable de résister à l'envie de l'embrasser et, depuis, son image ne le quittait plus. Nicole Sanders Stevenson était devenue une femme accomplie, sûre d'elle, plus attirante encore que lorsqu'elle avait dix-sept ans.

Et pourtant…

Le téléphone sonna. Tiré de ses pensées, Thorne sursauta et décrocha.

— Ranch McCafferty, dit-il. Thorne McCafferty.

— Ah, tu es là ! répondit une voix tonique.

Thorne reconnut immédiatement Annette, une jeune femme avec qui il sortait depuis quelques mois, sans véritable conviction.

— Qu'est-ce que tu fabriques, Thorne ? On a rendez-vous avec le maire ce soir !

Le ton de reproche le réveilla complètement. Il n'avait même pas pensé à l'appeler quand il avait quitté son bureau.

— Nous avons un problème dans la famille, Annette.

— Tu aurais pu me prévenir ! Tu avais ton portable, non ? Bon, on ne va pas se disputer maintenant… Ta secrétaire m'a dit que ta sœur avait eu un accident. Je suis désolée. Comment va-t-elle ?

— Elle est dans le coma.

— Oh…

Il y eut un long silence.

— Je… je comprends, bafouilla Annette. Mon Dieu, c'est terrible. Je comprends que tu aies dû partir en urgence, Thorne. J'expliquerai cela à mon père et au maire, mais tout de même, tu aurais pu m'appeler.

— C'est vrai.

— Oui…, dit-elle en soupirant. Papa était déçu.

— Vraiment ?

Thorne imagina la réaction de Kent Williams. « Déçu » était un terme un peu faible. Le vieil homme devait être furieux car il voulait s'associer avec Thorne sur une affaire de terrains à vendre, et ils avaient prévu de rencontrer le maire ensemble pour essayer d'accélérer les choses.

— Tu lui présenteras mes excuses, reprit Thorne. Non, je vais l'appeler moi-même.

— Et moi, tu ne m'appelleras pas ?

— Mais oui.

— Sûr ?

— On verra.

Inutile de lui mentir.

— Oh, Thorne, gémit-elle avec un soupir à fendre le cœur, je m'ennuie de toi.

Elle, elle ne lui manquait pas beaucoup, remarqua Thorne en regrettant un court instant cette pensée.

— Je pense que je vais rester un moment dans le Montana, laissa-t-il tomber.

— Oh. Combien de temps ?

— Quelques semaines, un mois peut-être. Cela dépend de Randi.

— Et ton travail ?

— Où est le problème ?

— Mais… c'est toute ta vie !

« C'était toute ma vie », corrigea-t-il pour lui-même.

— Les choses ont changé, Annette.

— Ah bon ?

— J'en ai bien peur.

— Que veux-tu dire exactement ? demanda-t-elle, d'un ton

plus sec soudain. Tu sais, j'ai d'autres hommes qui s'intéressent à moi. Je les avais mis en attente à cause de toi.

— Je suis désolé.

Elle ne dit rien, et le silence s'épaissit encore.

— Ce que tu es en train de me dire, Thorne, c'est que c'est fini entre nous, c'est ça ? reprit-elle. Mais pourquoi ? Parce que ta sœur est à l'hôpital ?

— Non, Annette, ce n'est pas à cause de Randi. Toi et moi, nous savions très bien que cela ne durerait pas. Depuis le début.

— Je croyais que tu changerais d'avis.

— Eh bien, non.

— Donc tu me conseilles d'aller voir ailleurs.

— Ce serait une bonne idée, oui.

— Très bien, dit-elle, glaciale. Je vais y réfléchir.

— Ne te gêne pas.

— Toi aussi, Thorne, réfléchis bien. Tu ne sais pas ce que tu perds !

Et elle raccrocha.

Il fit de même, lentement, se demandant pourquoi il n'éprouvait aucun regret. Mais il en avait toujours été ainsi dans ses relations avec les femmes. Même avec Nikki, à l'époque. Elle lui plaisait, mais quand il s'était agi de quitter Grand Hope pour découvrir le vaste monde, ni elle ni sa famille n'avaient pesé lourd dans la balance. Même s'il avait pensé à elle au début, il était vite passé à autre chose. Il avait bien mieux à faire, et les femmes n'avaient jamais été la priorité dans sa vie.

Mais aujourd'hui, tandis qu'il regardait la pluie dans la nuit, il sentait que quelque chose avait changé en lui.

La sonnerie stridente du téléphone retentit de nouveau.

Annette. Il aurait dû se douter qu'elle ne renoncerait pas si facilement.

— Allô, dit-il, lugubre.

— Thorne ? C'est Nicole.

La voix était froide, professionnelle.

Il pensa immédiatement que l'état de Randi s'était aggravé.

La peur lui étreignit le cœur, et, pour la première fois de sa vie, il se sentit perdu.

— C'est ma sœur ? demanda-t-il d'une voix étranglée.

— Non. Son état est toujours stationnaire, mais je t'appelle de la part de l'hôpital car ils n'ont pas réussi à te joindre, ta ligne était occupée.

Nicole hésita un instant avant de continuer, et l'angoisse de Thorne monta encore d'un cran.

— C'est le bébé, Thorne.

- 5 -

— Que se passe-t-il ?

Il serrait le combiné du téléphone, son cœur battait fort dans sa poitrine. Pour l'amour du ciel, pourquoi ce petit être qui n'avait que quelques heures, qu'il n'avait jamais tenu dans ses bras, comptait-il tant pour lui ?

Il entendit claquer la porte de derrière et Matt entra en enlevant sa veste.

— Slade est dans…

Thorne lui fit signe de se taire d'un regard assassin.

— Que se passe-t-il avec le bébé ? répéta-t-il, essayant de se calmer en voyant Matt devenir pâle comme un mort.

— Il est léthargique et présente d'importants problèmes respiratoires, lui expliqua Nicole. Son abdomen est distendu, il est nerveux…

— Viens-en au fait, Nicole. Qu'a-t-il exactement ?

Tirant sur le fil du téléphone, Thorne allait et venait sous le regard inquiet de Matt qui ne le quittait pas des yeux.

Nicole hésita. Thorne retint sa respiration.

— Le Dr Arnold pense que cela pourrait être une méningite. Il vous appellera plus tard…

— Une méningite ? s'écria Thorne.

— Oh non ! s'écria Matt.

— Comment est-ce possible ?

— Quand Randi est arrivée à l'hôpital, répondit Nicole, elle avait déjà perdu les eaux, et le bébé n'était plus protégé…

— Comment ça ?

Matt croisa le regard de son frère.

— Allons-y, Thorne, dit-il. Tout de suite ! Si…

Thorne l'arrêta d'un signe de tête.

A l'autre bout du fil, Nicole continuait à parler, la voix posée, même si son inquiétude était palpable.

— Cela s'est produit pendant l'accident, et le bébé a pu être exposé à des bactéries à ce moment. Tu comprends, Thorne ?

— Ce Dr Arnold, il est là ? A l'hôpital ?

— Oui, il va vous appeler pour vous donner plus de détails.

— Pas la peine, nous arrivons.

— Je vous y rejoins, dit-elle.

Mais Thorne avait déjà raccroché.

— Que se passe-t-il ? demanda Matt.

— Le bébé va mal. Ça n'a pas l'air bon.

Thorne était déjà dans le hall où il attrapa son manteau et l'enfila précipitamment. Matt lui emboîta le pas, et les deux hommes coururent jusqu'au pick-up. Au moment de monter, Matt s'arrêta.

— Je vais prévenir Slade.

— Dépêche-toi !

Matt courait déjà vers la grange. Thorne mit le contact et attendit le retour de son frère, le regard fixé sur la porte du bâtiment.

Moins d'une minute plus tard, Matt arrivait, tenant fermement le bord de son chapeau sous la pluie battante. Il eut juste le temps de sauter dans le pick-up que Thorne démarrait sur les chapeaux de roues.

— Il nous rejoindra.

— O.K.

Thorne appuyait sur l'accélérateur en se disant que cela ne changerait rien. Mais il avait besoin d'être sur place, d'agir. Tout, sauf rester sans rien faire.

Une pluie diluvienne tombait d'un ciel noir, et il distinguait à peine les ornières du chemin malgré les phares.

— Bien, maintenant explique-moi, exigea Matt.

— Il a un problème.

— Mais quoi exactement ?

— Tout.

Ils coupèrent par la route qui passait par la forêt puis traversèrent les immenses terres qui entouraient le ranch. En quelques mots, Thorne résuma sa conversation avec Nicole.

— Pourquoi est-ce Nicole qui a appelé et pas le pédiatre ?

— Il n'a pas réussi à nous avoir. Je ferai installer une autre ligne. Demain. Et puis j'avais demandé à Nicole de m'avertir de tout changement. Elle a dit que le Dr Arnold allait nous rappeler, mais je ne pouvais pas attendre. Je tiens à être sur place.

Le ranch était à environ trente kilomètres de la ville. Thorne dépassait la limitation de vitesse, et les pneus crissaient sur le sol mouillé dans les virages, mais les risques qu'il prenait ne semblaient pas le perturber.

Ils arrivèrent à l'hôpital en un temps record. Thorne descendit de voiture comme une flèche. Matt le suivit. Ils traversèrent le parking en courant, pénétrèrent dans l'établissement et grimpèrent quatre à quatre les marches jusqu'au second étage.

Cette fois, Thorne passa outre les ordres des infirmières. Une jeune femme blonde tenta de s'interposer poliment.

— Excusez-moi, monsieur, mais vous ne pouvez pas entrer ici, dit-elle en montrant le panneau « entrée interdite à toute personne étrangère au service ».

— Où est l'enfant McCafferty ? demanda-t-il sans l'écouter.

— Qui êtes-vous ?

— Nous sommes ses oncles, intervint Matt. Les frères de Randi McCafferty.

— Et la seule famille du bébé pour l'instant, ajouta Thorne. Sa mère est dans le coma, et nous n'avons pas pu joindre le père.

Ce qui n'était pas entièrement faux. Mais il était inutile de préciser que le père était inconnu. Thorne lança un regard autoritaire à Matt, lui enjoignant de ne pas faire de commentaires.

— Nous voulons voir notre neveu.

— Il est dans sa couveuse, répondit calmement l'infirmière. Sous moniteur. Nous le surveillons.

Et elle tourna la tête vers la pièce vitrée attenante, où le bébé dormait, apparemment calme, relié à plusieurs appareils de contrôle. Une infirmière s'affairait autour de lui.

— Le Dr Arnold devrait arriver… Ah, le voilà, dit-elle, visiblement soulagée de laisser les deux hommes entre les mains du médecin, un petit homme légèrement voûté et dégarni.

— Docteur Arnold ? s'enquit Thorne, le regard perçant.

— Lui-même.

— Je suis Thorne McCafferty, et voici mon frère, Matt. Nous sommes les oncles du bébé. Que lui arrive-t-il ?

— Nous sommes en train de chercher, leur expliqua le médecin sans se laisser impressionner par l'agressivité de Thorne. L'enfant souffre apparemment d'une méningite contractée lorsque la poche du liquide amniotique a été rompue à cause de l'accident.

Thorne sentit sa poitrine se serrer tandis que le Dr Arnold exposait la situation avec plus de détails que ne l'avait fait Nicole au téléphone.

Slade arriva à cet instant ; il était livide.

— Est-ce grave ? demanda Thorne.

— Oui, dit le médecin d'un ton solennel. Mais rassurez-vous, nous sommes dans un petit hôpital, mais l'unité pédiatrique est parfaitement équipée. Nous ferons tout ce qu'il faut pour sauver cet enfant.

— Va-t-il s'en sortir ? demanda Matt sans détour.

— J'aimerais pouvoir vous répondre, mais pour l'instant je ne peux rien affirmer, répondit le Dr Arnold en l'observant par-dessus ses lunettes. Le taux de mortalité pour ce type d'infection est élevé, entre vingt et cinquante pour-cent.

— Dieu tout-puissant…, murmura Matt.

— Cependant, les chances de survie de votre neveu sont augmentées grâce à notre matériel de pointe et notre équipe soignante. Nous avons entamé un traitement antibiotique, et le bébé est relié à un ventilateur mécanique qui fluidifie sa circulation sanguine.

— Comment ça ?

— Une sorte de sonde intraveineuse qui minimise les effets de l'œdème cérébral. Cependant, si l'enfant survit, il peut y avoir des séquelles comme la surdité, la cécité, ou un handicap mental.

— Bon sang, marmonna Slade, de plus en plus livide.

Thorne était sonné. Il regardait le bébé, se sentant complètement impuissant. Cela le rendait fou de rage.

— Tentez-vous tout ce qui est en votre pouvoir pour le sauver ? demanda Matt en fronçant les sourcils.

— Je suis sûr que l'on peut faire plus, ajouta Thorne.

— Nous faisons le maximum, croyez-moi, leur répondit le Dr Arnold d'une voix calme et rassurante.

— S'il a besoin de quoi que ce soit, d'un équipement particulier, de personnel supplémentaire, nous paierons. L'argent n'est pas un problème.

Le médecin eut un léger rictus et se raidit imperceptiblement.

— Ce n'est pas une question d'argent, monsieur McCafferty. L'hôpital est à la pointe de la technique. Toutefois, nous ne refusons pas les dons. Maintenant, si vous voulez bien m'excuser, je dois aller voir mes petits patients.

Il composa un code à côté de la porte de la nurserie, disparut quelques secondes et réapparut derrière l'épaisse vitre.

Thorne serra les dents. Il ne supportait pas d'être réduit ainsi à l'état de spectateur. Il était sûr qu'il pouvait faire quelque chose pour aider le bébé de Randi. Il regarda le pédiatre avec dureté, mais l'homme ne sembla pas y prêter attention et se concentra sur le bébé qu'il examina attentivement. Le fils de Randi… le seul petit-enfant de John Randall McCafferty…

— Il faut qu'il s'en sorte, dit Matt en serrant les poings. Si Randi se réveille et découvre que…

— Ne dis rien ! N'y pense même pas ! Il va guérir, j'en suis sûr, s'écria Slade en fusillant son frère du regard.

— Comment peux-tu en être sûr ? lui demanda Matt. Je sais qu'il est bien soigné ici, mais il aurait peut-être besoin de spécialistes renommés, comme il y en a dans les hôpitaux des grandes villes, à Los Angeles, Denver, ou Seattle.

— Tu as raison, reconnut Thorne. Je vais m'en occuper.

— Dans son état, ce serait une erreur de le transporter, dit la voix de Nicole derrière eux.

Thorne ne l'avait pas vue arriver. Son reflet dans la glace, une image irréelle en jean et anorak, lui fit une étrange impression.

— Crois-moi une fois pour toutes, Thorne, l'enfant est en de bonnes mains ici.

Il se retourna vers la jeune femme et posa ses yeux sur son visage qui ne portait aucun maquillage, à l'exception d'un peu de brillant sur les lèvres. Ses cheveux dénoués tombaient sur ses épaules, son regard d'or était rassurant. Elle paraissait encore plus jeune que la lycéenne d'alors, qu'il avait si durement laissée tomber.

— Excusez-moi d'arriver si tard, mais il a fallu que je trouve une baby-sitter de dernière minute.

— Vous avez des enfants ? demanda Matt.

— Deux. Des jumelles de quatre ans.

Son visage grave s'illumina à l'évocation de ses filles, et Thorne ressentit un pincement de jalousie à l'idée qu'elle avait eu des enfants avec un autre homme.

— Et si elles étaient malades, je les confierais les yeux fermés à Geoff, au Dr Arnold, je veux dire, poursuivit-elle.

— Voilà qui est rassurant, dit Matt, toujours tendu.

— De toute façon, nous sommes obligés de nous en remettre à lui, soupira Slade, fataliste.

— Moi, je crois que l'on peut toujours tenter autre chose, insista Thorne.

— Ce serait inutile, affirma Nicole.

Le ton de la jeune femme était sans appel, son visage n'exprimait aucun doute.

— Je vais prendre des nouvelles, ajouta-t-elle en tapant le code. Je reviens dans une minute.

La porte s'ouvrit, et Nicole se glissa à l'intérieur.

Slade se balançait d'un pied sur l'autre en surveillant les deux médecins à travers la glace.

— Je crois que je vais aller voir Randi, puis je rentrerai directement, murmura-t-il d'une voix sourde. Vous me raconterez.

Matt approuva de la tête.

— Je viens avec toi. Je te laisse le pick-up, dit-il à Thorne.

— Entendu. Et rappelez Striker. Dites-lui que j'aimerais lui parler dès que possible.

— De quoi ? demanda Slade.

— Du père de l'enfant, pour commencer.

— D'accord, je vais essayer de le joindre.

— Tu as intérêt.

— Ne t'inquiète pas, frérot, je devrais y arriver, répliqua Slade en lançant un regard condescendant à Thorne avant de s'éloigner.

— Tu ne changeras jamais ! lança Matt. Tu n'es pas au boulot, ici, Thorne. Arrête d'aboyer sur les gens, on n'est pas à tes ordres. Slade va appeler Striker, inutile de le lui rappeler toutes les cinq secondes.

— Tu es sûr ? Slade a souvent fait des promesses dans sa vie, mais il n'en a pas tenu beaucoup.

— Là, c'est autre chose. Il s'agit de Randi. Et il a changé.

— Tant mieux, parce que jusqu'à présent, il a fait plutôt n'importe quoi.

— Tout le monde n'a pas eu ta chance. Et puis, d'après ce que je vois, tu n'es pas en position pour donner des leçons, dit Matt en tournant les yeux vers Nicole. Raconte-moi un peu ce qui se passe avec cette jeune femme médecin.

Thorne ne répondit pas.

— Je croyais pourtant que tu avais des choses à dire. Enfin, je te souhaite bonne chance, parce qu'elle ne m'a pas l'air du genre facile à amadouer.

— Il n'y a rien avec elle, laissa tomber Thorne.

— Bien. Si tu le dis. Tu n'as jamais tellement aimé t'engager avec les femmes, n'est-ce pas ? conclut Matt avec un clin d'œil appuyé, avant de tourner les talons pour rejoindre Slade.

Les nerfs à vif, Thorne attendit, ne quittant pas des yeux Nicole et le Dr Arnold de l'autre côté de la glace, toujours en proie à un sentiment d'impuissance et fort contrarié que son frère ait percé ses faiblesses. Mais il avait vu juste : Nicole le troublait, c'était indéniable. Quand il l'avait embrassée, il ignorait si elle était mariée ou non et, en vérité, il s'en fichait complètement. Il lui avait offert une rose puis il s'était arrangé pour la rappeler sous un faux prétexte et l'avait invitée à dîner. C'était la première fois qu'il se comportait ainsi ; on aurait dit un collégien amoureux. Il ne comprenait pas. Elle était jolie et très sensuelle, certes, mais il y avait autre chose. Il sentait qu'elle était différente. Et il l'avait quittée, juste pour faire fortune.

Il était perdu dans ses pensées quand Nicole sortit, le visage creusé par l'inquiétude.

— Comment va-t-il ? lui demanda Thorne, se préparant au pire.

— Pas très bien, Thorne. Mais le Dr Arnold fait de son mieux. Il est en contact avec d'autres pédiatres à travers le pays.

— Je peux me rendre utile ?

— Non, il faut être patient et attendre. Il n'y a rien d'autre à faire.

— La patience n'est pas mon fort.

— Je sais, dit-elle avec un sourire à peine perceptible, tandis qu'ils descendaient ensemble l'escalier.

Dehors, la jeune femme remonta sa capuche et resserra son blouson en frissonnant. Ils coururent jusqu'à sa voiture sous la pluie qui se transformait peu à peu en neige.

— Merci de m'avoir appelé pour le petit John, dit Thorne.

— John ? C'est le nom du bébé ?

— Il n'a pas de nom officiel pour l'instant. Mais puisque Randi est dans le coma, j'ai pensé lui donner un des prénoms de mon père… Mais ma sœur choisira quand elle se réveillera. Quoi qu'il en soit, je te remercie pour ton coup de fil.

— Je t'en prie, c'est normal, dit-elle en fouillant dans son sac à la recherche de ses clés.

— Oui, mais tu n'étais pas obligée de venir. J'apprécie ton geste.

— J'ai pensé que ce serait mieux. Tu me crois ou non, mais ici, nous nous occupons vraiment de nos patients. Il ne s'agit pas seulement de les sauver, il s'agit que tout se passe dans les meilleures conditions possibles.

— Je sais.

— Bien.

Elle clignait des yeux sous les gouttes froides.

— Et comment comptes-tu me remercier ? lui lança-t-elle, moqueuse.

— Devine, dit-il si doucement qu'elle l'entendit à peine.

Mais ce qu'elle lut dans ses yeux à cet instant la toucha au plus profond de son âme. Sa gorge se serra. Elle se remémora leur baiser passionné de la veille, sur ce même parking. Elle avait l'impression que sa vie en était irrévocablement changée. Ils s'étaient redécouverts mutuellement et avaient compris que la flamme de leur jeunesse ne s'était jamais éteinte.

— Attention, Thorne McCafferty, tu prends de gros risques avec moi.

— L'adversité ne me fait pas peur.

— Oh, je sais, soupira-t-elle en se souvenant des avertissements de ses amies.

Les frères McCafferty étaient connus pour être de sacrés casse-cou qui ne reculaient jamais devant rien, plus enclins à chercher la bagarre qu'à l'éviter.

— Ecoute, il faut que je…

Il l'attrapa par le bras.

— Quand je t'ai remerciée, Nicole, je le pensais vraiment. Et je m'excuse.

— De quoi ?

— De t'avoir quittée. Autrefois.

Le cœur de la jeune femme fit un bond quand elle comprit que les pensées de Thorne avaient suivi le même chemin que les siennes. Mais elle se dit qu'il ne fallait pas faire confiance à cet homme, là, devant elle, si près d'elle… Trop près…

— C'était il y a bien longtemps, Thorne. Nous étions jeunes. Surtout moi. Je ne savais pas bien ce que je voulais. Oublions tout ça.

— Et si je n'y arrive pas ?

— Tu as parfaitement réussi pendant toutes ces années, me semble-t-il.

— Pas tant que ça. J'aimerais vraiment clarifier les choses.

— Maintenant ? Tu crois que le moment est bien choisi ?

On est en train de geler sur pied, dit-elle alors que la neige lui glissait dans le cou.

Thorne la lâcha et elle ouvrit la portière. Elle s'installa au volant et tourna la clé. Le moteur gronda, puis s'éteignit. Elle fit une nouvelle tentative, sous le regard de Thorne qui n'avait pas bougé. Le moteur se mit en route doucement, s'emballa un peu puis toussota et s'arrêta.

Elle recommença trois fois. Sans résultat.

Puis le moteur ne répondit plus du tout.

— Oh non, murmura-t-elle.

Et Thorne qui attendait, immobile, trempé comme une soupe.

Il ouvrit la portière.

— Je te ramène ?

— Ce qu'il me faudrait, c'est un bon mécanicien qui sache reconnaître un piston d'une bougie ! s'exclama-t-elle tout en descendant de voiture. Mais vu l'heure qu'il est, oui, ramène-moi s'il te plaît.

Elle ferma sa portière à clé, se retenant de donner un coup de pied dans cette fichue voiture.

Thorne la prit par la main, et ils coururent jusqu'au pick-up. Elle essaya de se convaincre que c'était une situation banale : un ami d'enfance qui lui rend service, rien de plus.

Dans la voiture, elle s'essuya le visage et lui indiqua un raccourci à travers la ville tandis que le dégivrage éliminait peu à peu la condensation sur les vitres.

— Parle-moi de ta vie, lui demanda Thorne.

Les lumières des voitures illuminaient par instants les traits anguleux de son visage. Nicole se dit qu'après tout il n'était pas si beau que ça, qu'il était juste un homme d'affaires banal.

— Que veux-tu savoir ?

— Raconte-moi comment tu es devenue médecin, par exemple.

— En faisant des études de médecine.

Il souleva les sourcils, et elle se mit à rire.

— D'accord, je me moque de toi, admit-elle, heureuse d'avoir détendu l'atmosphère. Je voulais sans doute me mettre à l'épreuve. Ma mère m'avait toujours dit qu'il fallait viser haut, et que l'on pouvait y arriver si on le voulait. J'y croyais. Elle voulait que je « fasse carrière », comme elle disait, pour ne pas dépendre d'un homme.

Et sa mère savait de quoi elle parlait. Le père de Nicole avait disparu de leur vie quand Nicole avait deux ans et ne s'était plus jamais manifesté. N'avait jamais payé de pension. Jamais envoyé de carte d'anniversaire. Jamais appelé, même pour Noël. Si sa mère savait où il était, elle n'en avait jamais rien dit, et quand Nicole lui posait des questions c'était toujours la même réponse :

« Il est parti quand nous avions le plus besoin de lui. Nous avons appris à nous passer de lui. Nous ne voulons pas savoir ce qu'il est devenu, cela n'a pas d'importance. »

Puis elle s'agenouillait près de sa fille et posait ses mains chaudes et fermes sur ses épaules en la regardant droit dans les yeux :

« Mène ta vie comme tu l'entends, ma chérie. Tu n'as pas besoin de père pour ça. Ni de mari. Tu peux y arriver seule. Je suis sûre que tu réussiras ta vie. »

Ces dernières années, Nicole s'était souvent demandé si son ambition, sa volonté de réussir étaient dues simplement à sa personnalité, ou si le départ de son père y était pour quelque chose.

Bien sûr, à dix-sept ans, elle était tombée follement amoureuse de Thorne et avait failli tout abandonner pour lui, ses rêves et ceux de sa mère. Pour cet homme qui n'avait pas pris la peine de lui expliquer pourquoi il partait.

Jusqu'à aujourd'hui.

Elle le sentait venir. Comme les nuages qui s'amoncellent avant l'orage, elle lisait sur son visage les signes de ce besoin soudain de sincérité, de ce moment d'explication capital pour lui.

Il ralentit au feu orange, s'arrêta et éteignit la radio.

— Tout à l'heure, je t'ai dit que je voulais que l'on s'explique.

— Et j'ai répondu que cela pouvait attendre.

— C'était il y a presque vingt ans, Nikki.

Elle ferma les yeux et savoura ce petit surnom désuet

qu'elle avait traîné pendant toute sa scolarité. Thorne ne l'avait jamais appelée autrement.

— Justement, on n'est plus à un jour ou un mois près.

« Sois vigilante, Nicole. Tu es déjà tombée dans ses filets une fois. Il va recommencer. »

Il ignora le sarcasme.

— J'ai eu tort.

— Pourquoi ? demanda-t-elle doucement.

— Pour tout. Toi. Moi. Mon choix de vie. Je voulais suivre mon propre chemin, sans m'encombrer de rien ni de personne. Je voulais être libre de toute attache. J'ai fait mes études, puis j'ai gagné beaucoup d'argent. Et cela m'a plu.

— Et maintenant ? Cela ne te plaît plus ?

— Je ne sais pas, dit-il en caressant le volant.

Le chauffage était à fond. Il commençait à faire très chaud.

— C'est la crise de la quarantaine, ironisa-t-elle.

Il démarra et prit un virage un peu trop vite.

— Trop facile, rétorqua-t-il.

— En tout cas, cela y ressemble.

— Tu crois vraiment à ces trucs ?

Elle se pencha sur son siège et fixa les néons du vieux théâtre, se demandant à quoi rimait cette discussion.

— Disons que j'ai quelque expérience sur la question.

— Ah.

— Et je me suis juré que la prochaine crise dont je souffrirais serait la mienne.

Il se gara le long du trottoir devant sa maison.

— Je suppose que je dois te proposer d'entrer pour boire un café, ou un thé, ou autre chose, lança-t-elle avec un petit sourire ironique.

— Effectivement.

Elle hésita, la main sur la poignée de la portière.

— Non, je crois que ce n'est pas une bonne idée, décida-t-elle finalement.

— Et pourquoi ?

— Parce que les choses prennent une tournure trop personnelle, je trouve.

— Et tu préférerais que cela reste professionnel.

— Ce serait mieux pour tout le monde. Pour Randi, le bébé…

Un sourire ravageur illumina le visage de Thorne.

— Est-ce vraiment la raison, docteur Stevenson, ou bien auriez-vous peur de moi ?

« Non, Thorne, je n'ai pas peur de toi. J'ai peur de moi-même. »

— Ne sois pas si prétentieux…

— Tais-toi.

Et il se pencha vers elle, l'attira à lui et l'embrassa, juste pour lui imposer le silence.

— Bonne nuit, Nikki.

Et il la relâcha.

Elle faillit tomber en descendant du pick-up. Chancelante, elle marcha jusqu'à la porte, sentant le regard de Thorne sur elle jusqu'à ce qu'elle entre dans la maison.

Il redémarra et disparut dans le rideau blanc de la neige qui tombait de plus belle.

- 6 -

— La barbe ! s'écria Thorne en raccrochant violemment.

Il regarda par la fenêtre et s'efforça de calmer son irritation.

C'était une journée hivernale. La tempête de la nuit avait laissé des traces ; l'herbe était saupoudrée d'une légère couche de neige, et des glaçons pendaient des gouttières.

Il avait dormi dans son ancienne chambre, juste à côté de celle de ses parents. Ses frères avaient instinctivement repris chacun la leur. Quand il s'était réveillé, le matin, il était seul dans la maison.

Il avait passé la matinée au téléphone, avalant café sur café, aussi amers que son humeur.

Il avait appelé l'hôpital, espérant de meilleures nouvelles. Mais a priori, l'état de Randi et de son bébé n'avait pas évolué. La jeune femme était toujours inconsciente, et le bébé, bien que stabilisé, n'était pas tiré d'affaire. Thorne avait fait quelques recherches sur internet sur la maladie du petit John. Apparemment, tout avait été tenté par l'équipe du St. James Hospital pour enrayer sa méningite. Il avait réussi à joindre Eloïse, sa secrétaire, et lui avait expliqué qu'il allait installer un bureau provisoire au ranch pendant son séjour dans le Montana. Il se demanda ce qu'aurait fait son père dans la même situation. A cette pensée, il plongea la main dans la poche et sortit l'anneau qu'il lui avait donné avant sa mort.

« J'aimerais quitter cette terre en ayant connu mes petits-enfants. »

La phrase de John Randall semblait résonner entre les

murs recouverts de bois encore imprégnés de l'odeur du cigare du vieil homme.

Thorne referma brusquement sa main sur l'anneau.

L'image de Nicole s'imposa à lui. Elle était la seule femme avec qui il avait envisagé d'avoir des enfants. Mais cette idée l'avait effrayé dix-sept ans plus tôt. Et l'effrayait encore aujourd'hui. Il avait connu beaucoup de femmes depuis, mais était resté obstinément célibataire, car aucune n'avait su gagner son cœur.

Jusqu'à ce qu'il retrouve Nicole.

Non pas qu'il cherchât à tout prix une femme, une mère pour ses enfants... Non, ce n'était pas pour lui. Pas maintenant. Peut-être jamais... Quoique... La requête de son père revenait le hanter comme une ritournelle. Son père était mort à présent, et lui-même n'était pas éternel. L'accident de Randi était là pour le lui rappeler.

Mais il chassa vivement ces pensées noires. Il promena son regard sur la pièce autour de lui et se demanda combien d'affaires avaient pu être traitées ici, combien de décisions familiales avaient été prises par John Randall, renversé dans son fauteuil de cuir usé par les années, les pieds posés sur le bureau, tirant sur son éternel cigare cubain acheté au marché noir.

L'anneau avait été offert à John par Larissa, la mère de Thorne et de ses frères, le jour de leur mariage. John Randall l'avait porté fièrement jusqu'à ce que Larissa découvre qu'il fréquentait une autre femme, Penelope, qui deviendrait, quelques années plus tard, la mère de Randi.

Quelque temps après cette découverte, Larissa était emportée par une crise cardiaque.

Thorne remit l'anneau dans sa poche et reprit le téléphone. Il appela chez Nicole mais raccrocha en entendant le répondeur. Il se demanda si elle avait pu faire remorquer sa voiture et si elle avait trouvé un autre moyen de transport. Comment se débrouillait-elle, seule avec deux enfants de quatre ans ? Son ex-mari l'aidait-il ? Quelles étaient leurs relations ?

« Cela ne te regarde pas », se rappela-t-il à voix haute.

Et puis Nicole était une femme intelligente, organisée, et une mère accomplie. Elle devait faire face, il n'avait pas à s'inquiéter. Il n'avait aucune raison de s'inquiéter.

Il entendit la porte d'entrée s'ouvrir, et un bruit de bottes résonna bientôt dans le couloir.

— Il y a quelqu'un ? cria Slade.

Son pas irrégulier s'approcha.

— Dans le bureau.

Slade apparut, en jean et chemise, avec une barbe de deux jours. Une mince veste en jean aux manches effrangées lui servait de manteau par ce temps glacial. Il tenait un café à la main.

— Salut. Ça va ?

— Si on veut, marmonna Thorne.

Le visage de Slade s'assombrit.

— Des mauvaises nouvelles ? J'ai appelé l'hôpital tôt ce matin et il n'y avait pas de changement.

— Non, c'est toujours pareil. Pas d'évolution notable.

Thorne se leva et fit le tour du bureau. Il était temps de s'occuper des affaires, et notamment de l'organisation de la vie au ranch pour les semaines à venir.

— Je pensais à autre chose, reprit-il.

— Quoi donc ?

— Pour commencer, ton ami Striker n'a pas répondu à mes appels, et le directeur de Randi au *Clarion* est injoignable. J'ai parlé au shérif du comté, et apparemment ils n'ont pas beaucoup avancé dans l'enquête. Côté bonnes nouvelles, le matériel que j'ai commandé pour installer mon bureau sera livré aujourd'hui, et la compagnie de téléphone va venir installer plusieurs lignes supplémentaires. J'ai également appelé une agence spécialisée dans les nourrices, car nous aurons besoin de quelqu'un pour s'occuper du petit John à son retour…

— John ? répéta Slade, surpris.

— C'est comme ça que je l'appelle pour l'instant. Randi choisira plus tard.

— Pour papa ? demanda Slade, perplexe.

— Oui.

— En tout cas, tu n'as pas chômé, fit remarquer Slade avec un sifflement d'admiration.

Thorne leva les sourcils et regarda son cadet un instant sans rien dire.

— Moi, j'ai juste eu le temps d'appeler Striker et de m'arrêter boire un café chez Pub'n'Grub, ajouta Slade. Par contre, j'ai vu Larry Todd là-bas.

— Qui est-ce, déjà ?

— C'est lui qui s'est occupé du ranch quand papa est tombé malade.

Thorne se rassit et se renversa dans le fauteuil, essayant de rassembler les souvenirs de cette période noire.

— Et Randi l'a gardé quand elle a hérité de la propriété, lui rappela Slade.

Thorne s'en souvenait vaguement ; il n'avait guère prêté attention à l'époque, car il était en pleine négociation avec une filiale de Canterbury Farms pour l'acquisition de terrains avec la ville, et un de ses comptables avait détourné de l'argent sur un projet précédent. John Randall était mort à ce moment, et Thorne, même s'il s'attendait à la nouvelle, avait été terrassé par le chagrin. Il ne s'était pas occupé de sa part d'héritage dans le ranch et avait laissé Randi, qui en avait la moitié, gérer l'exploitation, ce qu'elle avait très bien réussi.

— Ecoute ça, poursuivit Slade. La semaine dernière, Randi a appelé Larry pour lui annoncer qu'elle n'avait plus besoin de lui. Elle a proposé de lui payer quelques mois de salaire pour l'indemniser.

— Et pourquoi ce renvoi ?

— Aucune idée. Larry ne s'y attendait pas du tout.

— Cela s'est passé quand ?

— La veille de l'accident.

— A-t-elle engagé quelqu'un d'autre ?

— Je ne sais pas.

— Il fallait bien que quelqu'un s'occupe des bêtes.

— C'est sûr.

Par la fenêtre, Slade aperçut Matt qui passait, le col de sa veste relevé.

— Je ferais bien d'aller aider Matt. J'ai proposé à Larry de revenir, mais il est encore furieux contre Randi. Matt pourrait peut-être lui parler pour essayer de le convaincre.

— Pourquoi pas.

Ils rejoignirent Matt dans la cuisine. Ce dernier avait posé son chapeau sur la table et jeté sa veste sur le dossier d'une chaise. Il s'apprêtait à préparer un café.

— Il n'y a rien dans cette cuisine, grommela-t-il en ouvrant les placards un à un.

Il finit par tomber sur une vieille boîte de café soluble et s'en prépara une tasse pendant que ses frères le mettaient au courant des dernières nouvelles.

— Il faut réembaucher rapidement Larry, décréta Thorne. Slade pense que tu devrais lui parler.

Matt fixa un instant sa tasse fumante et hocha lentement la tête.

— Je veux bien essayer. Mais il m'a appelé après le renvoi de Randi, et dire qu'il était en colère est un euphémisme.

— Vois ce qu'il exige, et mets le paquet pour le faire accepter, suggéra Thorne.

— O.K. Mais Larry est plutôt du genre buté.

— Ça vaut le coup de tenter. De mon côté, je vais appeler Juanita pour lui demander si elle veut reprendre provisoirement du service.

— Elle doit travailler dans une autre famille maintenant. Randi l'avait laissée partir à la mort de papa, dit Matt en se hissant sur le comptoir, les pieds pendant dans le vide.

— Eh bien, nous devrons nous montrer assez convaincants pour qu'elle accepte de revenir.

— Ce ne sera pas si simple, fit remarquer Slade. Ça m'étonnerait qu'elle veuille quitter son nouvel employeur du jour au lendemain.

— Avec de l'argent, tout peut s'arranger.

Slade et Matt échangèrent un regard.

Thorne ne cilla pas.

— Il suffit d'y mettre le prix, laissa-t-il tomber.

— Parce que tu crois qu'on peut acheter les gens comme ça, toi ? lança Matt.

Le visage de Thorne se durcit.

— Parfaitement.

— Tu es un vrai cynique, jeta Slade, un brin de mépris dans la voix.

— Comme nous tous, non ? répliqua Thorne sans se laisser troubler. Nous avons besoin de quelqu'un pour s'occuper de la maison, non ? Qui pourrait le faire mieux que Juanita ? Autre chose, je vais aussi appeler un cabinet d'avocats avec qui je suis en relation.

— Un cabinet d'avocats ? s'exclama Slade. Mais pour quoi faire ?

— Si on retrouve le père de l'enfant, il réclamera peut-être la garde.

— Il y a droit, au moins partiellement, avança Matt.

— C'est à voir. Nous ne savons rien de ce type.

Matt versa le reste de son café dans l'évier.

— Pour l'amour du ciel, Thorne, tu ne peux donc faire confiance à personne ?

— Non, c'est un principe.

— Si Randi l'a choisi, c'est qu'il est bien.

— Qu'attend-il pour se manifester, alors ? Pourquoi a-t-il disparu de la circulation ? S'il est si bien que ça, pourquoi n'est-il pas avec elle ?

— Peut-être que c'est elle qui ne veut pas de lui, suggéra Slade. Ce sont des choses qui arrivent.

— Quoi qu'il en soit, nous devons mettre les choses au clair, pour l'enfant, pour Randi…

— Et pour le père, dit Matt. Bon, moi je dois aller en ville pour faire quelques courses. J'appellerai Larry en rentrant.

Slade chercha son paquet de cigarettes dans sa poche.

— Je t'accompagne. J'ai laissé un message à Striker, mais je réessayerai de l'appeler plus tard, ajouta-t-il en allumant une cigarette. Et toi, Thorne, quel est ton programme ?

— Je vais commencer à installer mon bureau dès que les

meubles seront livrés. Ensuite, j'irai à l'hôpital, voir Randi et John.

Il se garda bien d'ajouter « et Nicole ».

— Bien. Nous passerons aussi, je pense, dit Matt. Si Mike Kavanaugh appelle, dis-lui que je le rappellerai.

— Qui est-ce ?

— Mon voisin. C'est lui qui s'occupe de mon ranch pendant mon absence.

— Combien de temps vas-tu rester ? lui demanda Slade.

Matt enfila sa veste et ajusta son chapeau.

— Le temps qu'il faudra. Tant que Randi et son enfant auront besoin de nous.

Nicole pénétra sur le parking de l'hôpital au volant d'une voiture de location. Elle espérait que le garage trouverait rapidement la panne de son 4x4 et surtout que la réparation ne lui coûterait pas trop cher.

Elle avait une demi-heure de battement avant de prendre son service aux urgences et avait prévu de passer voir Randi McCafferty et son bébé.

Elle prit sa sacoche et descendit de voiture, se disant que son intérêt pour ces deux malades était purement professionnel et que ce n'était pas la première fois qu'elle allait rendre visite à des patients qui avaient quitté le service des urgences. Ce n'était certainement pas à cause de Thorne. Le fait qu'il soit le frère de Randi n'était qu'une coïncidence. Une simple coïncidence.

— Un problème, docteur ? lui demanda une infirmière qu'elle connaissait depuis longtemps lorsqu'elle passa devant l'accueil.

— Pardon ?

— Vous avez l'air soucieuse. Vos filles vont bien ?

— Oh, oui… Molly est un peu enrhumée, mais rien de grave. J'étais perdue dans mes pensées, c'est tout.

— Faites un sourire, ça vous va mieux, lui dit l'infirmière avec un clin d'œil.

— J'y penserai.

Elle se dirigea vers l'unité de soins intensifs où se trouvait encore Randi.

— Du nouveau pour Randi McCafferty ? demanda-t-elle.

— Non, répondit Betty, l'infirmière de l'unité. Toujours inconsciente. Mais elle s'accroche. Comment va l'enfant ?

— Pas très bien, répondit Nicole en croisant le regard désolé de Betty. Je vais le voir.

— Quel malheur, murmura l'infirmière en baissant la tête.

La petite croix suspendue à son cou lança un éclat doré.

— Tout espoir n'est pas perdu tant qu'ils sont en vie, dit Nicole.

Dans l'unité de pédiatrie, son cœur se serra à la vue du corps du petit John hérissé de tuyaux. Elle se rappela la naissance de ses enfants, la joie de les découvrir, l'une après l'autre, et surtout le soulagement de voir qu'elles étaient en bonne santé. Ce fut un moment inoubliable. Même Paul semblait heureux :

« Elles sont magnifiques, Nicole, avait-il dit, les larmes aux yeux. Comme leur maman. »

Ses paroles l'avaient profondément touchée. Etait-ce la dernière fois qu'il avait été gentil avec elle ? Sans doute pas. Elle avait eu droit encore à quelques compliments et à quelques marques de tendresse avant que leurs carrières respectives et leurs turbulentes jumelles ne finissent par distendre définitivement les liens fragiles qui les unissaient. Naïvement, Nicole avait cru que les enfants les rapprocheraient ; elle s'était cruellement trompée.

— Le Dr Arnold est-il passé ce matin ? demanda-t-elle à l'infirmière de garde.

— Deux fois.

— Bien.

« Courage, petit McCafferty, pensa-t-elle en regardant les petits poings serrés du bébé. Bats-toi ! »

Mais l'enfant semblait très fragile, et ses signes vitaux n'avaient pas évolué.

— Avez-vous vu la famille ? reprit-elle.

— Les trois oncles, l'un après l'autre.

Cela ne la surprit pas. Les frères McCafferty, profondément affectés par l'accident de leur sœur, semblaient persuadés que par leur seule volonté ils parviendraient à infléchir le cours des choses. Si seulement c'était si simple.

— Je repasserai tout à l'heure, dit-elle en s'éloignant.

Dans le couloir, elle faillit se heurter à Thorne. Ses beaux yeux gris étaient si tristes qu'elle sentit sa gorge se nouer. A l'évidence, il aimait cet enfant et souffrait terriblement de cette situation.

— Comment va-t-il ?

— Toujours pareil, dit-elle en regardant le bébé à travers la glace. Je croyais que tu étais déjà passé.

— C'est vrai. Mais je n'arrive pas à m'éloigner. J'avais quelques courses à faire en ville, et je n'ai pas pu m'empêcher de revenir le voir.

Il regardait tendrement son neveu, et Nicole se dit que si la vie en avait décidé autrement, Thorne et elle auraient pu avoir un enfant ensemble. D'un autre côté, s'ils étaient restés tous les deux à Grand Hope, elle ne serait pas devenue médecin et n'aurait pas ses deux adorables diablesses.

— John est un battant, dit-elle en posant sa main sur celle de Thorne. Ne te fais pas trop de souci.

— J'ai du mal, répondit-il avec un sourire amer.

— Tu peux y arriver, Thorne.

— Tu crois vraiment ?

— Oui, sincèrement.

Ils se regardèrent, et Nicole sentit le sol se dérober sous ses pieds. Autour d'elle, tout semblait soudain pris dans un étrange brouillard ; elle avait l'impression qu'ils étaient seuls dans l'univers. Mon Dieu, il fallait qu'elle se reprenne…

Son bip vibra, et elle lâcha la main de Thorne.

— Je dois te laisser, dit-elle à la hâte. Aie confiance. John va s'en sortir.

Comment pouvait-elle affirmer une telle chose ? Incapable de répondre à cette question, elle tourna les talons et fila vers les urgences où elle devait prendre son service.

Une infirmière l'aborda dès qu'elle arriva.

— On a passé des heures sans voir personne et ils arrivent tous en même temps. Vous pouvez commencer ici. Une fillette de sept ans tombée de cheval. Fracture du poignet, apparemment.

— J'y vais.

— Ensuite, vous avez un adolescent avec une sinusite, et une gamine qui s'est enfoncé un petit pois dans le nez. Une infirmière a voulu le lui enlever, mais la mère réclame un médecin. C'est son premier enfant.

— Rassurez-la et dites-lui que l'infirmière peut tout à fait pratiquer l'extraction. Je passerai après, quand j'aurai vu les autres.

— Entendu. Oh oh…

— Qu'y a-t-il ?

— La presse, grimaça l'infirmière. Je n'aime pas ça. Ils rôdent dans le coin depuis l'accident de la petite McCafferty, mais je pensais qu'ils allaient se lasser.

Du coin de l'œil, Nicole aperçut une camionnette de la télévision locale s'arrêter sous les fenêtres de la salle d'attente.

— Quelqu'un a dû leur dire que l'enfant allait mal, avança l'infirmière avec un sourire gêné.

— Super.

— Il n'en faut pas beaucoup, ici, pour mettre la ville en émoi.

— Effectivement.

La famille McCafferty avait toujours été une attraction pour les habitants de Grand Hope car John Randall était un personnage haut en couleur, riche et très impliqué dans la vie locale. Sa vie privée et publique faisait l'objet de nombreuses rumeurs, et les quatre cents coups de ses fils lorsqu'ils étaient adolescents n'avaient fait qu'alimenter la légende. L'intérêt était retombé ces derniers temps, car la ville s'était agrandie et les fils McCafferty, devenus adultes, s'étaient envolés vers d'autres cieux.

Chassant de ses pensées la famille McCafferty, Nicole prit la feuille de soins de la fillette au poignet cassé, la parcourut rapidement tout en se dirigeant vers le box où l'on avait installé la petite patiente, puis se concentra sur l'examen de l'enfant apeurée qui était sagement assise devant elle, les vêtements couverts de boue, jetant des regards inquiets à sa mère, debout à côté d'elle.

— Bonjour, Sally, dit Nicole en s'adressant à la petite fille qui répondit d'un signe de la tête.

— Je suis Leslie Briggs, sa maman. Elle est tombée juste au moment où elle rentrait à l'écurie. Je l'attendais et je l'ai entendue pleurer et…

Sa voix se brisa dans un sanglot.

— Je suis tombée de cheval quand j'avais à peu près ton âge, dit Nicole à sa jeune patiente.

— C'est vrai ?

La fillette renifla, ses yeux s'arrondirent, et elle regarda Nicole d'un air suspicieux, semblant la croire à moitié.

— Mais j'ai eu de la chance, je ne me suis rien cassé, poursuivit Nicole. C'est juste ma fierté qui en a pris un coup. Je voulais épater un garçon, et je croyais que mon poney pourrait sauter un tas de bois. Mais il a refusé. Il a pilé, j'ai continué ma course et j'ai atterri dans le champ, sur une bouse de vache.

Elle adressa un clin d'œil à la mère.

— Les lois de la physique.

— Aïe ! s'écria Sally tandis que Nicole palpait délicatement son poignet enflé.

— Et ce crétin de Teddy Crenshaw a tout raconté à l'école. Je ne lui ai plus jamais adressé la parole, ajouta Nicole.

— Quel nul !

— Tu peux le dire. J'ai eu la honte de ma vie. Bon, je pense qu'il va falloir faire une radio…

Son service terminé, Nicole, épuisée, regagna son bureau et vit Thorne qui l'attendait devant la porte. Vêtu d'un pantalon décontracté et d'un blouson de cuir qu'il portait ouvert, il était moins impressionnant qu'en costume.

Elle croisa son regard et faillit trébucher. Son cœur se mit à cogner dans sa poitrine. Bon sang, pourquoi la vue de cet homme la mettait-elle dans un tel état ? Elle était bien obligée de l'admettre, il lui plaisait terriblement. Depuis toujours.

Tout en lui dégageait une force et une détermination que rien ne pouvait arrêter.

— Tu as pris pension ici ? plaisanta-t-elle.

— On dirait bien.

— Sérieusement, cela fait longtemps que tu attends ?

— Non, dit-il avec un pâle sourire. Mais j'ai toute la vie. C'est toi que je venais voir.

— Moi ? Mais comment savais-tu que j'allais venir à mon bureau ? Parfois, je pars directement du bâtiment des urgences.

— J'ai tenté ma chance.

— Je pensais que tu ne croyais pas à la chance, dit-elle en ouvrant la porte.

— C'était avant.

— Mmm. Je suppose que tu as revu ta sœur.

Elle entra dans la petite pièce qui lui servait de bureau, et Thorne la suivit.

— Oui, soupira-t-il.

— Du nouveau ?

— A priori, non.

— J'ai eu un appel du Dr Arnold.

— Moi aussi.

— Laisse-moi écouter mes messages, dit Nicole en s'asseyant.

Le garage avait appelé pour dire qu'ils avaient identifié la panne et entamé les réparations. Le second message était de Jenny, qui annonçait qu'elle emmenait les filles au parc. Suivaient deux spécialistes avec lesquels Nicole était en contact, et enfin le Dr Arnold qui donnait les dernières nouvelles. Elle essaya de le rappeler, tomba sur le répondeur et laissa un message à son tour.

— Rien de nouveau, annonça-t-elle. L'état du bébé est stationnaire. Mais le Dr Arnold est raisonnablement optimiste.

Elle surprit un rictus d'impatience sur le visage de Thorne.

— Je suis sûr que nous pouvons tenter autre chose, marmonna-t-il.

Elle soupira.

— Thorne, je t'ai déjà dit que le Dr Arnold était en contact avec les meilleurs spécialistes de néonatologie de tout le pays.

— Ce n'est peut-être pas suffisant.

— Que suggères-tu alors ?

— C'est toi le médecin.

— Alors écoute-moi. Fais confiance à Arnold.

— Je n'ai pas vraiment le choix, admit-il, la mine renfrognée.

— On a toujours le choix, Thorne. Mais il faut rester prudent. Transporter l'enfant dans un autre centre, par exemple, serait une erreur.

— C'est bien ce que je disais, je n'ai pas le choix.

Nicole retint un mouvement d'humeur. Elle avait la désagréable impression que Thorne mettait en cause la compétence des praticiens. Elle eut envie de répondre et de défendre ses collègues, mais elle se tut. Thorne était bouleversé, et c'était compréhensible. Cet homme qui avait l'habitude de tout contrôler ne supportait pas de se retrouver face à l'incertitude de la mort. Ce qui était concevable.

— Aie confiance, répéta-t-elle.

Il aurait bien aimé. Il plongea ses yeux dans ceux de Nicole pour y trouver un peu de réconfort. Mais ce n'était pas le moment de se laisser emporter par ses sentiments. Les jeux de la séduction pouvaient attendre, il y avait plus important.

— Je vais essayer, dit-il, surprenant l'esquisse d'un sourire au coin des lèvres de la jeune femme.

Il repensa un bref instant à l'intimité qu'ils avaient partagée autrefois et combien il avait été doux de faire l'amour avec elle. Mais ces souvenirs paraissaient absurdes ici, dans cet hôpital qu'il entendait vibrer autour de lui. Il rêvait de ce temps béni où tout était plus simple, quand ils s'aimaient dans les champs, cachés par les hautes herbes. Leurs corps nus, encore tremblants de passion, brillaient dans la lueur du crépuscule. Nikki… Il la couvrait de baisers, puis elle se levait et courait jusqu'à la rivière. Il la poursuivait et la rejoignait dans l'eau fraîche où ils s'embrassaient encore et refaisaient l'amour dans le lit du ruisseau, sous une voûte de feuillage où perçaient les derniers rayons du soleil.

Les pinsons et les mésanges voletaient dans les buissons, leur chant se mêlant au clapotis du ruisseau, papillons et libellules planaient à la surface de l'eau. Mais ce qui comptait en cet instant pour Thorne, c'était la douceur de la peau de Nikki sous ses mains et le goût de ses lèvres quand il l'embrassait, tantôt doucement, tantôt avec fougue.

Aujourd'hui, la jeune fille bronzée qui courait nue dans les herbes était devenue un médecin très sérieux.

Entourée d'impressionnants dictionnaires médicaux, d'un ordinateur et de quelques diplômes encadrés accrochés aux murs, Nicole Stevenson avait laissé loin derrière elle la petite Nikki Sanders.

Mais le désir de Thorne pour elle était resté intact.

Gênée, comme si elle évoquait en elle les mêmes souvenirs brûlants, Nicole s'éclaircit la voix.

— Bien, c'est tout alors.

— Tu as terminé ta journée ?

— Presque, dit-elle en rassemblant quelques dossiers éparpillés sur le bureau.

Une tasse de café à moitié pleine traînait, oubliée, à côté de l'ordinateur. Sur une étagère, devant de gros livres, trônaient les photos de ses deux petites filles souriantes, les yeux brillants.

— Ce sont tes filles, je suppose, dit Thorne.

Elle hocha fièrement la tête.

— Molly et Mindy. Et oui, je suis capable de les différencier.

Thorne sourit.

— Tu dois être la seule.

— Avec leur père, précisa-t-elle, un peu gênée. Enfin avant. Car il ne les voit plus beaucoup.

— Pourquoi ?

Elle hésita, soupira et prit une des photos.

— Pour des tas de raisons. Le temps, l'éloignement… mais surtout le manque d'intérêt. Mais bon, c'est l'ex-épouse qui parle, je ne suis sans doute pas très objective.

Elle reposa la photo, passa son doigt dessus comme pour enlever la poussière et se retourna.

— Mais tu n'es pas venu ici pour m'entendre parler de mon divorce, je suppose.

— Non, en fait, je voulais savoir si tu avais besoin que je te ramène. Je n'ai pas vu ta voiture sur le parking.

— Elle est au garage. Merci, mais j'ai pris une voiture de location, dit-elle, touchée par son attention.

— Quand récupères-tu la tienne ?

— C'est la question à dix mille dollars. Je n'en ai aucune idée.

— Si tu as besoin d'une voiture en attendant, nous en avons plusieurs au ranch. Ne te gêne pas.

Il la fixa un instant, et elle sentit sa gorge s'assécher sous son regard pénétrant.

— Merci.

— Oh, Nicole, encore une chose.

— Oui ?

— Veux-tu dîner avec moi ?

La jeune femme ouvrit de grands yeux.

Thorne sourit, heureux de son effet.

— Tu es surprise ? Nous en avons pourtant déjà parlé, dit-il en croisant ses bras sur sa large poitrine. Samedi soir, cela vous conviendrait-il, docteur ?

- 7 -

— Je ne veux pas me faire avoir encore une fois, annonça Larry Todd.

L'homme était grand, un mètre quatre-vingt-dix environ, des cheveux blonds et raides retombant sur ses yeux verts. Il se tenait droit sous le porche, dans le vent froid qui remontait de la vallée, son épaisse veste fourrée fermée jusqu'au cou.

— Je vous fais un contrat pour un an, lui assura Thorne. D'ici là, Randi sera revenue et vous verrez avec elle.

Larry hésita un instant puis fit un signe de la tête.

— C'est entendu.

Pour l'inciter à accepter, les trois frères avaient tenu à lui montrer la propriété, même s'il la connaissait par cœur. Larry en avait profité pour repérer les travaux à faire : les clôtures abîmées, le sol qui s'érodait côté nord, les parcelles de bois à couper au pied des collines. Il faudrait sans doute investir dans un nouveau tracteur. Il pensait aussi au taureau d'un voisin, qui avait remporté de nombreux prix et qui pourrait renouveler le sang dans le troupeau.

Larry s'intéressait vraiment à la terre et à l'élevage et semblait s'y connaître, et Thorne ne comprenait vraiment pas pourquoi Randi s'était débarrassée de lui.

Encore un mystère à éclaircir.

— Comment va votre sœur ? demanda Larry.

— Elle est toujours dans le coma, répondit Slade en donnant un coup de pied dans un caillou.

— Mais elle va s'en sortir ?

— D'après les médecins, oui, dit Thorne.

— Et son enfant ?

— Nous avons eu très peur pour lui. Il n'est pas encore complètement tiré d'affaire, mais il est en bonne voie.

— Bien, bien, dit Larry en ajustant ses gants alors que la sonnerie du téléphone retentissait dans la maison. Appelez-moi quand le contrat sera prêt.

Et il regagna son pick-up tandis que Juanita s'impatientait à l'intérieur.

— Monsieur Thorne, téléphone !

Les trois frères sourirent. C'était bon de la retrouver. Ils avaient grandi, enveloppés par sa générosité, ses yeux noirs pétillants et son sens aigu du devoir.

Thorne entra dans la maison.

— Enlevez vos bottes ! cria la voix de Juanita depuis la cuisine.

Elle apparut, le visage rond, ses cheveux noirs désormais parsemés de fils blancs, s'essuyant les mains sur son tablier.

— C'est votre secrétaire.

— Je la prends dans le bureau.

Thorne prit le combiné, et Eloïse le mit rapidement au courant des dernières nouvelles. Le projet sur lequel il travaillait avec le père d'Annette était en stand-by, la commission devait se réunir de nouveau, et un des promoteurs voulait absolument le rencontrer.

Quand il retrouva ses frères dans le salon, ces derniers étaient en chaussettes et se réchauffaient devant le feu. Leurs pantalons étaient sales et ils sentaient l'écurie. Sur son jean, Matt portait une ceinture à boucle en argent que leur père avait gagnée dans un rodéo quand il était jeune, et au poignet de Slade, Thorne vit briller la montre que John Randall avait portée toute sa vie. Thorne, lui, avait l'anneau de mariage. Chacun des frères possédait donc un souvenir, ou plutôt un cadeau qui le reliait au patriarche. Thorne se demanda quelles promesses le vieil homme avait pu arracher à ses fils cadets en échange de ces objets.

— Alors, Thorne, il paraît que tu sors ce soir ? lança Slade avec un sourire curieux et quelque peu moqueur.

— J'ai invité Nicole à dîner, effectivement, déclaraThorne en soutenant le regard de son frère.

— Ah.

Slade semblait perplexe. Matt sourit à son tour.

— Ce n'est pas ton type de femme, pourtant.

— Dans quel sens ?

— Trop intelligente, dit Matt, amusé. Et belle en plus.

— Et du genre à vouloir s'installer, ajouta Slade.

Thorne haussa les épaules. Il refusait de se laisser impressionner par les railleries de ses frères. Ils n'étaient d'ailleurs pas les mieux placés pour faire des commentaires sur ses aventures sentimentales.

— C'est juste un dîner, précisa-t-il néanmoins, sachant parfaitement que cela allait bien au-delà.

Des rendez-vous, des dîners, il en avait eu des centaines, avec toutes sortes de femmes. Mais, ce soir, l'enjeu était différent. Peut-être parce que Nicole avait soigné Randi et son bébé. Cette version était la plus logique, la plus rassurante, celle à laquelle il se raccrochait quand ses pensées dérapaient un peu. Mais cela n'expliquait pas pourquoi son cœur s'emballait dès qu'il l'apercevait ni pourquoi il rêvait toutes les nuits de lui faire l'amour. Ni pourquoi, pour elle, il oubliait sa règle de conduite numéro un dans la vie : ne jamais revenir en arrière.

Jamais il ne rappelait une femme avec laquelle il avait eu une liaison. Pour lui, c'était une chose inconcevable. Pourquoi chercher à relancer une histoire qui était terminée ? Cela ne servait à rien. Et voilà qu'il invitait à dîner une femme qu'il avait aimée dix-sept ans plus tôt. Il l'avait séduite, avait été son premier amant puis l'avait quittée.

Ce n'était pas qu'il s'était lassé d'elle, c'était même l'inverse. Plus il passait du temps avec elle, plus il l'aimait. Simplement il avait eu peur de leurs sentiments réciproques. Il était jeune, ambitieux, promis à un bel avenir, et il n'y avait pas de place dans sa vie pour une relation stable. Pas à ce moment-là.

Mais aujourd'hui, les choses avaient changé.

— Si ce n'est qu'un dîner, pourquoi faire tous ces mystères ? reprit Matt. Et pourquoi m'as-tu demandé…

— On arrête là, d'accord ? dit Thorne, exaspéré.

— O.K. ! O.K. ! dit Matt en levant les bras. C'est bon, je te selle deux chevaux et je ne te pose plus de questions.

— Quoi ? s'exclama Slade. Tu vas l'emmener faire une balade à cheval ? Tu es dingue ! Cette femme est médecin, Thorne, c'est une femme de la ville.

— Et tu crois qu'elle n'est pas capable de monter ? lui lança Thorne.

— Avoue que c'est une drôle d'idée d'aller se promener à cheval le soir, en plein hiver, rétorqua Slade en secouant la tête comme si son frère était devenu complètement idiot.

— Ce n'est peut-être pas le médecin que j'ai invité, précisa Thorne comme s'il se sentait obligé de s'expliquer. Mais une amie d'enfance, Nikki Sanders.

— Qui est aujourd'hui médecin, divorcée et mère de deux enfants.

— C'est bon, les gars, vous n'allez pas me faire la morale ! Je sais ce que j'ai à faire avec Nicole.

— On te fait confiance, dit Matt. Mais fais attention quand même. A mon avis, elle est du genre à s'accrocher.

— Il faut que l'on puisse te joindre, au cas où il y aurait du nouveau pour Randi, ajouta Slade.

— Je prendrai mon portable.

— Ça vaut mieux, en cas de problème.

— Il n'y en aura pas !

— Espérons-le, marmonna Slade en passant son doigt sur sa cicatrice. On a eu notre lot, ces derniers temps.

Il n'avait pas tort. Ces dernières années, le sort semblait s'être acharné sur la famille. John Randall avait eu une vie bien remplie, pleine de joies et de peines. Il était riche et en bonne santé, avait fait deux beaux mariages et avait eu quatre beaux enfants. Les obstacles qui s'étaient dressés sur sa route avaient été écartés d'un revers de main. Mais lorsque la fortune s'était détournée de lui, qu'il était tombé malade et avait perdu sa première femme, il n'avait pas supporté le choc.

Sa mort n'avait pas mis fin à cette spirale infernale. La mère de Randi était morte peu après. Slade avait subi un autre deuil dans sa vie personnelle, et aujourd'hui il y avait l'accident de Randi et la maladie de son bébé. Oui, vraiment, le destin n'avait pas épargné la famille.

Mais tout cela allait bien s'arrêter un jour. Randi et le petit John allaient se remettre. On retrouverait le père, et le mystère qui entourait l'accident serait élucidé. Thorne se marierait et aurait des enfants à son tour…

Il s'arrêta un instant en sortant de la pièce. Lui, se marier ? Avoir des enfants ?

— Jamais de la vie, marmonna-t-il en serrant le petit anneau au fond de sa poche.

Comment avait-elle pu être assez sotte pour accepter son invitation ? se disait Nicole en enfilant sa petite robe noire fétiche. Elle fit la grimace en voyant son reflet dans le miroir. Cette tenue était bien trop sophistiquée pour Grand Hope. Mais Thorne ne serait pas surpris, il avait l'habitude de fréquenter des endroits chic, comme les bals de charité ou les galas, et le genre de femmes qui va avec, pensa-t-elle avec une nouvelle petite grimace.

Elle avait étalé toutes ses toilettes sur son lit, depuis les jeans décontractés jusqu'à cette fameuse robe.

— Allons, ce n'est que pour quelques heures, dit-elle à son reflet d'un air convaincu.

Oui, mais quand même…

Elle avait l'impression d'être une collégienne qui allait à son premier rendez-vous.

C'était ridicule ! Elle avait passé l'âge.

Finalement, elle se décida pour un pantalon de tweed, un pull à encolure marine, des bottines noires et des créoles en argent. Une tenue passe-partout. Chic. Classique. Parfaite.

— Tu es belle, maman, dit Mindy en entrant tout doucement dans la chambre, en pyjama et chaussons.

Molly la suivait et se glissa dans le lit en reniflant.

— Merci, dit Nicole. Mais tu n'es pas objective.

— Ça veut dire quoi ?

— Tu me trouves belle parce que je suis ta maman.

— Oui, fit Mindy de la tête en tournoyant autour du miroir sur pied.

Molly bondit hors du lit pour la rejoindre et faillit glisser sur le parquet.

— Attention ! s'écria Nicole.

— Les filles, laissez votre maman ! cria Jenny depuis la cuisine. Venez, on va faire du pop-corn.

— C'est bon, Jenny ! répondit Nicole. Elles sont sages.

Molly continuait à courir après sa sœur autour du miroir en poussant des cris de Sioux pendant que Nicole attachait ses cheveux et se mettait une touche de mascara, un peu d'ombre à paupières et du rouge à lèvres. Elle se regarda de nouveau dans le miroir et fut frappée par l'expression de ses yeux. Ils brillaient intensément. Qu'elle le veuille ou non, elle avait tout d'une femme amoureuse.

— N'y va pas, dit-elle tout haut en apercevant les phares d'une voiture par la fenêtre.

C'était lui. Son estomac se noua.

— Tu vas où ? demanda Molly.

— Cela ne te regarde pas, ma chérie.

— Tu vas où ? répéta Mindy.

— Je sors, dit Nicole en les serrant toutes les deux dans ses bras. Voyons un peu ce nez, ajouta-t-elle en attrapant un mouchoir sur la table de toilette.

Mais Molly se sauva en criant.

Nicole la poursuivit jusque dans la cuisine où le pop-corn mitraillait le couvercle de la casserole, répandant une forte odeur d'huile chaude. On frappa énergiquement à la porte et les deux fillettes partirent en trombe vers l'entrée.

— C'est moi qui ouvre ! cria Mindy.

— Non, c'est moi ! renchérit Molly en poussant sa sœur sans ménagement.

Et Mindy se précipita sur la porte qui s'ouvrit sur Thorne. Un souffle d'air froid s'engouffra tandis que Nicole essayait de moucher le nez de Molly qui gesticulait et protestait violemment.

— Excuse-moi, dit-elle par-dessus son épaule, les cheveux défaits. Entre.

— Non, maman ! Arrête ! hurlait Molly.

Thorne s'avança.

Nicole se redressa, jeta le mouchoir et chassa les mèches tombées devant ses yeux. Molly, vexée, courut dans sa chambre, et Mindy, le pouce vissé dans sa bouche, regarda Thorne d'un air suspicieux.

— Ma fille, Mindy, dit Nicole. Et la tornade que tu viens de voir passer est Molly.

— Suis pas une tornade ! protesta l'intéressée.

— Je croyais que tu étais en train d'égorger des chats, dit Thorne avec un sourire amusé.

— Tu es méchante, maman ! cria Molly en claquant la porte.

Nicole ignora le geste d'humeur de sa fille et remit ses cheveux en place.

— Tu me surprends en pleine action, dit-elle comme pour s'excuser.

La porte de la chambre des jumelles se rouvrit.

— Tu es *très* méchante !

Bang ! Nouveau coup de tonnerre.

— Excuse-moi, dit Nicole, gênée. Il faut que je m'occupe d'elle.

— Moi aussi, renchérit Mindy d'un air sérieux en suivant sa mère.

Nicole sentit le regard de Thorne dans son dos et se dit qu'il tombait vraiment mal. Pourquoi ses filles se montraient-elles sous un si mauvais jour juste à ce moment ? Elle frappa doucement à la porte de la chambre et entra. Molly était couchée en travers de son lit et avait ramené le couvre-lit sur elle ; ses sanglots étaient dignes d'une tragédienne de la grande époque.

Nicole s'avança en évitant les jouets qui jonchaient le sol.

— Allons, calme-toi, Molly, ce n'est pas si grave.

— Si… c'est… grave…, sanglota Molly entre deux hoquets.

Nicole la prit dans ses bras et la berça doucement. Molly

nicha sa tête au creux de son épaule, inondant son pull de larmes.

— Chut… ça va aller…, murmura la jeune femme. C'est fini. Là. C'est fini.

Molly s'accrocha plus fort à elle en voyant apparaître Thorne dans l'encadrement de la porte.

— Qui c'est ? demanda-t-elle, son petit visage chiffonné par les larmes.

— Un ami… M. McCafferty.

— Thorne, dit-il en voyant l'expression contrariée de Molly.

— C'est drôle, comme nom, déclara Mindy.

— Tu trouves ?

Les yeux de Thorne se firent malicieux, et il s'agenouilla devant elle.

— C'est vrai qu'il m'a valu pas mal de moqueries quand j'étais jeune, à l'école. Et toi, comment t'appelles-tu ?

Mindy se mordit la lèvre et ne dit rien.

— Mindy, dit sa sœur en la regardant avec dédain, sa colère soudain envolée.

— Et toi ?

— Molly.

Elle se dégagea des bras de sa mère et se planta devant Thorne, le défiant du regard du haut de ses quatre ans.

— M. McCaff… euh, Thorne et moi, nous sortons, annonça Nicole.

— Vous avez besoin d'aide ? demanda Jenny, qui apparut derrière Thorne.

— Jenny, je vous présente Thorne McCafferty, dit Nicole, tandis que les deux fillettes sautaient dans les bras de la jeune fille.

— Et le pop-corn ? demanda Molly.

— Vous en voulez ?

— Oui ! s'écria Mindy, l'air gourmand.

— Bien. Venez dans la cuisine.

Jenny lança un clin d'œil à Nicole, murmura un rapide « enchantée » à l'adresse de Thorne et sortit de la pièce avec les jumelles.

— Bienvenue dans ma vie, soupira Nicole en montrant la pièce d'un geste circulaire. Regarde ce bazar !

— Entre la maison et les urgences, tu ne dois pas t'ennuyer, fit remarquer Thorne. Mais je pense que cette vie te plaît.

— Vous vous trompez, monsieur McCafferty. En fait, je rêve d'être très riche, de vivre sous les tropiques et d'avoir un escadron de domestiques qui s'occupent de mes filles pendant que je me prélasse au bord de la piscine et qu'un beau garçon prénommé Ramon me masse langoureusement.

Ils éclatèrent de rire.

— Tu mourrais d'ennui au bout de deux jours !

— Probablement, admit-elle. C'est vrai, j'aime bien ma vie.

Elle s'avança vers la porte, mais il l'arrêta en la prenant par le bras.

— Et je te comprends.

Nicole frissonna au contact de sa main chaude.

— Ta vie est belle, poursuivit-il en la regardant avec une telle intensité qu'elle crut qu'il allait l'embrasser là, dans la chambre des enfants. La plupart des gens n'apprécient pas ce qu'ils ont.

Son regard glissa sur elle, et elle sentit ses jambes flageoler.

— Et toi ? Te rends-tu compte de la chance que tu as ? articula-t-elle lentement.

Son cœur s'emballait. Les doigts de Thorne resserraient leur étreinte sur son poignet.

— Oui, en cet instant, j'ai beaucoup de chance, répondit-il en se penchant vers elle.

Elle sentit son souffle tout près, et il posa un rapide baiser sur sa joue. Puis il la lâcha.

— Pouvons-nous y aller ? Tu es prête ?

Tremblante, elle essaya de reprendre ses esprits.

— Laisse-moi juste le temps de changer de pull.

Et elle courut dans sa chambre, le cœur battant, referma la porte et s'y adossa quelques secondes. Qu'est-ce qui lui prenait ? Il lui avait juste touché le bras. Pourquoi perdait-elle tous ses moyens devant lui, comme une adolescente à son premier flirt ? Comme lors de leurs premières rencontres ?

— Arrête, tu es complètement idiote !

En colère contre elle-même, elle retira son pull, vit que son pantalon n'avait pas échappé au passage de Molly et poussa un soupir. Du fond de son placard, elle sortit un autre pull, d'un beau rouge, à encolure en V, et troqua son pantalon taché contre une longue jupe noire boutonnée sur le devant. Toujours en marmonnant, elle se recoiffa et, bien que ses cheveux soient électriques et partent dans tous les sens, décida qu'elle était à peu près présentable ; en tout cas assez pour plaire à Thorne McCafferty. Elle attrapa sa veste en cuir accrochée derrière la porte et se rendit dans la cuisine où Thorne, amusé, regardait Molly lancer du pop-corn sur sa sœur dès que Jenny avait le dos tourné.

Mindy hurla, Jenny intervint, et Nicole se dit qu'il valait mieux partir tout de suite. Elle ajusta sa ceinture, planta un baiser sur les fronts de ses deux petits diables qu'elle aimait à la folie, puis un deuxième quand elles commencèrent à protester. Elle s'éloigna avec Thorne et, dans le couloir, les entendit pleurer.

— Maman… t'en va pas… maman, mamaaaan !

— C'est agréable de savoir que l'on est aimé aussi fort, remarqua Thorne en lui ouvrant la portière du pick-up.

— C'est vrai, admit-elle en jetant un dernier regard vers la maison où deux petits visages catastrophés étaient écrasés contre la fenêtre de la cuisine.

Elle fit un dernier signe à ses filles, mais ces dernières, la mine boudeuse, ne répondirent pas.

— Mais elles vont vite oublier, ajouta-t-elle. Dès que nous aurons disparu, elles recommenceront leurs bêtises.

— Tu es sûre ?

— Certaine, dit-elle en s'enfonçant dans son siège. Alors, monsieur McCafferty, où allons-nous ?

Son sourire brilla dans l'obscurité.

— Tu verras, dit-il en faisant demi-tour.

— Oh… Voilà qui est bien mystérieux.

— J'adore les mystères.

- 8 -

— Tu as perdu la tête ? demanda Nicole en voyant Thorne prendre le chemin du Flying M Ranch.

C'était le dernier endroit où elle avait envie d'aller. Le ranch lui rappelait trop de souvenirs.

— C'est un reproche que l'on m'a souvent fait dans ma vie, en effet.

— Je croyais que nous allions au cinéma, ou au restaurant, mais…

Elle ne termina pas sa phrase. Essuyant la buée sur la vitre, elle regarda le ciel d'hiver parsemé d'étoiles. La nuit était claire. Les champs étaient couverts de givre, les buissons de ronces le long des clôtures brillaient doucement sous la lune, et les ombres noires des troupeaux se déplaçaient silencieusement comme des fantômes. Un peu plus loin, elle apercevait la masse sombre du ranch trouée par quelques rectangles lumineux qui donnaient à l'ensemble un étrange ton bleuté.

Thorne s'arrêta près du garage.

— Ne me dis pas que c'est toi qui as préparé le repas ? ironisa-t-elle.

— Certainement pas. Je ne voudrais pas t'empoisonner.

Il descendit de voiture, en fit le tour et lui ouvrit la portière.

— Alors ? demanda-t-elle.

— Alors tu verras.

— Toujours aussi énigmatique…

Elle saisit la main qu'il lui tendait et sauta sur le gravier qui crissa sous ses bottines. Lui tenant toujours la main, Thorne l'entraîna vers les écuries. Que diable avait-il imaginé ?

Il ouvrit grand la porte, et ils entrèrent. Là, attachés devant leur box, les attendaient deux chevaux sellés qui les regardèrent avec leurs grands yeux humides.

— Tu es fou, murmura-t-elle.

— Tu crois ?

— J'en suis sûre.

— Où est passé votre goût pour l'aventure, docteur ? Vas-y, Nikki, prends-en un. Général, là, est doux comme un agneau, lui expliqua-t-il en lui indiquant un grand cheval brun. Ou, si tu préfères, tu peux prendre Mrs Brown, mais comme presque toute la gent féminine elle est assez… capricieuse.

— Tu n'es qu'un macho !

— Tu me connais…

Piquée au vif, la jeune femme détacha d'un geste décidé la bride de la jument, qui l'observait d'un regard oblique.

— Cela fait une éternité que je ne suis pas montée à cheval, murmura-t-elle en caressant le museau soyeux de l'animal, mais je pense que l'on va bien s'entendre toutes les deux. N'est-ce pas, ma toute belle ?

Mrs Brown secoua sa grosse tête en guise de réponse. La bride se balança bruyamment.

— Tu es sûre de toi ? demanda Thorne, quelque peu inquiet.

— Parfaitement.

— Tu risques gros.

— Tu m'enverras des fleurs.

— Je n'y manquerai pas, répliqua-t-il tout en fixant un gros sac à l'arrière de la selle de son cheval.

Puis il fit claquer sa langue, et les deux chevaux sortirent au pas. Dehors, l'herbe des enclos était recouverte de gelée blanche.

« C'est complètement dingue », pensa Nicole en défaisant quelques boutons de sa jupe pour pouvoir monter en selle.

Mrs Brown fit un pas sur le côté et s'agita quelques secondes pendant que le Général attendait patiemment que Thorne s'installe.

— Où allons-nous ? demanda Nicole en tenant les rênes de sa jument bien serrées. Et ne me dis pas « tu verras » !

— Devine, alors.

— Je ne sais pas.

Mais elle mentait. Au fond d'elle, elle connaissait parfaitement la destination, et il lui semblait reprendre un peu le cours de sa vie, une vie qui avait, à un moment donné, pris un autre chemin. La sensation était magique. Terriblement angoissante aussi.

Ils avançaient lentement, traversant une série d'enclos. Les chevaux étaient anxieux sous la lune. Les ruisseaux bruissaient doucement dans les champs. Le cœur de Nicole cognait fort dans sa poitrine. Thorne freina sa monture, et le Général ralentit. Plus nerveuse, Mrs Brown fit quelques écarts en tirant sur son mors.

— Doucement, doucement, dit Nicole en se penchant sur elle pour lui tapoter l'encolure. Ne sois pas impatiente.

En prononçant ces mots, elle eut l'impression de s'adresser à elle-même et retint un sourire.

La bise caressait ses joues et soulevait ses cheveux. Sa jupe ondulait, et son esprit s'enivrait. Comme il serait facile de se laisser emporter par ce moment ! Mais non, elle devait garder l'esprit clair. Tout au moins essayer…

Thorne n'était pas un homme à qui l'on pouvait faire confiance. Elle en avait déjà fait l'amère expérience, et elle serait vraiment la dernière des idiotes si elle lui livrait encore une fois son cœur.

— Jamais ! jura-t-elle tout haut.

— Que dis-tu ?

Thorne se retourna et lui sourit. Là, droit sur son grand cheval, les traits anguleux de son visage accentués par la clarté de la lune, les cheveux dressés dans le vent, il semblait plus inquiétant et plus sombre que jamais. Il n'était plus un gentleman civilisé, mais un homme sauvage et implacable comme les rudes paysages du Montana.

— Je… Non, rien, bafouilla-t-elle, et, pour échapper aux questions, elle donna un coup de talon à sa jument qui démarra, ravie.

Les sabots de Mrs Brown martelèrent le sol, ses pattes

se délièrent, et elle se lança au galop, dépassant son placide compagnon.

Nicole riait, oubliant toutes ses angoisses. La nuit se jouait de ses sentiments, le vent lui piquait les yeux et emmêlait ses cheveux. Une intense sensation de liberté la gagnait. Elle était redevenue la jeune fille amoureuse qu'elle était dix-sept ans plus tôt. Elle regarda derrière elle et vit Thorne qui la suivait, les yeux fixés sur elle.

— Hi-ya ! cria-t-elle à sa jument en la talonnant de plus belle.

Et Mrs Brown accéléra encore, volant littéralement au-dessus du sol, à travers champs et collines, jusqu'à ce que se dresse devant elle la haute silhouette noire des arbres qui bordaient la rivière. Nicole tira sur les rênes et entendit le Général souffler derrière elle. Thorne s'arrêta à sa hauteur.

Elle essaya de reprendre son souffle.

Depuis quand n'était-elle pas venue là ? Dix-sept ans ? Dix-huit ? C'était l'été, et elle se rappela les chaudes journées au cours desquelles les baisers de Thorne dans son cou étaient aussi doux que la caresse de la brise.

Le souvenir de leurs ébats, si torrides, si libres, lui revint aussitôt à l'esprit, et sa poitrine se serra. Pourquoi l'avait-il emmenée ici, dans la nuit froide de l'hiver si proche ?

Il descendit de son cheval et s'avança vers elle.

— Tu veux de l'aide ?

— Non, merci… je…

Elle se racla la gorge. Bon sang, elle n'était plus une gamine ! Elle avait grandi, elle était médecin et mère de famille !

— Ça ira, dit-elle en fanfaronnant.

Mais elle n'allait pas bien du tout. Elle glissa à terre et atterrit sur le sol gelé, les jambes flageolantes, à quelques centimètres de Thorne, bien décidée à ne pas montrer son trouble. Elle se frotta les mains d'un geste nerveux pour enlever la poussière.

— Pourquoi m'as-tu amenée ici, Thorne ? Pour évoquer le bon vieux temps ?

— Peut-être, oui.

— Moi qui croyais que tu n'étais pas du genre nostalgique...

— Tu ne me connais peut-être pas si bien.

— Si... enfin, je crois..., affirma-t-elle en affichant un sourire bravache qui cachait mal son malaise.

Une bourrasque de vent siffla dans les branches nues des arbres, agita les herbes frêles et plaqua sa jupe contre ses jambes.

— Je suis juste surprise que tu aies eu ce besoin de revenir sur les lieux de ta jeunesse.

— Et toi, tu n'en as jamais eu envie ? lui demanda-t-il d'une voix grave, les yeux brillants et le souffle court.

— Non. En fait, je pense que c'est une mauvaise idée.

— Tu trouves ?

Il mit ses bras autour d'elle, l'attira à lui et approcha son visage du sien.

— Eh bien moi, je trouve que c'est une très bonne idée, au contraire.

Il posa ses lèvres sur les siennes.

Elle accueillit son baiser tout en se disant qu'elle était en train de perdre la tête, qu'elle ne devait pas lui céder. Cet homme diabolique allait lui briser le cœur une fois de plus, et cette fois, elle ne s'en relèverait pas. Mais elle ne pouvait résister. Des émotions nouvelles et anciennes se mêlaient en elle avec une force et une rapidité qu'elle ne pouvait contrôler, et le désir montait insidieusement. Bientôt, ses dernières réticences tombèrent. Ses bras s'enroulèrent autour du cou de Thorne, ses yeux se fermèrent, et elle s'abandonna tout à fait.

« Oh, Thorne, cela fait si longtemps... »

Ses lèvres étaient chaudes et douces, son corps fort contre le sien. Le contraste entre la nuit froide et sa peau brûlante était follement érotique. Elle laissa échapper un petit gémissement auquel il répondit par un soupir rauque.

« Ne fais pas ça, Nicole », se disait-elle en se laissant faire. Elle entendait les sabots des chevaux qui s'éloignaient et, par-dessus le battement sourd de son pouls, le cliquetis de leurs brides tandis qu'ils penchaient la tête pour arracher quelques brins d'herbe gelés.

— J'en rêve depuis la première fois que je t'ai revue, murmura Thorne en passant la main dans les cheveux de la jeune femme.

— Dès que tu m'as revue, reprit-elle.

— Oui.

— A l'hôpital ?

— A l'hôpital.

— Menteur.

Son souffle remplit l'air froid.

— Je ne t'ai jamais menti, Nikki.

Il l'embrassa de nouveau, et elle répondit sans plus de retenue. Elle lui rendait ses baisers comme elle l'avait fait autrefois, avec fougue, sans arrière-pensée. Elle se sentait si bien dans ses bras puissants qui l'attiraient au sol, c'était si naturel de tourner la tête pour lui offrir le creux de son cou qu'il frôlait de ses lèvres, faisant frissonner tout son corps...

Une irrésistible sensation de chaleur la submergeait. Il continuait à l'embrasser, comme s'il ne devait jamais s'arrêter.

Elle sentit sa veste s'ouvrir, les mains de Thorne s'aventurer sous son pull, et ses doigts habiles remonter le long de son ventre. Elle se cambra au contact de sa peau et poussa un petit cri.

Elle avait mille raisons de le repousser.

Mais deux fois plus de le laisser faire... Pourquoi ne pas faire l'amour avec lui ? Quel mal y avait-il ? Ce n'était pas un inconnu, elle connaissait ses baisers, avait déjà senti son corps se mêler au sien.

Ses baisers se faisaient plus pressants tandis que ses doigts venaient à bout des quelques boutons qui retenaient encore sa jupe. Elle suffoqua en sentant ses mains sur ses cuisses. « Reprends-toi, Nicole ! As-tu perdu la tête ? Tu ne peux pas faire l'amour avec lui ! » Mais, aussi sûr que le soleil allait se lever le lendemain, elle sut à cet instant qu'elle l'aimait encore.

En quelques secondes, elle se retrouva nue, Thorne allongé sur elle. Il l'embrassait, la caressait sans relâche, faisant monter la fièvre dans chaque parcelle de son corps. Quand elle ouvrit les yeux, elle vit tout près d'elle le visage d'un homme qu'elle avait aimé, un visage aux traits marqués par le temps, et dans son regard, elle décela une lueur de regret.

Elle sentit les larmes couler sur ses joues. Au-dessus d'elle, la lune et les étoiles scintillaient, et le doux chant de la rivière apaisa sa douleur.

— Je ne me suis jamais excusé pour ce que je t'ai fait, murmura-t-il dans un souffle.

— Chuut, fit-elle en posant un doigt sur la bouche de Thorne. Ne dis rien… oh !

Il attrapa son doigt avec ses lèvres.

— Non…, protesta-t-elle mollement.

Mais elle ne retira pas son doigt de cette prison envoûtante, et la langue de Thorne se mit à le caresser doucement.

— Thorne, arrête…

Il lâcha son doigt et l'embrassa encore plus fort. Elle ne songeait plus à l'arrêter. Elle ouvrit avec un geste d'impatience sa veste et défit à la hâte les boutons de sa chemise.

Alors ce fut une effusion de baisers et de caresses enfiévrés. Bientôt, les vêtements de Thorne rejoignirent ceux de Nicole. La jeune femme sentait ses muscles durs et saillants contre son corps nu. Avec volupté, elle passa ses lèvres sur la douce toison qui recouvrait sa poitrine. En réponse, Thorne suivit de sa langue le creux de sa gorge et descendit jusqu'à ses seins qu'il prit dans sa bouche et lécha délicatement.

— Tu es encore plus belle que dans mes souvenirs.

Elle sentait son souffle sur sa peau en feu.

« Ne l'écoute pas, ne le crois pas… »

Mais c'était trop tard. Son cœur et son âme étaient emportés dans un délicieux tourbillon. La partie la plus intime de son corps la picotait et devenait humide. Le désir pulsait et semblait se dilater dans l'air froid. Leurs respirations s'accéléraient, les mains de Thorne parcouraient son corps, de plus en plus pressantes, de plus en plus précises.

— Oui, j'en rêvais, murmura-t-il en embrassant son ventre.

Elle attrapa ses cheveux. Il descendit, sa langue s'attarda sur son nombril. Elle frissonna puis se mordit la lèvre alors qu'il embrassait la peau douce de l'intérieur de ses cuisses. Les yeux fermés, elle sentit sa bouche s'immiscer dans son sexe et sa langue effleurer son point le plus sensible. Elle gémit. Les gestes de Thorne étaient précis, sa langue agile. Au premier spasme, elle se cambra et cria, les mains crispées sur le sol froid. Elle ouvrit les yeux. Les étoiles étaient comme des flèches qui dardaient leurs éclairs de lumière depuis le ciel tandis que tout chavirait autour d'elle. Haletante, elle flottait, en état d'apesanteur... loin de tout... près d'un paradis unique et merveilleux...

La tenant serrée contre lui, Thorne continuait à la caresser de sa langue magique, la menant au bord de l'évanouissement sous des vagues de plaisir.

— Thorne... Viens...

Il s'allongea sur elle et la pénétra. Le souffle coupé, elle s'arqua contre lui, transpirant dans l'air froid de la nuit. Il allait et venait, l'embrassait partout, sur le ventre, les seins, le cou...

— Maintenant..., murmura-t-elle, ivre de désir.

— Mmm...

— Mais...

— Maintenant ! Nikki, viens avec moi...

Elle le regarda dans les yeux pendant qu'il bougeait en elle, lentement d'abord, prenant son temps, faisant monter la tension. Les gouttes de sueur roulaient sur son corps. Elle entendait son souffle rauque. Elle se sentait partir et accompagnait chaque coup de reins, s'ouvrait, s'accrochait à lui.

De plus en plus vite...

Elle ferma les yeux, crut qu'elle rêvait, cria et, dans un dernier souffle, entendit son cri à lui. Puis il se laissa tomber sur elle et enfouit son visage dans son cou.

— Nikki... Nikki, mon amour...

L'ancienne blessure de la jeune femme se rouvrit en entendant ce petit nom. Elle serra son amant contre elle, sentant tout à coup le froid la pénétrer.

Son cœur ralentit peu à peu et sa respiration retrouva un rythme normal.

Elle n'avait jamais ressenti un tel plaisir avec Paul, ni avec aucun homme.

— Mmm..., murmura Thorne en la regardant. C'était, comment dire... Le jeu en valait la chandelle.

— Vraiment ? dit-elle avec une pointe d'ironie. C'était bien, pour toi ?

— A ton avis ? dit-il en riant, sa voix grave résonnant dans le silence de la nuit.

— Je voulais juste être sûre.

Il l'embrassa sur la bouche et lui frotta les bras.

— Tu as froid ?

— Pas encore.

— Ça va venir, mais j'ai ce qu'il faut.

Il se leva et, sans prendre la peine de s'habiller, siffla les chevaux. Le Général leva la tête et s'approcha. Thorne détacha la sacoche de la selle, l'ouvrit et en sortit un Thermos, une bouteille et un sac isotherme.

Nicole commençait à trembler et enfila ses vêtements.

— Tu te rhabilles ? s'étonna-t-il.

— Il fait froid, au cas où tu ne l'aurais pas remarqué.

Elle jeta un coup d'œil à la rivière où de petites plaques de glace se formaient au pied des arbres le long des berges.

— On est des durs, on survivra, répliqua-t-il.

— Arrête de jouer les cow-boys.

— J'adore ça.

Elle essaya de ne pas regarder son corps nu, ses épaules musclées et la tache sombre autour de son sexe. Thorne étala une petite nappe sur le sol, lui tendit un petit paquet enveloppé dans du papier d'aluminium et ouvrit le Thermos.

— Qu'est-ce que c'est ? demanda-t-elle.

— La spécialité de Juanita. Des tacos.

— C'est une superidée. Mais tu n'aurais pas dû...

— Allez, arrête de discuter et mange pour te réchauffer.

Il s'assit à même le sol et lui tendit une tasse remplie de café brûlant auquel il avait ajouté une goutte d'alcool. Les yeux de Nicole s'attardèrent sur ses longues cuisses musclées.

— J'ai du mal à y croire, dit-elle en mordant de bon cœur dans son taco.

Un bouquet de saveurs délicieuses vint exciter ses papilles.

Elle prit une gorgée de café dont la chaleur bienfaisante envahit aussitôt tout son corps.

— Ne me dis pas que c'est comme ça que tu traites toutes les femmes qui passent dans ta vie.

— Non. Une seule.

Il la regarda longuement.

Elle plongea le nez dans sa tasse et but une nouvelle gorgée.

— Suis-je donc si spéciale pour avoir droit à ce traitement de faveur ?

— Très spéciale, affirma-t-il sans détacher son regard d'elle.

Elle continuait à manger en silence. Elle aurait voulu le croire avec toute l'innocence de ses dix-sept ans, mais elle n'était plus une adolescente.

— Tellement spéciale qu'il a fallu dix-sept ans et un drame pour que tu te décides à me regarder de nouveau ?

Il baissa aussitôt les yeux, porta sa tasse à ses lèvres mais s'arrêta.

— Peut-être que ce n'était pas clair pour moi, murmura-t-il comme pour lui-même. J'ai essayé de m'excuser, mais tu n'as pas voulu m'écouter, ajouta-t-il en la regardant de nouveau.

— Je n'attendais rien, et si…

— J'ai une dette envers toi, Nikki, déclara-t-il. Je pourrais me trouver des tas d'excuses, mais elles seraient pitoyables. Je voudrais que tu me juges tel que je suis.

— C'est assez difficile alors que tu es nu comme un ver devant moi et que je dois faire tous les efforts du monde pour me concentrer sur ton visage, si tu vois ce que je veux dire.

— Parfaitement, dit-il en posant sa tasse.

Nicole sentit son cœur s'accélérer. En moins d'une seconde, Thorne la prit dans ses bras, l'embrassa comme s'il ne devait jamais s'arrêter et lui arracha une nouvelle fois ses vêtements pour lui faire l'amour encore et encore.

Nikki, la jeune fille romantique qui était toujours en elle, était au paradis avec son amant, Thorne McCafferty.

Nicole, la femme mûre, savait qu'elle était entrée dans une zone de perturbations dont elle ne connaissait pas l'issue.

- 9 -

— Sauf complications éventuelles, l'enfant est hors de danger.

A l'autre bout du fil, les mots du Dr Arnold sonnèrent comme une libération, et Thorne eut envie de sauter au plafond. Depuis plusieurs heures, il tentait de se concentrer sur les modifications d'un contrat que lui avait faxé Eloïse et essayait en vain de joindre un agent immobilier ainsi que le service des impôts, mais ses pensées revenaient invariablement vers Randi et son bébé.

Et puis il y avait Nicole. Jamais très loin. Deux jours étaient passés depuis leurs retrouvailles près de la rivière, et il devait se retenir pour ne pas la rappeler toutes les heures.

— Si son état continue de s'améliorer, il devrait pouvoir sortir dans trois jours, poursuivit le médecin. Comme votre sœur ne s'est toujours pas réveillée, vous devrez prendre les mesures nécessaires pour pouvoir accueillir l'enfant.

— Tout à fait, répondit Thorne bien que sa recherche de nourrice n'eût guère avancé et que la pièce du premier étage qui devait servir de chambre au petit John fût loin d'être prête.

— Si vous avez des questions, monsieur McCafferty, n'hésitez pas à me rappeler. Je vais voir l'enfant toutes les heures pour surveiller son évolution, et tout changement me sera notifié par les infirmières.

— Merci, docteur, murmura Thorne, soulagé d'un immense poids. Merci, mon Dieu, ajouta-t-il après avoir raccroché.

Il ne pouvait imaginer ce qui serait arrivé si l'enfant n'avait pas survécu. Ses pensées n'avaient jamais osé concevoir une hypothèse si sombre.

La chance leur souriait peut-être enfin.

Plein d'une énergie nouvelle, il rassembla ses papiers sur un coin du bureau et se leva. Depuis quelques semaines, il avait complètement changé ses habitudes, renonçant au mode de vie strict qu'il s'imposait à Denver. L'accident de Randi avait pris le pas sur les rachats de sociétés, les fusions et les spéculations immobilières. Les compagnies pétrolières et les start-up l'intéressaient moins que le ranch, cette terre qu'il avait autrefois dédaignée.

« Et Nicole ? N'est-elle pas pour beaucoup dans ce regain d'amour que tu éprouves pour ta ville natale ? »

Se frottant le menton, il s'aperçut qu'il ne s'était pas rasé ce matin et que cela ne l'avait pas dérangé plus que ça. En proie à cette question existentielle, il se rendit dans la cuisine.

— J'ai dit que je ne voulais pas d'étranger dans la maison ! tonnait la voix de Juanita.

— Thorne fait passer des entretiens à des nourrices envoyées par une agence, lui expliquait Slade. Elles ont toutes des références.

— Les agences veulent juste se faire de l'argent. Et Thorne ne connaît rien aux enfants.

— Ça, c'est vrai.

— Et toi, tu t'y connais, peut-être ? répliqua Thorne en entrant dans la pièce et en fusillant Slade du regard.

Juanita, les manches retroussées, appuyait de tout son poids sur un rouleau à pâtisserie pour étendre une boule de pâte. Elle s'arrêtait régulièrement pour la saupoudrer de farine, l'air furieux.

— Ce bébé a besoin de sa mère, et Randi ne voudrait certainement pas qu'une inconnue s'occupe de son fils ! maugréa-t-elle.

Elle s'arrêta un instant pour faire un signe de croix.

— Je n'ai embauché personne encore, répondit Thorne, à la fois amusé et touché par sa réaction.

— Très bien ! dit-elle en ajoutant un chapelet de mots en espagnol qu'il valait mieux ne pas comprendre.

Slade sourit et sortit un papier de sa poche.

— Larry Todd a signé, dit-il. Je dois le voir dans… — il regarda sa montre — une demi-heure environ.

— Bien.

— Et Kurt Striker doit passer dans l'après-midi. Tu seras là ?

— Bien sûr. Il a trouvé quelque chose ?

— Pas que je sache. Mais nous verrons.

Il prit ses bottes à côté de la porte du fond. Harold, couché sur un vieux tapis juste à côté, fit mine de se lever en remuant la queue. Slade le gratouilla derrière les oreilles, sous l'œil noir de Juanita.

— Je viens de nettoyer par terre ! lança-t-elle.

Harold, piteux, reposa sa tête entre ses pattes en lui lançant un regard implorant.

— Couché ! lui ordonna-t-elle en pointant son rouleau dans sa direction d'un air menaçant.

— Il ne bougera pas, dit Slade.

— J'ai du nouveau, Juanita, déclara Thorne.

— La *señorita* Randi ? s'écria la gouvernante en plaquant vivement son rouleau à pâtisserie contre son cœur.

— Non. Le bébé. Il est hors de danger.

Slade poussa un profond soupir, et Juanita se signa de nouveau, les yeux pleins de larmes.

— Je le savais.

— Matt est-il au courant ? demanda Slade, les yeux rougis par l'émotion.

— Je ne crois pas. Le médecin vient de m'appeler. Tu devrais aller lui dire.

— Plutôt deux fois qu'une !

— Je vais descendre en ville pour voir où en est l'enquête sur l'accident, puis je passerai à l'hôpital. Je te retrouve plus tard avec Striker, d'accord ?

— Parfait.

Avec un salut militaire adressé à Juanita, « la générale », comme il l'appelait parfois, Slade disparut rapidement.

— Comme je suis heureuse pour le bébé, dit Juanita en retournant à sa pâte. Quant à celui-là, continua-t-elle en désignant la porte du menton, il est trop… *irrespetuoso*… trop…

Elle faisait des moulinets de la main en envoyant voltiger de la farine partout.

— Irrespectueux.

— *Si, irrespetuoso.* C'est bien ça.

— Et vous, vous aviez traité la mère de Randi de sorcière, rappelez-vous.

— C'était il y a longtemps…

— Mais c'était un manque de respect.

— Si vous le dites.

— Et Slade a eu ses propres problèmes.

— *Si*. C'est vrai.

Juanita se renfrogna et plongea la main dans le bol de farine.

Perdu dans ses pensées, Thorne regagna son antre et appela Eloïse.

— Buzz Branson a appelé deux fois aujourd'hui, lui apprit-elle. Votre comptable voudrait revoir les pertes et profits dans le dossier Hillside View, et Annette Williams a laissé son numéro pour que vous la rappeliez.

Bon sang ! Annette… Il pensait avoir été clair lors de leur dernière conversation. Apparemment pas.

— Si quelqu'un rappelle, Eloïse, donnez-lui le numéro du ranch. Si je ne suis pas là, il y a un répondeur.

— Très bien. Sinon, vous devez savoir que le syndicat des charpentiers a déposé un préavis de grève. Cela pourrait toucher certaines de nos équipes. Et un des associés de Techlink a un contrôle fiscal.

Thorne émit un sifflement.

— Eh bien ! Vous en avez d'autres, des nouvelles comme ça ?

— Je ne voulais pas que vous vous sentiez mis à l'écart, lança Eloïse, moqueuse.

— Ne vous inquiétez pas. On peut me joindre ici sans problème, j'ai fait installer deux lignes.

— D'accord, à bientôt, alors, conclut la jeune femme en riant.

Thorne raccrocha. Il était à des lieues de tout cela, tout ce qui était sa vie, quelques jours auparavant. Que s'était-il passé ? Il regarda par la fenêtre le paysage sauvage qui s'étendait à perte de vue. Les mains enfoncées dans les poches de son jean, il se pencha pour observer un troupeau qui traversait un pâturage appauvri par l'hiver. Les bêtes se déplaçaient lentement, et de temps à autre le meuglement d'un veau qui appelait sa mère trouait le silence.

Enfant, Thorne avait aimé ces terres, puis il s'en était détourné, et, pendant vingt ans, il avait évité le plus possible d'y revenir. Mais aujourd'hui, le charme de l'endroit le reprenait. Tout comme celui d'une jeune femme médecin.

Et cela le troublait.

Mais au lieu de s'appesantir sur ses états d'âme, il monta dans sa chambre. Ses vêtements étaient arrivés. Pour se sortir de cette crise de nostalgie dans laquelle il était plongé depuis qu'il avait retrouvé Nicole, il décida de se secouer. Il déballa son costume gris, attrapa une chemise et une cravate et fila à la salle de bains pour se raser et se doucher.

— Elle ne réagit toujours pas ? demanda Nicole à l'infirmière de garde aux soins intensifs.

Randi McCafferty était allongée, immobile, reliée aux moniteurs. Les bandages avaient été enlevés de son visage. Les blessures externes guérissaient lentement, mais la jeune femme faisait peine à voir. Sa peau était presque transparente, elle était couverte d'escarres, et son visage était toujours enflé.

— Non, répondit l'infirmière. Nous la stimulons régulièrement, et un de ses frères, celui qui a les yeux noirs…

— Matt.

— C'est ça. Il est passé ce matin et lui a parlé pendant au moins un quart d'heure, mais elle n'a eu aucune réaction. Ça prend du temps parfois. Le Dr Nimmo n'est pas trop inquiet.

— Je sais. Mais comme le bébé va mieux, je me disais que peut-être…

Nicole regarda de nouveau la sœur de Thorne. « Réveille-toi, Randi ! On a besoin de toi ! »

— Les journalistes continuent à fureter, lui apprit l'infirmière. Ils appellent souvent, et une femme a même essayé de s'introduire dans le service. Elle s'est fait passer pour sa sœur.

— Randi n'a pas de sœur.

— Nous le savons. Les agents de sécurité ne l'ont pas laissée rentrer.

Nicole était très contrariée par ces intrusions. Randi et son bébé avaient besoin de calme pour se remettre. Elle comprenait que les mystères autour de l'accident de la jeune fille et de sa grossesse attisent la curiosité, surtout dans une petite ville comme Grand Hope, mais les journalistes en faisaient trop.

— Prévenez-moi s'il y a du changement, dit-elle en prenant la main de Randi. Allez, ma belle, tu peux t'en sortir. Tu as un beau petit bébé qui a besoin de toi, et tes frères sont malades d'inquiétude.

Puis, pensive, elle reprit la direction de son bureau. La journée promettait d'être longue aux urgences, et Nicole manquait cruellement de sommeil depuis plusieurs nuits.

Après la soirée passée au bord de la rivière, Thorne et elle avaient suivi le chemin de la corniche et étaient rentrés au ranch vers minuit. Il était une heure du matin quand elle était arrivée chez elle et, trop énervée par ce qui venait de se passer, elle n'avait trouvé le sommeil qu'au petit matin.

Le lendemain n'avait pas été plus calme, et, la nuit dernière, Molly avait fait des cauchemars et était venue se réfugier dans son lit. Encore une mauvaise nuit, dont la principale raison restait Thorne. Elle sentait toujours sur elle ses caresses et son corps chaud dans l'air froid. Et surtout, elle savait qu'elle était en train de retomber amoureuse.

— Espèce d'idiote ! marmonna-t-elle en se cognant dans un brancard au coin du couloir.

Thorne l'avait déjà trahie une fois. Elle essaya de chasser de ses pensées cet homme qui la troublait au plus haut point et se concentra sur les tâches en cours. Sa garde n'avait commencé que depuis deux heures, mais elle avait déjà pris du retard dans ses dossiers. Elle devait mettre ses notes au propre, rappeler des collègues et, surtout, prendre des nouvelles de ses filles.

A cette pensée, elle sourit, bien qu'elle fût un peu inquiète pour Molly qui était toujours très enrhumée et avait une vilaine toux ce matin. Le problème d'être médecin, c'était qu'elle connaissait toutes les complications possibles, et qu'elle ne pouvait s'empêcher de s'inquiéter à la moindre petite maladie. Elle poussa la porte de son bureau, entra et accrocha sa blouse derrière sa chaise.

Pour se tranquilliser, elle passa un rapide coup de fil à Jenny, alluma son ordinateur et consulta ses messages. Puis elle saisit ses rapports et rappela les personnes qui avaient cherché à la joindre plus tôt. Son estomac gargouilla, mais elle l'ignora et continua à travailler.

Une heure plus tard, elle fit une pause et se rendit au service de néonatologie où le petit John clignait des yeux sous les lampes chauffantes.

— Comment vas-tu, mon grand ? murmura-t-elle tandis qu'il tournait son visage vers elle.

Doucement, elle prit l'enfant et le serra contre sa poitrine. Son odeur sucrée de bébé et son petit corps chaud l'émurent jusqu'aux larmes.

— Tu vas voir, ta maman va bientôt se réveiller et s'occuper de toi.

Un petit gazouillis emplit l'air, et Nicole pensa, le cœur serré, au sort de cet enfant dont la mère était entre la vie et la mort et dont le père restait introuvable. Heureusement, il avait trois oncles solides et aimants. Un peu dépassés par la situation, certes, mais prêts à tout pour lui offrir une belle vie.

— Vous voulez lui donner le biberon ? demanda une infirmière.

Nicole ne put résister. D'une main experte, elle saisit le biberon, effleura la bouche du bébé avec la tétine, et le nourrisson se mit à téter, d'abord doucement puis de plus en plus goulûment. Elle comprit soudain combien elle avait envie d'un autre enfant, et son cœur se mit à battre un peu plus vite.

« Un enfant de Thorne ? lui souffla une petite voix intérieure. C'est cela que tu veux ? C'est bien cet homme dont tu es amoureuse, celui qui t'a tant fait souffrir quand tu étais jeune ? »

Un flot d'émotions l'envahit tandis qu'elle berçait tendrement le petit John. N'était-ce pas naturel, pour une femme, d'avoir envie d'un enfant ?

— Laisse tomber, tu as déjà les jumelles, c'est largement suffisant, marmonna-t-elle entre ses dents. Voudrais-tu vraiment élever un autre enfant seule ?

Mais ses filles avaient un père, même s'il n'était pas très présent. Il les appelait rarement, ne venait jamais, ne s'intéressait pas à leur éducation. Il s'était remarié à une femme uniquement préoccupée par sa carrière, comme lui, et qui ne tolérait aucune contrainte. Nicole avait pourtant essayé de lui parler, elle l'avait souvent sollicité ; rien n'y faisait.

— Voilà, dit-elle en retirant le biberon vide. Tu as tout bu. Tu es adorable.

Elle l'embrassa sur le front et leva les yeux. De l'autre côté de la vitre, Thorne la regardait. En costume, chemise blanche et cravate, il semblait lointain et inaccessible. Des mots comme « requin » ou « prédateur » lui traversèrent l'esprit. C'était là son vrai visage, elle l'avait appris à ses dépens. Elle ne devait pas l'oublier.

Cependant, elle sentit le rouge lui monter aux joues d'être ainsi surprise dans un moment si tendre. Lui adressant un petit sourire gêné, elle remit délicatement l'enfant dans son berceau. Aussitôt, il se mit à pleurer.

— Chhhh, ne pleure pas, lui dit-elle doucement.

— Je m'en occupe, dit l'infirmière qui venait de la rejoindre.

Nicole se glissa hors de la pièce et s'approcha de Thorne.

— Je ne t'attendais pas, dit-elle en mettant les mains dans les poches de sa blouse.

— J'avais à faire en ville, et j'en ai profité pour passer les voir.

— Le petit John va beaucoup mieux.

— Je vois, dit Thorne en se forçant à sourire. J'aimerais qu'il en soit de même pour Randi.

— Il faut attendre encore un peu. Mais elle va se réveiller.

— Je l'espère, murmura-t-il, peu convaincu. On déjeune ensemble ?

Pourquoi pas ? Elle avait pratiquement terminé ses dossiers au bureau et elle avait très faim. Et… et elle ferait mieux d'arrêter cela tout de suite car Thorne ne l'aimait pas ; elle lui servait juste de passe-temps pendant qu'il était dans le coin. Il repartirait et l'oublierait. Une seconde fois. Elle le savait très bien.

— Je n'ai que quelques minutes avant de reprendre mon service, avança-t-elle comme un refus.

— On mange un morceau vite fait à la cafétéria, alors ?

Son sourire était irrésistible.

— D'accord.

Et ils traversèrent les couloirs de l'hôpital, croisant des aides-soignantes portant des plateaux de médicaments, des patients soutenus par des infirmières, et des visiteurs venus voir leurs proches.

A la cafétéria, c'était l'effervescence. Malgré les remarques de Thorne, qui lui conseilla de manger quelque chose de plus consistant, Nicole prit un yaourt à la vanille, un muffin et une tasse de café noir ; elle n'avait plus très faim tout à coup.

Thorne porta le plateau vers une table sur laquelle traînait le journal du jour. Des infirmières discutaient mariage à la table voisine, et un groupe de médecins débattaient du projet de la nouvelle aile du bâtiment. Des visiteurs erraient çà et là par petits groupes.

Nicole se glissa sur un siège à côté d'un ficus maladif, et Thorne prit place en face d'elle. Quelques collègues jetèrent des regards curieux dans leur direction puis retournèrent à leurs conversations.

— J'espérais que tu pourrais m'aider, dit-il en déballant son sandwich au poulet.

— Comment ça ? demanda Nicole en mordant dans son muffin.

— Je cherche une nourrice pour John, quand il sortira de l'hôpital.

— Ne me dis pas qu'avec tes frères vous ne pouvez pas vous occuper d'un bébé ! s'exclama-t-elle en ouvrant des yeux ronds.

— Nous sommes tous très pris.

— Mmm.

— Et je ne crois pas que nous allons faire un remake de *Trois hommes et un couffin.*

— Non ? s'exclama-t-elle en riant. Cela pourrait faire un bon scénario pourtant. Je vois ça d'ici : Thorne McCafferty, dirigeant d'entreprise, président de la chambre de commerce et… expert en bébé. Matt McCafferty, éleveur de chevaux et cow-boy, spécialiste du biberon. Slade McCafferty, aventurier et…

— O.K. ! Je retiens l'idée, la coupa-t-il en riant.

Elle lui répondit par un clin d'œil.

— Tu es contente, tu as lancé ta petite pointe sur les McCafferty.

— C'est un tel plaisir de déjeuner face à un homme qui a tant de talents !

— Tu es bien placée pour le savoir…

Il ne riait plus, et Nicole rougit violemment. L'allusion était claire et elle repensa à leur nuit d'amour.

— Tu vois ce que je veux dire…

— C'est bon, j'ai compris, marmonna-t-elle tout bas, craignant que l'on entende leur conversation. On arrête là.

— Donc tu vas m'aider à trouver une nourrice.

— Je suppose que je n'ai pas le choix.

— Bien ! On fait la paix alors.

— Oh, mais je n'ai pas dit mon dernier mot !

— On verra ça, dit-il avec un regard taquin.

Elle rougit encore et s'arrangea pour aborder des sujets plus anodins pendant le reste du repas. Pourquoi se laissait-elle prendre à son jeu ? Pourquoi éprouvait-elle tant de plaisir à flirter avec lui ? Pourquoi le trouvait-elle si agaçant et si terriblement attirant à la fois ? Bon sang, on aurait dit une midinette ! Jetant un coup d'œil à sa montre, elle vit qu'elle était en retard.

— Désolée, Thorne, le devoir m'appelle, dit-elle en se levant.

Il repoussa sa chaise et la suivit.

En traversant la salle bruyante, elle remarqua combien il détonnait avec sa haute taille et son costume élégant au milieu du personnel en blouse blanche et des visiteurs à l'apparence plus modeste. Il y avait bien quelques hommes d'affaires et quelques commerciaux, mais aucun d'eux n'avait la prestance de Thorne McCafferty, aucun n'inspirait une telle déférence.

Les infirmières ne le quittaient pas des yeux tandis qu'il tenait la porte d'une main pour laisser passer Nicole, l'autre main glissée sous son bras. Un geste naturel de politesse mais qui mit la jeune femme mal à l'aise. Elle fut soulagée quand il la lâcha.

— Vous avez pu contacter le père du bébé ? demanda-t-elle.

— Non, répondit-il d'un ton sec.

Son regard devint froid comme de la glace.

— Mais je le retrouverai, ajouta-t-il.

Elle n'en douta pas un instant. Rien ne pouvait arrêter Thorne McCafferty quand il avait décidé quelque chose. Et il ne faisait pas bon se trouver sur son chemin si l'on avait la moindre broutille à se reprocher vis-à-vis de sa famille.

Quand ils furent arrivés devant l'ascenseur, il la prit par l'épaule et, à sa grande surprise, l'embrassa si brusquement que ses genoux se mirent à trembler.

— Qu'est-ce qui te prend ? s'écria-t-elle quand il la lâcha enfin.

— C'est juste pour que tu ne m'oublies pas.

Puis, sans rien ajouter, il s'éloigna vers la sortie.

Nicole, encore sous le coup de la surprise, un peu honteuse, entra dans l'ascenseur. Les portes se refermèrent ; heureusement, elle était seule.

En soupirant, elle s'adossa à la paroi. Qu'il ne s'inquiète pas, elle ne risquait pas de l'oublier.

- 10 -

Tout droit sorti d'une série télévisée, Kurt Striker était la caricature de l'ancien policier devenu détective privé : les traits durs, les cheveux grisonnants et des petits yeux verts enfoncés, toujours en mouvement.

En jean de la tête aux pieds, chaussé de bottes râpées, debout sous le porche, il regardait les nuages gris qui passaient dans le ciel. Un peu plus loin, Slade fumait. Avec un vague grognement, Harold arriva de derrière la maison, fit le tour du porche, grimpa les quelques marches en remuant la queue et se coucha aux pieds de Slade.

Kurt serra fermement la main de Thorne.

— Content de vous rencontrer, dit ce dernier.

Kurt fit un bref signe de tête.

— J'ai pensé que vous aimeriez savoir où en étaient mes recherches.

— Vous allez me raconter ça. Mais entrez, lui proposa Thorne en désignant l'entrée. Nous serons mieux à l'intérieur pour discuter.

Slade aspira une dernière bouffée et écrasa sa cigarette dans un cendrier métallique posé sur le vieux banc. Les trois hommes pénétrèrent dans la maison où les accueillit une forte odeur de bois, de produit nettoyant et de rôti de porc qui cuisait.

— Enlevez vos bottes ! cria Juanita depuis les profondeurs de l'office.

— Elle a des yeux derrière la tête, grommela Slade en vérifiant l'état de ses chaussures.

— Mes bottes sont propres, dit Kurt. Pas question que je les enlève.

Heureusement pour lui, lorsqu'elle émergea de la petite pièce, Juanita était déjà passée à autre chose. Portant deux grands sacs remplis d'oignons et de pommes de terre, elle referma la porte avec le pied et laissa tomber son fardeau sur le plan de travail de la cuisine. Menaçante, elle pointa un doigt accusateur sur Thorne.

— Cette Annette, elle a encore appelé ! Elle veut que vous la rappeliez aujourd'hui.

Roulant des yeux furieux, elle marmonna quelque chose en espagnol.

— La prochaine fois, ne décrochez pas, laissez le répondeur, lui conseilla Thorne, ne cachant pas son irritation.

— C'est ce que j'ai fait, répliqua Juanita. J'étais en train d'épousseter. Mais j'ai entendu le message, ajouta-t-elle en redressant le menton, comme si elle s'attendait à ce que Thorne lui reproche de se mêler de ce qui ne la regardait pas. Et ce n'est pas tout. Un journaliste aussi a appelé, il voulait vous parler. *¡ Dios mio !*

Les mains sur les hanches, elle secouait la tête, comme si elle était dépassée par la folie du monde.

— Je m'en occuperai plus tard, dit Thorne.

Puis, se tournant vers Kurt :

— Allons dans le salon.

Juanita ouvrit le sac d'oignons et commença à les peler.

— Vous voulez boire ou manger quelque chose ? leur proposa-t-elle, soudain calmée.

— Bonne idée. Apportez-nous des bières, je vous prie, dit Thorne en retirant sa veste.

Tous trois s'installèrent dans le salon.

— Bien, nous vous écoutons.

Striker était debout devant la fenêtre, le visage grave.

— Je pense que votre sœur n'est pas seule en cause dans l'accident. Un autre véhicule, voiture, camionnette, pick-up, ou que sais-je, est sans doute impliqué.

Thorne le regarda droit dans les yeux, cherchant à deviner son degré de sincérité.

— Mais cette hypothèse va à l'encontre de tous les rapports de police ! dit-il en cherchant du regard le soutien de son frère.

— Il me semble, oui, confirma Slade, accroupi devant la cheminée, en train d'allumer le feu.

— Ce n'est qu'une supposition pour l'instant, précisa Striker. Mais je ne suis pas entièrement d'accord avec leurs conclusions. Il y a des traces de peinture sur le pare-chocs arrière de la voiture de votre sœur. Pas de traces de freinage, ni d'autres éléments allant dans ce sens, mais cette possibilité n'est pas à écarter, à mon avis.

Le bois craqua dans la cheminée, et Slade jeta une grosse bûche dans les flammes. Juanita apporta un plateau avec des bouteilles de bière et une assiette de chips et disparut aussitôt. Striker vint s'asseoir sur l'accoudoir du vieux canapé et prit une bouteille, imité par Slade.

Thorne ne bougea pas. La seule chose qui l'intéressait, c'était l'accident de Randi.

L'hypothèse de Striker n'était pas une bonne nouvelle. Pas du tout. Cela supposait que quelqu'un était rentré dans la voiture de Randi et avait pris la fuite. Ou, pire, que c'était intentionnel.

— Et que dit le shérif ? demanda-t-il, ignorant les grondements de son estomac et ses tempes qui battaient.

— Pas grand-chose. Même s'il n'écarte aucune piste. Le problème est qu'il n'y a pas de témoin et que Randi ne peut pas raconter ce qui s'est passé. Du coup, l'enquête piétine.

— Mais vous avez l'air sûr de vous.

— J'ai dit que c'était une supposition, précisa Kurt en soutenant le regard de Thorne. Je ne suis sûr de rien.

— Et au sujet du père de l'enfant ?

— J'ai quelques pistes, mais je n'ai pas encore parlé avec les types.

— De qui s'agit-il ?

— D'hommes avec qui elle a été vue cette année. Il

semble que votre sœur n'avait pas de petit ami fixe, du moins récemment. Elle sortait parfois avec ses collègues du journal, voyait des amis d'enfance, mais personne ne l'a vue s'afficher avec quelqu'un en particulier.

Il s'arrêta et prit une longue respiration.

— Mais elle a eu quelques rendez-vous avec des hommes que j'essaie de retrouver. L'un d'eux se nomme Joe Paterno. C'est un reporter-photographe qui travaille en free lance pour le *Clarion*. Il y a aussi un avocat, Brodie Clanton, en cheville avec des grosses boîtes de Seattle. Son grand-père a été juge. Et le dernier est un cow-boy qu'elle a rencontré lors d'une interview.

— Son nom ?

— Sam Donahue.

— J'ai connu un Sam Donahue, marmonna Slade, comme pour lui-même, en s'appuyant contre la bibliothèque, les jambes croisées. Quand je tournais dans les rodéos. Matt le connaît aussi, si c'est le type auquel je pense. Un grand blond, plutôt rustre.

— C'est ça.

— Et Randi sortait avec lui ? s'étonna Thorne.

— Apparemment. C'est à vérifier.

Slade fixait ses bottes.

— Ce n'est pas bon, laissa-t-il tomber. Donahue a fait plusieurs fois de la prison, je crois.

— Exact, confirma Striker.

— Bon sang, soupira Thorne.

— Plus j'en apprends sur Randi, moins j'ai l'impression de la connaître, dit Slade en hochant la tête.

— Personne ne la connaît, ajouta Thorne.

La porte d'entrée claqua, et Matt entra dans un souffle d'air glacé.

— Personne ne connaît qui ? demanda-t-il en jetant ses gants et en regardant les trois hommes l'un après l'autre.

Son visage était rougi par le froid. Il posa son chapeau sur le dossier d'un fauteuil.

Slade lui présenta Kurt Striker et lui résuma la situation.

Matt prit une bouteille de bière et la décapsula.

— Sam Donahue ? s'exclama-t-il. Je n'y crois pas ! Ce n'est pas le genre de Randi.

— Ah, et c'est quoi d'après toi, le genre de Randi ? ironisa Thorne.

— J'aimerais bien le savoir, admit Matt. Quelle histoire…

— Et que savez-vous d'autre ? demanda Thorne au détective.

— C'est à peu près tout, à part que votre sœur ne s'éclatait pas vraiment à son travail. Les gens sont plutôt discrets au journal, mais certains de ses collègues pensent qu'elle était en conflit avec la direction.

— Pour quelle raison ? demanda Thorne en fronçant les sourcils.

— Bonne question. J'ai des copies de tous les articles qu'elle a écrits les six derniers mois. D'après son amie Sarah Peeples, qui est responsable de la chronique cinéma, Randi avait au moins deux semaines de papiers en réserve. Or, aucun n'a été publié, et personne ne les a vus. On dit aussi qu'elle travaillait sur un autre projet, mais le journal dément, et cela reste assez mystérieux.

— Et ce n'est pas Randi qui va nous aider, observa Matt avec ironie.

Une bûche craqua dans la cheminée, et un court silence s'installa dans la pièce.

— Qui pouvait lui en vouloir ? reprit Slade. Elle s'occupait du courrier du cœur, bon sang !

— Et d'autre chose, sans doute, pensa tout haut Striker.

Matt fixait sa bière, le regard sombre.

— Vous dites que la voiture de Randi a pu être heurtée par une autre. Tout de même, cela fait une sacrée différence entre un simple dérapage sur la glace et… vous appelez ça comment ? Une tentative de meurtre ?

— Ce que je dis, c'est qu'il y a peut-être un autre véhicule impliqué dans l'accident, et que si c'est le cas, le conducteur a commis au minimum un délit de fuite. Et peut-être plus.

— Si elle a *vraiment* été heurtée, insista Matt, toujours sceptique.

— Oui.

— Je crois que nous allons un peu loin, là.

— On vérifie toutes les possibilités, c'est tout, objecta Slade. C'est pour Randi.

— Bon sang, comme j'aimerais qu'elle se réveille, soupira Matt en se passant la main dans les cheveux.

— On aimerait tous, renchérit Thorne en regardant ses frères l'un après l'autre. Mais en attendant il faut tout faire pour tirer cette affaire au clair. Continuez vos recherches, Striker. Nous devons retrouver le père du bébé. Si nous arrivons à connaître les groupes sanguins des hommes qu'elle a fréquentés, cela réduira le nombre de candidats.

— C'est en cours, leur apprit Striker.

— Et comment faites-vous ? demanda Matt.

Kurt lui fit comprendre du regard qu'il ne souhaitait pas dévoiler ses sources.

— Peu importe, dit Thorne. Continuez.

Il n'aimait pas beaucoup les méthodes de Striker, mais, au moins, il était sûr que le détective irait jusqu'au bout pour découvrir la vérité. Et c'était ce qui comptait. Quand il s'agissait de la vie de Randi, la fin justifiait les moyens, et peu importait si Striker prenait quelques libertés avec la loi.

— Pas de problème, dit Striker en hochant la tête. Et je vais essayer de retrouver ces fameux articles. Savez-vous si Randi avait un ordinateur portable ?

Slade leva les épaules en signe d'ignorance, Matt secoua la tête et Thorne fronça les sourcils.

— Il n'y avait rien sur son bureau, répliqua-t-il.

— Comment le sais-tu ? demanda Matt.

— J'ai vérifié.

— Tu es entré dans son appartement ? Mais… c'est illégal ! Randi nous tuera si elle l'apprend !

— Inutile de lui dire alors, intervint Striker, philosophe, en prenant une grande gorgée de bière.

— Attends… Dis-moi, Thorne, tu ne crois pas que tu tires

des conclusions un peu vite ? Randi a eu un accident, elle est blessée, je ne vois pas ce qu'il y a de louche là-dedans.

— On ignore les circonstances de l'accident.

— Tout le monde aimait Randi, et comme le disait Slade, elle aidait les gens à régler leurs peines de cœur ! Je ne vois pas comment elle aurait pu avoir des ennemis. Elle n'écrivait pas de papiers à scandale et ne se mêlait pas de politique.

— Ce n'était pas seulement les peines de cœur, rectifia Slade. Elle écrivait pour les célibataires en général.

— Je sais, laissa tomber Matt.

— En tout cas, personne ne savait vraiment comment elle vivait, affirma Thorne. Elle ne nous avait même pas dit qu'elle était enceinte. S'il s'avère que quelqu'un lui est rentré dedans, intentionnellement ou non, nous devons savoir qui.

— Et pour quelle raison surtout. Il faudrait un motif.

— Pas si c'était juste un accident et que le responsable n'a pas osé se dénoncer, dit Slade en vidant sa bouteille.

— Dans ce cas, je ne vois pas l'utilité d'aller fouiller dans son ordinateur ou dans son appartement.

— Il ne faut rien négliger, tu ne crois pas ? dit Slade à son frère.

Son visage était rouge, et il défiait Matt du regard, comme quand ils étaient jeunes et qu'ils allaient se bagarrer.

Matt ne bougea pas et lui sourit tranquillement, ce qui sembla agacer Slade encore plus.

— Nous ne savons rien, et Kurt nous aide à y voir plus clair. Cela te pose un problème ? reprit Slade.

— Non, aucun, rétorqua Matt en regardant son jeune frère droit dans les yeux. Je suis comme vous, je veux que tout soit fait pour aider Randi et retrouver le salaud qui lui a fait un enfant. Mais c'est le boulot du shérif.

— Sauf qu'il ne se bouge pas ! lança Slade.

— Parfait ! Je vous suis sur ce terrain, décréta Matt. Mais ne nous lançons pas dans une chasse aux sorcières sans savoir.

— Ne vous inquiétez pas, dit Kurt, je sais où je vais et je saurai m'arrêter s'il le faut.

— Bien. Faites ce que vous avez à faire, conclut Thorne en le raccompagnant à la porte d'entrée.

Les deux hommes se serrèrent la main. Le téléphone sonna juste quand Thorne refermait la porte.

— J'y vais ! cria-t-il, énervé.

Il avait du travail, et la discussion entre ses frères devenait pesante.

— Allô ! dit-il un peu fort.

— Ouh là ! tu es de mauvaise humeur, dit la voix d'Annette.

— Juste occupé.

— Quand reviens-tu à Denver ?

Décidément, elle n'avait rien compris.

— Je ne sais pas, dit-il en s'asseyant sur le coin du bureau, balançant sa jambe dans le vide.

L'idée de retrouver son bureau, son appartement et sa vie trépidante dans la grande ville ne lui disait vraiment rien.

— Alors te voilà redevenu cow-boy ? ironisa Annette avec une pointe de jalousie, comme si rien n'avait changé entre eux.

— Figure-toi que je me sens bien ici, lui répondit Thorne en toute franchise. Même si je ne suis pas véritablement un cow-boy.

— Pourtant, je t'imagine bien en jean et santiags. Même coiffé d'un Stetson !

— Tu voulais me demander quelque chose ?

— Mmm. Oui. C'est papa. Il te pardonne.

Thorne en doutait.

— Et il est toujours partant pour travailler avec toi, ajouta la jeune femme.

— Il n'a qu'à m'appeler, alors.

— Je tenais à t'en parler avant. Pour être sûre que tu étais dans de bonnes dispositions.

— Pas de problème.

Elle mijotait quelque chose, il le sentait.

— Bon. Alors papa t'appellera lui-même. Fais-moi signe quand tu reviens. Et laisse tomber le lasso, ce n'est pas ton style.

— Je ne joue pas à ça.

— Tant mieux. Alors à bientôt ! dit-elle en riant.

Elle raccrocha, et Thorne resta quelques instants immobile, le téléphone dans la main, à se demander pourquoi elle avait appelé.

— Bah, cela n'a pas d'importance, marmonna-t-il.

Il ne l'aimait pas et ne l'avait jamais aimée. Comme toutes les femmes qu'il avait connues ces dernières années. Toutes ces relations avaient été superficielles. Jusqu'à ce qu'il revoie Nicole. A l'instant où il avait posé ses yeux sur elle, il avait été conquis. Pour la seconde fois. Que faisait-elle en ce moment ? Il songea à l'appeler puis se ravisa. Il avait d'autres affaires plus urgentes à régler.

Il répondit aux différents messages téléphoniques, fax et mails qu'il avait reçus dans la journée. Mais son esprit était ailleurs, et il n'arrêtait pas de penser à sa sœur et au bébé.

Quand il en eut enfin terminé avec son avocat, il se renversa sur sa chaise et regarda par la fenêtre. Des milliers de questions tournaient dans sa tête. Pourquoi Randi était-elle dans le Montana ? Qui était le père du bébé ? Y avait-il un autre véhicule ? Quand allait-elle sortir du coma ? Pourquoi personne ne semblait réellement la connaître ?

Il n'avait pas de réponses. Une autre question tout aussi pressante, qu'il avait pris soin de reléguer au fond de son cerveau, refit surface : que faisait Nicole ce soir ?

— Laisse tomber, murmura-t-il dans sa barbe.

Mais l'image de leurs corps trempés de sueur dans la nuit froide revenait avec insistance. Quand pourrait-il la revoir ? Il regarda le téléphone, contrarié à l'idée de dépendre ainsi d'une femme.

Il se rappela la scène sur le parking de l'hôpital, quand il l'avait embrassée par surprise, et ses petits cris de plaisir quand il lui avait fait l'amour près de la rivière. Puis il revit la scène où elle tenait le petit John dans les bras, lui parlait et le cajolait comme elle l'aurait fait avec son propre enfant. Quelque chose en lui avait été profondément ébranlé.

Il était en train de tomber amoureux. Et c'était ridicule. Il n'était pas homme à se laisser prendre à ce piège grossier.

Et il n'était pas prêt à s'engager avec une femme. Pas encore. Il avait trop à faire.

Ah oui ? Et quoi donc ? Gagner encore un million ou deux ? Racheter une énième société à la dérive, la redresser et la revendre en faisant un bénéfice énorme ? Retourner dans son appartement vide dans une ville où ses seuls amis étaient ses associés ?

Il se leva et s'étira. Bien sûr, qu'il rentrerait à Denver. Quelle était l'alternative ? Rester ici ? Epouser Nicole ?

Il se figea. Epouser Nicole ? Le Dr Stevenson ?

Impossible !

Nicole entra enfin dans son bureau. Dieu merci, l'après-midi avait été relativement tranquille, avec une jambe cassée, une crise d'asthme, une morsure de chien, une appendicite aiguë et deux enfants contusionnés à la suite d'une chute de vélo. Entre les différentes admissions, elle avait eu le temps de rédiger ses rapports, d'aller rendre visite à d'anciens patients comme Randi et John, et surtout de penser à Thorne McCafferty.

Cela tournait à l'obsession.

Elle s'assit sur sa chaise et se mit à tripoter son stylo. Ils s'étaient téléphoné plusieurs fois depuis la fameuse nuit sous les étoiles, ils avaient déjeuné ensemble aujourd'hui, et forcément, elle allait encore tomber sur lui quand il viendrait voir sa sœur. Comme il passait systématiquement dans son bureau à chaque visite, les rumeurs avaient commencé à circuler dans l'hôpital, et ses collègues lui adressaient des sourires entendus dès qu'il apparaissait.

Elle aurait voulu l'oublier, mais c'était impossible. Il était en elle. Elle aurait dû lui en vouloir pour la façon cavalière dont il l'avait traitée autrefois. Au lieu de cela, elle était fascinée. Bêtement fascinée. Et elle risquait d'être déçue une seconde fois.

Elle classa ses dossiers puis prit les articles de Randi que lui avait remis la gynécologue, Claire Santiago. Par simple curiosité pour sa patiente, et aussi intriguée par le remue-ménage créé par l'accident, Claire avait fait quelques recherches sur internet.

Parcourant les extraits de presse, Nicole sourit. Randi semblait écrire à main levée. Sans se départir d'une certaine ironie, mais sans jamais la moindre méchanceté, elle trouvait toujours le ton juste pour donner des conseils aux lecteurs sur leurs peines de cœur, mais aussi leurs problèmes de travail, leurs relations entre collègues ou encore la vie trop stressante. Randi ne se privait pas d'utiliser certains clichés ou de vieux adages, bien sûr, mais toujours à bon escient et avec beaucoup d'humour. A travers ses petits billets sans prétention, on percevait un esprit vif et une grande intelligence. Certains passages firent même rire Nicole qui se demanda si Randi avait la langue aussi bien pendue avec ses frères. Si seulement elle pouvait parler…

Nicole rangea les coupures dans un dossier et se dit qu'il était temps de mettre un terme à cette journée. Elle éteignit son ordinateur et sa lampe et sortit de son bureau. Avant de rentrer chez elle, elle passerait voir Randi.

A l'entrée du service, elle tomba sur Matt et Slade qui l'attendaient impatiemment.

— Bonjour, dit Matt en soulevant vivement son chapeau.

Slade, assis sur une chaise, reposa le magazine qu'il tenait et se leva.

— Bonsoir. Je venais voir votre sœur avant de rentrer chez moi. Comment va-t-elle ?

— Toujours pareil, dit Slade, lugubre. Mais j'ai entendu les médecins dire qu'ils allaient pouvoir soigner ses fractures car elle a bien désenflé. Elle est dans un sale état quand même…, ajouta-t-il en caressant le bord de son chapeau.

— Mais il y a du mieux, dit Nicole, se voulant rassurante. Ces choses-là prennent du temps, vous savez.

— Si seulement elle pouvait se réveiller, marmonna Matt. Thorne est avec elle en ce moment.

Pourquoi ce pincement au cœur quand elle entendait prononcer son prénom ?

Slade regarda sa montre et esquissa un sourire plein de sous-entendus.

— Il ne devrait pas tarder, si vous voulez l'attendre. Il voudra certainement vous parler.

— Qu'y a-t-il exactement entre Thorne et vous ? demanda Matt, très direct.

— Mais… rien, dit-elle en le regardant.

— J'aurais juré pourtant, intervint Slade avec un bref mouvement de tête. Je ne l'ai jamais vu si… joyeux.

— Joyeux, c'est beaucoup dire, dit Matt. Thorne ne connaît pas le sens de ce mot. Mais je dirais qu'il est plus serein, moins agressif. Distrait même. Et reposant ! ajouta-t-il en riant.

— Vraiment ?

Les portes s'ouvrirent, et Thorne, en jean et blouson de cuir, sortit. Son visage était tourmenté, et son regard brûlant se posa sur Nicole.

— Un problème ? demanda-t-elle.

— Oui. Randi est toujours dans le coma et elle fait peur à voir. Les médecins disent que son état s'améliore, mais je ne les crois plus. Cela fait plus d'une semaine qu'elle est ici.

— Nous faisons tout ce qui est en notre pouvoir, Thorne.

— En es-tu bien certaine ? demanda-t-il en la dominant de toute sa hauteur.

— Nous avons déjà parlé longuement de tout cela, répliqua-t-elle sans s'émouvoir. De la compétence de l'équipe, de l'efficacité de cet hôpital, du temps qu'il faut au corps pour se remettre de…

— Stop ! Assez de ces discours !

— Que cherches-tu, Thorne ? demanda Nicole sans perdre son calme.

— Oh, juste la guérison de ma sœur, retrouver le père

de son enfant et connaître la vérité sur l'accident. Et la paix dans le monde aussi !

— C'est tout ? dit-elle en le défiant du regard.

— Non, je veux bien un café !

— Très bien, ça, c'est dans mes cordes. Je m'en occuperai dès que j'aurai soigné ta sœur et son enfant et rétabli la paix sur Terre, répondit-elle du tac au tac.

Se retournant, elle vit Slade qui réprimait difficilement un sourire.

— Et ça vous fait rire ?

— Pas du tout ! J'apprécie seulement le spectacle : ce n'est pas tous les jours que Thorne se fait remettre à sa place. Merci !

— Nous, nous allons voir ça tous les deux, déclara Thorne en saisissant Nicole par le bras. Quant à toi, je réglerai ton cas plus tard ! lança-t-il à Slade.

— Qu'est-ce que tu fais ? s'écria Nicole en se débattant tandis qu'il la poussait dans un recoin.

— Ça, répondit-il en l'embrassant si fort qu'elle cessa aussitôt de respirer.

Luttant contre elle-même, elle se dit, l'espace d'un bref instant, que le comportement de Thorne était inadmissible, surtout sur son lieu de travail. Mais l'émotion de se sentir ainsi désirée l'emporta. Le contact de la bouche de Thorne était magique, ses baisers étaient chauds, irrésistibles. Elle entrouvrit les lèvres et se laissa guider par ses sensations délicieuses et troublantes.

Le cœur battant la chamade, elle recula un peu et vit le regard amusé de Thorne.

— Je n'ai pas pu résister, dit-il en guise d'excuse, tandis qu'elle sortait de sa poche son bip qui sonnait.

— Tu devrais peut-être apprendre à te contrôler. A ton âge…

Elle regarda le numéro qui s'affichait.

— Bah ! lança Thorne en riant. Il n'y a personne. Et vous n'avez pas de leçon à me donner en matière de contrôle, docteur.

— Tu m’as surprise, c’est tout. Excuse-moi, je dois te laisser.

— Une urgence ?

— Je ne sais pas, mais il faut que j’y aille.

Il la regarda avec envie et l’embrassa une dernière fois avant de tourner les talons.

Remontant le couloir, elle croisa deux aides-soignants qui firent semblant de n’avoir rien vu, mais les clins d’œil qu’ils s’échangèrent étaient éloquents.

Elle essaya de reprendre ses esprits et, pour la centième fois depuis le début de cette affaire, elle se rappela qu’elle ne devait pas retomber amoureuse de Thorne.

Mais une petite voix intérieure lui disait qu’il était déjà trop tard.

- 11 -

— Je vous tiendrai au courant, dit Thorne en adressant un sourire poli à la femme assise en face de lui.

Elle s'appelait Peggy, avait vécu à Missoula, puis à Las Vegas, avant d'arriver à Grand Hope. Apparemment, son expérience avec les jeunes enfants se résumait à ses propres enfants, grands aujourd'hui, et à un court passage dans un centre d'accueil. Sinon, elle avait travaillé dans une usine de conserves en Californie et dans un hôtel comme femme de chambre. Elle était plutôt sympathique, mais Thorne n'était pas certain qu'elle ait les qualités nécessaires pour s'occuper à plein temps du petit John.

— Je n'ai pas encore vu toutes les candidates, précisa-t-il.

Elle se leva et arrangea ses cheveux grisonnants.

— Bien, j'attends votre appel. Vous avez mon numéro.

— Pas de problème.

Elle lui tendit une main chargée de bijoux. Ses ongles, très longs, étaient recouverts de vernis rouge foncé. Elle sortit de la pièce en roulant les hanches dans son jean serré. Devant la porte d'entrée, Thorne lui tendit son manteau de cuir et son sac à franges puis referma la porte sur elle.

Un bruit de bottes résonna dans l'escalier.

— Alors ? demanda Matt. Tu as trouvé quelqu'un ?

— Pas encore.

Pensif, il regarda par la fenêtre et vit Peggy monter dans une vieille camionnette tellement poussiéreuse qu'un inconnu avait tracé le mot « sale » sur la lunette arrière, allumer une cigarette, recracher la fumée par la fenêtre et démarrer. Non, décidément, Peggy Sentra ne ferait pas l'affaire. Pas plus que les deux femmes rencontrées avant elle.

— Tu as déjà vu trois personnes.

— Et ce n'est pas fini, j'ai l'impression. J'ai rappelé l'agence, pour qu'ils m'en envoient d'autres. Ce n'est pas évident de trouver quelqu'un de bien.

— Le petit arrive demain.

— Je sais, je sais, grogna Thorne. En attendant que je trouve la perle rare, il va falloir s'organiser entre nous.

— Ça va être difficile, soupira Matt. Je ne serai pas là demain, je vais réparer une clôture côté nord pour que l'on puisse emmener le troupeau là-bas. Slade, Adam Zolander et Larry Todd viendront m'aider. Après-demain, je retourne dans mon ranch. Donc ne compte pas sur moi avant plusieurs jours.

Thorne fronça les sourcils mais ne dit rien. Matt possédait une propriété à la frontière de l'Idaho. Il s'était énormément endetté, travaillait dix-huit heures par jour et se ruinait la santé, et tout ça pour quelques collines perdues et une petite exploitation peu rentable. Thorne n'avait jamais compris l'attachement de son frère pour la terre, son besoin de posséder son propre ranch, mais c'était comme ça. Pour Thorne, la terre n'avait de valeur que si l'on pouvait l'exploiter ou la vendre en faisant un profit, mais Matt, lui, entretenait un lien charnel avec elle.

— D'accord.

— Slade ne sera pas là non plus demain, donc c'est toi qui t'y colleras, ajouta Matt. Tu n'auras qu'à demander à Juanita de te montrer comment on donne le biberon ou comment on change les couches.

Il prit son chapeau avec un petit sourire.

— Et la chambre est presque prête. J'ai installé le lit et la table à langer. Mais on n'a ni vêtements de rechange, ni couches, ni produits de toilette.

— Tout est commandé, dit Thorne.

— Bien.

Goguenard, Matt enfila sa veste et sortit.

Thorne retourna dans le bureau.

Il était temps de mettre en place le plan B.

Le téléphone sonna, et Nicole, en train de chercher ses clés, décrocha.

— Allô ?

— Salut.

Reconnaissant la voix de Thorne, elle s'appuya contre la fenêtre et sourit. Pourquoi cette voix la rendait si heureuse, elle l'ignorait. Les filles jouaient autour d'elle, et elle leur fit signe de se taire en mettant un doigt sur la bouche.

— J'ai besoin de ton aide, dit-il.

— Mon aide ? reprit-elle, surprise.

Thorne McCafferty, l'homme qui dirigeait une multinationale, avait besoin d'aide. Voilà qui n'était pas banal.

— Oui. Le petit John sort de l'hôpital demain et il va falloir l'accueillir au ranch. Cela va nous faire du changement.

Elle jeta un coup d'œil à ses deux petits diables et sourit.

— J'imagine, oui.

— J'ai pensé que tu pouvais peut-être me donner quelques tuyaux.

— Pas de problème, dit-elle en regardant Molly courir après Mindy avec un serpent en caoutchouc à l'aspect effrayant. Je suis une experte !

— On peut dîner ensemble pour en discuter ?

— J'ai les filles.

— Amène-les.

Elle éclata de rire.

— Tu te rends compte de ce que tu dis ?

— Pas vraiment, non. Mais il faut bien que j'apprenne. Je peux passer vous prendre…

— Non, on n'a qu'à se retrouver sur place. J'ai récupéré ma voiture, et elle est équipée pour transporter les enfants. Et au cas où elles ne se tiendraient pas bien, ce qui n'arrivera pas, j'espère, il faut que je puisse repartir de mon côté. J'avais promis aux filles de les emmener au Burger Corral. C'est au coin de la 3e Rue et de Pine Avenue.

— Je connais. Mais j'aurais aimé quelque chose de plus tranquille.

— Avec deux mouflettes de quatre ans, il vaut mieux éviter les endroits tranquilles, crois-moi.

Molly tirait sur la veste de sa mère.

— Maman, viens voir !

— Ecoute, si tu veux nous rejoindre, tu sais où l'on va. Nous partons tout de suite.

— J'y serai dans une demi-heure.

Nicole raccrocha et se dit qu'elle n'avait vraiment pas de suite dans les idées. Elle était pourtant bien décidée à éviter Thorne au maximum. Ce n'étaient pas quelques baisers volés et une nuit d'amour qui devaient lui faire perdre la raison.

— Venez, les filles ! Mettez vos manteaux.

La sonnerie du téléphone retentit de nouveau et Nicole pensa que Thorne avait changé d'avis.

— Tu as changé d'idée ? demanda-t-elle d'emblée.

— Je crois que c'est un peu tard, dit la voix de Paul.

Aussitôt, la bonne humeur de la jeune femme s'envola. Nicole se raidit. Elle ne s'attendait pas à avoir son ex-mari au téléphone, et le moment était mal choisi.

— J'attends un autre coup de fil, Paul, prétendit-elle.

— Je serai bref.

Sa voix était coupante comme une lame, et Nicole se demanda comment elle avait pu aimer cet homme si froid.

— Je t'écoute.

— C'est au sujet de la garde des filles.

— Qu'y a-t-il ? demanda-t-elle en crispant ses doigts sur l'appareil.

Comme chaque fois qu'elle discutait avec Paul, elle avait mal au ventre.

— Je suis supposé les avoir un Noël sur deux et toutes les vacances d'été, non ?

— Oui.

Son cœur se mit à battre très fort. Voulait-il demander la

garde à temps complet ? Il en était tout à fait capable. Mon Dieu, que deviendrait-elle si on lui enlevait ses enfants ?

— Le problème, c'est que nous allons rendre visite aux parents de Carrie à Boston pour les vacances de Noël, et cet été nous faisons un voyage en Europe, poursuivit-il. Sa société organise une convention à Madrid, et nous allons en profiter pour visiter l'Espagne, la France et l'Angleterre. Nous serons absents quatre semaines en tout. Nous ne pourrons pas prendre les filles.

Comme s'il avait le choix.

Elle regarda ses filles en train de mettre leurs manteaux, et son cœur se serra en pensant à l'indifférence de leur père.

— Nous adorerions les prendre avec nous, crois-moi. Mais Carrie doit penser à sa carrière.

— Bien sûr.

— Comme toi, Nicole.

On y était ! Il fallait toujours qu'il la provoque. Ce qui était bien pour Carrie était indigne pour elle parce qu'elle avait des enfants. Elle décida néanmoins de ne pas relever. Inutile d'envenimer encore les choses.

— Ne t'inquiète pas, dit-elle, la gorge serrée. Elles seront mieux avec moi.

— Je crois, oui. Ce n'est pas une bonne idée de les déraciner, de toute façon. Elles ne sont pas habituées à la grande ville et tourneraient en rond dans l'appartement. Et on travaille tous les deux, alors nous…

— Je sais, je comprends, déclara-t-elle. Ecoute, je dois te laisser, maintenant. Tu veux parler aux filles ?

Elle ne voulait pas entendre plus longtemps ses justifications pathétiques. C'étaient ses filles, bon sang ! Comment pouvait-il les délaisser ainsi ?

— Je… Oh… oui, bien sûr.

Sans grand enthousiasme, elle passa le combiné à chacune des fillettes, les laissa échanger quelques mots avec ce père qu'elles connaissaient à peine puis reprit le téléphone.

— Je suis en retard, Paul. Tu m'excuses. On se rappelle pour mettre tout cela noir sur blanc ?

— Je savais que je pouvais compter sur toi, dit-il, visiblement soulagé.

Nicole se demanda ce qu'il ferait si elle n'était pas si conciliante.

— Au revoir, Paul.

Elle raccrocha, furieuse, et aida Mindy à fermer son manteau.

— C'est parti, les filles.

— Tu es fâchée, maman ? demanda Mindy en regardant sa mère enfiler son manteau et prendre son sac.

En voyant son reflet dans le petit miroir de l'entrée, Nicole comprit l'inquiétude de sa fille ; son visage était contracté, sa bouche pincée et ses yeux lançaient des éclairs.

— Non, c'est fini. Allez ! Montez dans la voiture. Nous sommes parties !

Elle ouvrit la porte, et les fillettes se précipitèrent en poussant des cris de joie dans la nuit.

— On dirait que j'ai un fusil ! cria Molly.

— Non, moi ! dit Mindy, les larmes aux yeux.

— Chacune dans son siège et pas de dispute, c'est compris ? ordonna Nicole.

— Mais Billy Johnson, il monte devant ! s'écria Molly.

— Et Beth Anne aussi ! renchérit sa sœur.

— Eh bien, pas vous.

Nicole les attacha et s'installa au volant. Elle remit un peu de rouge à lèvres et démarra. En faisant marche arrière, elle ressentit tout à coup une grande appréhension à l'idée de revoir Thorne. La tournure que prenaient les événements lui faisait peur.

— Allons ! Cela ne t'engage à rien, dit-elle tout haut.

— Qu'est-ce que tu dis ? demanda Molly.

— Rien, chérie. Maintenant les filles, réfléchissez à ce que vous allez manger, dit-elle.

« Et moi je vais réfléchir à ce que je vais dire à Thorne. »

Un quart d'heure plus tard, elle se garait devant le petit restaurant. Elles entrèrent et s'installèrent dans un coin près de la fontaine de jus de fruits. Nicole aida ses filles à retirer leurs manteaux, puis les laissa aller dans le coin des jeux vidéo où un groupe de garçons de huit ou neuf ans s'acharnaient sur les manettes au milieu des cris, des sifflements, des bruitages du jeu, le tout ponctué par le cliquetis des glaçons de la fontaine.

Quelque part, au loin, on entendait de la musique, une vieille chanson d'Elvis Presley, quoique Nicole n'en fût pas certaine. Elle reconnut quelques clients : le couple qui tenait l'épicerie du quartier, un garçon dont elle avait recousu le front après une chute en skate, une jeune femme qui travaillait à la maternelle.

Elle commanda un jus d'orange et des milk-shakes pour les filles tout en guettant avec anxiété l'arrivée de Thorne, les yeux fixés sur la porte vitrée.

Il entra bientôt, sûr de lui comme toujours. Il jeta un regard circulaire dans la pièce et aperçut Nicole. Lorsque son regard se posa sur elle, sa respiration s'arrêta quelques secondes. « Ne sois pas idiote, Nicole, ce n'est qu'un homme. » Elle lui fit un signe de la main, et il s'approcha.

— Où sont tes…

Il s'interrompit en voyant les deux petites filles sagement assises sur des chaises derrière les garçons, complètement absorbées par la partie.

— Ça les occupe en attendant de manger, lui expliqua-t-elle. Heureusement qu'elles sont trop petites pour comprendre qu'il faut de l'argent pour jouer !

— Sinon elles ne te lâcheraient pas, je suppose.

— Gagné.

Il accrocha sa veste au-dessus du banc et regarda autour de lui. Puis il se glissa sur le siège en face de Nicole.

— Ce n'est pas le genre d'endroit que j'avais en tête quand je t'ai appelée, fit-il remarquer, mais je m'en contenterai.

— Tu en es sûr ? se moqua-t-elle.

— Je ne suis pas venu ici depuis le lycée.

— Et cela te rappelle des souvenirs ?

Elle essayait de garder un ton léger, mais elle se rappela brusquement avec tristesse le nombre de fois où elle était venue ici, seule, après le départ de Thorne.

— Quelques-uns, oui, dit-il en la regardant. C'est ici que

j'ai eu mon premier rendez-vous avec Mary Lou Bennett. Je venais juste d'entrer au lycée. J'étais mort de trouille. Une autre fois, je me suis battu avec un garçon plus âgé que moi. Comment s'appelait-il déjà ? C'était un gros dur... Mike... Mike Wilkins ! Il m'a mis une belle raclée sur le parking.

— Il t'a battu ? Toi ?

— A plate couture, je dois l'admettre, soupira-t-il en levant un sourcil. Eh oui, docteur Stevenson, je n'ai pas toujours été le gaillard indestructible que vous avez devant vous.

— Et alors, que s'est-il passé ? demanda-t-elle, amusée.

— La police est arrivée et nous a fait rentrer à l'intérieur. Elle a pris nos dépositions, ainsi que celles des autres garçons qui avaient assisté à la bagarre. Mon père est venu me chercher. Sans son intervention, j'aurais été renvoyé du lycée et exclu de l'équipe de foot. Ma seule punition a été un œil au beurre noir, une dent cassée et une grande blessure d'amour-propre.

— Ce que tu méritais, je suppose.

— Probablement. J'étais un peu prétentieux.

— Ah bon ?

Il répondit par un rire amer.

— Et quel était le sujet de la dispute ? demanda Nicole.

— A ton avis ? Une fille. J'essayais de piquer sa petite amie à Mike. Je ne me souviens plus de son nom, mais elle était rousse, avait un joli sourire, et... d'autres atouts.

— Et c'étaient surtout ces autres atouts qui t'attiraient, n'est-ce pas ?

— Et aussi le fait qu'elle sortait avec Mike Wilkins. C'était le genre de défi que j'aimais bien.

A cet instant, Molly arriva en courant.

— Je veux une pièce !

— Pour quoi faire, ma chérie ?

— Parce que lui — elle montra un garçon blond couvert de taches de rousseur —, il dit qu'il faut une pièce pour jouer.

Nicole adressa un coup d'œil entendu à Thorne.

— Ce n'est pas le moment, Molly. Va chercher ta sœur et nous allons manger.

— Non ! cria Molly. Je veux une pièce !

— J'ai dit pas ce soir, d'accord ?

Elle regarda de nouveau Thorne et soupira.

— Excuse-moi un instant, veux-tu ?

Elle se leva et se dirigea vers les machines. Là, elle souleva Mindy de la chaise où elle était perchée. Celle-ci protesta vaguement, tandis que Molly se mettait à pousser de grands cris.

— Je veux une pièce ! répétait-elle en tapant du pied.

— Vous aviez promis d'être sages, rappelez-vous. Si vous ne vous calmez pas, on rentre à la maison tout de suite !

Les deux fillettes obtempérèrent tant bien que mal et vinrent s'installer à table, une à côté de Nicole, l'autre à côté de Thorne.

— Je veux des frites, déclara Molly.

— Ça, c'est étonnant, fit remarquer Nicole.

— Et un hot-dog.

— Moi aussi ! renchérit Mindy.

Et elles restèrent tranquilles jusqu'à l'arrivée de la serveuse, une jeune fille en pantalon noir, chemise blanche et cravate rouge, qui prit leur commande. Puis elles repartirent vers les jeux. Le restaurant était plein, et les conversations bruissaient dans l'air.

— Tu vois ce qui t'attend, Thorne ? dit Nicole en suivant ses filles des yeux. J'en ai deux du même âge, mais toi, tu vas devoir t'occuper d'un nouveau-né.

— C'est provisoire. Jusqu'à ce que Randi revienne.

Il se rembrunit et s'enfonça dans son siège.

— Vous n'avez toujours pas retrouvé le père ?

— Non, mais cela ne saurait tarder, affirma-t-il.

La serveuse apporta les boissons.

Thorne observait les différentes émotions qui passaient sur le visage de Nicole. Son sourire avait disparu, et son regard était devenu grave.

— J'ai besoin de ton aide, dit-il. Il nous faut une nourrice pour le petit John.

— Oh.

Il essaya de ne pas s'attarder sur ses jolies dents qui mordaient sa lèvre inférieure, ou sur l'ouverture de son corsage qui laissait deviner la naissance de ses seins. Elle était extrêmement sexy en cet instant. Il croisa son regard doré et eut une folle envie de l'embrasser. Une fois de plus.

— Je crois que je vais avoir du mal à trouver, soupira-t-il. Pourtant, je suis prêt à y mettre le prix.

— Ce n'est pas une question d'argent.

— Bien sûr que si.

— Alors pourquoi n'as-tu toujours personne ? lui fit-elle remarquer, prenant une gorgée de jus d'orange. C'est ton éternel problème, tu crois qu'on peut tout acheter. Ce n'est pas en offrant quelques dollars de plus que tu trouveras une nourrice compétente. Les gens sont comme ils sont, l'argent n'y change rien.

— Je sais, mais c'est une motivation non négligeable, si l'on veut du personnel performant.

— Tu ne cherches pas une performance, tu cherches quelqu'un qui donne de l'amour. Cela fait une grosse différence. Je ne dis pas qu'il ne faut pas payer correctement les gens, mais d'abord, tu dois chercher une personne chaleureuse, attentive, qui aime les enfants. Et tu la paieras le prix qu'il faut.

— C'est comme ça que tu fais ?

— Bien sûr. J'ai trouvé Jenny en passant une annonce dans le journal. Après que j'ai vu une bonne douzaine de candidates, elle a appelé, on s'est rencontrées, et cela a tout de suite collé entre nous. Elle est saine, affectueuse, et a un bon sens de l'humour, ce qui est indispensable avec les enfants. Ensuite, on s'est mises d'accord sur l'aspect pratique, salaire, emploi du temps. Ce n'est pas toujours simple, mais on y arrive.

La serveuse arrivait avec les plats, et Thorne aida Nicole à récupérer les filles. Comme elles s'asseyaient, le bip de la jeune femme sonna. Elle regarda le message qui s'affichait et fronça les sourcils.

— Il faut que je rappelle l'hôpital. J'ai laissé mon portable dans la voiture, tu t'occupes des filles ? J'en ai pour une minute.

Thorne lui jeta un regard inquiet et haussa les épaules.

— Non, maman ! s'écrièrent en même temps les deux jumelles.

— J'en ai pour une minute. Thorne va vous aider à mettre du ketchup sur vos frites.

— Bien sûr, dit Thorne, pas très enchanté à l'idée de rester en tête à tête avec les deux petits monstres.

Nicole s'éloigna rapidement. Les deux fillettes étaient prêtes à la suivre, mais Thorne détourna leur attention avec les milk-shakes. Il déballa les pailles et les plongea dans les boissons.

L'une se mit à boire pendant que l'autre essayait d'ouvrir le sachet de ketchup. Thorne lui porta secours et étala la sauce sur les frites.

— Nooon ! cria la petite fille. Je veux les tremper !

— Quoi ?

— Je veux les tremper ! Pas dessus !

Elle fixait son assiette, l'air buté. Sa sœur aspirait sa paille de toutes ses forces pour essayer de faire remonter la boisson trop épaisse.

— J'arrive pas.

— Essaie encore.

— J'essaie !

— J'aime pas, dit la première.

Ne voyant pas d'issue, Thorne échangea son assiette avec la sienne. Il lui tendit un autre sachet de ketchup.

— Vas-y, débrouille-toi. A toi, maintenant…

Il prit le milk-shake de sa sœur, retira le couvercle et remua avec la paille pour diluer le chocolat qui s'était agglutiné.

— Voilà, ça devrait aller mieux, lui affirma-t-il en remettant le couvercle. Sinon, attends un peu, ça va fondre.

— Où est maman ? demanda la numéro un en plongeant une frite dans le petit monticule de ketchup.

— A la voiture. Elle téléphone.

— Elle va revenir ?

— Je pense, oui, dit-il en lui adressant un clin d'œil.

Les deux fillettes jouaient avec leur plat, déballaient les biscuits, étalaient moutarde et ketchup un peu partout, mais Thorne, sentant la situation lui échapper, décida de les laisser faire. Lorsque leur mère revint, elles avaient du ketchup partout, sur le visage, les mains, les habits, et même dans les cheveux.

— Un problème ? demanda-t-il.

— Une urgence mineure, rien de grave. Mais qu'est-ce que vous avez fait ? s'écria-t-elle en voyant l'état de ses filles.

— Elles ont mangé, lui expliqua Thorne avec un petit sourire gêné.

— Ils n'ont pas donné de coupelles pour le ketchup ?

Il aperçut deux petits récipients en plastique posés sur le plateau.

— Je ne les avais pas vues. Désolé.

En soupirant, Nicole débarbouilla ses filles tant bien que mal puis se consacra enfin à son propre repas.

— Décidément, tu as beaucoup à apprendre, dit-elle en mordant dans son hamburger.

— C'est pour cela qu'il me faut une nourrice.

— Plutôt deux !

— Et j'espérais que tu pourrais m'aider.

— Comment ?

— Toi ou ta baby-sitter, vous devez connaître des personnes dans votre entourage qui pourraient être intéressées par ce job.

— Peut-être, dit Nicole en s'essuyant le coin des lèvres puis en passant automatiquement la serviette sur la joue d'une de ses filles.

— Non ! cria celle-ci.

— Oh, Molly, ne sois pas si grognon !

Elle ne céda pas aux caprices de Molly, et bientôt toute trace de nourriture avait disparu de son visage, et la fillette se replongea avec passion dans son assiette.

Thorne observait Nicole. Elle plaisantait avec ses filles tout en restant ferme sur les points essentiels. Elle n'élevait jamais la voix, les écoutait toujours avec attention, mais ne manquait pas pour autant de leur faire remarquer leurs bêtises. Cela ne marchait pas chaque fois pour autant, bien sûr. La plus vive des jumelles la défiait sans cesse, et la plus timide ne disait rien mais boudait et n'en faisait qu'à sa tête.

Mais une chose était sûre, Nicole Stevenson était une maman comme on en rêvait.

Et alors ? Il ne voulait pas d'enfants. Ni de femme.

Et pourtant il avait toujours dans sa poche cette satanée petite bague que lui avait donnée son père.

- 12 -

Thorne ne savait plus quoi faire. Il venait de donner le biberon au bébé et sentait son souffle délicat contre son épaule. Il allait et venait entre le bureau et le salon, se demandant comment il allait pouvoir le coucher dans son berceau sans qu'il se réveille. L'enfant semblait si bien dans ses bras...

Thorne était une force de la nature, capable d'attraper un veau au lasso ou de monter un cheval fou, mais lorsqu'il s'agissait de s'occuper d'un nouveau-né, il avait l'impression d'être un manchot.

Ses frères n'étaient pas plus doués que lui. Matt avait passé sa vie dans les ranchs et savait s'occuper de poussins à peine sortis de l'œuf, d'agneaux et de poulains rejetés par leur mère, il avait accueilli nombre de portées de chiots et de chatons. Mais avec les bébés humains, il était totalement incompétent. Slade était encore pire. Pourtant fasciné par l'enfant, il refusait toujours de le prendre dans ses bras. Thorne le trouvait ridicule, et Matt s'amusait de voir son frère si intrépide effrayé par un bébé de quelques kilos.

Bébé John ouvrit les yeux.

Il commença à s'agiter. Thorne essaya de ne pas paniquer.

— Tout va bien, dit-il d'un ton rassurant mais peu convaincu.

Le petit John grimaça et se mit à pleurer.

Thorne essaya de le consoler, se sentit ridicule et désemparé, et le bébé se mit à crier de plus belle, le visage cramoisi.

— Allons, allons, ne pleure pas.

Bientôt, il entendit les pas de Juanita dans les escaliers et soupira.

— J'arrive, j'arrive, dit-elle au grand soulagement de Thorne. Il doit être fatigué.

— Je ne comprends pas, il dormait dans mes bras.

— Pourquoi ne l'avez-vous pas mis dans son berceau ?

— Parce que je l'aurais réveillé.

— Mais vous l'avez quand même réveillé, lui fit-elle remarquer avec un regard accusateur.

Le bébé cria encore plus fort, comme pour donner raison à la vieille gouvernante.

— Pourtant, j'ai fait attention, je vous assure.

— Donnez-le-moi. Allons, viens me voir, *pobrecito*, dit-elle doucement en le prenant dans ses bras.

Elle lui murmura des paroles en espagnol et l'emmena dans sa chambre. Bientôt, à la grande honte de Thorne, ce fut le silence. Juanita le rejoignit sur la pointe des pieds.

— Comment avez-vous fait ?

— L'habitude, dit-elle en souriant.

— Il faudra me donner des leçons.

— *¡ Dios !* A vous et à vos frères. Et sans doute à la *señorita* Randi aussi. Comment pourra-t-elle s'occuper de son bébé, écrire ses articles, finir son livre et se remettre de ses blessures ?

Juanita secoua la tête et retourna dans la cuisine.

— Quel livre ? demanda Thorne en la suivant. Elle avait toujours rêvé d'écrire, mais ne s'y est jamais mise, je crois.

— Moi, je suis sûre qu'elle va le faire. Et un jour elle sera un écrivain célèbre, vous verrez.

Elle ouvrit le réfrigérateur en marmonnant et sortit un gros paquet en regardant Harold couché sur son coussin.

— Regarde, je t'ai gardé un os à moelle, lui dit-elle.

Le chien se leva avec difficulté et s'approcha en remuant sa queue.

— Mais tu vas manger dehors, ajouta-t-elle en lui donnant l'os. Elle écrira son livre, répéta-t-elle à Thorne.

— Espérons, répondit Thorne, incrédule.

Depuis qu'elle avait quinze ans, Randi rêvait d'écrire « le grand roman de l'Amérique ». A sa connaissance, elle n'avait jamais écrit la première phrase. C'était juste un rêve, mais il se dit qu'il en parlerait tout de même à Striker. Ce détail pourrait l'intéresser.

Nicole sortit de la baignoire et enfila un peignoir. Les jumelles dormaient, la maison était silencieuse. Elle noua la ceinture et alla se faire un chocolat chaud. Patches, couché sur un tabouret, ouvrit un œil et bâilla, découvrant ses dents effilées comme des aiguilles, puis reposa sa tête sur ses pattes. Le micro-ondes tinta, Nicole prit sa tasse et se rendit dans le salon où un feu crépitait doucement dans la cheminée, diffusant une douce lumière orangée qui ondoyait dans la pièce.

Elle s'installa dans son fauteuil préféré et feuilleta un magazine sur les enfants. Elle allait commencer un article parlant des étapes du développement quand elle remarqua un entrefilet sur les parents célibataires, signé R. J. McKay. Pourquoi son œil fut-il attiré, mystère, mais elle se mit à lire le texte et eut une drôle d'impression. C'était écrit dans un style humoristique et léger qui lui rappelait étrangement celui de Randi McCafferty. D'après ce qu'elle savait, Randi n'écrivait pas pour les mensuels de ce genre. Pourtant, il n'était pas rare que les journalistes passent des journaux locaux à la presse magazine plus généraliste.

Elle relisait l'article tout en sirotant lentement son chocolat, lorsqu'elle entendit un véhicule se garer dans la rue. Le moteur s'arrêta. Elle se leva pour regarder à travers les volets et vit Thorne qui remontait l'allée.

Son cœur fit un bond et elle s'avisa qu'elle était nue sous son peignoir. Elle courut jusqu'à sa chambre pour se changer, mais la sonnette retentit.

— Zut !

Elle hésita puis redescendit et ouvrit la porte. Une bourrasque entra et les pans de son peignoir s'entrouvrirent.

— Monsieur McCafferty, quelle surprise ! lança-t-elle, essayant de masquer son émoi.

Un sourire de conquérant fendit le visage de Thorne, et ses yeux la parcourent de haut en bas.

— Une bonne surprise, j'espère.

— Ça dépend, marmonna-t-elle, dissimulant mal son trouble.

— De quoi ?

— De toi, évidemment.

Il n'attendit pas. En une demi-seconde, il fit un pas vers elle, ses bras se refermèrent et ses lèvres se posèrent sur les siennes. Un vent glacial entrait en sifflant et juste avant de fermer les yeux, Nicole vit les premiers flocons de neige qui tombaient dans la nuit. Thorne ferma la porte d'un coup de pied.

Mais la neige fut vite oubliée, et elle se sentit fondre sous les baisers torrides de Thorne.

Une chaleur intense se répandit dans tout son corps, et le désir surgit, immédiat, violent ; délicieux. Thorne la plaqua contre le mur et elle s'abandonna avec volupté, enroulant ses bras autour de son cou, frissonnant au contact de sa peau. Elle ouvrit les lèvres. Thorne portait avec lui une odeur de pin mêlée à une eau de toilette musquée. Son corps était solide, ses muscles durs comme de la pierre. Malgré toute la volonté du monde, elle ne pouvait résister à la douceur de son contact, à la sensualité de ses baisers…

Ses mains descendirent jusqu'à la ceinture tandis qu'il continuait à l'embrasser. Il prit tout son temps pour défaire le nœud. Sa langue explorait sa bouche, s'enroulait autour de sa langue, lui faisant tourner la tête, lui promettant des sensations plus merveilleuses encore. Pouvant à peine respirer, elle sentit que son peignoir s'ouvrait. Une main froide et râpeuse se posa sur son sein dont la pointe se dressa instantanément. Elle se liquéfia aussitôt.

— Nicole, lui murmura-t-il dans le creux de l'oreille.

Le désir pulsait en elle, et un flot de sensations inconnues la submergeait.

— Tu es seule ? dit-il d'une voix altérée par l'émotion.

— Non, articula-t-elle avec difficulté. Les filles sont là.

— Elles dorment ?

Elle hocha la tête tandis que les doigts de Thorne descendaient le long de son cou, effleurant si légèrement sa peau qu'elle avait envie de crier.

— O… oui, dit-elle dans un brouillard.

— Bon.

Il l'embrassa encore et, tout à coup, se pencha et la souleva. Comme si elle ne pesait pas plus lourd qu'une plume, il l'emporta jusqu'à sa chambre, son sanctuaire, dont jusqu'à ce jour aucun homme n'avait franchi le seuil.

Il réussit à verrouiller la porte avant de la poser sur le lit. Le matelas s'enfonça sous le poids de leurs deux corps.

— Qu… qu'est-ce que tu fais ? bafouilla-t-elle alors qu'il lui retirait complètement son peignoir.

Il s'arrêta quelques secondes et plongea ses yeux gris dans les siens.

— Je vous fais l'amour, docteur.

Il se pencha sur elle et lui embrassa doucement les lèvres.

— Je vous ai dans la peau et je ne pense plus qu'à ça.

Il prit ses seins dans ses mains. Il les embrassa l'un après l'autre puis guida la main de Nicole vers sa chemise, comme une prière muette. Sans attendre, elle la déboutonna et le débarrassa de ses vêtements pendant qu'il continuait à l'embrasser, la caresser, faisant monter son désir jusqu'à le rendre presque insupportable.

« Ne fais pas ça », lui murmurait sa petite voix intérieure qu'elle n'avait aucune envie d'écouter.

Les mains musclées de Thorne parcouraient son corps, ses cheveux, parfois caressantes, parfois plus brusques. Son corps épousait le sien. Son odeur légèrement salée provoquait en elle des fulgurances de désir. Elle le voulait comme elle n'avait jamais voulu aucun autre homme.

Lui seul pouvait la satisfaire.

Lui seul pouvait l'emmener vers des sommets de plaisir encore jamais explorés.

Lui seul.

Elle l'embrassa et enfonça ses ongles dans son dos.

Les muscles saillants de son corps frottaient et pétrissaient sa peau délicate. Avec sa langue, il explorait toutes les parcelles de son corps, jusqu'aux plus intimes, et elle se mordait les lèvres pour ne pas crier. Des spasmes la secouèrent quand il la pénétra. Elle ouvrit les jambes et il la serra plus fort. Elle se cambra pour l'encourager.

— Thorne…, murmura-t-elle alors qu'elle avait l'impression de devenir folle. Thorne, viens… je t'en supplie… ooh…

Et il se mit à aller et venir en elle, très fort, très longtemps, comme s'il ne devait jamais s'arrêter. Leur souffle était court, et leurs corps se couvrirent rapidement de sueur. Toute la nuit, il l'aima, la caressa, l'embrassa, jusqu'aux premières lueurs de l'aube. Enfin, épuisée, elle s'effondra contre lui.

Quand les filles se réveillèrent, quelques heures plus tard, le lit était vide et froid. Mais les traces de leurs ébats, l'odeur si particulière de l'amour lui firent remonter les souvenirs voluptueux de cette nuit inoubliable. Elle regarda la rose sur son bureau. Elle était fanée à présent, les pétales jonchaient la table et le sol. Mais elle ne pouvait se résoudre à la jeter.

Elle était fatiguée, mais se sentait merveilleusement légère. Elle chanta sous sa douche, rit lorsqu'elle entendit les filles se chamailler, s'habilla, le sourire aux lèvres. Quand elle se regarda dans le miroir pour se coiffer, elle remarqua ses yeux brillants et ses joues roses.

— Oh, non, dit-elle.

Mais elle ne pouvait nier ce qui se lisait sur son visage comme dans un livre ouvert : malgré toutes ses réticences, elle était retombée éperdument amoureuse de Thorne McCafferty.

Denver ne l'intéressait plus. Son appartement lui semblait aussi froid qu'une cave. Tout était parfaitement en ordre, les meubles brillaient, les serviettes propres étaient bien pliées dans la salle de bains, le bois était disposé dans la cheminée. Ses placards regorgeaient de costumes, de tenues de sport et de smokings. La vue depuis les immenses baies vitrées du salon et de la chambre était magnifique, embrassant toutes les lumières de la ville. Et pourtant, ce décor luxueux lui était devenu totalement étranger.

Thorne était arrivé le matin en ville et s'était rendu directement au bureau. Il avait dû assister à quatre réunions avant de venir ici se changer pour un dîner de charité très huppé donné par Kent Williams, le père d'Annette. C'était important, de grosses sommes d'argent allaient se jouer pendant cette soirée. Mais l'argent ne l'obsédait plus comme avant.

Quelque chose était cassé.

Il se servit un whisky et admira le panorama qui s'offrait à lui. La neige tombait, et les lumières de la ville clignotaient à travers le rideau mouvant des flocons. Il vit son reflet dans la fenêtre, une grande carcasse dans une chemise un peu froissée, tenant un verre par habitude, et il se sentit terriblement seul.

Jusqu'à présent, la solitude ne lui faisait pas peur. Il se moquait même de ces hommes qui avaient absolument besoin d'avoir une femme à leurs côtés, une maison, une famille et tout le tralala. Tout cela lui semblait vain, et même lâche. Mais aujourd'hui, en voyant cette image pâle et déformée ressemblant à un fantôme, il imagina ce que pourrait être sa vie avec Nicole. Qu'elle soit vêtue d'une robe de soirée, d'un jean ou de sa blouse de médecin, elle serait parfaite à ses côtés.

— Idiot, marmonna-t-il en reposant son verre.

Il avait décidé de rentrer à Grand Hope le soir même, après le dîner. Les services météorologiques annonçaient cinquante centimètres de neige pour les jours prochains, mais il avait bien l'intention de quitter Denver dès qu'il en aurait terminé avec ses obligations.

Il y avait trop de problèmes à régler dans le Montana pour rester moisir dans cet appartement sans âme qu'il appelait « chez lui » il y avait peu de temps encore.

Chez lui. Foutaises !

Comment disait le vieux dicton déjà ? *Home, sweet home* ?

Tout cela lui paraissait bien dérisoire. Il jeta un regard circulaire à la pièce puis se rendit dans sa chambre pour choisir un smoking. Une chose était sûre, son cœur n'était pas là. Non, il était quelque part dans les couloirs du St. James

Hospital, auprès d'un brillant médecin urgentiste, une femme divorcée, mère de deux fillettes turbulentes, qui ne semblait pas du tout disposée à refaire sa vie.

Mais tout cela allait changer. Il n'avait pas l'habitude qu'on lui résiste. Quand il voulait quelque chose, il l'obtenait. Et tout en enfilant son smoking, il se dit qu'il aurait le Dr Nicole Stevenson, d'une manière ou d'une autre.

Nicole était morte de fatigue. Elle avait travaillé plus de dix heures d'affilée à cause d'un terrible accident entre deux voitures et un pick-up qui avait eu lieu à l'entrée de la ville. Un adolescent et un homme de quatre-vingts ans avaient été tués, la femme de ce dernier et trois autres jeunes gens luttaient contre la mort. Traumatismes crâniens, poumons percés, côtes cassées et contusions multiples, leur état était grave. La femme et les enfants qui étaient dans le pick-up avaient été relativement épargnés. Toute la journée, les urgences avaient été en état de siège, et tout le personnel, médecins, infirmières, aides-soignants, anesthésistes, était sur le pied de guerre. Ce n'était que maintenant que la folie commençait à retomber. Les autres patients, une femme qui s'était brûlée, un jeune homme qui s'était coincé un doigt dans une portière de voiture, trois cas de grippe et un homme souffrant de vertiges, pouvaient attendre.

Le pire était passé, les blessés étaient stabilisés, et les autres services avaient pris le relais. Elle pouvait enfin rentrer chez elle. Elle prit un café, saisit rapidement ses notes sur son ordinateur puis mit sa veste, attrapa sa sacoche et sortit.

Il avait neigé toute la journée, et le parking était recouvert d'un tapis blanc. Son pare-brise était gelé. Elle mit en route le dégivrage, attendit quelques minutes puis démarra prudemment.

Elle n'avait pas de nouvelles de Thorne depuis hier matin, et il commençait à lui manquer, même si elle avait du mal à admettre qu'elle s'était profondément attachée à lui et à sa famille.

Elle décida de l'appeler de chez elle pour lui parler d'une amie de Jenny qui serait intéressée par le poste de nourrice. Mais c'était un prétexte. Elle avait envie de l'entendre, tout simplement, alors pourquoi attendre bêtement que ce soit lui qui appelle ? Elle était une femme libérée, après tout !

Arrivée chez elle, elle trouva ses filles en pyjama, prêtes à aller au lit.

— Désolée pour le retard, dit-elle à Jenny après les avoir serrées dans ses bras et avoir écouté le récit de la journée.

Elles avaient fait un bonhomme de neige dans le jardin, et Mindy accusait Molly d'avoir lancé une boule de neige dessus.

— C'est pas vrai ! protesta Molly, en prenant son air le plus innocent.

Elle essaya d'inventer une histoire quelque peu surréaliste, puis abandonna et finit par reconnaître les faits, sans une once de remords.

— Dans l'ensemble, elles ont été gentilles, dit Jenny en les embrassant avant de partir.

Toutes les trois regardèrent la voiture cabossée de Jenny s'éloigner lentement sous la neige qui continuait à tomber en flocons serrés.

Ce n'est que deux heures plus tard, quand ses filles furent profondément endormies, que Nicole put enfin se poser et appeler le ranch. Au bout du fil, une voix au fort accent espagnol répondit.

— Ranch McCafferty.

— Bonsoir, c'est Nicole Stevenson. Je voudrais parler à…

— *¡ Madre de Dios !* Le docteur ! Il est arrivé quelque chose à la *señorita* Randi ?

— Non, je voulais juste parler à Thorne.

— Mais comment va Randi ?

— Toujours pareil, aux dernières nouvelles.

Il y eut un profond soupir à l'autre bout du fil.

— Thorne n'est pas là, mais je peux vous passer Slade.

Une pointe de déception transperça la jeune femme.

— Non, ce n'est pas la peine. Dites à Thorne de me rappeler quand il rentrera.

— Il ne sera pas là avant un moment, vous savez.

Puis elle parla à quelqu'un d'autre et bientôt, Nicole entendit la voix de Slade.

— Nicole, c'est vous ?

— Oui.

Il y eut un moment d'hésitation.

— Je croyais que vous étiez au courant, poursuivit-il. Thorne est à Denver. Je ne pense pas qu'il reviendra avant plusieurs jours. La météo est mauvaise et à mon avis… Oh non…

Nicole entendit les cris du petit John et sourit.

— Vous voulez lui laisser un message ? reprit Slade.

— Je… Non. Je croyais qu'il cherchait une nourrice et je voulais lui laisser les coordonnées d'une personne qui serait intéressée.

A l'autre bout du fil, les cris s'intensifiaient.

— Super ! Nous n'avons trouvé personne encore. Vous pouvez me laisser l'info ?

— Bien sûr. La personne s'appelle Christina Foster.

Elle donna le numéro de téléphone et allait raccrocher quand elle se rappela une autre chose dont elle voulait parler à Thorne.

— Au fait, Slade, je suis tombée sur un article dans un magazine l'autre jour, au sujet des parents célibataires. C'était signé R. J. McKay. C'est peut-être idiot, mais je suis presque sûre que c'est votre sœur qui l'a écrit.

— Ah ? Avez-vous une copie ?

— Oui.

— Je serais curieux de lire ça.

— Bien sûr. Mais je me suis peut-être fait des idées.

— Cela ne fait rien.

— D'accord, je vous envoie une copie de l'article.

— Merci.

Elle reposa le téléphone et se sentit soudain de très mauvaise humeur.

Thorne était à Denver. Et alors ? Il n'allait pas la tenir au courant de ses moindres faits et gestes.

Pourquoi ne lui avait-il rien dit ? Pourquoi ne l'avait-il pas appelée ?

— Bon, ça suffit !

Un gobelet de café à la main, Thorne regardait le petit matin gris par la grande baie vitrée. La neige ne cessait de tomber, toujours plus épaisse, provoquant une belle pagaille dans les rues. Il était bel et bien coincé. En d'autres temps, il se serait occupé en attendant, serait reparti au bureau et se serait plongé à corps perdu dans le travail. Mais aujourd'hui, il n'avait qu'une idée en tête, retourner à Grand Hope, retrouver le ranch, Randi, John, et surtout Nicole. Ses racines étaient là-bas, sa vie était là-bas, aux côtés de la femme qu'il aimait.

Il but son café et sourit. Lui, Thorne McCafferty, le célibataire endurci, envisageait de finir ses jours avec une femme, et même de l'épouser. C'était pathétique !

Quand ils l'apprendraient, Matt et Slade n'allaient pas le louper. Mais tant pis, il assumait.

Il n'était pas remis de sa soirée d'hier. Sa tête bourdonnait encore.

Kent Williams avait été attentif à ses propositions et lui avait donné quelques idées, une copropriété à Aspen, des appartements pour célibataires à la périphérie de Denver et un complexe immobilier à Boulder. Il était confiant et certain qu'ils allaient pouvoir travailler ensemble. Durant toute la soirée, Annette n'avait cessé de lui tourner autour, de lui sourire, de tout faire pour attirer son attention, prenant des poses avantageuses dans sa robe de soie mauve très courte et très moulante. Elle s'était même arrangée pour le prendre par le bras lorsque le photographe officiel de la soirée était venu vers eux.

Agacé par ses avances, Thorne avait fait son maximum pour ne rien montrer et ne s'était pas départi de son sourire. Mais au moment de partir, quand elle lui avait suggéré qu'elle était libre pour aller prendre un dernier verre, il l'avait attirée dans un coin pour lui faire comprendre sans détour que c'était fini entre eux. La voyant se décomposer, il lui avait avoué qu'il avait rencontré une autre femme. Elle ne l'avait pas cru et avait essayé de l'embrasser. Il l'avait repoussée, et alors seulement, elle avait compris qu'il ne plaisantait pas.

— J'espère qu'elle sait où elle met les pieds, avait-elle déclaré froidement. Aucune femme ne peut supporter longtemps un homme marié avec son travail.

Il n'avait rien répondu et s'était dit que Nicole ne savait même pas qu'il l'aimait. Elle allait probablement le repousser. A cette pensée, il sourit pour la première fois depuis vingt-quatre heures. Les souvenirs de la nuit qu'ils avaient passée ensemble lui revinrent à l'esprit. Leurs ébats avaient été passionnés, parfois crus. Mais le sexe n'était pas le seul moteur. Non, il aimait sincèrement Nicole. Passionnément. Il aimait tout d'elle. Le médecin, la mère attentive. La Nicole qui lui tenait tête, plaisantait avec lui, et la Nicole sensuelle, qui le rendait fou au lit.

Mais pour l'instant il était coincé à Denver. Il allait falloir attendre. Il décida finalement de retourner à son bureau pour voir le maximum de dossiers pendant qu'il était là. Dès que le temps le permettrait, il regagnerait les forêts du Montana.

Il prit une douche, enfila costume, chemise et cravate, et, se sentant étrangement emprunté, marcha jusqu'à son bureau dans les rues enneigées. Il passa une heure avec Eloïse qui le mit au courant des dernières nouvelles.

— Vous savez, dit-elle, en cochant un autre point sur sa liste, ça marche beaucoup mieux que je ne l'aurais cru.

— Quoi donc ?

— Votre bureau dans le Montana. Au début, je pensais que c'était n'importe quoi.

— Avec les moyens que nous avons aujourd'hui, on peut travailler à distance.

— C'est vrai.

— Ou peut-être appréciez-vous de prendre des responsabilités quand je ne suis pas là.

— Oui, je le reconnais, répondit-elle les yeux brillants. J'apprécie énormément. Y a-t-il autre chose ?

— Oui, appelez-moi un fleuriste, voulez-vous ?

— Vous voulez que j'envoie des fleurs de votre part ?

— Non, je m'en occuperai moi-même.

— C'est pour une dame ?

— Oui, avoua-t-il en remarquant l'expression de surprise sur le visage de sa secrétaire. Elle compte beaucoup pour moi.

— Très bien, je m'en occupe.

Elle se leva et quitta le bureau. Peu après, elle l'appela et lui passa le fleuriste. Thorne expliqua ce qu'il voulait puis raccrocha avec un large sourire. Avec ça, Nicole ne pourrait pas refuser.

La sonnerie retentit de nouveau, et Eloïse lui annonça un certain Kurt Striker.

— Passez-le-moi, dit-il. Striker ?

— Lui-même. Vous m'avez demandé de vous tenir au courant de mes recherches, à propos de l'accident de votre sœur.

— Tout à fait, répondit Thorne.

— Bien. J'ai du nouveau.

— Je vous écoute.

— Je crois de plus en plus qu'il y a bien un deuxième véhicule impliqué dans l'accident de votre sœur. Une Ford marron apparemment. Soit cette voiture l'a heurtée intentionnellement pour la faire sortir de la route, soit elle lui a accroché le pare-chocs, Randi a dérapé et le conducteur a eu peur de s'arrêter. Au mieux, un délit de fuite, au pire, une tentative d'homicide.

Thorne sentit son cœur battre plus fort. Sa paupière se mit à tressauter nerveusement.

— Vous en êtes certain ?

— Sûr et certain, lui confirma Striker avec fermeté. J'en mets ma main au feu.

- 13 -

— On dirait qu'il n'y a aucun moyen d'échapper à la presse quand on s'appelle McCafferty, lança Maureen Oliverio en jetant un journal sur la table où Nicole terminait son repas.

Elle s'assit en face d'elle et posa sa tasse de café.

— Il y a encore un article sur Randi ?

— Pas seulement sur elle. Regardez ça, lui dit Maureen en versant un sachet de sucre dans son café. Page trois.

Nicole poussa son assiette sur le côté et ouvrit le journal. Son cœur s'arrêta. On parlait bien de l'accident de Randi, mais le texte allait plus loin et retraçait la vie de John Randall McCafferty, dont l'influence dans la région avait été très importante. Et bien entendu, on évoquait ses fils. Quelques photos des trois frères dans l'équipe de foot, une photo de Slade après son accident de ski, une de Matt à un rodéo, et enfin, une photo récente, prise la veille, montrant Thorne à un dîner de charité à Denver. A son bras, une belle jeune femme resplendissante dans une robe de couturier très courte.

Tout s'écroula en une seconde. Essayant tant bien que mal de ne pas montrer sa détresse, Nicole leva les yeux vers Maureen qui la regardait avec tristesse.

— Je ne sais pas ce qui m'a pris d'acheter ce journal, avoua celle-ci. Mais j'ai pensé que vous deviez voir ça.

— Oui. Merci.

Toutes deux restèrent silencieuses, se comprenant sans avoir besoin d'en dire plus. Thorne avait une femme dans sa vie, et il s'était bien gardé d'en parler. L'amitié et la solidarité féminine qui unissaient Maureen et Nicole se passaient de paroles de circonstance ou de fausses excuses. Elles étaient collègues, amies, et même plus, des mères qui travaillaient et assumaient seules leurs charges familiales.

— Vous pouvez le garder.

— Merci, Maureen.

Le bip de Nicole vibra, elle lut le message : elle était demandée aux urgences. Le bip de Maureen sonna à son tour.

— Je dois y aller, dit Nicole.

— Moi aussi. On se retrouve là-bas.

Nicole se leva et fourra le journal dans sa poche. Qu'est-ce qu'elle espérait ? Evidemment que Thorne voyait d'autres femmes. Il devait même en avoir une dans chaque port. Comme les marins. A cette pensée, elle crut qu'elle allait s'évanouir. Pourquoi, mais pourquoi donc était-elle retombée amoureuse de lui ?

Dans l'ascenseur, elle essaya de se raisonner. Elle n'allait tout de même pas pleurer sur son sort. Elle avait trop de travail, trop de responsabilités. Arrivée au rez-de-chaussée, elle sortit la tête haute et poussa la porte des urgences.

— Qu'est-ce que nous avons ? demanda-t-elle en enfilant ses gants.

Maureen entra par l'autre porte. La tension dans l'air était palpable.

— Accident d'avion. Un inconscient qui a pris son jet privé par ce temps, leur annonça une infirmière en raccrochant le téléphone. L'ambulance arrive.

— Combien de blessés ? demanda Nicole.

— Juste le pilote, je crois.

— Il est vivant ?

— Oui, d'après ce que je sais.

— Il a eu de la chance.

Le bruit des sirènes déchira le calme relatif de l'hôpital.

— Allons-y, au travail !

Toutes lumières dehors, l'ambulance entra sur le parking et s'arrêta dans un crissement de pneus. Deux secouristes sautèrent de l'arrière du véhicule. Une voiture de police suivait avec son gyrophare bleu. Tandis que l'on poussait le blessé à l'intérieur, deux inspecteurs firent irruption dans la salle d'attente.

— Qu'avons-nous ? demanda Nicole.

— Homme de trente-neuf ans, inconscient, blessures à la tête, fémur cassé, rythme cardiaque stable…

L'homme continuait sa litanie, mais Nicole ne l'écoutait plus. Son cœur battait trop fort, ses jambes se dérobaient sous elle tandis qu'elle fixait sans y croire le visage tuméfié de Thorne. Les lumières du couloir se mirent à danser devant ses yeux. Elle suffoquait. Elle s'appuya contre le mur.

— Qui est-ce ? demanda une voix.

— Thorne McCafferty, entendit-elle à travers un brouillard.

Elle essaya de regarder l'adjointe du shérif. Son badge indiquait qu'elle s'appelait Kelly Dillinger.

— Mon Dieu, murmura Nicole faiblement. Oh non. Non…

— Je m'en occupe, dit la voix de Maureen quelque part derrière elle.

Tout devint sombre.

— Nicole, j'ai dit…

— Non, ça va aller, dit-elle s'accrochant au montant du chariot.

— Je m'en occupe, docteur Stevenson.

Le regard de Maureen était compréhensif, mais le ton était sans appel. Les infirmières attendaient en silence.

— Vous n'êtes pas dans votre état normal. Je suis la responsable du service, c'est moi qui décide, décréta Maureen.

— Bien, dit Nicole, tremblante. Mais tenez-moi au courant dès que vous l'aurez examiné. Je serai dans mon bureau. Je… Il faut que j'appelle la famille.

— Entendu. Et voyez avec la police. Allons-y ! Au bloc !

Et, impuissante, Nicole regarda s'éloigner le brancard.

— Pourquoi n'avez-vous pas pris en charge la victime vous-même ? demanda Kelly Dillinger.

Le teint très blanc et les yeux perçants, elle fixait Nicole par-dessous la visière de son képi d'où dépassaient quelques mèches rousses.

— C'est que je… je connais bien la famille, bafouilla Nicole.

— Et plus particulièrement la victime ?

— Oui, nous sommes amis.

Elle ne tremblait plus et reprenait peu à peu ses esprits, mais elle avait l'impression d'être pâle comme la mort.

— Que s'est-il passé ? demanda-t-elle en retirant ses gants.

— Son avion a été pris dans la tempête de neige. Nous avons ouvert une enquête pour déterminer les circonstances exactes de l'accident. Il a eu de la chance de s'en sortir.

Nicole hocha la tête. Thorne avait failli mourir. Dieu tout-puissant… Comment aurait-elle réagi ? Son cœur se serra à cette pensée. A ce moment, elle vit un véhicule de presse arriver sur le parking, et son regard se durcit.

L'inspecteur se retourna et son expression se figea à son tour lorsqu'elle reconnut la voiture.

— Retenez les vautours, dit-elle à son collègue. Et ne donnez pas le nom de la victime.

— Très bien, dit le jeune officier en allant bloquer la porte d'entrée.

La journaliste, une petite femme vêtue d'un manteau bleu vif essaya d'argumenter tandis que le cameraman regardait par la vitre.

— Pouvons-nous parler dans un endroit plus discret ? demanda l'inspecteur Dillinger.

Nicole remarqua alors que des regards curieux étaient tournés vers elle.

— Euh… Oui, dans mon bureau.

Nicole, très pâle mais calme à présent, conduisit Kelly Dillinger jusqu'à son bureau.

— Asseyez-vous, lui dit-elle en enlevant une pile de livres posée sur la chaise.

— Je suis désolée de vous importuner dans un moment si difficile, docteur Stevenson, mais puisque vous êtes proche de la famille, vous allez pouvoir me donner quelques informations.

— Je vais d'abord appeler ses frères, si vous permettez.

Elle devait maîtriser ses émotions et redevenir professionnelle, non seulement pour elle-même, mais aussi pour Thorne. La main légèrement tremblante, elle saisit le téléphone.

— Il faut que je leur dise ce qui est arrivé.

Elle composa le numéro du ranch et annonça la nouvelle à Slade. Celui-ci, choqué, la laissa parler sans prononcer un mot. Puis il lança un juron.

— Bon Dieu, comment cela a-t-il pu arriver ? Il faut être idiot pour voler par ce temps ! Qu'est-ce qui lui a pris ? Mais bon… on verra ça plus tard. Ses jours sont-ils en danger ?

— Non, je ne crois pas.

Le contraire aurait été insupportable. La jeune femme s'éclaircit la gorge et remarqua que l'inspecteur Dillinger observait tous ses gestes avec la plus grande attention.

— Les médecins sont en train de le stabiliser. Ensuite, il verra les spécialistes.

— Saleté de…

Slade s'interrompit et hurla dans une autre direction :

— Juanita, pouvez-vous vous occuper du bébé un moment ? Thorne a eu un accident, il est à l'hôpital.

— *¡ Dios !* cria la gouvernante. *¡ Es una maldición !*

— Non, Juanita, c'est le hasard, rétorqua Slade avec fermeté. Pouvez-vous…

— *¡ Si ! ¡ Si !* J'arrive.

— Je vais avertir Matt, reprit Slade. Nous arrivons dès que possible.

Nicole, toujours secouée, raccrocha lentement. Elle leva les yeux et vit que Kelly Dillinger n'avait pas relâché sa surveillance.

— Ils arrivent ? demanda-t-elle.

— Oui, ses deux frères.

— Bien.

— Que vouliez-vous savoir, inspecteur ?

— Juste que vous me parliez un peu de la famille. Tout d'abord, la sœur a un grave accident de voiture, et en plus elle était enceinte. Personne ne connaît le père de l'enfant. Elle est toujours dans le coma, et beaucoup de questions restent sans réponse à ce jour. On ne sait pratiquement rien des circonstances de l'accident.

— Elle a glissé sur une plaque de verglas, non ? fit

remarquer Nicole, surprise par le ton quelque peu directif de son interlocutrice.

— Oui. Mais la famille est convaincue que quelqu'un lui est rentré dedans. Ils ont engagé un détective privé.

Elle retira son képi, et des boucles rousses tombèrent sur ses épaules.

— C'est leur droit le plus strict de vouloir savoir, ajouta-t-elle. Souvent cela rassure les familles, car elles croient que la police ne fait pas son travail.

— Mais vous, vous croyez à cette possibilité ?

— Nous ne savons pas. C'est ce que j'essaie de déterminer.

Elle fit cliquer son stylo plusieurs fois puis nota rapidement quelques mots.

— J'avoue que je n'étais pas très convaincue par cette hypothèse, mais maintenant qu'il y a un deuxième accident dans la famille, je me dois de tout vérifier, reprit-elle.

— Mais l'avion ? C'était bien un accident ? demanda Nicole, inquiète tout à coup.

Il était inconcevable que quelqu'un en veuille à Thorne !

— Selon toute vraisemblance, oui. Les vents étaient violents, l'avion léger. Mais si c'est juste une coïncidence, on peut dire que cette famille n'a pas de chance. Sinon, ce détective a peut-être des éléments qui pourraient nous intéresser. C'est pour cela que je suis là.

Le cœur de Nicole battait à tout rompre. Etait-ce possible ? Quelqu'un en voudrait au clan McCafferty ? Non, elle refusait de tomber dans ce genre de paranoïa. Pour l'instant, rien ne venait contredire la thèse de l'accident. C'était la malchance.

Elle regarda sa montre. Cela faisait trente minutes que Thorne était arrivé. L'étendue et la nature de ses blessures devaient être connues à présent. Pourtant, personne ne l'avait appelée, et elle était de plus en plus nerveuse. Y avait-il un problème ? Distraite, elle essaya de répondre le mieux possible aux questions de l'inspecteur Dillinger, jusqu'à ce que, n'y tenant plus, elle finisse par lui annoncer qu'elle devait retourner travailler.

Elle vit encore trois patients, une fillette de sept ans qui avait besoin de points de suture sur le front après avoir reçu un bâton lancé par son frère, une vieille dame avec une bronchite, et une adolescente qui pensait avoir une indigestion et qui découvrit avec horreur qu'elle était enceinte de trois mois.

Quand elle eut terminé, le bloc des urgences était vide. Elle parla aux infirmières et apprit que Thorne avait été transféré au premier étage. Il était stable, et à part quelques contusions et une jambe cassée qui nécessiterait une intervention, son état n'inspirait pas d'inquiétude.

— Merci, mon Dieu, murmura-t-elle en se dirigeant vers la chambre où on l'avait installé.

Matt et Slade étaient debout au pied du lit. Tous deux avaient l'air profondément choqués, et le chagrin se lisait sur leurs visages.

— Je n'arrive pas à y croire, marmonna Slade en prenant un paquet de cigarettes tout écrasé.

Puis il s'aperçut de ce qu'il faisait et le remit dans sa poche.

— Bon sang, qu'est-ce qui nous arrive ? Ils sont deux à l'hôpital, maintenant ! Le bébé vient tout juste de sortir, et maintenant c'est Thorne !

— Il va vite se remettre, n'est-ce pas ? demanda Matt. C'est déjà quelque chose.

— Quel idiot ! Qu'est-ce qui lui a pris de sortir par ce temps ? s'exclama Slade, furieux et désemparé.

— Il devait être pressé de rentrer…

Slade, les yeux exorbités, pointa son doigt vers Matt.

— Et tu sais pourquoi ? Parce que *monsieur* ne nous fait pas confiance. Il pense que nous ne sommes pas capables de nous occuper du ranch seuls, ou du bébé de Randi. Il veut tout contrôler, c'est une maladie chez lui. Un tyran, voilà ce qu'il est !

— Stop ! s'écria Matt, écarlate. Cela ne sert à rien de t'acharner sur lui.

— Il faut que je parle à Striker, dit Slade en se frappant la tête, comme s'il avait une idée soudaine. Vous dites que vous avez trouvé un article qui pourrait être écrit par Randi ? reprit-il en se tournant vers Nicole.

— Oui, je vous ai envoyé une copie.

— Zut, j'ai oublié de regarder le courrier ce matin.

— Avez-vous parlé avec la police ? demanda Nicole.

— Pas récemment. Pourquoi ?

— Ils enquêtent sur l'accident. J'ai rencontré l'inspecteur Dillinger. Elle aimerait vous interroger.

— A quel sujet ? demanda Matt.

— Ils commencent peut-être à croire ce que dit Striker, suggéra Slade. Je vais l'appeler.

— Et moi je vais aller voir cet inspecteur, décida Matt, le visage dur. Si ce n'est pas un accident, il va falloir trouver le coupable. Vous me prévenez s'il y a du changement pour Thorne ?

— Bien sûr.

Les deux frères prirent congé, et Nicole resta seule avec Thorne dans la pièce plongée dans la pénombre. Elle avait vu tellement d'accidentés dans sa carrière, tellement de blessures horribles, des gens défigurés, qu'elle pensait être capable de tout supporter. Mais voir Thorne allongé, inerte, la respiration difficile, une perfusion dans la main, le visage tellement tuméfié qu'on le reconnaissait à peine, c'était au-dessus de ses forces.

— Oh, mon chéri…, murmura-t-elle.

Sa voix s'étrangla dans un sanglot. Elle l'aimait tant. Elle l'aimait, et il l'avait trahie. Il avait une autre femme. Les larmes se mirent à perler au coin de ses yeux.

— Je suis désolée que cela n'ait pas marché entre nous, dit-elle en reniflant. Si tu savais combien je t'aime, Thorne. Mais j'ai été idiote. Comme toujours.

Thorne restait sans réaction.

— Tu vas guérir, n'est-ce pas ? Je vais revenir, et si jamais tu vas plus mal, je te jure, je te tue de mes propres mains.

Elle rit un peu à sa plaisanterie stupide. Les larmes redoublèrent sur ses joues.

— Regarde, tu me fais pleurer maintenant. Bon, il faut que j'aille voir les filles. Mais je reviendrai vite, c'est promis.

Elle se pencha sur le lit et posa un baiser sur son front,

laissant une légère trace de rouge à lèvres. Une larme tomba, elle l'essuya rapidement.

— Tu sais, Thorne, lui dit-elle à l'oreille, j'ai été assez folle pour envisager de passer le reste de ma vie avec toi.

Elle attendit un signe de lui, un doigt ou une paupière qui aurait bougé, un changement de rythme dans la respiration, mais rien ne bougea. Elle ne perçut pas même le plus petit tressaillement. Tout comme sa sœur, Thorne était ailleurs, hors d'atteinte.

Nicole sortit de la chambre avec l'impression de porter toute la misère du monde sur ses épaules. Elle annota le dossier à toute vitesse, attrapa son manteau et mit ses bottes.

Dehors, la neige tombait toujours en tourbillons serrés sur le paysage figé. Sans quitter ses gants, elle monta dans sa voiture, mit la radio et le chauffage à fond et démarra. Mais rien ne pouvait faire fondre la glace qui s'était déposée sur son cœur. Thorne était passé si près de la mort…

« Et comment réagirais-tu s'il était mort ? Ou paralysé pour le restant de ses jours ? »

Elle frissonna et essaya de se concentrer sur la radio. Mais la chanson qui passait parlait d'un amour trahi et elle l'arrêta. C'était fini avec Thorne. C'est lui qui l'avait voulu. C'était de sa faute à elle ; elle n'aurait pas dû laisser renaître son amour de ses cendres. C'était fini ! Fini depuis longtemps ! Elle freina au feu rouge et attendit impatiemment en tapotant sur son volant tandis que des silhouettes emmitouflées traversaient comme des fantômes les rues de Grand Hope. Les arbres dressaient leurs branches nues dans la nuit, et les flocons tournoyaient dans la lumière des néons.

« Qu'attendais-tu de lui ? Une demande en mariage ? » Elle éclata de rire à cette idée. Un rire sans joie. Le feu passa au vert, et elle accéléra. Dix minutes plus tard, toujours perdue dans ses pensées, elle s'engageait dans sa rue en se promettant d'oublier Thorne McCafferty une fois pour toutes. La vie continuait. Sans lui.

Les roues patinèrent un peu dans l'allée, mais elle parvint à se garer devant la porte du garage. Sa sacoche dans une main, son ordinateur portable dans l'autre, elle se précipita sous le porche, tapa ses bottes pour en faire tomber la neige, retira un gant avec ses dents et ouvrit la porte. Deux paires de petits pieds se précipitèrent depuis la cuisine, et des cris de joie l'accueillirent.

— Maman ! Maman ! Viens voir !

Sans prendre le temps d'enlever son manteau, la jeune femme embrassa ses deux filles. Oui, sa vie était bien remplie, et elle n'avait pas besoin d'un homme, encore moins de Thorne McCafferty.

Patches bondit sur la console en miaulant.

— Il y a plein de fleurs partout ! s'écria Molly en ouvrant très grand les bras.

— Des fleurs partout ? répéta Nicole, remarquant soudain le parfum de rose qui emplissait l'atmosphère.

— C'est vrai, renchérit Mindy en l'entraînant dans le salon, Molly la tirant par l'autre bras.

— Descends de là, toi ! ordonna Nicole à Patches.

Le chat sauta sur le sol tandis que Nicole pénétrait dans le salon. Elle stoppa net, n'en croyant pas ses yeux. Jenny était debout à côté de la cheminée où le feu brûlait doucement, et tout autour de la pièce, sur chaque table, dans tous les recoins et même par terre, des douzaines et des douzaines de roses. Rouges, roses, blanches, jaunes… Un véritable arc-en-ciel.

— Mais qu'est-ce que…, bredouilla-t-elle.

— Il y a une carte, là, dit Jenny en montrant un énorme bouquet de fleurs blanches.

De ses doigts tremblants, Nicole ouvrit nerveusement la petite enveloppe. Deux mots étaient inscrits : « Epouse-moi. » Les larmes jaillirent de ses yeux et son cœur se serra.

— Savez-vous qui a envoyé ça ? demanda-t-elle à grand-peine.

— Pourquoi ? Pas vous ? lui répondit Jenny avec un sourire.

Nicole s'effondra sur une chaise.

— Mon Dieu…

— Qu'est-ce qu'il y a, maman ? demanda Mindy, les yeux écarquillés.

— Thorne est à l'hôpital.

— Quoi ? s'exclama Jenny.

Son sourire s'effaça à mesure que Nicole la mettait au courant des derniers événements.

— Mais c'est affreux ! Il faut que vous retourniez là-bas. Que vous soyez près de lui.

— Et les filles ?

— Ne vous inquiétez pas, je peux rester. Nous allons commander une pizza, faire du pop-corn, et puis nous préparerons une surprise pour maman, ajouta-t-elle en voyant les petits visages se décomposer. Pas vrai, les filles ?

— Non, je veux pas que maman s'en aille ! s'écria Mindy en faisant la moue.

— T'es un bébé ! dit Molly en la montrant du doigt.

— Non !

— Chh… chh… Personne n'est un bébé.

Emue au plus profond d'elle-même, Nicole ne pouvait détacher son regard des magnifiques roses, preuve d'un amour qu'elle avait décidé d'oublier quelques minutes plus tôt.

— Je… je vais retourner à l'hôpital, décida-t-elle. Mais je reviendrai vite.

Mindy était prête à pleurer.

— C'est promis, maman ?

Nicole embrassa ses filles sur le front et se redressa sur ses jambes encore incertaines. Elle attrapa une belle rose rouge dans un vase et cligna de l'œil.

— Promis.

Loin, dans un brouillard qui commençait à peine à se dissiper, il entendit la porte s'ouvrir. Il crut que c'était l'infirmière qui apportait ses médicaments.

— Thorne ?

C'était la voix de Nicole. Son cœur fit un bond, mais il ne bougea pas. Elle s'approcha du lit, dans la semi-obscurité, et il sentit qu'elle lui posait quelque chose sur la poitrine, une rose, d'après le parfum qui s'en dégagea aussitôt.

— Je… je ne sais pas quoi dire.

Il ne réagit pas. Quelques heures plus tôt, à demi inconscient, il l'avait entendue prononcer d'étranges paroles. Elle l'aimait, mais ne voulait pas de lui, affirmait que cela ne pourrait pas marcher entre eux. Il avait cru qu'elle avait reçu les fleurs et rejetait sa demande. Il n'avait pas été capable de répondre alors, et il ignorait s'il pourrait parler maintenant. Il se sentait si lourd… Il était si fatigué… Il ne se rappelait pas ce qui s'était passé. Un des moteurs de son avion était tombé en panne, il avait dû atterrir en catastrophe dans un champ, avait presque réussi mais s'était écrasé contre un bosquet… Il avait eu de la chance…

— J'ai reçu les fleurs. C'est trop, Thorne… Tu n'aurais pas dû, murmura-t-elle, le ramenant au présent.

Nicole… Elle était belle. Et tellement sexy…

— J'aimerais tant que tu m'entendes, reprit-elle. Je voulais te dire…

Ça y est, elle recommençait avec cette histoire incompréhensible.

— Je suis… comment te dire… bouleversée, murmura-t-elle en posant sa main sur la sienne. J'ai lu la carte.

Il se sentit ridicule. Il n'aurait pas dû se mettre à nu devant elle. Elle refusait, c'était clair.

— J'aimerais que tu saches combien je t'aime. T'épouser ? Mon Dieu, plutôt deux fois qu'une. Mais j'ai vu cette photo de toi dans le journal, avec cette femme à ton bras, et je me suis dit que tu n'étais pas prêt à t'installer, que tu ne le serais peut-être jamais et… et je ne sais plus quoi penser. S'il y avait une chance pour que l'on puisse vivre ensemble, toi et moi et les filles, crois-moi, je…

Il avait l'impression que sa tête allait exploser. Malgré la douleur, il essaya de bouger la main et saisit celle de la jeune femme.

— Oh, Thorne…

— Epouse-moi, murmura-t-il dans un terrible effort.

Son corps hurlait de douleur, mais cela ne comptait pas.

— Mais… tu m'entends ?

— Epouse-moi.

Il se força à ouvrir les yeux.

— Nicole, réponds-moi…, dit-il en la regardant intensément. Veux-tu m'épouser ?

— Mais… cette femme, sur la photo ?

— Ce n'est rien, oublie-la. Il n'y a que toi.

Il voulait tant qu'elle le croie !

— Et il n'y aura jamais que toi, ajouta-t-il. Je le jure.

Nicole ne dit rien et le regarda.

— Je t'aime, et je t'aimerai toujours, dit-il dans un souffle.

Les larmes jaillirent des yeux dorés de la jeune femme et coulèrent lentement le long de ses joues.

— Je veux que tu sois ma femme.

Elle essuya ses larmes.

— Oui, dit-elle enfin, la voix brisée par l'émotion. Oui je veux bien t'épouser.

Il se souleva avec difficulté et l'attira contre lui. Toute la souffrance avait disparu comme par magie, et il sut que, à partir de ce jour, il pouvait renoncer à tout, pourvu que Nicole soit avec lui. La seule chose qui comptait, à présent, c'était leur amour.

— Je vous aime, docteur. Et je ne vous quitterai plus jamais.

Nicole leva la tête en riant.

— Je parie que tu dis ça à toutes les femmes médecins, dit-elle, les yeux brillants.

Elle ramassa la rose, qui était tombée, et la remit à côté de lui.

— Non, seulement à toi.

— J'ai de la chance, alors, répliqua-t-elle en séchant ses dernières larmes.

— Non, c'est moi qui ai de la chance.

Épilogue

— Es-tu certain de vouloir vivre ici ? demanda Nicole en regardant les champs couverts de neige se déroulant à perte de vue devant eux.

Elle était assise sous le porche avec Thorne. Les jumelles jouaient dans la neige, emmitouflées dans leurs anoraks. Harold bondissait autour d'elles en aboyant comme un jeune chiot. Au loin, on apercevait quelques chevaux. Vêtu d'une épaisse veste en peau retournée, Slade s'activait près des étables, vérifiant les abreuvoirs des bêtes.

Devant ce tableau bucolique, Nicole se sentait heureuse et comblée. Thorne avait toujours la jambe dans le plâtre, mais il se remettait vite, et ils avaient décidé de se marier dès qu'il serait sur pied.

— Je vivrai ici tant que Randi ne me mettra pas dehors.

L'état de Randi leur causait toujours autant de souci. Un mois s'était écoulé depuis l'accident, et elle était toujours dans le coma. On n'avait aucune preuve de la présence d'un deuxième véhicule, malgré les soupçons de Kurt Striker. Quant à l'accident d'avion de Thorne, l'enquête était en cours. Y avait-il eu sabotage ? Thorne ne le pensait pas et reconnaissait lui-même qu'il aurait dû vérifier l'état de l'appareil avant de s'envoler dans de si mauvaises conditions atmosphériques.

— Au fait, dit-il. J'ai quelque chose pour toi.

— Qu'est-ce que c'est ?

— Quelque chose qui va officialiser notre amour.

— Ah ? fit-elle, intriguée en le voyant plonger sa main dans la poche de son jean.

Il en sortit un petit anneau d'or et d'argent.

— C'est l'anneau de mariage de mon père, lui expliqua-t-il. Il l'a gardé après son divorce et me l'a donné avant de mourir… Il voulait que je perpétue la tradition, sans doute. Et j'ai pensé que tu serais heureuse de le porter à ton tour.

Joignant le geste à la parole, il glissa le bijou au doigt de Nicole. L'anneau était un peu grand, mais elle l'ajusta au mieux et regarda fièrement sa main, comprenant tout ce que cela représentait pour Thorne.

— Il va falloir le faire rétrécir, dit-il avec un sourire.

— Il est beau.

— Tu trouves ?

— Oh, Thorne, merci, murmura-t-elle en l'embrassant, plus émue qu'elle ne l'aurait cru.

Il la prit dans ses bras et le paysage vacilla autour d'elle.

— Cette bague compte beaucoup pour moi, Nicole. Ainsi que toi et les filles.

L'émotion étreignait la gorge de Nicole, et elle ne put répondre.

— J'ai fait une erreur quand je t'ai quittée, poursuivit Thorne. Je ne pensais pas qu'un jour je voudrais m'installer et fonder une famille. Et vivre ici, au ranch. Aujourd'hui, je veux me racheter. C'est toi que j'aime, Nicole. Tu es la femme de ma vie.

Ses yeux plongèrent dans les siens.

La jeune femme soupira en se blottissant contre lui. Des larmes de bonheur jaillirent.

— Je t'aime, murmura-t-elle.

— Ah, oui ? dit-il avec un regard suggestif.

— Tu ne me crois pas ? répondit-elle, espiègle.

— Je ne sais pas…

— Je peux te le prouver, si tu veux…

— Et comment ? Je serais bien curieux de voir ça.

— Oh, je vois au moins une ou deux manières…

— Et moi, plusieurs centaines !

Il se leva avec difficulté et l'attira à lui.

— Alors commençons tout de suite, décida-t-il. Comme disait mon père, « ne perdons pas de temps ». Faisons-lui vite des petits-enfants…

— Et le petit John ? Et les jumelles ? Ils comptent pour du beurre ?

— Ce n'est qu'un début.

— Doucement, Casanova, dit-elle en riant.

— C'est vrai, nous avons la vie devant nous.

— Je t'aime, Thorne. Mais, si quelqu'un doit prouver quelque chose, c'est toi.

— D'accord, dit-il en la soulevant dans ses bras.

Elle protesta.

— Non, Thorne ! Arrête ! Ta jambe ! Veux-tu me reposer !

Il la serra encore plus fort, appuyé contre la maison.

— Pas question, déclara-t-il en l'embrassant avec fougue.

Elle ferma les yeux et s'abandonna à ses lèvres, se demandant si c'était possible d'être aussi heureuse.

Il releva la tête et la regarda dans les yeux.

— Je ne te laisserai plus jamais, Nicole.

Et elle le crut.

LISA JACKSON

Amants ou ennemis ?

Traduction française de
DOMINIQUE DUBOUX

Passions

HARLEQUIN

Titre original :
THE MCCAFFERTYS : MATT

Ce roman a déjà été publié en 2014

Prologue

Le Flying M Ranch.
Début mai.

— Misérable canasson ! maugréa Matt McCafferty.

Il se releva, brossa l'arrière de son jean d'un geste rageur et jeta un regard noir au poulain indien de deux ans qui roulait des yeux furibonds. Il comprenait pourquoi ce satané animal, le plus têtu du Flying M Ranch, avait reçu le nom de « Diablo Rojo ». Un défi. Matt avait trente-sept ans, et jamais un cheval ne lui avait résisté. Mais ce Diable Rouge était fougueux. Rétif. Difficile à dompter. Comme de nombreuses femmes que Matt avait rencontrées dans sa vie.

Matt ramassa son chapeau et le fit claquer contre sa cuisse, puis il plissa les yeux en regardant le soleil du Montana qui commençait à descendre à l'ouest, derrière les collines.

— Toi et moi, Diablo, on va régler nos comptes. Pas plus tard que maintenant !

Le poulain hennit en s'ébrouant, puis redressa sa queue et s'éloigna en trottant vers la clôture du fond, la selle vide grinçant sur son dos comme un rire moqueur. Satané cheval ! pensa Matt en enfonçant son chapeau sur sa tête.

— Je n'ai pas dit mon dernier mot ! cria-t-il à l'animal.

— C'est tout comme.

Matt fronça les sourcils en entendant la voix de son père. Il se retourna et vit Juanita traverser le parking qui séparait la maison d'habitation des enclos et des bâtiments adjacents, poussant son père dans son fauteuil roulant. Si

Matt n'éprouvait guère d'affection pour son géniteur, il ne pouvait s'empêcher de ressentir de la pitié pour cet homme, auparavant si robuste, maintenant confiné dans ce qu'il appelait « le machin ».

Les cheveux blancs clairsemés de John Randall McCafferty volaient doucement dans le vent, sa peau était pâle et translucide, mais une petite flamme brillait encore dans ses yeux bleus ; John Randall aimait ses terres plus que tout au monde, y compris ses enfants.

— J'ai essayé de l'en dissuader, mais tu sais comment il est. *Terco*… Têtu comme une pioche, grommela Juanita, la vieille gouvernante, en installant le fauteuil roulant près de la barrière où Harold, le vieil épagneul du ranch, s'était couché à l'ombre d'un pin solitaire.

— Un défaut qui m'a toujours servi, déclara le vieillard en s'accrochant à la barrière décolorée par le soleil pour se redresser de toute sa hauteur.

Dieu, qu'il était maigre ! nota Matt, ne pouvant s'empêcher de revoir son père, des années auparavant, dans la force de l'âge. Son corps décharné flottait dans son jean et sa chemise écossaise, et ses mains tremblaient. Mais il se pencha par-dessus la barre supérieure et adressa à son deuxième fils un sourire à la fois victorieux et moqueur.

— Peut-être parviendras-tu à lui faire entendre raison, dit Juanita à Matt avec un regard préoccupé, pestant entre ses dents contre les hommes *locos y orgullosos*.

— J'en doute.

Le patriarche fit un signe impatient de la main pour ordonner à Juanita de s'éloigner.

— Je vais bien ! lança-t-il. J'ai juste besoin de respirer un peu d'air frais. Maintenant, je voudrais parler à Matt. Il me ramènera à l'intérieur quand nous aurons terminé.

Juanita ne semblant pas convaincue, Matt la rassura :

— Je me charge de lui.

La vieille gouvernante, qui avait pratiquement élevé les enfants McCafferty, fit claquer sa langue en signe de réprobation et retourna d'un air affairé vers la maison.

— Celui-là, reprit John Randall en montrant le poulain rebelle du menton, il va te donner du fil à retordre. Comme certaines femmes, ajouta-t-il avec un regard entendu.

Matt sentit l'irritation le gagner. Il essuya la sueur sur son front et éloigna de la main le taon qui l'importunait.

— Et c'est pour me dire ça que tu es venu jusqu'ici ?

— Non. Je voulais te donner quelque chose, répliqua son père en fouillant avec difficulté dans sa poche.

— Quoi donc ? demanda Matt d'un ton suspicieux, car les cadeaux de son père avaient toujours un prix.

— Un objet qui doit te revenir. Ah, la voilà.

Il brandit une grosse boucle de ceinture en argent brillant, avec, en son centre, une incrustation en or représentant un cheval sauvage dressé sur ses pattes de derrière. Le vieil homme l'avait gagnée au cours d'un rodéo au Canada, plus de cinquante ans auparavant. Il la déposa dans la main calleuse de son fils.

— Tu la portais toujours, fit remarquer Matt.

— Exact. Elle me rappelle le temps où j'étais dans la force de l'âge, soupira John Randall en se laissant retomber dans son fauteuil roulant, le regard sombre. C'était le bon temps, ajouta-t-il pensivement en se redressant pour fixer son fils. Je n'ai plus beaucoup de temps à vivre, mon garçon. Et inutile de protester, nous le savons tous les deux. Notre Père est sur le point de me rappeler. Enfin, si le diable ne s'empare pas de moi avant lui.

Matt serra les dents et attendit la suite en silence.

— J'ai déjà parlé avec Thorne de ma mort imminente, et comme tu es le deuxième de la lignée, j'ai décidé que tu serais le suivant sur la liste. Quant à Slade… eh bien, je le mettrai au courant bientôt. Dieu sait que j'ai commis des erreurs. Surtout avec ta mère…

Matt ne fit pas de commentaire. Il ne voulait pas évoquer l'époque sinistre où John Randall avait rencontré une jeune femme, avait divorcé et confié ses trois fils à cette Penelope Henley — Penny —, qui était devenue leur belle-mère et leur avait donné une demi-sœur qu'aucun d'eux ne désirait.

— Je regrette ce qui s'est passé, mais beaucoup d'eau a coulé sous les ponts depuis que Larissa et Penny sont mortes, poursuivit John Randall en se frottant la joue. Je n'aurais jamais imaginé enterrer deux épouses.

— Deux ex-épouses, plutôt, précisa Matt.

Le vieillard fit la moue, mais ne discuta pas.

— Ce que je te demande, ainsi qu'aux autres, c'est de me donner des petits-enfants, reprit-il. Je sais, c'est un rêve de vieil homme, mais c'est tout naturel que j'aie envie de mourir en paix, et avec la certitude que tu vas te trouver une bonne épouse, fonder une famille et que notre nom se perpétuera encore pendant quelques générations.

— Il n'y a pas d'urgence…

— Pour moi, si ! répondit brusquement John Randall.

Se sentant manipulé pour la énième fois par son père, Matt lui tendit la boucle.

— Si tu essaies de me soudoyer…

— Il ne s'agit pas de cela ! s'écria le vieillard en crachant par terre d'un air dégoûté. Je veux te donner cette boucle, car elle représente énormément pour moi, et comme tu as aussi été un fan de rodéo je pensais que ce cadeau te ferait plaisir. Tourne-la de l'autre côté !

Matt obéit et lut les lettres gravées à l'arrière : « A mon cow-boy adoré, avec mon amour éternel. Larissa. » Sa gorge se serra à la pensée de sa mère, de ses cheveux noirs et brillants, de ses yeux bruns rieurs qui avaient perdu toute leur gaieté au fil de ses années de mariage. Son esprit libre avait été emprisonné dans ce ranch et, peu à peu, elle avait cherché un réconfort dans les bouteilles cachées dans la vieille maison qu'elle avait fini par détester.

Elle lui manquait terriblement.

— C'est Larissa qui l'a fait graver. Bon sang, comme elle m'aimait en ce temps-là ! s'exclama tristement John Randall tandis qu'une lueur de culpabilité passait dans ses yeux. Alors je voudrais que ce soit toi qui l'aies, Matthew.

Matt referma la main sur l'objet, trop ému pour parler.

— Et je voudrais aussi des petits-enfants. Si ce n'est pas trop te demander.

— Je ne suis pas marié.

— Eh bien, mets-toi à la recherche d'une femme ! s'exclama le vieil homme en le regardant de la tête aux pieds. Un beau et solide gaillard comme toi ne devrait pas avoir de problèmes pour trouver une épouse, bon sang !

— Peut-être que je ne crois pas au mariage.

— Peut-être que tu es tout simplement idiot !

Matt traça du doigt les contours du cheval sur la boucle.

— Il se pourrait que j'aie eu un mauvais exemple.

— Alors, oublie-le ! ordonna John Randall avec son autorité habituelle.

C'était toujours ainsi avec lui : à sa façon ou rien. Matt choisit la seconde solution.

— J'ai un cheval à dompter, annonça-t-il. Et mon propre ranch à administrer.

— J'avais espéré que tu resterais.

La voix de son père contenait une touche de désespoir, mais Matt ne céda pas. Trop d'eau avait coulé sous les ponts, une eau boueuse et perfide, alimentée par un courant de mensonges et de déceptions dans lequel on pouvait se noyer à petit feu. Matt était venu ici pour tenter de se réconcilier avec son père et donner un coup de main à Larry Todd, le contremaître, pendant une ou deux semaines. A présent, ses propres terres, quelques centaines d'hectares à la frontière de l'Idaho, réclamaient son attention.

— Impossible, papa. Je ferais mieux de te ramener à l'intérieur.

— Bon sang, fils, inutile de me surprotéger ! Je ne vais pas mourir aujourd'hui, bougonna John Randall, croisant les mains sur ses genoux en regardant entre les barres de la clôture le cheval qui piaffait. Je veux te regarder le dompter. J'aimerais bien savoir qui de vous deux va gagner.

— Tu es sûr de vouloir rester ? demanda Matt.

— Absolument.

Matt ajusta son chapeau et enjamba la barrière.

— D'accord, mais la lutte risque d'être inégal, déclara-t-il, davantage pour le cheval que pour son père.

Il se dirigea vers l'extrémité de l'enclos avec un regain de détermination, les yeux fixés sur l'animal dont les muscles élancés tressautaient à son approche. Peu de choses de ce monde étaient capables de vaincre Matt McCafferty.

Certainement pas un poulain fougueux.

Ni son père.

Non. Sa faiblesse, s'il en avait une, c'était les femmes. Surtout celles qui avaient du caractère et qui lui résistaient.

Un genre qu'il évitait comme la peste.

Et voilà que son père voulait qu'il se mette la corde au cou et engendre une ribambelle de gamins.

Il faillit rire en attrapant les rênes de Diablo Rojo qui eut le culot de s'ébrouer avec défi.

Aucune chance que Matt McCafferty se marie. Ni aujourd'hui, ni demain, ni jamais.

- 1 -

Grand Hope, Montana.
Mois de novembre suivant.

Elle avait déjà eu l'occasion de le rencontrer à de nombreuses reprises.

Elle n'était pas pour autant obligée de l'apprécier.

Pour l'inspecteur Kelly Dillinger, la visite de Matt McCafferty était synonyme d'ennuis. Le deuxième de la lignée McCafferty était fait sur le même moule de suffisance arrogante que ses frères et son misérable père.

Ce qui ne voulait pas dire qu'il ne soit pas beau ; il convenait parfaitement à celles qui aimaient le genre cow-boy rebelle et mal dégrossi, et sa beauté sauvage était légendaire à Grand Hope. Lui et ses deux frères avaient été considérés pendant des années comme les meilleurs partis de toute la région. Mais Kelly se targuait d'être différente des autres femmes qui se pâmaient chaque fois que leur nom était prononcé.

Ils étaient séduisants, sexy et riches. Et alors ?

Dernièrement, leur réputation venait d'en prendre un coup, car le bruit courait que l'aîné, Thorne, était sur le point de perdre son statut de célibataire disponible en convolant avec un médecin du coin.

Mais ce n'était pas le cas du deuxième frère, Matt. Celui, semblait-il, qu'elle allait devoir affronter maintenant.

Matt McCafferty venait de pousser violemment de l'épaule la porte du commissariat de police de Grand Hope, apportant avec lui une bouffée d'air glacial et quelques flocons de neige qui fondirent instantanément au contact de l'atmosphère surchauffée de l'ancien bâtiment en brique.

Kelly soupira.

Fantastique ! Elle avait déjà mal à la tête et était submergée de travail ayant trait, en grande partie, à l'affaire McCafferty, ou plutôt *aux* affaires McCafferty. Mais elle ne pouvait pas se permettre d'ignorer son visiteur. Elle jeta un coup d'œil par la vitre de son bureau et le vit traverser rapidement l'espace recouvert de linoléum jaunâtre, s'arrêter une seconde devant le portillon qui séparait la réception des locaux administratifs, puis passer à côté de l'hôtesse d'accueil avec un air de furie outragée.

Ses yeux bruns semblaient lancer des éclairs. La colère se lisait sur ses lèvres fines et serrées ainsi que sur son visage à la mâchoire carrée qui lui donnait un air obstiné. Coulé dans le même moule que les autres, sans l'ombre d'un doute, songea-t-elle en sautant sur ses pieds pour lui ouvrir la porte au moment où il s'apprêtait à marteler le panneau en chêne.

— Monsieur McCafferty, dit-elle avec un sourire forcé. Ravie de vous revoir.

— Venons-en au fait, lança-t-il sans préambule.

— Très bien. Pourquoi n'entrez-vous pas pour…

Mais il avait déjà franchi le seuil, pénétré dans la petite pièce vitrée, et arpentait à présent d'un pas nerveux l'espace réduit entre les deux parois.

Stella Gamble, la réceptionniste, avait abandonné son poste et gesticulait comme un beau diable, ses ongles peints en rouge vif reflétant la lumière du néon qui bourdonnait au plafond.

— J'ai essayé de l'arrêter, inspecteur Dillinger, dit-elle. Mais il n'a pas voulu m'écouter.

— C'est de famille, ironisa Kelly.

— Je suis désolée, je…

— Ce n'est pas grave, Stella. Calmez-vous. De toute

façon, il fallait que je parle à quelqu'un de la famille, prétendit Kelly, voulant déculpabiliser la réceptionniste.

En réalité, aucun entretien n'était prévu à son planning. Surtout quand Nathaniel Biggs appelait toutes les deux heures, convaincu qu'on lui avait volé son taureau primé, que Perry Carmichael avait aperçu une étrange lumière au-dessus d'un bouquet de chênes derrière son hangar, et que Dora Haines avait de nouveau disparu, errant probablement au pied des montagnes par ce froid, avec un orage qui menaçait d'éclater dans la soirée. Si le cas McCafferty avait son importance, il n'était pas le seul à réclamer son attention.

— Personne n'est autorisé à entrer sans ma permission, insista Stella en foudroyant Matt McCafferty du regard.

— Vous avez tout à fait raison, approuva Kelly. Mais comme je l'ai déjà dit, j'ai besoin de lui parler. Et je ne crois pas qu'il soit dangereux.

— N'y comptez pas, répliqua Matt McCafferty d'un ton sec.

Le téléphone se mit à sonner bruyamment à la réception.

— Allez répondre, Stella, je m'occupe de monsieur, dit Kelly à la réceptionniste, qui se hâta de retourner à son bureau et de remettre ses écouteurs sur la tête.

Kelly ferma la porte derrière elle et baissa les stores ; elle n'avait aucune envie que l'un des autres inspecteurs soit témoin de l'esclandre qui se préparait à éclater.

— Asseyez-vous, proposa-t-elle en débarrassant les dossiers empilés sur la chaise du visiteur.

Matt McCafferty ne bougea pas, mais la suivit des yeux tandis qu'elle allait s'asseoir derrière son bureau métallique.

— Cessez de vous défiler, dit-il, presque sans bouger les lèvres.

Il posa ses mains à plat sur le bureau, entre le panier de courrier et l'écran de l'ordinateur, et se pencha au-dessus des papiers étalés devant elle.

— Je veux des explications, bon sang ! Ma sœur est dans le coma depuis plus d'un mois, parce que quelqu'un a probablement envoyé sa jeep dans le décor, et vous, *vous tous*, restez les bras croisés sans chercher à savoir ce qui s'est passé ! D'après ce que nous savons, on a tenté de la tuer ce jour-là, et ceux qui ont tout manigancé recommenceront jusqu'à ce qu'ils arrivent à leurs fins.

— Ce ne sont que des suppositions, lui rappela Kelly, sentant l'irritation la gagner. Nous tentons de localiser un autre véhicule, s'il existe, mais pour l'instant nous n'avons encore rien trouvé.

Il se pouvait que le 4x4 de Randi McCafferty ait été forcé de quitter la route en haut de Glacier Park, mais sans témoin pour le prouver, il était impossible de l'affirmer.

Le regard de Matt McCafferty se fit plus incisif encore.

— C'est arrivé il y a plus d'un mois, poursuivit-il. Et plus de deux semaines se sont écoulées depuis que l'avion de Thorne s'est écrasé au sol. Considérez-vous cela aussi comme un accident ?

Kelly ne répondit pas et tenta d'analyser les différentes émotions qui se lisaient sur les traits de son interlocuteur. Colère. Détermination. Frustration. Et un soupçon de peur aussi, un sentiment qu'elle n'aurait pas cru possible de la part de durs à cuire comme les McCafferty. Tout comme leur père, les trois frères lui avaient toujours donné l'impression d'être des hommes intrépides que rien ne semblait effrayer.

— C'est possible. Nous faisons des recherches.

— Alors vous feriez mieux de chercher avec davantage d'ardeur, suggéra-t-il, les narines palpitantes. Avant que quelqu'un meure pour de bon.

Il se redressa, enleva son chapeau et passa ses doigts raides dans ses cheveux sombres et ondulés. Ce type lui tapait sur les nerfs. Il avait le don de l'horripiler, de l'agacer, un peu comme un chardon coincé sous la selle devait agacer un cheval.

— La police fédérale enquête sur l'accident d'avion, monsieur McCafferty.

— Cela n'a pas l'air de faire le moindre effet.

— Nous mettons tout en œuvre pour…

— Ce n'est pas suffisant ! dit-il en lui coupant la parole, ses yeux bruns de nouveau furibonds. Est-ce vous qui êtes chargée de l'enquête, inspecteur ? demanda-t-il en regardant son badge, serrant les doigts sur le bord de son Stetson, si fort que ses articulations blanchirent.

Kelly s'efforça à grand-peine de ne pas perdre patience.

— Je vous l'ai déjà dit, c'est au commandant Espinoza que l'affaire a été confiée, et c'est moi qui l'assiste, car j'ai été la première à arriver sur le lieu de l'accident de votre sœur.

— Alors je perds mon temps avec vous.

Sa remarque la piqua au vif. Mais elle serra les dents.

— Dites à Espinoza que je veux lui parler, ordonna-t-il.

— Il n'est pas là.

— J'attendrai.

— Vous risquez d'attendre longtemps.

Matt McCafferty semblait sur le point d'exploser. Il jeta son chapeau sur une chaise pliante et, balayant des dossiers au passage, se pencha de nouveau au-dessus de son bureau et se rapprocha tellement d'elle que le bout de son nez touchait presque le sien ; une odeur de cuir mouillé, de cheval, mêlée à celle, plus subtile, de musc, l'enveloppa tout entière. La neige avait fondu sur les épaules de sa veste en mouton retourné et quelques taches d'humidité demeuraient sur son visage, ses poings s'ouvraient et se refermaient sur la table d'un geste nerveux.

— Il faut que vous compreniez, inspecteur, il s'agit de ma famille, dit-il d'une voix basse qui eut plus d'impact que sa colère. Ma famille. Non seulement ma sœur a failli être assassinée, mais en plus elle était enceinte de neuf mois.

— Je sais…

— Ah bon ? Pouvez-vous imaginer les souffrances qu'elle a déjà endurées ? Le travail a commencé au moment où sa jeep a plongé par-dessus le talus. Elle a eu de la chance que quelqu'un passe par là et appelle la police. Si ce n'était l'équipe médicale du St. James Hospital et l'aide de Dieu, elle serait morte.

— Le bébé a survécu, précisa-t-elle.

Mais Matt McCafferty ne semblait pas décidé à se décourager. Tel un cheval emballé reprenant son souffle, il répondit :

— Oui, après une attaque de méningite.

Kelly saisit un stylo et le serra entre ses doigts.

— Je comprends, mais…

— Heureusement que le petit J. R. est résistant comme tous les McCafferty et qu'il en a réchappé.

— Il va bien, fit-elle remarquer, s'efforçant de ne pas se laisser émouvoir, ce qui était presque impossible.

— Bien ? ironisa-t-il. Je suppose que c'est vrai, sauf qu'il a besoin de sa mère qui est dans le coma sur un lit d'hôpital.

Durant un bref instant, Matt McCafferty sembla montrer une réelle affection pour son neveu ; ses yeux bruns s'assombrirent et une lueur de tendresse traversa son regard. Kelly en fut touchée, mais elle se garda bien de le montrer. Après tout, c'était normal qu'il se préoccupe du bébé : les McCafferty protégeaient toujours les leurs, à l'exclusion de tous les autres.

— Et ce n'est pas tout.

— Oh, je m'en doute, soupira-t-elle sur un ton condescendant.

Il lui lança un regard mauvais.

— Cela tient du miracle si mon frère Thorne a survécu et s'en est tiré avec une jambe cassée et quelques ecchymoses.

« Grâce à Dieu, en effet », songea Kelly. Thorne était l'aîné des McCafferty. Un homme d'affaires millionnaire qui avait fait fortune dans le pétrole. Il venait de Denver, pilotant l'avion de l'entreprise en direction de Grand Hope, quand l'appareil avait été pris dans une tempête et s'était écrasé au sol.

— A mon avis, soit nous sommes victimes d'une satanée série de mauvais sorts, soit il y a dans la nature quelqu'un qui nous en veut à mort, poursuivit Matt McCafferty, comme pour lui-même.

— La voiture de votre sœur a glissé sur une plaque de verglas. Votre frère était seul à bord de son avion au milieu d'une tempête de neige. S'agit-il d'un manque de chance ou d'erreurs de jugement ?

— Peut-être bien de l'œuvre d'un meurtrier potentiel.

— Qui ? demanda-t-elle, soutenant son regard sans ciller, tentant de relativiser le malaise grandissant qui l'envahissait peu à peu.

— Voilà la question que j'attendais que vous me posiez, inspecteur.

Bon sang, qu'il était proche. Beaucoup trop.

— Croyez-moi, monsieur McCafferty…

— Matt. Appelez-moi « Matt ». Il y a trop de McCafferty pour que l'on nous appelle par notre nom de famille. Je ne sais pas pourquoi, mais j'ai l'impression que nous allons être obligés de travailler en étroite collaboration, vous et moi. Je ne vous lâcherai pas tant que vous ne découvrirez pas qui est à l'origine de cette satanée affaire. Alors ne nous embarrassons pas de formalités.

Kelly tressaillit. L'idée de côtoyer d'aussi près un McCafferty lui restait en travers de la gorge. Surtout ce cow-boy sexy et sûr de lui qui était le plus agaçant de tous. Mais elle n'avait guère le choix.

— D'accord, Matt. Comme je vous l'ai déjà dit, nous faisons notre possible pour élucider ces deux accidents. Tout le département s'est mobilisé pour éclaircir ce mystère.

— Pas suffisamment, grommela-t-il.

— Et personne, surtout pas moi, poursuivit-elle sans tenir compte de sa remarque, n'a envie d'avoir quelqu'un sur le dos en permanence. N'avez-vous pas loué les services d'un détective privé ? conclut-elle en remettant d'un geste rageur le stylo dans le pot sur son bureau.

Les lèvres fines de Matt McCafferty se serrèrent.

— Un homme nommé Kurt Striker, non ? insista-t-elle en croisant les bras sur sa poitrine.

— Compte tenu du peu de résultats obtenus par la police, nous avons jugé bon de lui demander son aide, c'est exact.

— Et qu'a-t-il découvert ?

— Il soupçonne un acte criminel, dit-il en l'observant attentivement comme pour la jauger.

Il était coriace. Elle avait l'habitude que les hommes mettent en doute ses capacités juste parce qu'elle était une femme, et elle pouvait deviner ce genre de pensées dans le regard de Matt McCafferty. Eh bien, c'était tant pis pour lui. Elle n'était pas prête à se laisser intimider ou malmener par qui que ce soit. Pas même par un des membres de cette toute-puissante famille. Ce n'est pas parce que le père de Matt, John Randall, avait exercé à une époque une forte influence dans la région que ses descendants devaient se croire tout permis.

— Striker a-t-il des preuves de ce qu'il avance ? demanda-t-elle.

Il hésita.

— Moi, je ne crois pas, répondit-elle à sa place. Bien ! Maintenant, écoutez-moi, j'ai du travail et je n'ai pas besoin que vous vous fourriez dans mes pattes et…

— Striker dit qu'il y a des traces de peinture sur le 4x4 de Randi. Elles proviennent peut-être du véhicule qui l'a poussée hors de la route.

— Si toutefois c'est le cas. Votre sœur a très bien pu accrocher une voiture sur un parking, chez elle à Seattle. Mais nous étions déjà au courant de ce fait, alors ne venez pas insinuer que nous sommes inefficaces ou incompétents. Nous faisons les choses à fond, compris ?

— Ecoutez…

— Non, c'est vous qui allez m'écouter ! dit-elle brusquement en venant se planter devant lui. La police fait tout ce qui est en son pouvoir pour découvrir ce qui est arrivé. Absolument tout ! Et croyez-moi, nous ne prenons pas ces accidents à la légère. Mais il faut quand même rester rationnel. Il est tout à fait possible que la jeep de Randi ait dérapé sur une plaque de verglas et que votre sœur ait perdu le contrôle du véhicule. Quant à votre frère Thorne, il prenait d'énormes risques en volant seul à bord d'un petit appareil au milieu d'une telle tempête. Le moteur est tombé en panne et nous finirons par savoir pourquoi. Mais nous n'avons pas encore conclu à un acte criminel. Nous ne pouvons pas nous permettre de lancer des accusations non fondées, et nous devons faire preuve de prudence pour ne pas bâcler le travail.

— Et en attendant, quelqu'un pourrait essayer de tuer un des membres de ma famille, conclut Matt McCafferty, moqueur.

— Qui ? Citez-moi une liste de suspects, de tous les gens qui peuvent en vouloir au clan McCafferty.

Elle saisit un bloc derrière elle, le jeta sur le bureau, puis reprit son stylo et attendit.

— Il en existe des dizaines.

— Des noms, McCafferty, je veux des noms !

— Vous devriez en connaître quelques-uns, avança-t-il, un peu moins arrogant soudain.

Elle se força à ne pas mordre à l'hameçon.

— Cessez de tourner autour du pot.

— O.K., commençons par votre famille, lâcha-t-il.

— Personne de ma famille n'a de compte à régler ni avec votre frère ni avec votre demi-sœur, dit-elle d'un ton calme en relevant les yeux vers lui, rencontrant la colère qui couvait dans les siens.

— Juste avec mon père.

— Beaucoup de gens ont eu des problèmes avec lui, mais il n'est plus là. Et mes parents ne sont pas des assassins, d'accord ? Alors, changeons de sujet, dit-elle en ravalant la rage brûlante qui l'étouffait. A présent, dites-moi qui pourrait vouloir du mal à votre famille.

— Je ne sais pas, reconnut-il d'une voix un peu moins rude. Thorne s'est sûrement attiré des jalousies. On ne devient pas millionnaire sans provoquer de l'envie.

— Suffisamment pour en vouloir à sa vie ?

— Bon sang, j'espère que non, répondit-il en fermant les yeux une seconde. Qui sait ?

Pour une fois, il semblait sincère.

— Votre frère habite à Denver, n'est-ce pas ?

— Oui, il y habitait. Le siège social de l'entreprise se trouve là-bas.

— Mais il revient s'installer ici pour se marier.

Ce n'était pas une question, mais Matt McCafferty hocha la tête, et Kelly remarqua la façon dont ses cheveux sombres brillèrent sous les néons. Il déboutonna sa veste, laissant apparaître une chemise en flanelle entrouverte sur une toison noire qui recouvrait son torse puissant. Elle détourna les yeux, furieuse d'avoir remarqué ces détails de son anatomie, et se mit à griffonner quelques notes.

— Eh oui, il épouse Nicole Stevenson, dit-il d'un ton moqueur. Beaucoup de gens vont perdre leur pari.

Kelly comprit l'allusion. Thorne, comme ses frères, était un célibataire endurci. Lui, Matt et leur plus jeune frère, Slade, avaient fait des ravages parmi les filles du coin. Riches, beaux et dotés d'une intelligence arrogante, ils avaient été considérés comme les meilleurs partis de la région, et avaient brisé de nombreux cœurs. Matt en particulier, qui avait la réputation d'un homme à femmes.

Apparemment, l'aîné de ces irréductibles était sur le point de se passer la corde au cou. L'heureuse élue, un médecin urgentiste à l'hôpital de la ville, était divorcée et avait déjà deux petites filles de quatre ans, des jumelles.

— Et votre sœur, a-t-elle des ennemis connus ? poursuivit-elle, s'efforçant de se focaliser sur l'affaire.

La contrariété effaça le sourire ironique de son interlocuteur. Le sujet n'était pas nouveau. Depuis l'accident, la police avait déjà posé de nombreuses questions sur la vie de Randi.

— Aucune idée, admit-il. Mais c'est possible. Elle écrivait une chronique dans le *Seattle Clarion*.

— Un genre de courrier du cœur.

— Pas exactement. C'était plus général. Des conseils avisés pour célibataires. Cela s'appelait…

— « Solo », je sais. J'ai des photocopies de sa rubrique dans le dossier, dit-elle, sans préciser qu'elle avait trouvé les commentaires narquois de Randi McCafferty intéressants et drôles.

Matt traversa la pièce et s'adossa contre une étagère en secouant la tête.

— C'est plutôt ironique, non ? Elle conseillait des tas de gens, mais elle s'est pourtant retrouvée enceinte sans que personne ne sache qui est le père de l'enfant.

— Je dirais plutôt que c'est carrément étrange, fit remarquer Kelly en cliquant plusieurs fois sur son stylo. Vous pourriez peut-être vous asseoir, proposa-t-elle au moment où le téléphone se mettait à sonner. Excusez-moi, je vous prie.

— Dillinger, dit-elle en prenant le combiné.

— Désolée de vous déranger, mais Bob est au bout du fil, annonça la voix encore nerveuse de Stella.

— Je le prends, dit-elle en jetant un bref coup d'œil vers Matt McCafferty.

Roberto Espinoza se trouvait à la ferme des Haines. Il raconta qu'il avait trouvé Dora avec son chat dans les bras, marchant dans la neige en robe de chambre et pantoufles. Elle suivait un sentier à travers la forêt qui menait à une pente raide où, selon elle, son père l'emmenait faire de la luge quand elle était enfant.

— C'est bien triste, commenta-t-il en soupirant.

Il ajouta que Dora avait été transportée en ambulance au St. James Hospital. L'équipe médicale qui l'avait examinée avait diagnostiqué une hypothermie, des engelures et de forts symptômes de sénilité. Albert, son mari, l'avait accompagnée. Il conclut en l'informant qu'il se rendait aussi à l'hôpital.

— Je vous retrouve là-bas, lui annonça Kelly en levant les yeux vers Matt. Matt McCafferty voudrait vous parler. Il est ici en ce moment.

En quelques mots, elle fit part à son chef des motifs de sa visite et de ses inquiétudes. Puis elle entendit le frottement d'une molette de briquet, suivi d'un soupir.

— Misérable arrogant, marmonna Espinoza. Comme si nous ne faisions pas tout ce qui est humainement possible pour résoudre son affaire. Dites-lui de se calmer. Je le verrai dès que j'aurai fini de dicter le rapport sur Dora.

— Très bien. Il vous verra bientôt, dit Kelly à Matt en raccrochant. En attendant, il vous demande de rester calme.

— N'y comptez pas ! Si je suis trop patient, rien ne bouge.

Elle ne releva pas la pique. Pour elle, l'entrevue était terminée. Elle se leva, prit son manteau, puis ouvrit les stores.

— J'ai du travail, monsieur McCafferty. Le commandant Espinoza a dit qu'il vous appellerait, et il le fera, dit-elle sèchement en ouvrant la porte, l'invitant implicitement à se retirer. D'accord ?

— Si c'est tout ce que vous avez à me proposer…

— En effet.

Il enfonça son Stetson sur son crâne, lui jeta un regard qui disait clairement qu'elle n'était pas près de se débarrasser de lui. Puis il sortit du bureau, poussa le portillon grinçant et passa en trombe devant Stella. Il ne prit pas la peine de mettre ses gants ni de boutonner sa veste, probablement trop en colère pour y penser.

Il ouvrit la porte d'un coup d'épaule, et une bouffée d'air glacial s'engouffra de nouveau dans la pièce.

— Bon vent ! grommela Kelly entre ses dents.

Irritée de le trouver attirant, elle remarqua que Stella avait oublié de répondre au téléphone et de taper sur son clavier pour contempler sa sortie houleuse.

Oui, songea Kelly. Matt McCafferty était synonyme d'ennuis.

- 2 -

Matt tambourinait nerveusement sur le volant de son pick-up sans quitter la route des yeux. Les flocons dansaient devant lui, s'accumulaient sur les bas-côtés, fouettaient son pare-brise. Il mit l'essuie-glace en marche et alluma la radio à la recherche d'un bulletin de météo, puis se brancha sur une station locale qui diffusait un classique de Willie Nelson.

Plissant les yeux face à la neige qui redoublait, il se renfrogna. Sa colère de tout à l'heure était tombée, faisant place à une mauvaise humeur diffuse et un sentiment de regret. Peut-être avait-il commis une erreur en se précipitant dans les bureaux du shérif afin d'exiger des explications.

Il était tombé sur un os.

Cette inspectrice l'avait bien remis à sa place. Et à plusieurs reprises. Il se sentait à la fois troublé et furieux. Kelly Dillinger l'avait perturbé. Il ne parvenait pas à chasser son image de son esprit. Sa peau pâle, son regard profond, couleur chocolat, ses cheveux d'un roux éclatant qui reflétaient assez bien son tempérament fougueux. Malgré tout, elle avait l'attitude rationnelle d'une femme qui ne s'en laissait pas conter. Exactement comme un homme, bon sang ! Pourtant, malgré sa carrure athlétique, elle était très féminine. Son uniforme mettait en valeur sa poitrine, moulait sa taille et ses hanches. Elle avait des courbes pleines et harmonieuses, même si elle faisait son possible pour les cacher.

Il avait entendu dire que la gent féminine était attirée par les hommes en uniforme, mais il n'aurait jamais imaginé que le contraire soit possible. Particulièrement pour lui qui avait un faible pour les femmes douces, rondes et féminines. Il aimait les T-shirts collants, les minijupes et les robes longues fendues révélant les jambes. Il avait parfois pu trouver sexy un pantalon et un chemisier de soie, mais jamais un uniforme, surtout pas celui d'une inspectrice de la police locale. Pourtant, cette Kelly Dillinger ne l'avait pas laissé indifférent. Tout furibond qu'il était en entrant dans le commissariat, il avait eu un mal fou à se concentrer sur l'affaire qui l'avait amené.

Mais sa libido lui avait toujours donné du fil à retordre. Il était incapable de résister à une femme séduisante. Et ce soir, il était excité comme il ne l'avait pas été depuis longtemps.

La conclusion était simple : cette femme l'attirait.

Impossible ! Pas une femme flic. D'autant plus qu'elle enquêtait sur l'accident de sa sœur et qu'elle avait, il le savait, une dent contre sa famille. Malgré tout, il suffisait qu'il pense à elle pour que son désir se réveille. Il jeta un coup d'œil à son reflet dans le rétroviseur. Il n'était qu'un idiot ! se blâma-t-il intérieurement, ralentissant à l'approche du ranch qui avait fait la joie et la fierté de son père.

— Fantastique, maugréa-t-il en tournant vivement le volant quand ses roues patinèrent sur une plaque de neige tassée. Comme si j'avais besoin de ça en ce moment.

Toute relation avec cet... inspecteur en jupons était inenvisageable. Ne serait-ce que parce qu'elle vivait à Grand Hope. S'il devait trouver une épouse, ce qui n'était pas le cas, il faudrait qu'elle habite près de chez lui. Bon sang, mais pourquoi pensait-il soudain à trouver une épouse ? Il n'avait pas besoin des femmes ; elles ne représentaient que des ennuis en perspective, Kelly Dillinger incluse.

Les phares éclairaient les flocons qui voltigeaient devant le camion, et des herbes sèches frôlaient le plancher quand les roues s'enfonçaient dans les ornières. Quelques têtes de bétail à long poil formaient des ombres mouvantes derrière le brouillard de neige, mais la plus grande partie du troupeau s'était mise à l'abri, ou était hors de vue.

Il s'engagea dans la longue allée qui menait au Flying M Ranch et prit avec précaution le dernier virage avant l'aire de stationnement située entre la maison et les dépendances.

Le pick-up s'arrêta en glissant entre un pommier sans feuilles et une clôture qui s'affaissait par endroits.

Il traversa le parking et monta d'un bond les trois marches qui menaient à la véranda. Il s'arrêta pour secouer la neige de ses bottes, puis ouvrit la porte.

Il fut accueilli par une onde de chaleur et un air de piano, rapide et mélodieux. Il enleva sa veste et la suspendit au portemanteau de l'entrée. L'odeur de poulet grillé et de pommes au four à la cannelle lui mit aussitôt l'eau à la bouche. Puis il entendit des bruits de pas légers et rapides sur le plancher du premier. Un instant plus tard, deux fillettes se ruaient dans l'escalier.

— Tonton Matt ! cria une petite fille aux boucles brunes en arrivant au bas des marches.

— Comment va ma petite Molly ? demanda Matt en la soulevant du sol.

— Très bien, répondit-elle d'un air timide en se tournant vers sa sœur qui descendait l'escalier, remorquant un bout de tissu informe.

— Et toi, Mindy ?

Il se baissa et la seconde fillette rejoignit sa sœur dans ses bras. Il se mit à tourbillonner, suivant le rythme de la musique. Il ne connaissait les jumelles que depuis peu, mais, tout comme le bébé de Randi, elles faisaient déjà partie de sa famille.

Les gamines se mirent à rire aux éclats, et le chiffon effiloché de Mindy tournoya dans l'air tandis que Matt entrait en dansant dans le salon où leur mère, Nicole, assise au piano, jouait un air de ragtime, ses doigts volant sur les touches.

— Est-ce Liberace qui joue ? demanda Matt en faisant mine de réfléchir.

— Non ! s'écrièrent ensemble les jumelles en penchant la tête en arrière pour rire de plus belle.

— Ah, vous avez raison. Ce doit être Elton John, alors.

— Non ! Non ! nièrent-elles à l'unisson. C'est maman !

Les petites filles se tortillèrent pour descendre et se précipitèrent vers leur mère. Les dernières notes du morceau s'estompèrent, et le crépitement du feu dans l'âtre attira l'attention de Matt. Il se dirigea vers la cheminée et se réchauffa contre les flammes.

— Je ne leur arrive pas à la cheville, dit Nicole en se retournant. Remarque, il faut dire que tu es loin d'être aussi bon danseur que Fred Astaire ou Gene Kelly !

— Là, tu me vexes !

— Cela m'étonnerait, répondit la jeune femme en riant.

Harold était couché à son endroit préféré, sur le tapis près du feu. Il bâilla et s'étira, avant de dresser une oreille et de soupirer bruyamment. Puis il fit mine de se lever, mais reposa finalement son museau sur ses pattes et ferma les yeux.

— Alors ? As-tu appris quelque chose ? demanda Thorne qui arrivait sur ses béquilles.

L'aîné des McCafferty s'enfonça dans le fauteuil en cuir usé et posa sa jambe plâtrée sur le repose-pied. Son expression exprimait mieux que les mots à quel point il était las d'être immobilisé.

— La police ne sait rien du tout, l'informa Matt.

— As-tu parlé à Espinoza ?

Des bruits de pas arrivèrent du fond de la maison.

— Attends un peu, toi ! s'écria Juanita. Enlève donc tes bottes ! Je viens juste de passer la serpillière. *¡ Dios !* Personne ne m'écoute jamais dans cette maison !

— Hé ! lança Slade, passant sous la voûte séparant l'entrée du salon sans se donner la peine ni de répondre à Juanita ni d'enlever son manteau. Où étais-tu passé, Matt ? Il faut nourrir le bétail, et Thorne n'est pas d'une grande utilité, ces temps-ci, bon Dieu !

— Calme-toi, lui ordonna Thorne. Matt était au commissariat.

— Ont-ils du nouveau ? s'enquit Slade d'une voix plus calme, se dirigeant vers le bar pour en sortir une bouteille de whisky. Qui veut un verre ?

— Non, rien, et oui, je veux bien boire un coup, répondit Matt sans cacher son irritation d'avoir aussi peu d'informations supplémentaires à apporter à ses frères.

— Pas pour moi, dit Thorne. Que t'a dit Espinoza ?

— Il n'était pas là. J'ai parlé à la femme.

— Kelly Dillinger, intervint Nicole, tandis que les jumelles, lasses de taper sur le piano, descendaient de ses genoux et se ruaient hors de la pièce.

— Elle-même, confirma Matt, prenant le verre que Slade lui tendait.

Il en but une gorgée et accueillit avec plaisir la chaleur de l'alcool dans sa gorge, tentant de chasser de son esprit les images indésirables de Kelly Dillinger. Ce qui était loin d'être facile. En fait, c'était tout bonnement impossible. Cette rousse fougueuse avait le don de s'immiscer dans ses pensées en beauté.

— Tu veux un verre ? demanda Slade à Nicole.

— Il ne vaut mieux pas. Je suis de garde ce soir, précisa-t-elle, puis elle s'immobilisa, dressant l'oreille. Oh, oh, on dirait que quelqu'un s'est réveillé.

En entendant les pleurs du bébé, Matt se dit que les femmes avaient vraiment un sixième sens avec les enfants.

— J'y vais, annonça Nicole. Mais vous, vous allez devoir prendre la relève, ce soir.

— On peut le faire, affirma Thorne, sûr de lui, comme si pouponner ne lui posait aucun problème.

— Oh, mais je n'en doute pas une seconde, ironisa Nicole, pas du tout impressionnée par l'assurance affichée par son fiancé.

Thorne lui sourit, et son regard se fit tendre, ce que ne manqua pas de remarquer Matt, qui s'étonnait encore du changement survenu chez son frère. Mais le Dr Nicole

Stevenson avait une intelligence vive et beaucoup de bon sens. En tant que médecin urgentiste, elle avait l'habitude de prendre des initiatives et de donner des ordres. Le genre de femme idéal pour dompter Thorne et l'obliger en douceur à se ranger. Elle sortit de la pièce et les pleurs du nourrisson furent bientôt remplacés par des gazouillements joyeux.

— Alors, que t'a raconté l'inspectrice ? demanda Thorne à Matt en redressant le dossier de son fauteuil.

— Toujours la même rengaine. Ils examinent toutes les possibilités. Ils n'ont ni preuves d'un acte de malveillance ni suspect potentiel. Un tas d'insanités, si tu veux mon avis !

Il vida son verre d'un trait, sentant l'irritation le gagner de nouveau. La chaleur du feu sur ses mollets était agréable, le whisky le réchauffait à l'intérieur, mais il était anxieux, agité. Voilà un mois qu'il était au Flying M Ranch, depuis qu'il avait été averti de l'accident de Randi, et il avait besoin d'action. De plus, ses terres réclamaient sa présence. Son voisin, Mike Kavanaugh, s'en occupait en son absence, bien sûr, mais Matt commençait à avoir envie de rentrer chez lui.

— L'inspectrice Dillinger est canon, si tu veux mon avis, déclara brusquement Slade.

— Personne ne te l'a demandé, grommela Matt.

Slade émit un gloussement malicieux.

— Ne me dis pas que tu ne l'as pas remarqué, insista-t-il, une lueur taquine au fond de ses yeux bleus.

Matt grogna en haussant les épaules.

— Allons, reconnais-le, poursuivit Slade. Tu as toujours eu l'œil pour repérer les belles femmes.

— Il faut les essayer avant de les adopter ! jeta Matt d'un ton sec.

— Ça suffit, tous les deux ! leur ordonna Thorne, alors que Nicole revenait avec le bébé.

Le cœur de Matt fondit aussitôt à la vue du nourrisson. Ils l'avaient appelé J. R., John Randall, en souvenir de son grand-père. Matt s'interrogea une nouvelle fois sur l'identité du père. Qui était-il ? Où vivait-il ? Pourquoi Randi ne leur en avait-elle jamais parlé ? Pourquoi ne donnait-il aucun signe de vie ?

Un éclair de culpabilité le traversa. En vérité, ses frères et lui avaient été tellement absorbés par leur propre vie qu'ils avaient perdu le contact avec leur demi-sœur, cette gamine pleine d'énergie qui leur avait empoisonné la vie à tous les trois et qui était née du ventre de la femme qu'ils considéraient comme responsable du divorce de leurs parents. Randi avait grandi, était devenue une jeune fille, une femme, puis une mère, et cela sans qu'ils l'aient remarqué. Aujourd'hui, elle était dans le coma, entre la vie et la mort. Et son fils était là, bien vivant.

Tout en contemplant le duvet blond-roux de son neveu, Matt ressentit une certaine fierté, mêlée à un sentiment plus profond et légèrement effrayant, comme un besoin de racines, de mariage et d'enfants. Ce qui était totalement absurde.

Nicole tendit le nourrisson à Thorne.

— Tiens, tonton Thorne, occupe-toi de J. R. pendant que je vais voir si je peux donner un coup de main à Juanita pour préparer le dîner.

— Moi aussi, je veux aider ! s'écria Molly, qui arrivait en trombe dans la pièce, tournant autour de sa mère pour se précipiter ensuite vers la cuisine.

— Et toi, Mindy ? demanda Nicole à l'autre fillette qui suivait tant bien que mal son exubérante jumelle.

— Moi aussi !

— Alors, allons-y !

Harold poussa un aboiement maussade et sa queue frappa brièvement le tapis.

Matt réprima un sourire à la vue de son frère millionnaire, directeur de McCafferty International et play-boy confirmé fréquentant la jet-set, réduit à rire bêtement face à un nourrisson d'un mois.

— Hé, vous pourriez m'aider ! ronchonna Thorne.

— N'avais-tu pas parlé de nourrir le bétail ? demanda Matt à Slade.

— Si !

Les deux frères s'éloignèrent, laissant à Thorne le soin de s'occuper de J. R., ce qui parut tout à fait normal à Matt : si son grand frère n'était guère en mesure de les aider pour le travail pénible du ranch, il pouvait au moins se charger du baby-sitting.

La femme couchée dans ce lit d'hôpital avait une mine affreuse. Selon l'équipe médicale, elle se rétablissait, mais Kelly estimait qu'elle était encore loin de la guérison. Elle était étendue, immobile, maigre et pâle, des traces d'ecchymoses et de coupures encore visibles sur sa peau. Des tubes reliés à des moniteurs hérissaient son corps.

— Si seulement tu pouvais parler, murmura Kelly en se mordant la lèvre inférieure.

Malgré toutes les douleurs que les McCafferty avaient infligées à sa famille, elle n'aimait pas voir quelqu'un dans cet état. Une infirmière s'approcha du lit pour relever les signes vitaux de Randi.

— Pensez-vous qu'elle va bientôt se réveiller ? lui demanda Kelly.

L'infirmière réfléchit un instant avant de répondre :

— C'est difficile à dire. Avec elle, il faudrait une boule de cristal. J'ai pourtant l'impression qu'elle reprend lentement conscience. Ses yeux bougent parfois derrière ses paupières, elle a bâillé, et une des infirmières de nuit pense l'avoir vue bouger le bras. Mais personne ne sait quand elle va reprendre connaissance.

Lorsque Randi sortirait de son coma, le mystère entourant son accident serait vite dévoilé.

Kelly souhaitait de tout son cœur que la jeune femme ait les idées assez claires à son réveil pour répondre à quelques questions. Quelqu'un l'avait-t-il volontairement poussée hors de la route ou avait-t-elle perdu le contrôle de son véhicule en sentant les premières contractions ? Avait-elle glissé sur une plaque de verglas ? Les frères McCafferty semblaient persuadés qu'il s'agissait d'un acte de malveillance, mais

Kelly n'en était pas convaincue. Pour l'instant, seule Randi pouvait élucider le mystère.

L'infirmière sortit et Kelly s'approcha de Randi. Elle se pencha au-dessus de la barrière en métal qui entourait le lit et toucha la main de la jeune femme.

— Réveille-toi. Tu as tellement de raisons de vivre. Pour commencer, un bébé.

Et trois demi-frères entêtés, songea-t-elle.

— Et plein d'explications à me donner, ajouta-t-elle en lui serrant la main. Allons, Randi, aide-moi.

— Elle ne peut pas vous entendre.

Kelly retira vivement sa main et rougit. Son cœur fit un bond dans sa poitrine.

— Je m'en suis rendu compte, dit-elle en se retournant vers Matt McCafferty.

Il se tenait debout dans l'encadrement, vêtu de la même tenue qu'il avait quelques heures auparavant. Sa veste était déboutonnée, et il faisait tourner son chapeau entre ses mains d'un geste nerveux. Son expression n'était plus aussi hostile que lorsqu'il était dans son bureau, mais ses yeux sombres contenaient toujours une accusation silencieuse, ou plutôt une colère rentrée qui accentuait sa beauté canaille.

— Que faites-vous ici ? demanda-t-il.

— Je suis venue rencontrer le commandant Espinoza aux urgences, puis je suis passée voir votre sœur.

— Vous feriez mieux de chercher des pistes et de trouver le fumier qui a fait ça, répliqua-t-il en se rapprochant.

Les nerfs de Kelly se tendirent et elle se reprocha aussitôt sa réaction.

Matt McCafferty regarda sa sœur, et les émotions qui passèrent sur ses traits ciselés semblaient plus profondes qu'elle l'aurait imaginé de la part de ce cow-boy endurci qui, selon la rumeur, vivait en solitaire. Sa mâchoire était tendue et son regard déterminé, mais une lueur de culpabilité se lisait au fond de ses yeux. Quelque part, Matt McCafferty se sentait responsable de l'état de sa sœur, crut-elle deviner.

Il se pencha par-dessus la barrière et prit la petite main pâle de Randi dans ses longs doigts bronzés.

— Reste avec nous, murmura-t-il d'une voix rauque, passant le pouce à côté de l'endroit où l'aiguille de la perfusion était enfoncée sous sa peau.

La gorge de Kelly se serra. La douleur de Matt McCafferty était palpable.

— Ton petit garçon, J. R., a besoin de toi, ajouta-t-il en se raclant la gorge, avec un regard embarrassé vers Kelly.

Visiblement, il semblait être plus compétent pour ferrer les chevaux, réparer les clôtures ou attraper le bétail que pour prononcer des paroles d'encouragement à une sœur dans le coma. Pourtant, il essayait. Peut-être y avait-il un homme différent derrière les apparences et les rumeurs.

— Et nous aussi, compléta-t-il d'un ton bourru.

Il toucha l'épaule de Randi, puis se dirigea à grands pas vers la porte.

Kelly prit une longue inspiration. Qui était cet homme ? Pourquoi lui faisait-il un tel effet ? Ses paumes étaient moites, et elle aurait juré que son cœur s'accélérait chaque fois qu'elle le voyait. C'était de la folie. Un pur délire.

Chassant ces pensées dérangeantes de son esprit, elle le suivit dans le hall, jusqu'au bureau des infirmières.

— Où est Espinoza ? demanda-t-il d'un ton sec en se retournant.

— Il est probablement retourné au commissariat. Il est venu ici pour résoudre un autre cas. Il sait que vous vous inquiétez et a prévu de vous appeler ce soir, mais je doute qu'il puisse vous donner de nouvelles informations.

Il jura entre ses dents et, sans un mot de plus, se dirigea vers l'ascenseur.

Kelly décida de le suivre et entra avec lui dans la cabine, ignorant son pouls qui s'accélérait et tentant d'ignorer la légère odeur de cuir et de savon qui l'enveloppa brusquement. Quand les portes se refermèrent, les yeux sombres de Matt McCafferty se reportèrent sur elle. Elle regretta aussitôt de l'avoir suivi dans un espace aussi confiné, et se prépara à affronter ses questions.

— Pourquoi êtes-vous allée dans la chambre de Randi, inspecteur ?

— Pour ne pas perdre mes objectifs de vue. Même si je suis en contact permanent avec l'hôpital, il y avait un petit moment que je ne l'avais pas vue. Après votre visite de cet après-midi, j'ai eu envie d'éclaircir certains points.

— Lesquels ?

— Que faisait-elle là-haut, à Glacier Park ? Où allait-elle ? Qui sont ses ennemis ? Pourquoi a-t-elle renvoyé le contremaître du ranch ? A-t-elle quitté son travail ? Qui est le père de l'enfant ? Ce genre de choses…

— Et avez-vous obtenu des réponses ? demanda-t-il sur un ton sarcastique.

— J'avais l'espoir que quelqu'un de sa famille pourrait m'éclairer.

— Si seulement.

Il s'appuya contre la paroi tandis que les portes s'ouvraient sur le hall d'entrée. Puis il se redressa et son bras effleura le sien. Elle sortit de la cabine, tentant d'ignorer ce léger contact.

— Que savez-vous sur le livre que votre sœur était en train d'écrire ? demanda-t-elle.

— Je ne suis pas sûr qu'il existe.

— Votre gouvernante, Juanita Ramirez, a déclaré qu'elle était en relation avec votre sœur avant l'accident, et que Randi travaillait à un livre.

— Juanita ne savait même pas que Randi était enceinte. Je doute donc qu'elle ait été au courant des secrets de ma sœur, grommela-t-il en se dirigeant vers le premier jeu de portes vitrées qui s'ouvrirent automatiquement.

— Pourquoi mentirait-elle ?

Quand Kelly pénétra dans le vestibule, elle sentit que la température descendait de plusieurs degrés, ce qu'elle accueillit avec un certain plaisir car, pour une raison inconnue, elle était en nage.

— Je n'ai pas dit cela, déclara-t-il. C'est peut-être Randi qui fabulait. Elle parlait d'écrire un livre depuis longtemps, mais ni mes frères ni moi n'avons jamais entendu dire qu'elle l'avait commencé.

Ils franchirent les deuxièmes portes et croisèrent un homme d'âge moyen, poussant un fauteuil roulant où était assise une minuscule femme âgée, coiffée d'un bonnet, et emmitouflée dans un manteau et des couvertures de laine. Dehors, il neigeait, et les flocons tourbillonnaient dans la lumière pâle des lampadaires.

Matt McCafferty enfonça son chapeau sur sa tête, et le rebord assombrit encore davantage son expression.

— Tout le monde a l'intention d'écrire un livre, affirma-t-il. Sauf que la plupart des gens ne mettent jamais leur projet à exécution.

— Vous êtes cynique, fit remarquer Kelly en boutonnant son manteau, sentant le froid lui fouetter le visage.

— Non, juste réaliste. Ne pensez-vous pas que si Randi avait eu un tel projet, l'un de nous trois l'aurait su ?

— Comme vous étiez au courant de ses activités et du fait qu'elle était enceinte, répliqua Kelly du tac au tac.

Matt était sur le point de s'éloigner, mais il s'arrêta net et se retourna vers elle.

— D'accord. Et alors ? Quelle importance qu'elle ait été en train de rédiger sa version de *Guerre et paix* ? Qu'est-ce que cela a à voir avec ce qu'il lui est arrivé ?

— C'est à vous de me le dire.

— C'est vous le policier, rétorqua-t-il. C'est votre travail.

— Et j'essaie de m'en acquitter au mieux.

— Alors essayez avec davantage d'ardeur, O.K. ? Il s'agit de la vie de ma sœur !

Sur ce, il marcha à grands pas vers son pick-up en rentrant les épaules pour se protéger du vent glacial.

Kelly le regarda s'éloigner, les joues en feu, à la fois furieuse et blessée dans son amour-propre.

— Misérable, murmura-t-elle entre ses dents en se dirigeant vers sa voiture.

Mais pourquoi cet homme la mettait-elle dans un tel état ? Etait-il à ce point odieux, ou réagissait-elle seulement à ces ondes étranges qui émanaient de lui ? Matt McCafferty la rendait nerveuse, annihilait son sens de la repartie et son professionnalisme.

Et elle devait absolument se reprendre.

Songeuse, elle rentra chez elle, une maison mitoyenne à deux étages, située à l'ouest de la ville, qu'elle habitait depuis trois ans, époque où elle avait réussi à économiser assez d'argent pour l'acheter à crédit.

Elle rentra sa voiture dans le garage et monta l'escalier. Elle ôta ses bottes et son manteau dans la minuscule lingerie, puis jeta ses clés sur la table de verre qui lui servait à la fois pour manger et pour travailler. Elle se rendit ensuite dans la cuisine et écouta son répondeur.

« Kelly ? demandait la voix de sa sœur d'un ton désespéré qui la fit sourire. C'est Karla. Je croyais que tu serais là. Il est 18 heures et je suis encore dans le salon, mais je vais bientôt fermer, aller chercher les enfants chez l'assistante maternelle, puis j'irai chez papa et maman. Je pensais que peut-être tu pourrais m'y rejoindre. Appelle-moi ici ou là-bas. »

Kelly jeta un coup d'œil à l'horloge. 19 h 30. Elle appela donc chez ses parents. Ce fut Karla qui décrocha.

— J'ai eu ton message, dit Kelly.

— Kelly, génial ! Maman vient de sortir du four son délicieux rôti de porc. L'odeur est à tomber par terre. Nous espérions que tu te joindrais à nous pour le dîner.

L'estomac de Kelly gargouilla, et elle se rendit compte qu'elle n'avait rien mangé depuis le yaourt et le muffin qu'elle avait avalés pour le déjeuner. Elle jeta un coup d'œil aux papiers sur la table, pesant le pour et le contre. Il fallait qu'elle passe en revue toutes les informations en sa possession sur Randi McCafferty, mais cela ne l'empêchait pas de consacrer un peu de temps à sa famille auparavant.

— Donne-moi quelques minutes pour me changer, dit-elle. Je serai là dans une demi-heure.

— Dépêche-toi, s'il te plaît. Quand les enfants ont faim, ils deviennent insupportables.

— J'arrive le plus vite possible.

— Mets le gyrophare et la sirène pour dégager la route !

Kelly enleva son uniforme et le remplaça par un vieux jean et son sweat-shirt à capuche préféré. Elle se brossa rapidement les cheveux, mit un manteau long et des bottes, puis sauta dans sa vieille Nissan qu'elle adorait. La voiture avait quinze ans et cent trente mille kilomètres au compteur, mais ne l'avait jamais laissée en plan. Elle se passa une couche de rouge à lèvres à un feu rouge et arriva au petit pavillon où elle avait grandi en quinze minutes à peine.

— Kelly, ma chérie, je suis content que tu sois venue ! lui lança son père en manœuvrant sa chaise roulante jusqu'à la salle à manger où la table était déjà mise.

Ronald Dillinger était immobilisé dans ce fauteuil depuis vingt-cinq ans. A l'époque où il était policier, il avait reçu une balle dans le dos qui lui avait endommagé la moelle épinière, et était depuis en état d'incapacité permanente.

— Moi aussi, papa, répondit Kelly en se penchant pour l'embrasser.

— Je vois que tu as été très occupée, enchaîna-t-il en lui montrant le journal. Il se passe beaucoup de choses, dans cette ville.

— Comme toujours.

— C'était déjà ainsi de mon temps. Pas assez d'hommes pour faire face.

— Ou de femmes…

— De mon temps il n'y en avait aucune, dit-il.

— C'est peut-être pour cela que vous n'étiez pas aussi efficaces !

Elle esquiva la petite tape que tenta de lui donner son père en riant et entra dans la cuisine où elle fut accueillie par les cris de joie de ses neveux, Aaron et Spencer, deux petits garçons débordant d'énergie qui lui foncèrent dessus, renversant presque leur mère au passage.

— Tata Kelly ! s'écria Aaron en lui tendant les bras.

Elle souleva du sol le gamin de trois ans qui tenait dans une main un bout de pain écrasé et dans l'autre un petit camion. Son visage était barbouillé de beurre de cacahouète.

— Je suis content que tu es venue !

— Sois venue. Que tu sois venue, dit Karla.

— Tu es vraiment un bébé, fit remarquer Spencer, très sérieux.

— C'est pas vrai !

— Bien sûr que non, affirma Kelly en le reposant par terre. Toi aussi tu es un grand, dit-elle à Spencer.

L'aîné de ses neveux lui adressa un sourire édenté. Spencer était vif, avait des yeux bleus et des taches de rousseur, et il adorait taquiner son demi-frère.

— Tiens, Kelly, tu peux écraser les pommes de terre, si tu veux, dit Karla, un chiffon mouillé à la main, courant après Aaron qui s'enfuyait vers la salle à manger.

— Papi ! hurla le petit garçon, dans l'espoir que son grand-père le protégerait de sa mère obsédée par la propreté.

Eva Dillinger ajouta un morceau de beurre à la courge au four et la saupoudra de sucre brun. Des senteurs de rôti de porc et d'herbes embaumèrent aussitôt la cuisine. Elle secoua la tête en riant.

— On n'a pas un instant de tranquillité quand les garçons sont là.

— J'ai remarqué, maman, dit Kelly, ébouriffant affectueusement les cheveux de Spencer.

Puis elle se lava les mains et alla chercher le batteur électrique pour faire la purée.

— Je m'occupe de la sauce, proposa Karla en jetant le chiffon sale dans l'évier.

— Mission accomplie ? demanda Kelly en regardant Aaron, la figure propre mais rouge à force d'être frottée.

— Oui ! Avec un peu de chance, il restera ainsi… cinq minutes.

Eva éclata de rire. Cette petite femme aux cheveux roux orangé et au teint de porcelaine considérait ses petits-fils comme des cadeaux du ciel, ce qui, songea Kelly, était le cas. Il était cependant dommage qu'ils aient des pères aussi irresponsables. Seth Kramer et Franklin Anderson n'avaient aucun point commun, sauf celui d'être incapables d'assumer leur paternité. Karla, qui avait deux ans de moins que Kelly, avait fait deux mariages ratés, et juré de renoncer aux hommes pour de bon.

— Tu as fini, ma chérie ? demanda Eva.

— Oui, répondit Kelly.

Il fallut encore cinq minutes pour tout transporter dans la salle à manger, installer Aaron dans sa chaise haute et servir les garçons. Kelly se retrouva bientôt attablée devant une délicieuse tranche de rôti de porc aux herbes. Elle finit par sentir la tension de ses épaules s'atténuer tandis que le repas se déroulait comme dans son enfance, sauf qu'il y avait deux nouvelles chaises autour de la table en Formica, celles de ses neveux qu'elle chérissait comme s'ils étaient ses propres enfants.

— Maintenant parle-nous de l'affaire McCafferty, dit son père. J'ai lu dans le journal que l'on soupçonnait quelque chose de louche.

— N'est-ce pas toujours le cas ? demanda Kelly.

— Avec eux, si, intervint Eva en fronçant les sourcils.

— Ce ne sont pas des gens à qui l'on peut se fier, cela ne fait aucun doute, renchérit Ronald.

— Amen, soupira Karla en coupant la viande d'Aaron.

Kelly ne releva pas. Pendant des années, les McCafferty avaient été synonymes du diable dans la famille.

— Je suppose que beaucoup d'eau a coulé sous les ponts depuis, conclut Eva d'une voix douce, le souvenir de cette ancienne trahison attristant encore son regard.

— Peut-être, mais cela ne veut pas dire que je dois les aimer, objecta Ronald en regardant dans son assiette.

— John Randall est mort.

— Et j'espère qu'il pourrit dans sa tombe.

— Papa ! dit sèchement Karla avec un regard aux enfants.

— C'est vrai ! insista cependant Ronald. Pas de raison de prendre des gants. Ce misérable n'a jamais été qu'un sale égoïste. Peu importe combien d'années ta mère a perdues à travailler pour lui, délaissant d'autres opportunités, il l'a fichue à la porte aux premières difficultés financières ! Et qu'est-il arrivé à l'heure de la retraite, hein ? Elle n'en a eu aucune, voilà tout ! De mauvais investissements, soi-disant, et…

— Papa…, dit Karla de nouveau.

— Elle a raison, Ron, dit Eva. Inutile d'en parler devant les garçons.

Grâce à Dieu, le sujet fut soigneusement évité durant le reste du dîner.

Après que la table eut été débarrassée et le lave-vaisselle mis en marche, Ronald proposa une partie de dames à ses petits-fils. Installé à la table basse près de la cheminée, Aaron sur ses genoux, ils jouèrent tous les deux contre Spencer qui se targuait de les battre à plate couture.

Karla passa la main dans ses cheveux et soupira.

— Il leur manque une figure paternelle, fit-elle remarquer tristement en prenant dans le placard les manteaux et les chapeaux des enfants. La seule qu'ils aient est celle de papa.

— Mais ils ont des pères, lui rappela Kelly.

Karla leva les yeux au ciel.

— Laisse tomber ! Ce sont des donneurs de sperme, rien d'autre. Certains sont handicapés physiquement, moi je suis une handicapée de l'amour.

— Toi et toutes les autres femmes de la planète.

— Je ne plaisante pas. Quand quelqu'un se trompe, je le vois tout de suite, mais on dirait que j'ai des œillères dès qu'il s'agit de choisir un homme pour moi.

— Ou plutôt des lunettes avec des verres teintés en rose.

— Oui, aussi, murmura-t-elle pensivement en passant ses longs doigts sur le bonnet d'Aaron. Mais toi, Kelly, tu ne prends jamais de risques, sauf dans ton métier.

— Peut-être suis-je trop occupée.

— Ou peut-être es-tu simplement plus maligne. Je ne te vois pas faire les mêmes erreurs que moi.

— Tu oublies que j'ai ma carrière, fit remarquer Kelly en prenant son manteau. Je suis policier.

— Mais moi aussi, j'ai une carrière ! s'offusqua Karla. Et ne me dis pas qu'être visagiste et avoir son propre salon ne compte pas !

— Je n'essaierais même pas, admit Kelly en riant.

— Alors quand vas-tu te décider à raccrocher ton insigne et à tomber amoureuse ?

— Quand tu laisseras tomber tes bigoudis et tes ciseaux.

— Très drôle !

— En effet, répliqua Kelly en mettant son manteau.

— Je pense que l'on devrait toutes les deux suivre les conseils de Randi McCafferty. Tu savais qu'elle écrivait une chronique pour les célibataires ? Bien sûr, suis-je bête. Tu travailles sur l'affaire depuis des semaines. Allons, les garçons, il est l'heure d'y aller ! appela-t-elle, recevant un chœur de protestations en retour. Je plaisantais, tu sais. Les membres de la famille McCafferty sont les dernières personnes au monde à qui je ferais confiance.

— Peut-être ne sont-ils pas aussi méchants qu'on le pense.

— Ah bon ? Tu crois qu'il leur est tout à coup poussé des ailes et une auréole ?

Un cri de triomphe venant du salon retentit quand Spencer battit effectivement son grand-père et son frère. Mais, en voyant le regard malicieux de son père, Kelly fut certaine qu'il l'avait laissé gagner.

— On y va, les garçons ! déclara de nouveau Karla. On croirait qu'on va leur arracher une dent chaque fois qu'on part d'ici !

— Non ! hurla Aaron, refusant de descendre des genoux de son grand-père, tandis que Spencer se contentait d'ignorer les ordres de sa mère.

Pour finir, Karla parvint à enfiler le manteau de ski, le bonnet et les gants de son plus jeune fils, tandis que Spencer mettait son pull à capuche en laine en boudant.

— Maintenant, soyez gentils, mes petits chéris, dit Eva en sortant de la cuisine.

Elle embrassa ses petits-fils et leur glissa un bonbon qui restait d'Halloween.

— Maman ! protesta Karla.

Elle mit cependant le bonbon dans la bouche ouverte d'Aaron.

— Tu ressembles à ces oisillons que l'on voit dans les séries animalières. N'est-ce pas, mon petit aiglon adoré ?

Aaron sourit et de la bave marron dégoulina sur son menton.

— Il faut vraiment que je parte d'ici. Allez, Spencer !

Karla sortit d'un air affairé, laissant Kelly dire au revoir à ses parents.

— Tout va bien pour toi, ma chérie ? lui demanda son père en arrivant dans l'entrée.

— Parfaitement.

— Tes collègues policiers ne te créent pas de problèmes ?

— Mais non, papa. Les temps ont changé. Il y a des milliers de femmes dans la police, maintenant.

— Je sais, mais c'est juste que je continue à penser que ce n'est pas un travail féminin, marmonna-t-il en levant les deux mains, comme pour prévenir sa riposte. Surtout, ne le prends pas mal.

— Non, papa, ne t'inquiète pas. Tu dénigres toutes les femmes de la police sans exception, mais cela ne me touche pas. Pas du tout.

— Très bien, ma fille, tu m'as convaincu, dit-il en riant. Mais ne te laisse intimider par personne, surtout pas par les McCafferty.

— Ne pourrait-on pas les oublier, ceux-là ? demanda Eva.

— Impossible !

Ronald Dillinger retourna dans le salon et revint avec un exemplaire de la *Gazette de Grand Hope*, ouverte à la page contenant l'article sur l'accident d'avion de Thorne McCafferty.

— Il semble bien que l'on suspecte un acte criminel. Ce journaliste pense que les deux événements pourraient être liés. Mais, à mon avis, il ne s'agit que d'une coïncidence, déclara-t-il, se tournant vers Kelly pour l'inviter à lui donner son opinion.

— Je ne suis pas autorisée à parler de l'affaire, tu le sais bien.

— Ne dis pas de bêtises. Nous sommes de la famille.

— Papa, je te demanderai des conseils quand j'en aurai besoin, d'accord ? En attendant, il faut que j'y aille.

Elle embrassa ses parents puis se dépêcha de rejoindre sa voiture. La neige avait cessé de tomber, mais aucune étoile n'était visible dans le ciel sombre et bas. La jeune femme frissonna en tournant la clé de contact. Le moteur démarra aussitôt, et elle s'éloigna du pavillon chaleureux avec ses fenêtres illuminées et sa large véranda. Ses parents se faisaient vieux. Son père n'avait plus jamais été le même après le coup de feu qui lui avait coûté sa carrière et l'avait rendu invalide. Sa mère, en femme courageuse, s'était occupée sans se plaindre de son mari dépressif et de ses deux filles encore jeunes. Afin de pouvoir joindre les deux bouts, elle avait décroché un travail de secrétaire personnelle de John Randall McCafferty. Ce dernier lui avait promis augmentations, promotions, bonus et plan de retraite, mais sa chance avait tourné. Après un second divorce et une crise économique sévère, seul le ranch était resté. Eva avait perdu son emploi et son prétendu pécule. L'argent supposé avoir été mis de côté pour elle avait été englouti dans de mauvais investissements : puits de pétrole asséchés, mines d'argent épuisées, achats d'actions dans de nouvelles entreprises qui avaient fait faillite.

La famille Dillinger avait bien envisagé d'intenter un procès à John Randall, mais aucun avocat local n'avait accepté d'attaquer en justice un homme qui avait été un politicien influent dans la région et qui avait encore des accointances avec le maire, des juges et même quelques sénateurs.

Et comme par un fait exprès, aujourd'hui, des années après, Kelly avait de nouveau affaire à la famille McCafferty.

« N'y pense plus », se dit-elle en arrivant chez elle.

Bien que sa famille n'ait jamais été riche, elle avait grandi dans la sécurité et joui de l'amour de ses parents. Ce n'était certainement pas le cas pour les enfants McCafferty. Elle monta l'escalier jusqu'à sa chambre et enfila un pyjama en flanelle et une robe de chambre. Elle se rendit ensuite dans la cuisine, se prépara une tasse de décaféiné et s'installa pour relire ses notes sur les accidents survenus à Randi et Thorne McCafferty.

Trop de questions lui tournaient dans la tête au sujet du cas de la fille unique de John Randall, et toutes restaient sans réponse. Elle avait interrogé ses frères, les employés du ranch et ses amis dans la région. Elle avait été en contact permanent avec la police de Seattle qui avait fait de même avec ses collègues de travail et les gens qu'elle fréquentait dans la ville où elle vivait. Ce n'était pas une procédure habituelle, mais cette affaire était différente des autres, étant donné les circonstances particulières de l'accouchement et ses demi-frères soutenant qu'il y avait eu malveillance.

Pourtant, le mystère qui entourait l'accident de Randi ne pourrait être éclairci que lorsque la jeune femme sortirait du coma, Kelly en était persuadée.

Tandis qu'elle parcourait ses notes, deux questions lui semblèrent plus importantes que les autres. D'abord, qui était le père de l'enfant ? Ensuite, Randi écrivait-elle réellement un livre, et quel en était le sujet ?

Tout en buvant son café, elle retournait ces pensées dans sa tête quand un mal de tête commença à lui serrer les tempes. Elle s'appuya contre le dossier de sa chaise et se remémora Matt McCafferty dans son bureau, puis à l'hôpital. Traits ciselés, regard sombre, mâchoire carrée, corps dur et musclé par la vie au grand air. Il arrivait en roulant des mécaniques et s'exprimait avec agressivité, mais elle devinait qu'il était habité par de profondes émotions, comme celles dont elle avait été témoin au chevet de sa sœur. Des sentiments qu'il avait tenté en vain de cacher : la culpabilité, l'inquiétude, la peur.

Il existait sûrement un être différent derrière l'apparence de cow-boy mal dégrossi de cet homme.

Elle bâilla en s'étirant et décida d'aller se coucher.

La sonnerie du téléphone retentit soudain. Elle décrocha tout en regardant le réveil. 23 h 47.

— Allô, dit-elle, certaine qu'il s'agissait d'une urgence.

— Kelly ? dit la voix d'Espinoza. Nous avons un gros problème. Retrouvez-moi à l'hôpital aussi vite que possible.

— Que se passe-t-il ?

— On vient d'essayer de tuer Randi McCafferty.

- 3 -

Il était dans une chambre inconnue et, quelque part, dans le lointain, la sonnerie d'un téléphone retentissait, énervante, dérangeante. Mais la femme, nue jusqu'à la taille, son uniforme posé sur le dossier d'une chaise, ne semblait pas s'en inquiéter. Elle s'avança vers lui, rejeta ses longs cheveux roux d'un mouvement de tête et lui adressa un sourire coquin. Puis elle cligna de l'œil et lui lança : « Allons, cow-boy, montre-moi de quoi tu es capable. » Ses yeux sombres luisaient d'un éclat sauvage et malicieux. Ses lèvres charnues étaient humides de désir.

Envahi par un désir ardent, il tendit les bras pour l'attirer et s'enfouir dans la chaleur de son corps.

Dring !

Arraché à son rêve érotique, Matt ouvrit brusquement les yeux, le cœur battant. Il rêvait de Kelly Dillinger et était dans un état d'excitation intense. Se ressaisissant, il chassa l'image de son esprit. Le téléphone retentit de nouveau dans l'entrée du vieux ranch. Groggy, il jeta un coup d'œil à son réveil. Presque minuit. Quelle que soit la personne qui appelait, ce n'était sûrement pas pour annoncer une bonne nouvelle.

Randi ! Son cœur faillit s'arrêter. Il alluma la lumière, sauta dans le jean et le sweat-shirt qu'il avait jetés au pied de son lit et se rua hors de sa chambre, pieds nus. A peine arrivé dans le couloir, il entendit une porte s'ouvrir.

Thorne se dirigeait vers l'escalier en clopinant, juste vêtu d'une robe de chambre et d'un caleçon.

— C'était Nicole qui appelait de l'hôpital. Quelqu'un a essayé de tuer Randi, annonça-t-il sans détour.

— Quoi ?

— On a injecté quelque chose dans sa perfusion.

— Bon sang ! s'exclama Matt, sentant une sueur d'effroi couvrir son corps. Comment va-t-elle ?

— Apparemment, elle s'en est sortie.

Il rejoignit son frère sur le palier du premier.

— Comment est-ce arrivé ?

— Personne ne le sait vraiment. C'est le bazar total, là-bas. Son cœur a cessé de battre. Ils ont été obligés de la ranimer.

— Ordure !

— C'est aussi mon avis.

Ils se dirigèrent vers la chambre de Slade, et Thorne frappa un grand coup sur la porte, puis l'ouvrit sans attendre la réponse. Leur jeune frère était en train de boutonner une chemise en flanelle, les cheveux ébouriffés et l'air hagard.

— J'ai entendu la sonnerie du téléphone. J'ai imaginé qu'il s'agissait d'une mauvaise nouvelle, grommela-t-il.

— Tu avais raison, dit Thorne en le mettant rapidement au courant.

— On les avait pourtant prévenus ! La police est vraiment au-dessous de tout ! Qui a bien pu faire cela ? demanda Slade en serrant les poings.

— Et surtout, pourquoi ? ajouta Thorne, furieux.

— Allons-y ! proposa Slade en finissant de s'habiller.

— Nous ne pouvons pas nous rendre tous à l'hôpital et laisser J. R. et les jumelles tout seuls, rappela Thorne.

— C'est vrai. Alors c'est toi qui vas rester, décréta Matt. Tu seras bientôt le beau-père des filles.

— Mais je ne veux pas rester ici à attendre sans savoir et…

— Ne discute pas. Tu nous as déjà servi ce discours avant, le coupa Matt. Tu crois être le seul capable de tout gérer, mais que tu le veuilles ou non, tu es immobilisé. Par conséquent, soit tu réveilles le bébé et les jumelles et tu les emmènes à l'hôpital par ce froid, soit tu attends ici que l'un de nous t'appelle ou prenne la relève.

Les yeux de Thorne s'assombrirent, et ses sourcils épais se rejoignirent.

— Mais je…

— Fais-nous confiance, pour une fois. Nous sommes capables de nous débrouiller, conclut Matt en se dirigeant vers sa chambre pour aller mettre ses bottes.

— Je n'aime pas ça ! s'exclama Thorne en lui emboîtant le pas.

— Je sais. Tu détestes ne pas tenir les rênes, affirma Matt.

— Je me sentirais mieux si…

— Pour l'amour du ciel, laisse tomber ! ordonna Matt. Moi, je me sentirais mieux si tu la fermais et restais avec les enfants. Occupe-toi de coordonner les opérations. Nous viendrons bientôt te relayer et tu pourras y aller, d'accord ? En attendant, tonton Thorne, ôte-toi de mon chemin.

Matt passa à côté de son frère, ordonna à Slade de le suivre et descendit les marches en courant. Il n'avait pas le temps de s'appesantir sur les accès d'autorité de son frère. Il saisit sa veste et son chapeau dans l'entrée, songeant à Randi. Bon Dieu, il aurait cru qu'elle serait en sécurité à l'hôpital.

Dehors, la neige s'était remise à tomber et il faisait un froid glacial. Sans prendre la peine de boutonner sa veste, il s'engouffra dans son pick-up et mit le contact tandis que Slade se glissait à côté de lui.

Avant que son frère ait eu le temps de fermer la portière, il avait déjà démarré.

Qui avait bien pu essayer de tuer leur sœur ? Qui pouvait être capable d'en arriver à de telles extrémités ? Pourquoi voulait-on la faire taire ? S'agissait-il d'une vengeance ? Etait-ce lié à son fils et à son père mystérieux ?

— Qu'est-ce qui se passe ? grommela-t-il dans sa barbe.

Un mélange de peur et d'inquiétude lui serrait les tripes. Ses doigts agrippèrent le volant jusqu'à ce que ses articulations blanchissent. Et si Randi ne s'en sortait pas ? Si l'assassin avait réussi son coup ?

— Je ne sais pas, reconnut Slade en sortant un paquet de cigarettes froissé de sa poche. Mais je suis sûr que nous finirons par le découvrir.

Matt ne répondit pas. Il s'engagea sur l'autoroute et accéléra, bien décidé à trouver l'auteur de cet acte infâme et à lui tordre le cou.

Le St. James Hospital ressemblait à une maison de fous. La rumeur concernant la tentative d'assassinat d'un patient s'était déjà répandue chez les journalistes. Une camionnette, des cameramen et des reporters étaient massés devant la porte principale de l'établissement. Kelly parvint à esquiver un micro en grommelant un rapide : « Pas de commentaires », se fraya un chemin vers la porte réservée au personnel pour éviter un journaliste posté dans le hall et grimpa quatre à quatre les marches jusqu'au troisième étage. Les talons de ses bottes résonnaient dans la cage d'escalier, son cœur battait la chamade. Devant la porte de l'unité de soins intensifs, elle faillit se heurter au commandant Espinoza.

— Que s'est-il passé ?

— Randi McCafferty a eu une attaque cardiaque. Il semble que quelqu'un ait mis quelque chose dans sa perfusion.

— Quoi ?

— Nous tentons de le savoir.

— Comment va-t-elle ?

— Elle semble tirée d'affaire, affirma Espinoza en passant la main sur son front.

Son uniforme, habituellement impeccable, était froissé, ses chaussures ternies par la neige.

— Mettez-moi au courant, commandant.

— Un des médecins urgentistes, Nicole Stevenson, est passée voir si Randi allait bien pendant sa pause. Le Dr Stevenson est fiancée à Thorne McCafferty.

— Le frère aîné, je sais.

— Bref, Randi était dans une chambre particulière au quatrième étage. Quand le Dr Stevenson est sortie de l'ascenseur, elle a aperçu quelqu'un en blouse blanche qui sortait de la chambre de Randi. L'individu a traversé rapidement le hall, puis s'est engouffré dans l'escalier de service. Le Dr Stevenson a pensé qu'il s'agissait d'un médecin, jusqu'à ce qu'elle entre dans la chambre de Randi et découvre qu'elle ne respirait plus. Elle lui a tout de suite fait un massage cardiaque et a ensuite appelé l'équipe médicale.

— A-t-elle reconnu la personne qui s'enfuyait ?

— Elle ne sait même pas s'il s'agissait d'un homme ou d'une femme. Tout ce dont elle se souvient, c'est que le suspect mesurait environ un mètre quatre-vingts, avait des cheveux bruns, longs pour un homme et courts pour une femme, et qu'il était de corpulence moyenne. Elle n'a presque pas vu son visage, mais elle croit qu'il portait des lunettes, débita Espinoza d'un air las. C'est à peu près tout.

— C'est mieux que rien.

Le commandant ajouta qu'une équipe d'experts passait la chambre de Randi au peigne fin, bien que les chances de trouver des empreintes du criminel soient minimes. Il avait aussi envoyé deux policiers vérifier la liste du personnel et interroger tous ceux qui étaient de service. Une femme gardait l'entrée des urgences et, pour le moment, Randi était en sécurité. Puis il frotta sa barbe naissante et ajouta :

— Celui ou celle qui a frappé ne fera pas de nouvelle tentative ce soir. Il attendra sûrement que ça se tasse.

— Sauf s'il ne peut pas se le permettre. Visiblement, il a peur que Randi le dénonce quand elle se réveillera.

— Nous laisserons un garde posté en permanence devant sa chambre. Si le type est assez idiot pour revenir, nous serons là pour le cueillir.

— Et Randi ? Est-elle toujours dans le coma ?

Espinoza hocha la tête.

— Oui. Bon sang ! Les infirmières pensaient qu'elle était sur le point de reprendre connaissance.

— Peut-être est-ce pour cela que l'assassin a frappé.

— En effet.

— Alors il recommencera, j'en suis certaine.

Les portes de l'ascenseur s'ouvrirent et deux des frères McCafferty se dirigèrent vers eux.

La gorge de Kelly se serra et son pouls s'accéléra à la vue de Matt. Il avait la mâchoire serrée, et ses yeux brillaient de colère.

— Que s'est-il passé ? lança-t-il sur un ton accusateur. Où est Randi ?

Il tourna la tête vers la porte fermée et fit deux pas vers l'unité de soins intensifs.

— Vous n'avez pas le droit de pénétrer là-dedans, l'avertit Kelly en levant la main comme si elle voulait l'arrêter.

— C'est bien ce qu'on va voir ! s'exclama-t-il entre ses dents en lui jetant un regard noir.

— L'inspecteur Dillinger a raison, dit Espinoza.

— Randi est ma sœur et personne ne m'empêchera d'entrer afin de constater qu'elle va bien ! affirma-t-il, ignorant l'avertissement.

Kelly posa la main sur le bras d'Espinoza.

— Laissez, commandant, les infirmières vont les chasser, chuchota-t-elle.

Quelques instants plus tard, les deux frères étaient de retour. Ils semblaient légèrement plus calmes, mais les lèvres serrées de Matt révélaient que sa colère n'était pas retombée pour autant.

— Ceci ne serait pas arrivé si la police n'était pas restée les bras croisés pendant qu'un assassin était dans la nature, déclara-t-il, fusillant Kelly, puis Espinoza du regard.

Les yeux noirs d'Espinoza lancèrent des éclairs.

— Nous n'en savons rien, monsieur McCafferty.

Matt vint se poster tout près du visage du commandant. Ses épaules larges étaient tendues, ses muscles, bandés, et Kelly sentait presque les ondes de colère tourbillonner autour de lui.

— C'était peut-être vrai avant, mais, maintenant, il n'y a plus l'ombre d'un doute, dit-il d'une voix blanche.

— La situation a évolué.

— A évolué ? Juste un peu ! Ma sœur a failli mourir. Il serait temps que vous preniez le taureau par les cornes !

— Vous feriez mieux de nous laisser faire notre travail, rétorqua Kelly d'un ton brusque.

Dès qu'elle était en présence de Matt, elle se sentait nerveuse et confuse. Cette stupide féminité, qu'elle réprimait depuis si longtemps, ne demandait qu'à être libérée quand il était près d'elle. Il fallait pourtant qu'elle garde son professionnalisme et qu'elle essaie de calmer cet homme qui menaçait d'exploser.

— Vous plaisantez ! s'écria-t-il, hors de lui. Vous êtes tous des incompétents !

— Attendez un peu…

— Non ! dit-il en l'interrompant, secouant son index sous son nez, rouge de colère. C'est vous qui allez m'écouter. Ma sœur a failli mourir, d'accord ? Deux fois. Il est hors de question que nous vous lâchions d'une semelle. Vous m'entendez ?

— Nous faisons tout ce qui est possible pour savoir ce qui s'est passé, répliqua Kelly sans reculer, alors qu'elle n'avait qu'une seule envie, s'éloigner de lui.

— Et la Ford marron ? Kurt Striker a découvert que les traces de peinture sur l'aile du véhicule de Randi correspondaient à une voiture de cette marque et de cette couleur. Qu'en faites-vous ?

— Nous le savons et nous vérifions soigneusement cet indice, répondit Espinoza avec fermeté.

Les portes de l'ascenseur s'ouvrirent et une petite femme portant des talons hauts et un tailleur élégant en sortit.

Kelly reconnut aussitôt un reporter de la télévision locale et grimaça.

— Comment diable a-t-elle réussi à parvenir jusqu'ici ? demanda-t-elle en s'avançant pour lui bloquer le passage. Vous n'avez pas le droit d'être là.

— Je suis journaliste.

— Je sais. Jana Madrid, de Kabo. Nous nous sommes déjà rencontrées, dit Kelly, intraitable.

— Je veux obtenir des informations, insista la journaliste avec un sourire de façade. Est-ce vrai que l'on a tenté d'assassiner Randi McCafferty cette nuit, dans ces murs ?

— Pas de commentaires.

— Mais..., objecta Jana Madrid en tendant le cou pour observer le groupe amassé devant la porte. C'est bien Matt McCafferty qui est là.

— Pourquoi, vous le connaissez ?

— En effet. Alors, c'est bien vrai. Veuillez m'excuser, je voudrais obtenir une déclaration de sa part.

— Plus tard.

— Que s'est-il passé ici, exactement ?

— Partez, madame Madrid. Maintenant ! ordonna Kelly, tandis qu'un policier s'approchait pour l'aider.

— Je veux juste obtenir quelques informations pour mon reportage, implora la journaliste en adressant à Kelly un sourire plus amical. S'il vous plaît. Il y a un tueur dans la nature et le public a le droit d'en être informé.

— La police et l'hôpital feront un communiqué en temps et en heure. En attendant, je ne suis pas autorisée à répondre à vos questions, dit Kelly en appelant l'ascenseur.

— Mais les gens ont le droit de savoir.

— Ils auront le droit de connaître des faits concrets, lorsque nous en aurons. Maintenant, soit vous quittez les lieux de votre plein gré, soit je me verrai obligée de vous faire raccompagner.

— Je m'en occupe, intervint le policier en s'avançant.

Mike Benedict mesurait plus d'un mètre quatre-vingt-dix et avait des cheveux blonds coupés ras. Son imposante carrure d'athlète fit hésiter Jana Madrid qui s'apprêtait à protester. Elle fronça les sourcils, évaluant la situation.

— La télévision pourrait vous aider dans votre enquête, vous savez, insista-t-elle. Si nous avions un portrait-robot du suspect, nous pourrions le diffuser.

— Nous vous le ferons savoir en temps utile, lui assura Kelly.

La journaliste entra à contrecœur dans l'ascenseur et les portes se refermèrent sur elle.

Kelly rejoignit les autres.

Matt McCafferty était sur le point de sauter à la gorge d'Espinoza.

— Alors accélérez le processus ! Et débrouillez-vous pour trouver le fumier qui a fait ça avant qu'il recommence !

Du coin de l'œil, Kelly aperçut une femme en blouse blanche qui avançait vers eux d'un air décidé. Elle avait les cheveux tirés en arrière, des pommettes hautes, des lèvres pleines et une contenance assurée. Mais ses yeux dorés semblaient inquiets. Kelly reconnut le Dr Nicole Stevenson, qu'elle avait eu l'occasion de rencontrer lors de l'accident d'avion de Thorne.

— Où est Thorne ? demanda-t-elle sans préambule.

En dépit de son apparence calme et raffinée, on devinait sa préoccupation. Elle ressemblait à une femme forte, mais elle paraissait pourtant effrayée. Kelly le comprenait parfaitement. Le tueur avait fait irruption sur son lieu de travail, un endroit qu'elle considérait comme protégé, et il s'en était pris à quelqu'un qui lui était proche. Malgré son air froid et professionnel, Nicole Stevenson était anxieuse.

— Il est resté avec les enfants, répondit Slade.

— Je pensais qu'il aurait appelé Juanita ou Jenny… Oh, ce n'est pas grave. Je ferais mieux d'aller voir Randi, dit-elle avant de regarder Kelly. Inspecteur Dillinger, salua-t-elle sans se donner la peine de sourire.

Apparemment, elle aussi était persuadée que la police n'avait pas fait son travail.

— Je reviens tout de suite, ajouta-t-elle avec la calme autorité d'un médecin.

— L'avez-vous interrogée ? demanda Kelly à Espinoza.

— Oui.

— Je pense que je vais m'entretenir avec elle.

— Allez-y. Mais elle n'a pas vu grand-chose. Je monte

au quatrième, dans la chambre où Randi a été agressée, dit-il en se dirigeant vers l'ascenseur.

Kelly jeta un coup d'œil à Matt McCafferty. Bien que ses traits soient encore tendus, il semblait moins énervé ; la fureur qui brûlait dans son regard s'était atténuée.

— Je suppose que nous devrions remercier le ciel qu'elle soit encore en vie, dit-il d'une voix sourde.

— Si seulement elle pouvait se réveiller, commenta Slade.

— Oui, approuva Matt avant de se tourner vers Kelly. Avez-vous la moindre idée de l'identité de celui qui est derrière cette histoire ? Vous avez certainement une hypothèse.

— Oui, mais ni suspect ni preuve tangible pour l'instant, répondit Kelly en secouant la tête pensivement. Venez, allons prendre un café à la cafétéria.

— Dès que nous aurons parlé à Nicole, dit Matt.

— Allez-y, proposa Slade. J'attendrai ici et je dirai à Nicole où vous êtes pour qu'elle puisse vous mettre au courant.

Matt hocha brièvement la tête et se dirigea sans un mot vers l'escalier de service, suivi par Kelly. Au rez-de-chaussée, ils allèrent directement à la cafétéria, et s'installèrent à une table près de la fenêtre, à demi dissimulée par un ficus en pot.

— J'aimerais bien que vous me disiez ce que vous savez, commença-t-il en sirotant son café et en l'observant de ses yeux sombres. Et n'essayez pas de me cacher quoi que ce soit. Je me fiche que ces informations soient top secret ou ce genre de bêtises. Je veux connaître tous les faits concernant ma sœur. Tous.

Kelly n'avait rien à dissimuler. Elle posa les coudes sur la table pour se rapprocher afin de pouvoir parler à voix basse.

— Je vous dirai ce que je peux, mais je ne veux pas risquer de compromettre l'enquête.

— Je fais partie de la famille, bon sang !

— Mais pas eux.

Kelly jeta un regard rapide sur les tables qui les entouraient. A l'une d'elles étaient assises des infirmières et à une autre des médecins. La dernière était occupée par un petit groupe dont faisait partie Jana Madrid.

— La presse, marmonna Matt sombrement.

— En effet. Qui d'autre pourrait être réveillé à cette heure ? Contentons-nous donc de parler en termes généraux.

— Je vous écoute.

— Nous enquêtons sur la possibilité que votre sœur ait pu être envoyée volontairement dans le décor. Nous vérifions tous les véhicules qui ont été amenés dans un garage pour des travaux de peinture. Nous pensons que la voiture en question est probablement une Ford. Nous interrogeons également les gens avec qui elle travaillait à Seattle et les hommes qu'elle fréquentait, expliqua Kelly en s'interrompant soudain.

Un individu se frayait un chemin à travers les tables vides et s'approchait d'eux. L'homme était mince, il avait les cheveux blonds, une moustache bien taillée et arborait un sourire affable. Il était suivi par Jana Madrid.

— Veuillez m'excuser. Je m'appelle Troy White. Je fais partie de Ka…

— Je vous ai vu à la télévision, dit Kelly en lui coupant la parole. J'ai déjà dit à vos collègues que je n'avais pas de commentaires à faire, précisa-t-elle en adressant un regard sévère à Jana Madrid.

— Je voudrais juste poser quelques questions à M. McCafferty, poursuivit Troy White, sans tenir compte de ce que venait de dire Kelly. Vous êtes bien Matt McCafferty, n'est-ce pas ?

— Oui.

— Si cela ne vous dérange pas, je…

— Si, cela me dérange, répliqua sèchement Matt.

— Nous n'en aurons que pour un instant, intervint Jana Madrid.

— Un autre jour, dit Matt en se levant.

Il dominait Troy White d'une bonne tête. Le poing de sa main droite était fermé et il semblait prêt à le frapper.

Mais le reporter ne parut pas s'en apercevoir.

— Savez-vous qui pourrait s'en prendre à votre sœur, monsieur McCafferty ?

— Ça suffit ! s'écria Kelly en bondissant sur ses pieds. N'avez-vous pas entendu ce que M. McCafferty vous a dit ? Il n'a pas envie d'être ennuyé. Vous allez donc devoir attendre le moment opportun pour l'interviewer. Maintenant, disparaissez ou c'est moi qui vais me charger de vous faire sortir d'ici.

Kelly vint se poster entre les deux hommes et fusilla du regard les deux journalistes.

— Ecoutez, madame, les Américains ont le droit de savoir, s'indigna Troy White, la moustache tremblante.

— Ça suffit ! J'ai déjà entendu ce couplet des centaines de fois. Il va falloir que vous attendiez la déclaration officielle, compris ?

Jana Madrid pinça les lèvres et posa la main sur le bras de son collègue.

— Laisse tomber, Troy. Nous avons assez de matériel pour les infos du matin. Désolée de vous avoir dérangés, ajouta-t-elle en souriant à Matt.

Kelly éprouva une pointe de jalousie. Jana Madrid était jolie, arrogante et prête à tout pour arriver à ses fins.

Troy White serra les dents et réussit à sourire.

— Une autre fois alors, monsieur McCafferty.

— Prenez rendez-vous avant, dit Matt, avant de s'éloigner à grandes enjambées.

Kelly le rattrapa près de la réception, mais il lui jeta un regard noir, sans s'arrêter.

— Ecoutez, je n'ai besoin de personne pour me défendre. Surtout pas une femme.

— Je suis policier.

— Une femme policier.

Elle appuya sur le bouton quand ils parvinrent à l'ascenseur, furieuse que ses remarques la touchent autant.

— Il ne me semble pas vous avoir demandé votre aide, inspecteur.

Quel culot ! C'était vraiment l'homme le plus orgueilleux,

le plus égoïste et le plus énervant qui soit ! Piquée au vif, Kelly se tourna vers lui, prête à lui dire ses quatre vérités.

— Je me contente de faire mon travail, monsieur McCafferty, d'accord ? Je n'avais pas l'intention de blesser votre fragile vanité de mâle, si c'est ce que vous insinuez !

Il lui saisit vivement le bras.

— Je n'ai rien de fragile !

Le cœur de Kelly bondit dans sa poitrine, son pouls résonna dans ses oreilles. Elle le fixa et allait répliquer quand l'ascenseur s'ouvrit sur Nicole Stevenson qui faillit les heurter en sortant.

Elle les regarda alternativement d'un air surpris, puis contempla les doigts de Matt qui enserraient le coude de Kelly.

— Nous avons essuyé une attaque de vautours, dit Matt en la lâchant, comme si elle lui brûlait la main. De la presse.

— Ils ne renoncent donc jamais, murmura Nicole en regardant Kelly. C'était à vous de vous en charger.

— C'est ce que j'ai fait.

— De la façon dont vous et vos collègues se sont occupés de la sécurité de Randi ? répliqua Nicole avant de soupirer. Désolée, inspecteur. Ma remarque est déplacée. Je suis inquiète, ajouta-t-elle en repoussant une mèche de cheveux de son front. Pas seulement pour Randi, mais aussi pour Thorne.

Ils entrèrent dans l'ascenseur et Matt appuya sur le bouton du troisième.

— Ne t'inquiète pas pour lui, la rassura-t-il en lui adressant un sourire encourageant. Il est résistant.

— Je l'espère, murmura Nicole.

Le reste de la montée se fit dans un silence tendu.

Quand ils arrivèrent devant les portes de l'unité de soins intensifs, Slade était toujours à son poste, montant la garde aux côtés d'un policier.

— Votre patron vous cherche, dit-il à Kelly d'un ton froid. Il vous attend au quatrième.

Elle le remercia et se tourna vers Matt.

— J'aurais besoin de vous parler plus tard.

— Vous savez où nous trouver, dit Matt.

Elle sentit qu'il la suivait des yeux, tandis qu'elle se hâtait vers l'escalier. Respirant profondément, elle se força à le chasser de ses pensées. Elle refusait de penser à lui comme à quelqu'un d'autre que le frère d'une victime.

La mâchoire serrée, elle monta les marches deux à deux.

Que les membres de la famille McCafferty la croient ou non, elle était bien décidée à démasquer le fumier qui avait jeté Randi dans le fossé et avait eu l'audace de pénétrer dans l'hôpital pour finir son travail. Il fallait vraiment être sacrément lâche pour s'attaquer à une femme dans le coma.

Elle voulait résoudre cette affaire et assurer la sécurité de Randi.

Et, surtout, prouver à Matt McCafferty qu'elle n'était pas aussi incompétente qu'il le croyait.

- 4 -

— Donc la police ne sait rien du tout, résuma Thorne le lendemain matin en buvant son café.

Matt et son frère étaient assis à la table de la cuisine, celle où ils avaient prié, pris leurs repas et s'étaient disputés durant leur enfance. La surface était rayée et la moitié des chaises avaient été remplacées, mais le changement le plus remarquable était l'absence de John Randall à sa place habituelle, près de la fenêtre, d'où il pouvait poser son coude sur le rebord et contempler l'étendue de ce ranch qu'il aimait tant.

John Randall ne manquait pas spécialement à Matt. Mais, d'une certaine façon, le fait qu'il ne soit plus là semblait étrange.

— Non. Ils n'ont aucun indice quant à l'identité de la personne qui est derrière ces agressions.

Le regard de Thorne s'obscurcit. Matt savait que son frère maudissait intérieurement l'infirmité temporaire qui l'immobilisait. Thorne ne supportait pas d'être confiné à la maison ; il avait toujours eu besoin de tout contrôler, de prendre des décisions, d'être en première ligne.

— A-t-on des nouvelles de Striker ? demanda-t-il.

— Pas depuis deux jours, lui répondit Matt.

Il s'étira en bâillant. Il avait passé une nuit agitée, se tournant et se retournant dans son lit, préoccupé par Randi, et envahi par des pensées dérangeantes concernant une femme rousse qui semblait déterminée à s'insinuer dans ses rêves. Quand il s'était réveillé, ce matin, il s'était rendu directement dans la salle de bains pour prendre une douche froide afin de chasser ces souvenirs de son esprit et de son corps. Pourquoi cette attirance ? Ce n'était pas du tout son genre de femme !

Tandis qu'il finissait son café, Juanita entra par la porte de derrière et un courant d'air froid s'engouffra dans la pièce. Harold vint s'installer sur le tapis sous la table, et Matt se pencha pour caresser distraitement le vieux chien.

— *¡ Dios ! ¡ Qué frío !*

— C'est vrai, Juanita, approuva Matt. Il fait très froid.

Il s'était déjà rendu à l'étable et aux écuries pour nourrir le bétail et vérifier que l'eau des abreuvoirs n'était pas gelée. Il avait ensuite appelé Mike Kavanaugh, son voisin, qui lui avait dit que tout allait bien dans son ranch. Mike insistait depuis longtemps pour le lui racheter ; mais Matt résistait : il avait eu trop de mal à acquérir ses propres terres. De plus, son séjour au Flying M Ranch n'était que temporaire. Il y resterait jusqu'à ce que Thorne soit de nouveau sur pied et Randi tirée d'affaire. Puis il quitterait Grand Hope, laissant sans regret derrière lui sa fascination pour Kelly Dillinger.

— Dis-moi, Juanita, tu as mentionné que Randi écrivait un livre ? intervint soudain Thorne.

— *Sí*, répondit la vieille gouvernante en dégageant son front des mèches qui s'étaient échappées de sa tresse.

— L'as-tu vu de tes yeux ?

— *No.*

— Mais tu penses qu'il existe ?

Juanita se servit un café, en but une longue gorgée, puis entra dans l'office. Sa voix était étouffée quand elle répondit :

— C'est ce qu'elle m'a dit la dernière fois qu'elle est venue ici. *La señorita* Randi y travaillait pendant des heures.

Thorne regarda Matt, appuyé contre le comptoir.

— Alors où est-il ? Sur son ordinateur portable ?

— Comment le saurais-je ? demanda Juanita.

— Peut-être Kurt finira-t-il par le trouver, suggéra Matt.

— S'il est effectivement aussi doué que Slade le prétend,

ironisa Thorne, tandis que Juanita réapparaissait et nouait un tablier autour de sa taille.

— Il a quand même découvert avant la police qu'un autre véhicule était impliqué dans l'accident de Randi, fit remarquer Matt.

Juanita commençait à poser des casseroles sur la gazinière quand des bruits de pas précipités se firent entendre. Les traits de Thorne s'adoucirent à la vue des jumelles qui entrèrent dans la cuisine en pyjama.

— Bonjour, les filles ! Je me demandais quand vous alliez vous réveiller.

— C'est à cause du bébé qui pleurait, annonça Molly en plissant le nez, les mains sur ses oreilles.

Mindy, déjà sur les genoux de Thorne, imita sa sœur, plaçant ses menottes potelées de chaque côté de sa tête et faisant la grimace.

— Il arrêtait pas de pleurer.

Au même moment, Nicole fit son entrée avec le petit J. R. dans les bras, l'air endormi et la démarche traînante.

— Nous aussi, nous sommes réveillés, dit-elle en étouffant un bâillement. Même si certains auraient bien aimé dormir davantage…

La jeune femme portait une robe de chambre en laine blanche et des pantoufles roses. Ses cheveux étaient décoiffés et son visage exempt de maquillage, mais elle irradiait une sérénité qui venait de l'intérieur. Matt jeta un coup d'œil à son frère qui la regardait, fasciné ; pour une raison inconnue, il sentit sa mauvaise humeur redoubler.

— Je vais prendre le bébé, proposa Thorne.

Nicole secoua la tête en souriant.

— Tu es déjà au complet, dit-elle en contemplant les jumelles qui avaient décidé de s'installer toutes les deux sur les genoux de Thorne.

— Assieds-toi et prends ton café. Je m'occupe de J. R., intervint Matt.

Il tendit les bras et saisit son neveu, qui fixa ses yeux brillants sur lui.

— Pas de panique, mon bonhomme, ajouta-t-il. Même si j'ai l'air maladroit, comme ça, je suis très doué pour m'occuper des bébés.

— Oui. On peut dire que tu inspires confiance, remarqua Nicole en se servant un café. Hé, les filles, que diriez-vous de manger des pancakes ?

— Avec des myrtilles et du sirop d'érable ? demanda Molly.

— Du sirop, oui. Mais je ne sais pas s'il y a des myrtilles.

— Si, dans le congélateur. Je vais les chercher, annonça Juanita en s'essuyant les mains sur son tablier.

— Tu en veux aussi, Mindy ? demanda Nicole.

La petite fille approuva vigoureusement.

— Marché conclu ! dit Thorne.

Matt observa Thorne et sa famille recomposée. Son frère adorait les jumelles et était follement amoureux de Nicole. Pendant des années, Thorne avait boudé le mariage. De nombreuses femmes avaient eu des vues sur lui, mais il ne s'était jamais investi dans une relation sérieuse. Jusqu'à ce qu'il retrouve Nicole, un ancien flirt de ses années d'étudiant. Matt l'enviait presque. Nicole était belle, intelligente et ambitieuse, et, de plus, c'était une mère parfaite.

Sans prévenir, l'image de Kelly Dillinger s'imposa à son esprit. Elle aussi était séduisante, du moins le serait-elle si elle se décidait à laisser tomber son attitude de policier. Elle avait l'esprit vif, savait se débrouiller dans toutes les situations et ne se laissait intimider par personne. De plus, même avec son uniforme, elle était terriblement sexy. Dommage qu'elle vive ici… Il chassa rapidement ces pensées dérangeantes. Il n'était pas prêt à se marier et certainement pas avec une inspectrice de police qui habitait à des milliers de kilomètres de chez lui.

— Alors, quel est l'avis général ? demanda Nicole. Pancakes pour tout le monde ?

Thorne approuva.

— Oui. Et des œufs, du bacon et…

— Et du cholestérol assuré, dit Nicole.

— Pas de problème, répondit Thorne avec un clin d'œil.

Nicole éclata de rire.

— Très bien ! Je connais un très bon cardiologue qui saura te soigner.

— Parfait !

Matt ressentit une pointe d'envie. La relation de Thorne et de Nicole était profonde et simple, les liens qui les unissaient, solides. Son père et sa mère, Larissa, avaient rompu quand Penelope était entrée en jeu. John Randall avait épousé la jeune femme, et Randi était née six mois plus tard. Mais cette union s'était également dissoute avec le temps.

Perturbé, Matt observa son frère traverser la cuisine en clopinant, donner une tape espiègle sur les fesses de Nicole et l'aider à préparer le petit déjeuner. Ce chef d'entreprise autodidacte et millionnaire retournait les pancakes comme s'il avait fait ça toute sa vie. Le regard de Matt croisa celui de Juanita, et Matt remarqua que la gouvernante était aussi surprise que lui. « Cela tient du miracle ! » semblait-elle dire.

Le bébé dans les bras, Matt jeta un coup d'œil par la fenêtre. Les vitres étaient couvertes de gel et la neige s'était accumulée dans les coins. Il pensa à sa vie. Il n'avait jamais vraiment envisagé de se marier. Et en ce qui concernait les enfants, il estimait qu'il lui restait largement le temps d'assumer son rôle de père. Et quand il se déciderait, ce serait avec une femme douce, qui accepterait de vivre dans son ranch et qui aimerait ses terres et son style de vie. Mais ce jour-là n'était pas encore arrivé.

Le bébé remua dans ses bras. Il le contempla et, pour la première fois de sa vie, remit ses certitudes en question.

Peut-être avait-il tort.

— Je pense que l'assassin pourrait bien être un des frères, affirma Karla en s'occupant de sa dernière cliente.

Elle enduisit les mèches de Nancy Pederson avec un pinceau trempé dans une teinture rouge, puis les enveloppa dans du papier d'aluminium jusqu'à ce que la tête de sa cliente ressemble à celle d'un Martien.

Peu inquiète de l'apparence de sa tête, Nancy faisait des mots croisés. Le rythme d'un tube à la mode soulignait le bavardage de Karla. Des flacons de shampoing et de soins capillaires étaient disposés sur les étagères d'une armoire ancienne peinte en rose saumon. Une odeur de produits coiffants et de parfum planait dans l'air. Les tablettes étaient recouvertes de peinture violette, les murs peints en marron, et des portraits de stars ornaient les postes de travail.

— Crois-tu vraiment que l'un d'eux pourrait avoir tenté de tuer sa sœur ? demanda Kelly.

— Oui. Peut-être même qu'ils se sont associés, affirma Karla, rencontrant dans le miroir le regard dubitatif de sa sœur.

— Je vois. Une sorte de conspiration, commenta Kelly d'un ton sarcastique.

— Ne te moque pas de moi. Ils n'ont jamais aimé Randi, tu le sais bien. C'est à cause d'elle que leur père s'est séparé de leur mère pour épouser Penelope. En plus, John Randall n'a laissé à chacun de ses fils qu'un sixième du ranch, alors que Randi en a eu la moitié. Tu crois que c'est juste ?

— Alors pourquoi insistent-ils autant pour qu'on démasque le coupable ? demanda Kelly.

— Pour te lancer sur une fausse piste, bien sûr. Ne sois pas aussi bornée, Kelly ! Les McCafferty prétendent être inquiets pour Randi, sinon de quoi auraient-ils l'air ?

— Je n'y crois pas une seule seconde, affirma Kelly en passant le doigt sur une bouteille de vernis à ongles rose.

— Je me contente de te donner mon opinion et je ne suis pas la seule à penser ainsi. J'ai déjà coiffé trois clientes qui étaient du même avis. Quatre avec Donna.

— C'est vrai, approuva cette dernière, en balayant avec énergie des boucles de cheveux blonds.

— Tout le monde parle de l'attentat contre Randi. Je veux dire, des attentats au pluriel, poursuivit Karla. Quand je suis allée chercher une pizza pour le déjeuner, j'ai même surpris par hasard la conversation d'un couple qui se disputait pour savoir lequel des frères était l'auteur du délit.

— C'est absolument ridicule ! s'exclama Kelly.

— Peut-être. Mais j'ai coiffé Alexis Bonnifant, il y a deux heures. Elle a grandi avec Slade, et elle affirme qu'il déteste Randi. Ils sont complices, je t'assure. Ce qui leur permet de se fournir des alibis les uns aux autres.

— Je te dis que je n'y crois pas.

— Des meurtres ont été commis pour beaucoup moins.

— Je suis d'accord, approuva Nancy en levant les yeux de ses mots croisés. Qui pourrait souhaiter la mort de Randi ?

Qui d'autre, en effet ? songea Kelly, quelques instants plus tard, en quittant le salon de coiffure de sa sœur. Elle s'était arrêtée voir Karla pour lui proposer de s'occuper des enfants si elle voulait sortir ce soir. Par la même occasion, elle en avait profité pour écouter les commérages et se faire une idée de ce que les gens pensaient de l'affaire. Apparemment, tous les soupçons pesaient contre les frères McCafferty.

Ce qui était ridicule.

Elle parcourut trois pâtés de maisons jusqu'au Pub'n'Grub et commanda un sandwich et une barquette de frites à un adolescent qu'elle avait envoyé devant le juge pour enfants à plusieurs reprises. Il lui rendit correctement sa monnaie, mais évita de la regarder dans les yeux tandis qu'il tapait sa commande sur l'ordinateur. Elle attendit près d'une jardinière en brique et ne put s'empêcher de surprendre une conversation qui avait lieu dans un box caché par les philodendrons et les fougères en plastique.

Deux femmes étaient en grande discussion au sujet de l'événement le plus marquant de Grand Hope depuis que la femme du maire s'était enfuie avec un des conseillers municipaux.

— Ces frères McCafferty ont toujours été prêts à tout, exactement comme leur père, si tu veux mon avis, disait Roberta Fletcher.

— Ils ne se sont jamais entendus avec leur belle-mère, ni

avec leur petite sœur. Ils les ont toutes les deux considérées comme responsables du divorce de leurs parents. Leur mère aussi a eu son lot de problèmes. La boisson, tu sais. Tout a vraisemblablement commencé quand cette pauvre Larissa a épousé John Randall. Remarque, moi aussi, je serais devenue alcoolique si j'avais dû vivre avec lui.

Kelly ne connaissait pas le nom de l'autre femme, mais elle savait qu'elle était mariée à un agent d'assurances. Elle faisait également partie d'un club de rodéo local.

— Il pourrait très bien être ton père, plaisanta Roberta en gloussant. Pauvre Randi ! Grandir au milieu de ces vauriens et, maintenant, voilà ce qui lui arrive ! C'est horrible, je te dis. Quand je pense à ce bébé sans père, avec une mère dans le coma et trois coureurs de jupons pour s'occuper de lui. On devrait appeler les services sociaux.

— Et tu crois vraiment que l'un d'eux est le meurtrier ?

— C'est difficile à imaginer, bien sûr, mais on a déjà vu des choses plus étranges arriver. Pauvre gamin ! J'ai entendu dire qu'il est mignon à croquer. Ma sœur est amie avec Jenny Riley, celle qui s'occupe des jumelles du Dr Stevenson et de J. R.

— Tous les hommes McCafferty sont beaux.

— Trop beaux pour être honnêtes.

— Le père du bébé pourrait au moins se faire connaître.

— Sauf s'il n'est pas au courant de son existence.

— Peut-être même n'étaient-ils pas ensemble.

— Ou peut-être ne sait-elle pas qui est le père, dit Roberta en gloussant méchamment.

L'autre femme ne fit pas de commentaire, et Kelly s'efforça de faire la sourde oreille au reste de la conversation.

De retour à son bureau, elle passa en revue les notes qu'elle avait entrées dans son ordinateur tout en grignotant son sandwich. Des dizaines de questions se succédaient dans sa tête. Qui en voulait à Randi et pourquoi ? Etait-ce à cause du bébé, de son travail ou d'une histoire d'amour qui avait mal tourné ? Devait-elle de l'argent ? Avait-elle offensé quelqu'un dans sa rubrique ? Qui étaient ses ennemis et ses amis ?

Elle étudia la liste des gens que la jeune femme connaissait : ses collègues de travail à Seattle, les personnes avec qui elle avait grandi ou étudié à Grand Hope, ceux avec qui elle était sortie et ceux qu'elle avait fréquentés au cours de sa vie. Rien ne semblait avoir de sens. Randi McCafferty avait été un vrai garçon manqué, probablement à cause de ses demi-frères. Elle avait été vénérée par son père et sa mère, traitée comme une princesse, sans pour autant devenir une enfant gâtée. Elle était allée au lycée ici, à Grand Hope, et avait suivi des cours à l'université d'Etat du Montana pour devenir journaliste. Elle avait travaillé au ranch de son père et avait eu un emploi à mi-temps à la *Gazette de Grand Hope* à l'époque du lycée. Finalement, après avoir occupé différents postes, elle s'était installée à Seattle où elle avait décroché son emploi de chroniqueuse au *Clarion*. Sa rubrique avait été publiée par d'autres journaux. Elle écrivait aussi des articles en free lance.

Puis elle avait eu son accident.

Kelly mordit dans le cornichon qui accompagnait son sandwich au jambon et au fromage et parcourut de nouveau ses notes.

Juanita Ramirez, la gouvernante, et aussi la seule qui soit restée en contact avec Randi ces derniers mois, affirmait que Randi écrivait un livre et qu'elle se rendait au ranch le jour de l'accident afin de le terminer. Mais Juanita, en dépit de ses relations étroites avec Randi, ne savait même pas qu'elle était enceinte. Alors, peut-être s'était-elle aussi trompée au sujet du livre.

Si seulement Randi McCafferty pouvait se réveiller avant que le tueur frappe de nouveau.

Kelly scruta son écran dans l'espoir qu'une ombre de piste intéressante apparaîtrait, un détail auquel elle n'aurait pas fait attention. Hélas, il n'y avait rien de nouveau, pas même dans les derniers rapports. Jusqu'à présent, les experts n'avaient trouvé aucun indice sur l'identité de la personne qui s'était glissée dans la chambre d'hôpital et avait injecté une dose mortelle d'insuline dans la perfusion de Randi. Les interrogatoires du personnel en service cette nuit-là n'avaient rien donné. Personne n'avait vu quoi que ce soit, mis à part Nicole Stevenson qui avait aperçu quelqu'un qu'elle n'avait pas reconnu. Selon les registres de l'établissement, aucune dose d'insuline ne manquait dans les armoires, mais des registres étaient faciles à falsifier.

Il n'y avait vraiment pas grand-chose qui lui permette d'avancer.

La jeune femme remit le reste de son sandwich dans le sac en papier et, frustrée, le jeta dans la corbeille à papier.

— Je t'aurai, promit-elle, comme si le criminel se trouvait dans son bureau. Bientôt, je te le jure.

Elle passa encore quelques heures à donner des coups de fil et à mettre son travail à jour, puis décida de se rendre au ranch afin de terminer sa conversation avec Matt McCafferty, commencée la nuit précédente à la cafétéria.

Il ne serait sûrement pas très content de la voir car elle n'avait pas de faits nouveaux à lui apporter. Mais tant pis pour lui.

Elle passa sa veste et ses gants. Pourquoi cet homme lui faisait-il un tel effet ? Bien sûr il était beau. Bien sûr il ne manquait pas de charme. Mais elle avait déjà rencontré une foule d'hommes comme lui dans sa vie et n'avait jamais éprouvé une telle attirance auparavant.

Peut-être se comportait-elle comme une de ces femmes stupides et incapables de résister au charme des frères McCafferty.

— Oh, ça suffit ! murmura-t-elle en se dirigeant vers le parking.

Elle s'engagea dans la circulation en se demandant pourquoi elle pensait autant à Matt McCafferty. Il était hors de question qu'elle craque pour un membre de cette maudite famille, quel qu'il soit.

Elle avait toujours été d'une nature prudente et n'accordait pas facilement sa confiance. Il lui suffisait de se souvenir des mariages ratés de Karla pour mettre un frein à ses émotions. Aucun homme ne méritait qu'elle souffre pour lui. Mais l'image de Matt lui revenait sans cesse à l'esprit. Elle l'imaginait enfourchant un cheval de course, comme s'il ne faisait qu'un avec l'étalon au galop. Sa bouche se dessécha à cette évocation et elle jeta un coup d'œil à son reflet dans le rétroviseur.

— Tu es une idiote, Dillinger, grommela-t-elle, troublée, en s'efforçant de se concentrer sur la route.

Elle prit la direction du nord et traversa les faubourgs de la ville. Des citrouilles et des épis de maïs ornaient les vérandas, restes d'Halloween ou précurseurs de Thanksgiving. Finalement, des champs couverts de neige remplacèrent les maisons.

Le ranch des McCafferty était situé à trente kilomètres de la ville. Kelly affronta le mauvais temps tout le long de la route. La neige tombait dru et tourbillonnait devant la voiture. Le ciel était sombre, les collines invisibles et la nuit glaciale.

Bien qu'officiellement elle ne soit pas de service, elle brancha sa radio sur la fréquence de la police, s'efforçant de se convaincre que Matt McCafferty n'était que le frère de la victime d'un crime. Rien de plus. Ses mains n'auraient pas dû devenir moites en pensant à lui. Son cœur ne devrait pas battre si fort, ni être envahi par une telle impatience à la seule pensée de le voir bientôt.

C'était pourtant le cas. Même son estomac était noué. Elle imagina un instant l'effet que produiraient les bras de Matt autour d'elle, ses lèvres avides sur sa bouche et…

Elle chassa ces pensées avant de glisser sur une pente dangereuse.

Grâce à Dieu, elle finit par atteindre l'embranchement qui conduisait au ranch.

— Voici donc le Flying M Ranch, murmura-t-elle en prenant le chemin couvert de neige.

Elle était souvent passée devant, bien sûr, mais c'était la

première fois qu'elle s'engageait sur le chemin qui menait au ranch. Quelques herbes sèches et durcies frôlèrent le plancher de la voiture tandis qu'elle essayait d'éviter les ornières. Elle dépassa des pâturages où les bêtes se blottissaient les unes contre les autres pour essayer d'échapper au vent et à la neige.

L'allée s'élargit pour déboucher sur une aire de stationnement et une série d'enclos entourant une grange, une étable et des écuries. La maison dominait le tout, grande et dissymétrique, la façade usée par les intempéries. Les fenêtres éclairées brillaient dans la nuit.

Kelly se gara à côté des autres véhicules. Elle remonta sa capuche et enfonça la tête dans ses épaules pour affronter le froid vif. Elle courut jusqu'à la véranda et grimpa les marches. Elle tapa ses bottes pour enlever la neige, puis sonna. La porte s'ouvrit immédiatement.

— Inspecteur Dillinger, dit Matt, la saluant d'une voix traînante, ses yeux sombres la dévisageant avec attention.

Vêtu d'un jean délavé et d'une chemise de travail ouverte sur un T-shirt bleu marine, il était en chaussettes. L'animosité avait disparu de ses traits, et une barbe naissante recouvrait ses joues, lui donnant un air… beaucoup trop sexy.

Le cœur de Kelly se mit à battre la chamade.

Matt se recula légèrement.

— Entrez, dit-il.

Elle eut l'impression fugitive qu'il l'invitait à pénétrer dans un nid de vipères.

Elle s'éclaircit la voix et essaya de calmer le tremblement de ses mains.

— Je voulais vous parler, vous poser quelques questions.

— Quelle coïncidence ! s'exclama-t-il en plongeant son regard dans le sien. Moi aussi.

- 5 -

Elle s'efforça d'ignorer la sensualité qui émanait de lui et déclara d'une voix qu'elle espérait assurée :

— Vous vouliez me poser une question, je vous écoute.

— Avez-vous découvert qui avait essayé de tuer Randi ?

— Nous y travaillons.

— Mettez davantage d'effectifs sur l'affaire.

Le regard de Matt s'intensifia, lui ôtant le peu d'assurance qu'elle avait.

— Nous avons d'autres affaires à résoudre, vous savez, monsieur McCafferty.

— Bien sûr… Mais les vaches qui détruisent la clôture des voisins ou les gamins qui utilisent les boîtes aux lettres pour jouer aux fléchettes sont des cas bien moins importants, qu'en pensez-vous ?

— Faites-moi confiance. L'agression de votre sœur est notre priorité.

Il s'écarta pour lui céder le passage.

— J'espère bien. Entrez donc.

Après s'être essuyé les pieds sur le paillasson, la jeune femme entra et ne put s'empêcher de jeter un regard autour d'elle.

A l'intérieur, il faisait chaud et, malgré sa taille imposante, la maison donnait une sensation de confort et d'intimité. L'éclairage projetait une lumière dorée sur les murs lambrissés de pin et sur le plancher poli, un tapis aux couleurs délavées recouvrait les marches de l'escalier qui menait à l'étage. Une odeur de feu de cheminée, de porc rôti et de gingembre embaumait l'air. Des rires aigus lui parvinrent d'en haut. Des voix de petites filles. Certainement les jumelles de Nicole Stevenson.

Kelly déboutonna sa veste et Matt s'empressa de l'aider, ses doigts frôlant légèrement sa nuque. L'intensité du frisson qui la traversa lui parut démesurée en comparaison de la brièveté de ce contact.

— Y aurait-il un endroit où nous pourrions parler tranquillement ? demanda-t-elle vivement.

— Par ici, s'il vous plaît.

Il la conduisit jusqu'au salon où Thorne McCafferty, sa jambe plâtrée posée sur le repose-pied de son fauteuil, discutait avec un grand homme blond tenant son chapeau à la main.

— Larry Todd. Inspecteur Dillinger, annonça Matt. Larry est le contremaître du ranch et l'inspecteur Dillinger est chargée de l'enquête concernant la tentative d'assassinat de Randi.

— Enchanté, dit Larry.

Thorne s'efforça de se lever pour la saluer à son tour, mais Kelly l'en dissuada d'un geste.

— Prenez le fumier qui en veut à ma famille, inspecteur dit-il.

— Nous le ferons.

— Dépêchez-vous, insista-t-il.

— C'est pour cela que je suis là, répondit-elle, un peu tendue. Je suis venue pour vous poser quelques questions.

— Je ferais mieux d'y aller, intervint Larry. On dirait que vous avez des problèmes à régler. Ah, juste une dernière chose. Je pensais échanger des poulains contre les juments de Lyle Anderson. Ce serait bon pour le cheptel.

Thorne adressa un regard interrogatif à Matt.

— Entendu, acquiesça ce dernier.

— Bien, répondit Larry en se préparant à sortir.

— Attendez un instant, monsieur Todd, intervint Kelly en prenant un petit carnet dans sa poche. Puisque vous êtes là, peut-être pourriez-vous me fournir quelques éclaircissements. Randi vous a renvoyé quelques semaines avant son accident, n'est-ce pas ?

Thorne s'extirpa avec difficulté de son fauteuil et s'appuya sur sa béquille. Matt croisa les bras sur sa poitrine et la regarda avec attention.

Larry Todd rougit et pinça les lèvres. Il se frotta nerveusement la nuque.

— Oui. Effectivement, admit-il, sans cacher son irritation. Et ça m'a sacrément mis en colère. J'administre ce ranch depuis longtemps et soudain, je ne sais pas quelle mouche l'a piquée, elle m'a mis à la porte.

— Vous a-t-elle donné une raison ?

— Aucune. Pourtant je me suis toujours bien entendu avec elle et je croyais qu'elle était satisfaite de mon travail. Je suppose qu'elle a changé d'avis, précisa-t-il en fronçant les sourcils. Elle n'a pas pris la peine de s'expliquer, mais j'ai eu l'impression qu'elle voulait s'installer ici et qu'elle avait quelqu'un d'autre pour me remplacer. En tout cas elle ne me l'a pas dit en face. Elle a été très gentille et elle m'a même payé trois mois d'indemnités de licenciement, puis elle m'a remercié. C'est tout. Des années de travail en vain. J'étais furieux, mais je ne pouvais rien faire. Comme elle possède la moitié du ranch, c'est elle le patron.

— N'a-t-elle pas demandé l'avis de ses associés avant ?

— Pas que je sache.

Matt saisit un tisonnier et remua les bûches. Les flammes crépitèrent et les braises lancèrent des étincelles.

— Personne n'a été prévenu de ce renvoi, assura-t-il. Depuis la mort de notre père, c'est Randi qui s'occupait du ranch, et elle a toujours été très indépendante.

— Excessivement indépendante, renchérit Thorne.

— Comme nous ne possédions qu'un sixième des terres, nous l'avons laissée faire à sa guise. Moi, je me suis dit que si elle avait besoin d'aide, elle me le demanderait, poursuivit Matt d'un air un peu honteux, posant un morceau de chêne couvert de mousse sur les chenets. A vrai dire, j'ai cru qu'elle abandonnerait rapidement. Assumer la responsabilité du ranch tout en travaillant à Seattle me semblait difficile. Je pensais qu'elle finirait par le vendre.

— A vous ?

— A qui voudrait l'acheter. Mais oui, en effet, j'imaginais qu'elle ferait une proposition, soit à moi, soit à mes frères, répondit-il en soupirant. Mais j'avais tort.

— Drôle d'histoire quand même, intervint Larry. Elle me renvoie et, deux semaines après, elle accouche et se retrouve dans le coma.

— Et vous avez récupéré votre emploi.

— Ses frères me l'ont demandé, déclara-t-il en plissant ses yeux verts. Ils ont eu du mal à me convaincre, je peux vous le dire. J'ai mon amour-propre.

— Je comprends. Quand elle vous a renvoyé, lui avez-vous demandé qui prendrait la relève après vous ? voulut savoir Kelly. Le ranch est grand et exige beaucoup de travail, j'imagine. Comment comptait-elle s'y prendre en habitant aussi loin ?

— Bonne question ! Mais je ne lui ai pas demandé, non. J'étais trop en colère, répliqua-t-il en regardant Kelly tandis qu'une lueur de préoccupation traversait son regard. Vous savez, j'ai l'impression… juste une intuition… qu'elle voulait se cacher ici et rester seule. Elle n'a pas renvoyé les aides. Peut-être pensait-elle pouvoir gérer le ranch toute seule… Je suppose que nous aurons la réponse quand elle se réveillera. Bon ! Je ferais mieux de rentrer à présent, conclut-il en regardant sa montre.

— Si vous vous souvenez de quoi que ce soit d'autre, monsieur Todd, appelez-moi, lui demanda Kelly en lui tendant sa carte.

— Je n'y manquerai pas.

La porte claqua derrière lui, et un moteur de pick-up gronda bientôt dans la nuit. Kelly suivit les feux arrière du véhicule et se tourna vers les deux frères.

— Je suppose que ni l'un ni l'autre ne pouvez m'éclairer sur les motifs de son renvoi, reprit-elle.

— Aucun de nous n'avait parlé à Randi depuis un moment, reconnut Matt à contrecœur.

— Et le père de son enfant ?

— Nous essayons de le localiser. Kurt Striker s'en occupe. Il doit arriver demain, répondit Thorne.

Il boitilla jusqu'à la cheminée, prit une photo de sa sœur et la regarda en soupirant.

— J'aimerais bien parler à ce Kurt Striker, laissa tomber Kelly.

Matt lui jeta un coup d'œil en coin.

— Est-ce une procédure habituelle, inspecteur ?

Kelly sentit la moutarde lui monter au nez mais réprima son mouvement d'humeur.

— Ecoutez, monsieur McCafferty, rien n'est habituel dans cette affaire.

— Oh. Je croyais que vous alliez m'appeler par mon prénom.

— Peu importe, répondit-elle sèchement. Que savez-vous de ses petits amis ?

— Je n'ai jamais eu l'occasion de les rencontrer. Et je n'ai aucune idée de l'identité du père du petit J. R.

Il passa les doigts dans ses cheveux sombres, visiblement frustré. Reconnaître qu'il ne savait rien de sa sœur, ou presque, devait le mettre dans une rage folle, crut deviner la jeune femme.

— Il pourrait s'agir de quelqu'un que personne ne connaît, d'un homme qu'elle voyait en cachette, suggéra Thorne.

Matt jura dans sa barbe.

— En vérité, nous nous sentons vraiment idiots d'être aussi ignorants de la vie de notre sœur, avoua-t-il.

— Nous avons les noms de certains des hommes qu'elle fréquentait, annonça Kelly en feuilletant ses notes. Joe Paterno, un photographe free lance du *Clarion*, Brodie Clanton, un avocat dont le père est juge, et Sam Donahue, un cow-boy qui pratiquait le rodéo et qui travaille actuellement dans un ranch près de Spokane, dans l'Etat de Washington.

Elle leva les yeux et remarqua que Matt semblait furieux.

— Je ne connais pas les deux autres types, mais Donahue est un misérable, grommela-t-il en enfonçant les mains dans les poches de son jean. Je n'arrive pas à croire que Randi ait pu le fréquenter.

— Tu ne sais rien d'elle, intervint Thorne. Kurt Striker est en train de vérifier les groupes sanguins. Même si nous ne parvenons pas à déterminer l'identité du père, nous pourrons au moins savoir qui il n'est pas.

Un bruit de pas venant de l'escalier se fit entendre, et Nicole Stevenson entra dans le salon, un bébé dans les bras, suivie par deux adorables fillettes. L'attitude froide qu'elle arborait à l'hôpital avait disparu, remplacée par un sourire chaleureux qui réconforta quelque peu Kelly.

— Je vous dois des excuses, inspecteur Dillinger, dit-elle. Hier soir, j'étais bouleversée et je n'aurais pas dû vous accuser.

— Nous étions tous sur les nerfs, vous savez.

— Je sais. Mais ce n'était pas très professionnel de ma part.

— Ce n'est pas grave, docteur Stevenson.

— Merci, inspecteur.

Matt traversa la pièce et contempla son neveu d'un air attendri.

— C'est toi qui es à la source de toute cette histoire, bonhomme. Si seulement tu pouvais parler…

A la surprise de Kelly, il prit le bébé des mains de Nicole. Non sans maladresse, il le serra sur sa poitrine et le regarda en souriant. Malgré son apparence de dur à cuire, il fondait visiblement à la vue du petit garçon.

— Est-ce que l'un de ces messieurs a eu l'amabilité de vous offrir un verre ? demanda Nicole. Un café, un thé, un verre de vin ?

— Je ne veux rien, merci, répondit Kelly.

— Moi, je veux boire quelque chose, dit une des jumelles en tirant sur le chemisier de sa mère.

— Attends un peu, Molly. Qui de vous deux va s'occuper

de J. R. ? Tonton Thorne ou tonton Matt ? Cet enfant a besoin d'un biberon… et aussi d'être changé.

Le bébé émit un petit gazouillis qui provoqua chez Kelly une émotion inattendue.

— C'est mon tour, proposa Thorne. Mais il faut que quelqu'un le porte jusque dans la cuisine et lui prépare son biberon.

— Je vais le faire ! s'exclama une des fillettes, en se précipitant dans le hall.

— Moi aussi ! renchérit sa sœur en la suivant.

— Oh, oh… Je ferais mieux d'aller superviser les opérations, dit Nicole. Thorne, je te retrouve dans la cuisine. Au fait, ajouta-t-elle en se tournant vers Kelly, avez-vous découvert ce que l'on avait injecté dans la perfusion de Randi ? Je ne suis pas retournée à l'hôpital depuis hier soir.

— De l'insuline. Cela peut être fatal en cas de surdose. Vous souvenez-vous du cas de Sunny von Bulow ? Son mari avait été accusé de vouloir l'assassiner avec ce produit.

— Il s'en est tiré, n'est-ce pas ? demanda Matt.

— En effet. Mais sa femme est restée dans le coma pendant des années.

Nicole fronça les sourcils et soupira.

— D'après les symptômes, je m'en doutais. Avez-vous une idée de l'auteur de cet acte criminel ?

— Pas encore, reconnut Kelly.

Soudain, un grand bruit retentit, suivi par un hurlement. Nicole se précipita vers la cuisine avec le bébé. Thorne lui emboîta le pas.

— *¡ Dios ! ¡ Niña !* Regarde ce que tu as fait ! s'exclama une voix de femme.

Quelques secondes plus tard, on entendit des sanglots.

— C'est pas ma faute ! cria une des jumelles.

— Si, c'est toi ! répondit l'autre.

Un coin de la bouche de Matt se releva.

— Comme vous voyez, inspecteur, ici, on ne s'ennuie jamais.

— Je vois.

En revenant dans le salon, une de ses filles nichée contre son épaule et pleurant toutes les larmes de son corps, Nicole adressa un clin d'œil à Kelly.

— Heureusement que j'ai un diplôme de médecin urgentiste, dit-elle en contenant un sourire. Mindy va avoir besoin de points de suture.

— Non ! s'écria la fillette en sanglotant de plus belle.

— Que lui est-il arrivé ? demanda Kelly.

— Le sucrier lui a écrasé les doigts en tombant. Je ne sais pas comment ça s'est passé.

— C'est à cause de Molly, affirma Mindy avec indignation, la lèvre inférieure tremblante. Elle a tiré ma chaise.

Molly déboula de la cuisine pour proclamer son innocence.

— C'est pas moi ! T'es tombée toute seule.

— Mindy survivra, assura Nicole.

— T'es tombée, tombée, tombée, carillonna Molly.

Matt regarda sa montre.

— Quel cirque ! soupira-t-il. Je dois aller m'occuper des juments. Avez-vous d'autres questions à me poser, inspecteur ?

— Quelques-unes, oui.

— Alors, accompagnez-moi.

Il se dirigea vers l'entrée, décrocha d'un portemanteau en bronze terni une veste et un chapeau, puis traversa le couloir où étaient accrochées des photos de famille : Thorne en tenue de footballeur, Matt descendant une pente à skis, Randi en robe longue au bras d'un cavalier en smoking, Matt chevauchant un cheval de rodéo. L'animal, la tête baissée, les sabots avant fermement plantés dans le sable d'une arène et les membres postérieurs levés vers le ciel, semblait déterminé à désarçonner son cavalier, un cow-boy mince et musclé, la main droite levée en l'air et la gauche fermement accrochée à la lanière entourant le poitrail de la bête.

— Qui a gagné ? demanda Kelly en observant la photo.

— Moi.

— Bien sûr…

— Mais ce n'était pas toujours le cas, reconnut Matt. Surtout avec Zanzibar. Il était très fougueux.

Une ombre de nostalgie passa dans son regard.

Kelly supposa que les sensations fortes procurées par le rodéo lui manquaient. D'après ce qu'elle savait, bien qu'il porte toujours une boucle de ceinture avec un cheval dressé sur ses pattes de derrière, Matt avait abandonné cette pratique depuis des années et se consacrait au ranch qu'il possédait dans les collines occidentales du Montana.

Ils pénétrèrent dans la grande cuisine située à l'arrière de la maison. Une délicieuse odeur de porc rôti et de tourtes chatouilla les narines de Kelly. Un plan de travail de bois usé entourait un évier en Inox et une cuisinière électrique où étaient posées des casseroles dont la vapeur s'échappait par une hotte en cuivre. Dans un coin, des morceaux de porcelaine bleue mêlés à du sucre en poudre étaient rassemblés dans une pelle à ordures. Thorne était assis à la table avec le petit J. R. qui tétait son biberon en le regardant.

Matt fit claquer sa langue et haussa les épaules.

— Je n'aurais jamais imaginé vivre assez vieux pour…

— Tais-toi ! s'écria Thorne d'un air menaçant.

Mais ses yeux brillaient et il semblait apprécier son rôle de père par intérim.

— Ce n'est pas toi avec ta jambe dans le plâtre et ton bébé dans les bras qui risques de m'arrêter, répliqua Matt.

— Essaie donc.

— Quand tu voudras.

— *¡ Basta !* Arrêtez un peu, tous les deux !

Une femme à la peau mate, aux yeux noirs et au menton décidé émergea de l'office. Elle posa sur le comptoir deux sacs contenant des oignons et des pommes de terre.

— Vous ressemblez à deux vieux *toros* prêts à vous foncer dessus. *¡ Dios !* La police ? demanda-t-elle en regardant Kelly.

— L'inspecteur Kelly Dillinger, expliqua Matt. Juanita Ramirez, notre cuisinière, gouvernante et ange gardien.

— *¡ Angel !* lança Juanita avec une moue de dédain,

adoucie néanmoins par un sourire tandis qu'elle jetait les débris du sucrier dans la poubelle. Vous cherchez donc l'individu qui est responsable des ennuis de Randi ? demanda-t-elle à Kelly.

— Oui.

— Mais vous ne l'avez pas encore trouvé.

— Non.

Juanita poussa un long soupir et sa poitrine se souleva.

— *La señorita* Randi nous cause bien des soucis. Le bébé. Son travail. Et ce livre…, dit-elle en saisissant un couteau pour commencer à peler les oignons avec dextérité. Si vous voulez mon avis, tout est lié à *este libro*.

— L'avez-vous lu ?

— Moi ? Non, répondit-elle en jetant les épluchures à la poubelle.

— Mais vous l'avez vu. Vous savez qu'il existe.

— J'ai entendu Randi en parler. Elle est venue quelques jours ici et elle passait son temps au téléphone.

— A cause du livre ? demanda Kelly, tentant de suivre le raisonnement de la femme.

— *Sí*. Avec son…, comment dit-on ? *Su agente*.

Thorne tourna brusquement la tête.

— Son agent ? répéta-t-il d'un air pensif. Randi avait donc un agent ?

— *Sí*.

— Qui était-ce ? s'enquit Matt.

Le cœur de Kelly s'accéléra. Enfin un nouvel indice auquel personne n'avait pensé auparavant.

— Je ne sais pas, dit Juanita en haussant les épaules. Il faudra lui demander quand elle se réveillera.

— Madame Ramirez, vous souvenez-vous de la date à laquelle Randi est venue au ranch ? s'enquit Kelly.

— Eh bien… voyons… Au milieu de l'été, je crois. Peu de temps après le décès *del señor* John, déclara la gouvernante en faisant rapidement un signe de croix, son couteau toujours dans la main. Elle était venue en visite.

— Et tu n'as pas remarqué qu'elle attendait un bébé ?

demanda Matt avec incrédulité. Elle devait déjà être enceinte de cinq ou six mois.

— Non. Enfin, elle était plus ronde, c'est vrai, mais j'ai cru qu'elle avait juste pris du poids.

— L'avez-vous vue travailler à son livre ? demanda Kelly.

Juanita coupa des tranches d'oignon, fronça les sourcils et cligna des yeux pour lutter contre les larmes.

— Je l'ai vue le taper sur son ordinateur. Mais je ne l'ai pas lu.

— Retour à la case départ ! dit Matt d'un air dégoûté en quittant la cuisine.

Mais Kelly n'était pas d'accord. Ils avaient de nouveaux éléments, et même s'ils menaient à une impasse, c'était mieux que rien. Elle rangea son calepin et sortit derrière Matt.

Dehors, l'air était glacial et le vent lui fouetta le visage. La neige tourbillonnait dans l'obscurité. Elle suivit Matt jusqu'à l'écurie, pensive.

Un cheval hennit doucement. Un autre s'ébroua et passa la tête par-dessus la porte de son box. Matt caressa l'étoile irrégulière sur son front. Malgré le froid intense, l'endroit, surmonté d'une grange à foin, donnait une impression de chaleur et de sécurité. Une odeur de chevaux, de graisse à cuir, de poussière et de paille planait dans l'air. Des toiles d'araignées avaient envahi les fenêtres. Des barils d'avoine et d'aliments étaient empilés dans un coin. Des fourches, des pelles et des seaux étaient suspendus à des clous rouillés plantés dans les parois.

— Voici les dames du Flying M Ranch, expliqua Matt d'une voix étrangement douce. Les futures mamans.

Une des juments semblait ombrageuse, une autre fit un bond de côté quand Kelly s'approcha, mais la plupart se laissèrent caresser.

Matt vérifia la nourriture et l'eau de chaque bête, flatta leurs naseaux et leur parla d'une voix basse et tendre tout en les grattant derrière les oreilles ou en leur tapotant l'encolure.

Kelly ne le quittait pas des yeux. Il était difficile de l'imaginer en assassin déterminé à éliminer sa demi-sœur pour s'approprier sa part du ranch. Non, ce n'était que des commérages colportés dans les tavernes et les bars de Grand Hope. La jeune femme estima que ces rumeurs étaient exagérées et certainement provoquées par la jalousie.

Les trois frères paraissaient plus que concernés par l'état de leur sœur. De plus, ils adoraient visiblement le bébé. Et à voir Matt cajoler les juments avec autant d'affection, sa certitude fut renforcée : le responsable des agressions réitérées contre Randi, et probablement de l'accident de Thorne, était extérieur à la famille.

— Que vouliez-vous me demander ? dit Matt, regardant par-dessus son épaule tout en versant de l'avoine dans les mangeoires.

Kelly grimpa sur une barre d'attache, coinça les talons de ses bottes sur le barreau inférieur, se soutenant avec les mains, comme elle le faisait, des années auparavant, dans la ferme de sa grand-mère.

— J'espérais que vous pourriez m'expliquer pourquoi votre père a laissé la moitié du ranch à votre sœur. Vous et vos frères avez hérité d'un sixième chacun, et elle, elle a eu la moitié comprenant la maison et les bâtiments adjacents.

— En effet. Je suppose que notre père a estimé qu'il devait favoriser Randi, car nous savions mieux nous débrouiller.

— Parce qu'elle est une femme ?

— Exactement.

— Savait-elle s'occuper d'un ranch ?

— Pas vraiment.

— Comment avez-vous pris ce partage inégal ? Je veux dire, avez-vous éprouvé de la rancœur ?

Il haussa les épaules.

— Randi a toujours été la préférée de mon père, déclara-t-il.

— Pourquoi ?

— Parce qu'elle est la fille de Penelope, répondit-il d'un ton sec. Il aurait décroché la lune pour cette femme. En fin de compte, elle l'a laissé tomber. Une sorte de retour de bâton pour ce qu'il avait fait à ma mère. Mais beaucoup d'eau a coulé sous les ponts depuis. Cela n'a plus d'importance, à présent.

— Vous pensez donc que ce partage était motivé par le favoritisme.

— Probablement, mais je ne sais pas exactement ce que mon père avait derrière la tête. A l'époque, il se doutait qu'il était près de mourir. Thorne était déjà millionnaire et, moi, j'avais mon propre ranch. Quant à Slade, il vivait sa vie et n'avait jamais accordé beaucoup d'attention à papa. Randi avait son travail à Seattle, que mon père n'approuvait pas. Bien que cela n'ait pas changé grand-chose, d'ailleurs. De toute façon, elle n'en a toujours fait qu'à sa tête.

— Un trait caractéristique de la famille.

— On dirait.

Il se dirigea vers une échelle construite dans le mur et grimpa dans le grenier.

Kelly détourna vivement les yeux de ses fesses.

Des balles de foin tombèrent bruyamment sur le sol. Quelques secondes plus tard, Matt redescendit et coupa les cordes avec son canif. Tandis qu'il se penchait en avant, le regard de Kelly fut de nouveau attiré par ses hanches et ses jambes musclées. Une chaleur étrange l'envahit aussitôt et elle reporta son attention sur la jument derrière elle. Bon sang, pourquoi se demandait-elle ce qu'il portait sous son Levi's râpé ? Jamais de sa vie elle n'avait déshabillé un homme du regard de cette façon. Et maintenant, voilà qu'elle imaginait son corps en sueur couché sur le sien, ses mains, sa bouche parcourant sa peau…

Il referma son couteau, et ce bruit sec la fit sursauter, la ramenant à l'instant présent. Matt saisit une fourche et secoua d'énormes tas de foin dans les mangeoires. Elle devina les muscles de ses épaules qui bougeaient sous sa chemise.

— Vous savez, je n'avais pas vu Randi depuis un bout de temps, reprit-il. Ni Thorne et Slade, d'ailleurs. Nous en avons tous un peu honte. Nous aurions dû rester en contact avec elle.

— Donc, vous ne connaissiez pas les hommes qu'elle fréquentait ?

Il planta la fourche dans le foin et tourna la tête vers elle, plongeant ses yeux dans les siens. La jeune femme sentit sa bouche se dessécher, mais s'efforça néanmoins de se concentrer sur la conversation.

— Je savais qu'elle avait des petits amis, que ce soit ici ou plus tard, au collège, dit-il. Mais je n'ai jamais entendu dire qu'elle ait eu une relation sérieuse avec aucun d'eux, même pas dernièrement. Pour quelqu'un qui donne des conseils aux autres, elle était plutôt secrète et indépendante. Comme vous.

— Il ne s'agit pas de moi, rétorqua-t-elle, piquée au vif.

— Non, mais vous comprenez, dit-il en s'appuyant sur la fourche avec un soupir. Je ne suis pas du tout étonné qu'elle ait eu une relation avec un homme que je ne connaissais pas, mais ce qui est étrange, c'est qu'elle n'ait révélé à personne qu'elle était enceinte.

— Peut-être avait-elle l'intention de faire adopter le bébé.

— J'en doute. Ce n'est pas comme si elle avait été une adolescente qui ne sait pas ce qu'elle veut et qui ne peut pas se permettre d'avoir un enfant. Non. Je suis sûr qu'elle voulait garder son bébé, mais qu'elle avait quelque chose à faire avant de nous révéler son existence.

— Ecrire un livre, par exemple ?

Il se retourna pour lui faire face et elle nota la lueur d'irritation dans ses yeux.

— Je pencherais plutôt pour des problèmes à résoudre avec le père, répondit-il. Où est ce type ? N'aurait-il pas déjà dû se montrer, s'il s'intéressait un tant soit peu à ma sœur ?

— Sauf s'il n'a pas eu connaissance de l'accident.

— S'il a été capable de la mettre enceinte, il devrait être à ses côtés.

— Peut-être avaient-ils rompu avant. Peut-être le lui a-t-elle caché, comme elle l'a fait avec vous. Et peut-être, aussi, que vous avez raison et qu'il s'en fiche complètement.

Il shoota dans une balle de foin d'un air furieux et

s'approcha d'elle. Son visage était si près du sien qu'elle sentit son souffle l'effleurer. Elle ne put faire autrement que de noter le tremblement de ses lèvres, la veine qui se mit à battre sur sa tempe, et les minuscules rides de colère qui se dessinèrent autour de ses yeux flamboyants.

— Bon sang, si ma femme était à l'hôpital et que l'enfant était de moi, je vous jure que j'aurais une attitude différente !

Le pouls de Kelly s'emballa. Elle mouilla de la langue ses lèvres sèches. Matt McCafferty était beaucoup trop sexy.

Son maudit cœur féminin se mit à battre à tout rompre quand elle remarqua les coins de sa bouche tendus par la colère. Pendant un court instant irréel, elle se demanda quel genre d'amant il ferait et ce qu'elle ressentirait à l'embrasser, à sentir ses mains calleuses sur sa peau…

Elle coupa court à ces pensées et prit une longue inspiration.

Elle se comportait comme une idiote !

Le regard de Matt plongea dans le sien et s'y attarda. Une lueur étrange passa dans les profondeurs sombres de ses yeux. Il était dangereux, pensa-t-elle, le temps d'un éclair. Dangereux pour ses émotions. Mais ce n'était sûrement pas un tueur, ni un homme capable de comploter pour assassiner sa sœur, quel qu'en soit l'enjeu.

Le moment s'éternisa. Les chevaux remuèrent et s'ébrouèrent dans leur stalle. La gorge de Kelly était aussi desséchée qu'une prairie du Montana en été.

Matt regardait à présent sa bouche, paraissant avoir deviné l'effet qu'il avait provoqué sur elle.

Non, songea-t-elle vaguement, elle ne voulait pas qu'il la prenne dans ses bras, la fasse descendre de son perchoir, la serre fort et l'embrasse jusqu'à… Oh, mon Dieu !

Comme s'il sentait l'atmosphère électrique qui s'était installée entre eux, il fit un pas en arrière et s'éclaircit la voix. Mais ses yeux sombres restèrent fixés dans les siens, des yeux dans lesquels elle lut d'étranges promesses érotiques.

Avec une agilité dont elle ne se serait pas crue capable en un tel moment, elle sauta sur le sol. Elle passa rapidement sa langue sur ses lèvres, sentit ses joues s'empourprer et se rendit compte avec dépit que ses jambes flageolaient.

— Si... si vous pensez à autre chose, appelez-moi, dit-elle finalement d'une voix plus forte qu'elle l'aurait souhaité.

Il sembla hésiter, et une flamme étrange traversa son regard.

— Je parlais de l'affaire, ajouta-t-elle vivement.

— Je sais.

Kelly sentait son cœur cogner dans sa poitrine. Quelque part, un cheval hennit doucement. La jeune femme s'arracha au regard hypnotique de Matt. Etait-elle devenue folle ? Elle n'avait jamais eu une telle réaction. Jamais. Elle avait travaillé avec des dizaines d'hommes, interrogé des dizaines de témoins, de suspects et de victimes masculines, mais les émotions qui l'assaillaient à présent ne l'avaient jamais effleurée.

— Et vous, vous me tiendrez informé des détails de l'enquête, ajouta-t-il.

« Dans vos rêves ! » pensa-t-elle en se dirigeant vers la porte. Elle le tiendrait au courant, mais certaines preuves seraient gardées secrètes jusqu'à ce que les investigations soient terminées.

Comme s'il avait lu dans ses pensées, il la saisit par le coude et la fit pivoter.

— Je suis sérieux, affirma-t-il d'une voix calme et déterminée. Je veux être informé de tout. L'ordure qui s'est attaquée à Randi ne doit pas s'en tirer. Sinon, je serai forcé de prendre les choses en main.

— Ce qui serait une grave erreur de votre part.

— Alors trouvez-le !

— Nous le trouverons.

Les doigts de Matt se resserrèrent sur son bras.

— Je ne plaisante pas, inspecteur. Je veux que ce fumier soit puni, et vite. J'en ai assez d'attendre pendant que la vie de ma sœur est en danger. Soit vous vous débrouillez pour l'arrêter, soit c'est moi qui le trouverai. Et dans ce cas, je vous jure que je n'attendrai pas que la justice décide de son sort.

- 6 -

— Je me demande vraiment pourquoi ce n'est pas un homme qui est chargé de cette enquête, grommelait Matt, deux jours plus tard, en buvant son café dans la cuisine.

Il ne restait que quelques jours avant Thanksgiving. Juanita, Nicole et Jenny, la nounou des jumelles et de J. R., organisaient le repas de fête, invitaient amis et parents, et décoraient la maison avec des lampions en forme de dindes, des citrouilles et des calebasses. L'état de Randi s'était stabilisé mais guère amélioré, le petit J. R. était de plus en plus mignon et Mike Kavanaugh avait appelé pour tenter de le convaincre une nouvelle fois de lui vendre son ranch.

Matt avait perdu le sommeil. Depuis la visite de Kelly, l'autre soir, l'image de la jeune femme le hantait jour et nuit. Quand il s'occupait des bêtes, son visage pâle auréolé de cheveux roux revenait sans cesse à sa mémoire. La nuit, il se tournait et se retournait dans son lit, rêvait qu'il l'embrassait, et se réveillait aussi excité qu'un adolescent en mal d'amour. Quand il allait à l'hôpital, il la cherchait dans l'espoir de la rencontrer et s'inventait des prétextes pour pouvoir lui téléphoner.

Mais, jusqu'à présent, il avait résisté.

C'était ridicule. Elle n'était pas du tout son genre. Il aimait les femmes calmes, rondes, aux longs cheveux blonds et à la voix douce. Les rares fois où il avait envisagé de se stabiliser, il s'était imaginé avec une épouse casanière ayant pour seul désir d'être la compagne d'un éleveur et la mère de ses enfants. Jamais il n'aurait pensé tomber amoureux d'une femme ambitieuse à la langue acérée qui portait un pistolet à la ceinture. Et surtout qui vivait à des lieues de l'endroit où il avait décidé de s'installer et de vivre. Il avait payé un prix élevé pour acquérir ce bout de terre et jouir enfin de son indépendance, et il n'avait pas l'intention de l'abandonner pour une femme, encore moins une femme inspecteur de police.

— D'après ce que je sais, c'est Roberto Espinoza qui dirige les opérations, dit Thorne, l'arrachant à ses pensées.

— Espérons qu'il obtiendra plus de résultats que cette Kelly Dillinger.

Slade, affalé sur sa chaise, observait ses frères par-dessus le bord de sa tasse.

— Dis-moi, Matt, sauf erreur de ma part, cette Kelly Dillinger te fait le même effet que Nicole a eu sur Thorne.

— Qu'est-ce que tu veux dire par là ? grogna Matt qui n'aimait pas du tout l'insinuation de son frère.

Slade plongea ses yeux dans les siens.

— Regarde les choses en face, mon vieux. Elle t'attire.

— Pas du tout ! se défendit Matt. C'est un flic. Je n'ai *aucune* attirance pour les policiers féminins. J'en parle juste parce qu'elle travaille sur cette affaire.

Slade fit semblant de réfléchir avant de déclarer solennellement :

— Je crois que j'ai compris. Tu es victime d'une fascination pour l'autorité.

Matt dut faire un effort pour ne pas bondir de sa chaise. Il serra la tasse entre ses mains.

— Pardon ? lança-t-il.

— Tu sais bien ce que l'on dit : les femmes sont attirées par les hommes en uniforme. C'est peut-être ce qui t'arrive. Tu aimes peut-être être mené par le bout du nez.

Matt fusilla son frère du regard.

— N'as-tu pas quelque chose de constructif à faire ? demanda-t-il en buvant le reste de son café.

— Si ! répondit Slade en se levant. Essayer de joindre Kurt Striker ! Il m'a dit qu'il serait de retour cet après-midi. Peut-être a-t-il appris du nouveau à Seattle. Je vais lui demander de passer ici ce soir.

— Bonne idée, approuva Thorne. Plus vite nous saurons le fin mot de l'affaire, mieux cela vaudra.

— Il ne manquait rien sur les chariots ni dans les armoires à pharmacie, dit Kelly en posant un dossier sur le bureau de son supérieur.

Roberto Espinoza regarda par la fenêtre aux vitres renforcées de fils d'acier et luisantes de glace.

— Je suppose que quelqu'un a introduit l'insuline.

— Le personnel de l'hôpital est donc hors de cause ?

— Ou bien très malin.

— Oui. Nous allons vérifier s'il existe un diabétique dans l'entourage des McCafferty et s'il lui manque des médicaments, suggéra Kelly. Avez-vous trouvé des empreintes digitales dans la chambre de Randi ?

— Aucune, mais ce n'est pas surprenant, étant donné le nombre de gants en latex qui traînent partout, répondit-il en fronçant ses sourcils épais. La seule bonne nouvelle, c'est que Randi McCafferty est à présent hors de danger et qu'elle a quitté l'unité de soins intensifs pour une chambre particulière.

— Bien gardée, j'espère.

— Evidemment. Il n'est pas question de risquer une nouvelle agression pour que les frères nous collent un procès sur le dos. C'est une bande de têtes brûlées. Lorsqu'ils étaient jeunes, ils ont de nombreuses fois évité la détention grâce à leur père qui payait les cautions. A mon avis, il ne leur a pas rendu service.

— C'était il y a longtemps.

— Peut-être. Mais ils sont réputés pour avoir brisé de nombreux cœurs dans leur jeunesse.

— Cela n'a rien à voir avec notre affaire, commandant.

— Vraiment ?

Kelly observa attentivement son supérieur et se prépara

pour la leçon de morale. De temps à autre, Espinoza s'autorisait une attitude paternelle avec elle, probablement parce qu'il avait travaillé avec Ronald Dillinger, des années auparavant, avant qu'elle entre dans la police.

— Auriez-vous l'intention de me donner des conseils ?

Roberto Espinoza croisa les doigts sous son menton et ne répondit pas.

— Maintenant que vous avez commencé, allez-y, l'encouragea-t-elle. Si vous avez quelque chose à me dire, finissons-en.

Il s'appuya contre le dossier de sa chaise, sans la quitter des yeux.

— Bien ! Ma petite sœur Anita a eu une histoire avec Matt McCafferty. C'était il y a environ quinze ans. Il est sorti plusieurs fois avec elle et, selon Anita, leurs rapports ont été assez loin. Elle semblait l'intéresser. Mais, du jour au lendemain, il a repris ses rodéos et a disparu de la circulation. Leur relation n'a pas duré longtemps, mais ma sœur était vraiment amoureuse, conclut Espinoza en serrant les dents.

— Et donc, vous avez une dent contre lui.

— Disons que je n'ai pas envie que ce genre de déboires arrive à quelqu'un que je connais.

— Attendez un peu. Me mettez-vous en garde contre Matt McCafferty ? demanda-t-elle en se raidissant.

— Juste une remarque en passant.

— Ce ne sont pas vos affaires. Je vois qui je veux.

— Vous le fréquentez donc ?

— Non ! Je veux dire, seulement professionnellement, et d'ailleurs cela ne vous regarde pas, répondit-elle, sentant la rougeur lui monter au visage, consciente que sa réaction était excessive et sa voix trop aiguë. Revenons à notre affaire. Parlez-moi des hommes que Randi McCafferty connaissait.

Roberto Espinoza hocha lentement la tête.

— Les trois que l'on connaît, Paterno, Donahue et Clanton, ont des alibis. Ils étaient à des milliers de kilomètres de Grand Hope au moment de l'accident et de la tentative de meurtre à l'hôpital. Bien sûr, leurs excuses ne sont pas inattaquables, mais des gens prétendent les avoir vus à ces dates-là. La police de Seattle vérifie les faits.

— Et les tests de paternité ?

— Nous n'avons pas encore de résultats probants. D'après leur groupe sanguin, ils pourraient tous être le père de l'enfant. Il faudrait effectuer des tests A.D.N. pour restreindre le champ des recherches.

— Qu'ont-ils à déclarer pour leur défense ?

— Apparemment, ils ne sont pas très causants. Les policiers de Seattle les interrogent. En fait, nous n'avons pas beaucoup d'indices, expliqua-t-il en se penchant en avant pour prendre le dossier. Je songe d'ailleurs à envoyer quelqu'un là-bas, afin d'obtenir des informations de première main. Accepteriez-vous d'aller à Seattle, Kelly ?

— Bien sûr ! répondit-elle aussitôt, heureuse de faire quelque chose pour essayer de faire avancer l'enquête. Quand ?

— Cette semaine. Avant Thanksgiving.

— Vous pouvez compter sur moi.

— Parfait. Nous avons un garde posté devant la chambre de Randi McCafferty en permanence. Jusqu'à présent rien de suspect n'est arrivé. Si seulement la gamine pouvait se réveiller, nous aurions peut-être enfin des réponses.

Il ouvrit le dossier et en parcourut les pages, s'attardant sur le rapport des experts concernant la dernière tentative de meurtre de Randi.

— Et l'accident d'avion de Thorne McCafferty ? demanda Kelly. Les trois frères semblent persuadés qu'il s'agit aussi d'un acte de malveillance.

Espinoza referma le dossier et jeta la chemise en carton sur son bureau en secouant la tête.

— Nous n'en savons rien. Il y avait une sacrée tempête, ce jour-là, et l'avion a très bien pu tomber à cause d'une erreur de pilotage ou d'un équipement défectueux. Ou peut-être n'était-ce qu'une coïncidence. Je trouve quand même bizarre que quelqu'un essaie d'éliminer tous les membres de la famille l'un après l'autre. Non, je vous parie qu'il ne s'agissait que d'un manque de chance.

— Ce qui n'est pas le cas pour Randi. Tout au moins pour l'incident à l'hôpital.

— En effet. Dans ce cas précis, quelqu'un essaie de s'assurer qu'elle ne se réveillera pas. Le tout est de savoir qui.

— Et pour quelle raison.

Espinoza souleva ses sourcils épais.

— Si au moins nous avions un mobile, soupira-t-il. Certaines personnes en ville pensent que les frères sont impliqués, que Thorne a simulé son accident pour brouiller les pistes.

— Aucune chance. Ils auraient trouvé un meilleur moyen d'arriver à leurs fins. Et je les ai vus s'occuper du bébé ; ils lui portent une réelle affection.

— Je suis d'accord avec vous. Alors, qui est-ce ?

Cette question revint périodiquement à l'esprit de Kelly pendant tout le reste de la journée. Elle enquêta sur le lieu d'un accident de la circulation, interrogea les témoins d'un vol avec délit de fuite et prit les dépositions des propriétaires d'une épicerie qui avait été vandalisée. Mais les visages de la famille McCafferty revenaient sans cesse tourner devant ses yeux.

Il était plus de 20 heures quand elle monta dans sa voiture. Les vitres se couvrirent aussitôt de buée, mais le ciel était dégagé et les étoiles bien visibles dans la nuit éclairée par les réverbères. La jeune femme se dirigea vers sa maison, puis changea d'avis à un feu rouge et décida d'aller rendre visite à Randi.

Toute trace de journalistes avait disparu des couloirs de l'hôpital tandis qu'elle montait jusqu'au quatrième étage. Le policier chargé de la surveillance était assis sur une chaise pliante et parcourait un magazine.

— Je suppose que vous n'êtes pas là pour me relever, dit-il avec un grand sourire. Il est encore trop tôt.

— Non, Rex. Mais si vous voulez faire une pause et aller boire un café, je vous remplace.

— Inutile de me le dire deux fois. J'y vais. Merci, inspecteur.

Kelly entra dans la chambre aux lumières tamisées où Randi McCafferty était étendue sur le dos, les yeux fermés, les lèvres entrouvertes et la respiration régulière. Elle toucha le dos de sa main. Sa peau était fraîche.

— Réveille-toi, Randi, dit-elle doucement. Tes frères sont malades d'inquiétude à ton sujet, et ton bébé a besoin de toi. Et tu pourrais m'aider, moi aussi. Il y a des questions auxquelles toi seule peux répondre.

Elle observa attentivement cette jeune femme qui représentait un mystère, même pour sa famille. Qui était-elle réellement ? Personne ne connaissait les secrets de sa vie. Qui étaient ses amis, quels étaient ses projets, quelle était l'identité de son amant ? Les réponses se trouvaient peut-être à Seattle. En se rendant quelques jours dans cette ville, Kelly y découvrirait peut-être des solutions.

— Elle ne peut *toujours* pas vous entendre, vous savez. Pas plus que la dernière fois.

Kelly se figea, réprima sa réaction instinctive de saisir son arme en reconnaissant la voix basse de Matt McCafferty. Elle maudit sa malchance, lâcha la main de Kelly et se retourna.

Matt se tenait dans l'encadrement de la porte, sa silhouette athlétique éclairée à contre-jour par les lumières du hall.

Le cœur de Kelly fit un bond dans sa poitrine.

— C'est vous qui êtes de garde ? demanda-t-il, la fixant d'un regard froid et réprobateur.

— Non. J'ai pris la relève quelques instants.

— Vous ne m'avez pas entendu entrer. J'aurais pu être le tueur et vous sauter dessus, remarqua-t-il d'une voix tendue.

— Ou bien ma présence vous en aurait dissuadé. Je suis encore en uniforme. Et je suis armée.

Il ne répondit pas, se contenta de la parcourir des yeux.

Vexée, elle se rapprocha de lui et parla à voix basse.

— Avez-vous bientôt fini ? Je ne suis pas d'humeur à supporter vos critiques.

— A quoi êtes-vous d'humeur, alors ? lança-t-il, ironique.

Durant une fraction de seconde, elle eut l'impression qu'il lui faisait des avances. Mais elle se faisait certainement des idées.

— J'ai eu envie de voir votre sœur, et le policier de garde en a profité pour aller aux toilettes et chercher une tasse de café, répondit-elle en s'efforçant d'adopter un ton serein. Cela vous pose-t-il un problème ?

Il sembla se calmer légèrement et jeta un regard circulaire à la pièce, comme pour s'assurer de l'absence de danger.

— Pas vraiment.

— Parfait.

Il se dirigea vers le lit. Son odeur caractéristique de chevaux enveloppa aussitôt Kelly qui ne put réprimer un frisson.

— Je vous ai entendue lui parler, reprit-il. Mais c'est inutile. Nous avons tous tenté de communiquer avec elle ; elle ne réagit pas. Pas même un clignement de paupières, déclara-t-il en soupirant. Parfois je pense qu'elle ne se réveillera jamais.

— Il faut être patient et avoir la foi.

— J'ai déjà entendu cela des milliers de fois, répliqua-t-il en se frottant la nuque. Je ne suis pas sûr d'y croire encore. Et vous, ajouta-t-il en la regardant, vous êtes priée de ne pas me faire la morale, O.K. ?

Sans attendre la réponse, il saisit la main de sa sœur, qui sembla minuscule et pâle dans ses doigts longs et calleux, puis il souleva un sourcil et hocha brièvement la tête.

— Allez, petite sœur, reviens à toi, implora-t-il.

Le cœur de Kelly se serra en voyant la douleur envahir ses traits farouches. C'était vraiment un homme aux multiples facettes, constata-t-elle. Un homme capable d'éprouver des émotions allant de la colère à la culpabilité en passant par l'affection sincère. Derrière sa façade de dur, il cachait un cœur tendre.

Elle souhaita de toute son âme que Randi ouvre les

yeux. Puis, se sentant soudain intruse dans une scène trop intime, elle se dirigea vers la sortie.

— Vous pouvez rester, vous savez, lança-t-il d'une voix forte qui sembla déplacée dans l'atmosphère feutrée de l'hôpital.

— Je vous attends dehors, déclara Kelly en lui souriant. Vous avez besoin d'être seul avec elle.

Puis elle se glissa à l'extérieur et observa le poste des infirmières, situé un peu plus loin dans le large couloir. Deux femmes étaient de service, l'une parlait au téléphone tout en regardant son écran d'ordinateur et l'autre écrivait dans un classeur épais. Un aide-soignant poussait un chariot chargé de serviettes et de couvertures vers l'ascenseur, et un homme âgé déambulait dans le couloir, traînant sa perfusion derrière lui. Tout semblait calme et tranquille.

— Merci de m'avoir remplacé, dit Rex en se dirigeant sans se presser vers sa chaise. Je vous ai apporté un café noir. J'espère que vous l'aimez ainsi.

— Parfait, merci.

— Pas de quoi. Personnellement, je pense que rester ici est une perte de temps. Je sais qu'on a essayé de l'assassiner, mais il faudrait être carrément stupide pour recommencer. La sécurité de l'hôpital a été renforcée et je n'y ai rien remarqué de suspect.

— Ne bougez pas d'ici ! ordonna Matt d'un ton sec en sortant de la chambre.

— Mais je n'en ai pas l'intention, lui assura le policier. Rex Stanyon, dit-il en tendant sa grosse main constellée de taches de rousseur à Matt qui la prit à contrecœur.

— Bien.

— Ne vous inquiétez pas, nous protégeons votre sœur, affirma Rex.

— Faites en sorte que ce soit le cas, cette fois, répondit-il sèchement en se dirigeant vers l'ascenseur.

Kelly finit sa tasse de café, dit quelques mots à Rex, et rattrapa Matt au moment où les portes s'ouvraient et où un aide-soignant en sortait, poussant un fauteuil roulant.

Elle entra dans la cabine et appuya sur le bouton du rez-de-chaussée.

— Votre réflexion était tout à fait déplacée.

— Pardon ?

— Rex est un policier consciencieux.

— Si vous le dites.

— Ecoutez, McCafferty, dit-elle en pointant l'index sur son torse. Nous faisons tout ce que nous pouvons et, croyez-moi, notre plus cher désir est de voir l'ordure qui s'en est pris à votre sœur derrière les barreaux. Ce qui ne veut pas dire que nous n'ayons pas le droit de râler de temps en temps.

— Je lui ai juste demandé de faire son travail.

— Ce n'est pas ce que vous avez insinué.

— Les flics sont supposés avoir la peau dure et encaisser les coups !

— Les cow-boys aussi !

Brusquement il saisit son bras et l'attira vers lui.

— Les cow-boys sont comme les policiers, des êtres de chair et de sang.

— Et ils éprouvent aussi des sentiments. Est-ce la piteuse excuse que vous alliez évoquer ?

— Non, pas du tout. Je n'allais rien ajouter.

Soudain il se rapprocha, se pencha en avant et l'embrassa. Elle suffoqua. Les lèvres de Matt étaient fermes et chaudes, mais elle résista. S'il avait espéré la faire fondre, il allait être déçu.

Elle s'arracha à ses bras dès que l'ascenseur s'arrêta.

— Ne faites plus jamais…

Les portes s'ouvrirent.

Slade McCafferty se tenait sur le seuil. Ses yeux bleus se posèrent sur elle, puis, comme s'il avait parfaitement compris la situation, il eut le culot d'adresser un sourire entendu à son frère.

— Qu'est-ce qui se trame là-dedans ? demanda Slade d'une voix traînante.

Kelly reprit ses esprits.

— Rien. Je me contentais d'expliquer à votre frère que nous faisions tout ce qui était en notre pouvoir pour retrouver la personne qui s'en est prise à votre sœur.

Slade esquissa un regard ironique.

— Je te cherchais, Matt. Nous venons de recevoir un appel de Kurt Striker. Il vient d'arriver de Seattle et sera au ranch dans une heure.

— Allons-y, dit Matt.

— J'aimerais bien m'entretenir avec lui, renchérit Kelly.

— Pourquoi pas ? Il faut attraper ce fumier coûte que coûte, et si la police est prête à travailler avec Striker, tant mieux. Voulez-vous que je vous emmène, inspecteur ?

— Merci. J'ai ma voiture.

— Je vous rejoins au ranch, dit Slade. Je vais voir Randi.

Les portes automatiques s'ouvrirent sur la nuit glaciale.

— Vous étiez sur le point de m'envoyer sur les roses, lui rappela Matt tandis qu'ils traversaient le parking sous les tourbillons de neige.

— N'essayez plus jamais de me manipuler, d'accord ? le prévint-elle en remontant la fermeture Eclair de sa veste. Cela pourrait vous coûter cher.

— Vraiment ? Allez-vous me passer les menottes, sortir votre pistolet ou votre matraque pour m'inculquer les bonnes manières ?

Elle le regarda posément et ne put s'empêcher de sourire.

— Ce n'est pas ce que je voulais dire, assura-t-elle. Mais ce n'est pas une mauvaise idée. Méfiez-vous, je suis sortie de l'école de police avec une mention spéciale dans l'art de manier la matraque.

— Oh ! Impressionnant. Mais je n'avais pas l'intention de vous offenser.

— Bien sûr que si !

— Je vous ai juste embrassée.

— Vous avez tenté de me faire comprendre que vous étiez le plus fort. Une tactique totalement dépassée, McCafferty. Au cas où vous ne l'auriez pas remarqué, nous ne sommes plus à l'âge des cavernes.

Elle sortit ses clés de sa poche et ouvrit la portière de sa voiture.

— Personne ne s'en est jamais plaint avant, rétorqua-t-il.

— Avez-vous déjà effectué un sondage ?

Il fit semblant de grimacer de douleur.

— Qu'avez-vous de plus que les autres ?

— Que voulez-vous dire ?

— Vous êtes… différente.

— Des autres femmes que vous fréquentez ? J'espère bien ! s'exclama-t-elle, s'apprêtant à monter dans son véhicule.

Il lui prit le bras.

— Attendez.

Elle contempla ses doigts d'un air dédaigneux et se dégagea tranquillement de son étreinte.

— Je déteste les méthodes machistes.

— Ah bon ? Qu'aimez-vous alors ?

Elle hésita un court instant, se mordit la lèvre et l'étudia avec attention.

— Puisque vous me le demandez… Je sais que je vais regretter mon geste, mais c'est vous qui m'y aurez poussée…

Elle posa ses mains glacées de chaque côté de son visage, puis, se dressant sur la pointe des pieds, pressa ses lèvres sur les siennes. D'abord doucement, se contentant de les effleurer. Ensuite, elle intensifia son baiser et glissa ses bras autour de sa nuque. Le feu qui couvait depuis si longtemps en elle s'alluma aussitôt. Matt poussa un grognement, ferma les yeux et passa les mains autour de sa taille.

Elle le repoussa rapidement.

— Ce n'était qu'une petite… démonstration, dit-elle d'une voix rauque. Alors, la prochaine fois que vous aurez envie d'avoir recours à des méthodes d'homme des cavernes, réfléchissez-y à deux fois.

- 7 -

Mais Matt n'était pas décidé à laisser une femme, policier de surcroît, avoir le dessus. Avec un sourire en coin, il l'attira de nouveau contre lui. Les flocons de neige qui tombaient dru s'accrochaient à leurs cils et scintillaient dans la lumière des réverbères.

— Vous n'êtes pas aussi coriace que vous en avez l'air, n'est-ce pas, inspecteur ?

Il savait qu'il s'engageait là sur un terrain dangereux, mais le défi qu'il lisait dans les yeux de la jeune femme, son menton relevé avec provocation et la femme passionnée cachée derrière l'uniforme titillaient quelque peu son orgueil de mâle.

— Et ne me faites surtout pas de leçons de morale, déclara-t-il, ou je pourrais vous accuser d'être une allumeuse.

— Cela ne m'affecterait guère.

Il resserra les doigts sur son bras.

— Non ? Je parie que vous ne l'êtes pas.

— Attendez un peu. Je voulais juste…

— Vous étiez curieuse et cela s'est retourné contre vous, dit-il. Vous n'êtes pas aussi insensible que vous le paraissez. Et surtout, vous n'êtes pas de glace.

— Et vous, vous êtes loin d'être un gentleman.

— Je n'ai jamais prétendu l'être.

Il laissa retomber ses mains et se dirigea vers son pick-up.

Kelly se glissa dans sa voiture, mal à l'aise. Il avait raison, hélas. Il lui avait fait de l'effet. Beaucoup d'effet. Elle claqua la portière et tourna la clé de contact de ses doigts tremblants. Depuis combien de temps n'avait-elle pas éprouvé de telles sensations ? Deux ans ? Trois ? Cinq ? Impossible à dire. D'ailleurs, ses aventures se comptaient sur les doigts d'une main. Elle était tombée amoureuse deux fois et, dès qu'il avait été question de mariage, elle avait tiré sa révérence.

Peut-être n'avait-elle pas éprouvé de l'amour alors. Ou bien, peut-être ce sentiment n'existait-il pas.

Elle se corrigea aussitôt. L'amour véritable existait : le mariage de ses parents était là pour le prouver.

Mon Dieu, que lui arrivait-il ? Pourquoi ces considérations sur l'amour ? Ce n'était pas parce qu'elle avait embrassé Matt McCafferty qu'elle devait se mettre dans cet état. En outre, tous les hommes de cette famille, Matt inclus, lui étaient interdits. Non seulement Matt était le frère de la victime d'une affaire en cours, mais c'était aussi le fils de John Randall, l'homme qui avait détruit la vie de sa mère.

— Tu es une idiote, se dit-elle en regardant Matt grimper dans son camion avec agilité.

Elle suivit ses feux arrière un long moment en direction de l'autoroute qui menait au ranch. Elle s'en voulait énormément. Pourquoi l'avait-elle embrassé ? Fierté féminine et professionnelle, songea-t-elle, bloquée à un feu rouge. Elle rattrapa le pick-up de Matt à la sortie de la ville. Elle détestait les hommes trop entreprenants. Matt McCafferty avait voulu lui faire des avances et elle s'était vengée. Sauf que son attitude imbécile s'était retournée contre elle, comme il le lui avait si gentiment fait remarquer.

Matt conduisait en dépassant largement la vitesse autorisée. Elle se demanda s'il la provoquait. Sûrement. Elle faillit le doubler, pour lui prouver qu'elle en était capable, et aussi parce que c'était son rôle de faire respecter la loi, mais elle se retint. Elle ne voulait pas se ridiculiser deux fois de suite.

*
* *

Lorsque Matt et elle arrivèrent au Flying M Ranch, Striker était déjà là. Assis au bord d'une chaise, il tenait une tasse de café à la main. Nicole était installée sur le tabouret de piano à côté du fauteuil de Thorne. Les jumelles et J. R. étaient au lit, et le calme régnait dans la maison. Le petit groupe était rassemblé dans le salon, autour de la table basse où étaient disposées une cafetière, des tasses et une assiette contenant des crackers et du fromage. Un feu brûlait dans l'âtre et Kelly s'en approcha pour s'y réchauffer un instant. Après lui avoir offert un café, Matt s'adossa à la cheminée à côté d'elle.

— Penses-tu que ce soit une bonne idée ? demanda Thorne à Matt, ses yeux passant alternativement de Kelly à Kurt.

Kelly comprit tout de suite ce qu'il voulait insinuer. Striker avait été engagé par la famille et était censé faire son rapport en privé, et non devant un représentant de la loi.

— Si tant est que la police soit d'accord pour qu'on échange nos informations, précisa Kurt.

Il s'appuya contre le dossier de sa chaise et étudia Kelly avec un regard mystérieux et provoquant, typique des délinquants.

Kelly ne baissa pas les yeux pour autant et l'observa attentivement. Il ressemblait à la version hollywoodienne du policier. Avec son visage aux traits ciselés, ses yeux d'un vert intense et ses cheveux raides et grisonnants, il avait l'air d'un homme prêt à tout pour arriver à ses fins. Mince et dégingandé, habillé en jean et chaussé de bottes de cow-boy, il semblait tenir un rôle dans une série policière.

La jeune femme lui adressa un sourire poli.

— Je désire découvrir la vérité au sujet des agressions réitérées contre Randi, et éventuellement contre vous, Thorne, dit-elle. Et arrêter le coupable et le traîner en justice.

— Alors nous sommes sur la même longueur d'onde, conclut Thorne en redressant le dossier de son fauteuil.

— Je suppose que vous avez déjà vérifié mes références, intervint Kurt.

Il ne la quittait pas des yeux. Elle remarqua que Matt se rapprochait légèrement d'elle.

— Evidemment. Nous avons passé la vie de toutes les personnes impliquées dans cette affaire au peigne fin, y compris la vôtre, monsieur Striker.

— Je n'en doute pas un instant, inspecteur. Mais venons-en aux faits, dit-il en posant sa tasse. Je viens d'arriver de Seattle. Les informations que j'y ai obtenues ont toutes été vérifiées par la police locale.

Kelly, devinant qu'il voulait la mettre à l'aise et lui faire savoir qu'il travaillait dans la légalité, ne releva pas.

Les yeux de Kurt Striker se rétrécirent, comme s'il cherchait à la jauger.

— Mes méthodes sont irréprochables et les faits rapportés ont été obtenus dans les règles, poursuivit-il. Ne vous inquiétez pas.

Elle n'en crut pas un mot, mais le détective semblait avoir suffisamment de bon sens pour tenir compte de son intégrité et ne pas la provoquer.

— Mettons les choses au point, monsieur Striker. Si vous avez enfreint la loi, vous n'allez pas me l'avouer.

— Ce n'est pas le cas.

Elle sortit un carnet et un stylo de sa veste.

— Très bien. Donc, qu'avez-vous découvert à Seattle ?

Il mit la main dans sa poche et en retira un CD.

— Ceci, pour commencer. Il s'agit d'une copie, la police de Seattle a gardé l'original.

— Où l'avez-vous trouvé ?

— Bizarrement, la porte de l'appartement de Randi n'était pas fermée à clé. J'ai frappé, et comme personne ne répondait, je suis entré.

— Et vous avez mis la main sur ce CD par hasard ? demanda-t-elle, sceptique.

Elle mourait d'envie de le traiter de menteur, de lui dire qu'elle savait parfaitement qu'il était entré chez Randi par effraction, mais elle s'en abstint. N'avait-elle pas elle-même déjà utilisé ce genre de méthodes ?

— Pas exactement. Disons que j'ai trouvé la clé d'une consigne automatique.

— Et le CD s'y trouvait ?

— En effet.

— Avez-vous découvert autre chose ?

— Pas encore.

— Qu'y avait-il sur ce CD ? demanda Nicole.

— Le début d'un livre. Un plan et environ trois chapitres.

Thorne se redressa brusquement sur son siège. Il saisit sa béquille, se leva, et se dirigea en claudiquant vers la bibliothèque.

— Bon sang ! Celui que Juanita ne cessait de mentionner. Moi qui croyais qu'elle fabulait ! Depuis toute petite, Randi rêvait d'écrire un roman. Dès l'école primaire, elle tenait déjà un journal intime et écrivait des nouvelles. J'ai pensé qu'elle avait renoncé quand elle est entrée au collège et qu'elle a commencé à s'intéresser aux garçons et au rodéo. Je supposais qu'elle se contentait désormais de sa rubrique dans les journaux.

Nicole se leva et rejoignit Thorne près de la bibliothèque. Elle passa un doigt sur une encyclopédie poussiéreuse.

— Elle écrivait également des articles dans des magazines, fit-elle remarquer. Je suis certaine d'en avoir lu un. Le style ressemblait étrangement au sien. Elle signait R. J. McKay.

— J'ai vérifié, dit Kurt. Il lui arrivait de faire du travail au noir. Elle écrivait ces articles sous un pseudonyme, probablement afin d'éviter que son directeur le sache.

— Quel est le sujet du livre ? demanda Kelly.

— C'est une sorte de roman.

— N'est-ce pas un recueil de ses chroniques du *Clarion* ? s'enquit Thorne.

— Non. C'est une véritable histoire. Je parierais qu'il s'agit d'un mélange de fiction et de faits réels.

— Une autobiographie ? demanda Matt.

— Je ne pense pas. Le livre ne semble pas basé sur sa propre vie, mais il a peut-être été inspiré par celle d'une personne qui lui a écrit pour lui demander conseil, ou par une histoire qu'elle a lue. A ce stade, tout n'est que suppositions.

— Il y a d'autres éléments, affirma Kelly en plongeant son regard dans celui de Kurt.

Le sourire de Kurt confirma ses soupçons.

— J'ai dit que j'étais d'accord pour travailler avec vous, inspecteur Dillinger, non que j'allais vous livrer *tous* mes secrets.

Kelly préféra ne pas insister.

— Je vais l'imprimer, proposa Thorne.

— C'est déjà fait.

Kurt sortit une liasse de feuilles de son attaché-case.

Au même moment, Slade entra dans le salon, et on le mit rapidement au courant des faits. Il se servit une tasse de café, puis se pencha avec les autres sur les pages du livre.

— De qui parle-t-elle ? demanda-t-il.

— C'est un mystère, grommela Matt dans sa barbe.

— Je dirais que les noms ont été changés pour protéger le protagoniste, suggéra Thorne en haussant les épaules.

Kelly approuva. Le début du livre ressemblait à un premier jet. Le récit était basé sur l'histoire louche d'un cow-boy pratiquant le rodéo, et qui était victime d'un chantage qui l'obligeait à perdre volontairement. Le personnage principal était un garçon pauvre, né dans les quartiers populaires, qui avait toujours tiré le diable par la queue. Les circonstances l'avaient finalement contraint à sombrer dans l'illégalité et l'avaient entraîné dans le monde du crime et de la drogue. Quels que soient les efforts qu'il déployait pour se libérer de ce cercle vicieux, il échouait toujours.

— Tu parles d'une histoire, remarqua Slade, sarcastique, en finissant de lire la dernière page.

— Un véritable mélodrame, commenta Matt.

— Ou bien une histoire vraie que quelqu'un ne veut pas voir publiée, suggéra Kelly.

— Qui pourrait bien être au courant ? demanda Kurt.

— Son agent. Peut-être l'a-t-il même déjà proposé à des éditeurs, avança Thorne.

— Peut-être, approuva Matt. Ou peut-être pas. Le problème est que personne n'est au courant de la vie de Randi. Mais ce livre ne prouve rien, même s'il est basé sur des faits réels.

— N'avez-vous trouvé aucune note ? demanda Kelly à Kurt.

— Non. Juste ce qu'il y a sur le CD.

— Des ouvrages de référence ou du matériel de recherche ?

— Il y avait des centaines de livres dans l'appartement. Et des piles de magazines. Mais je n'ai rien vu de significatif.

Kelly choisit de ne pas poursuivre sur le sujet. La police de Seattle avait visité l'appartement et n'avait pas remarqué le fait que Randi écrivait un livre. Il lui faudrait vérifier ce détail quand elle se rendrait là-bas.

Ils discutèrent de l'affaire encore un long moment, puis Kelly décida de rentrer.

— Je vous tiendrai au courant si j'apprends quoi que ce soit de nouveau, dit-elle à la cantonade. J'espère que vous ferez de même, monsieur Striker, ajouta-t-elle en se tournant vers le détective.

— Vous pouvez compter sur moi, inspecteur, affirma-t-il.

Mais Kelly n'était pas certaine de pouvoir lui faire entièrement confiance. Elle souhaita bonne nuit au groupe, se dirigea vers la porte, puis changea d'avis et se tourna vers Matt.

— Puis-je voir la chambre de Randi ?

Il haussa les épaules et l'accompagna au premier étage. Il ouvrit silencieusement la porte d'une chambre où le petit J. R. dormait profondément.

— Un si petit bonhomme qui provoque un tel remue-ménage, murmura-t-il d'un air attendri en remontant la couverture.

Le cœur de Kelly se serra en voyant les grandes mains de Matt caresser le délicat couvre-lit bordé de satin. La tendresse contenue dans son geste était surprenante. Même s'il ne le savait pas encore, Matt McCafferty serait un jour un père merveilleux.

Elle se racla la gorge et s'éloigna du berceau. Elle observa les murs à la lumière de la veilleuse. Sur un tableau d'affichage, suspendu à côté de l'armoire, étaient encore accrochés quelques souvenirs d'enfance de Randi : un petit bouquet fané et décoloré, des photos jaunies représentant un groupe de jeunes sautant dans un ruisseau, puis assis autour d'un feu de camp, deux photos de Randi à califourchon sur un cheval de course, les pompons d'une toque de diplômée, une jarretière en dentelle et plusieurs rubans bleus et rouges punaisés sur la surface en liège.

Le bureau avait été poussé dans un coin, et des trophées de tailles différentes, dédiés à des cavaliers émérites, étaient posés sur des étagères. Il y avait aussi un chapeau de cow-boy entouré d'une couronne en faux diamants. Kelly passa les doigts sur les pierres poussiéreuses.

— Randi a été une princesse du rodéo à l'époque du lycée, expliqua Matt.

— Votre sœur aussi adore les chevaux.

— C'est de famille. Nous sommes tous ainsi, sauf Thorne. Son seul intérêt à lui, c'était de gagner de l'argent, du moins avant de retrouver Nicole. Ils se connaissaient déjà étant jeunes, précisa-t-il.

Kelly examina les livres rangés sur le bureau, presque tous consacrés aux chevaux. Après un dernier regard, elle décida qu'elle en savait assez.

— Je crois que c'est bon, dit-elle avec un dernier sourire au bébé qui soupirait dans son sommeil.

— Je vous raccompagne.

Matt la suivit dans l'escalier, puis sur l'aire de stationnement battue par la neige.

— Vous n'étiez pas très bavarde, ce soir, remarqua-t-il.

Elle jeta un coup d'œil vers la maison dont les fenêtres éclairées brillaient dans la nuit.

— Je voulais écouter ce que Striker avait à dire.

— Et qu'en avez-vous pensé ?

Elle rencontra le regard de Matt dans l'obscurité.

— C'est bien joli, tout ça, mais j'ai quand même l'intention de tout vérifier de nouveau dès que j'arriverai à Seattle.

— Vous allez à Seattle ? s'étonna-t-il.

— Un jour ou deux. Je sais que je vais vous manquer, le taquina-t-elle avec espièglerie.

— J'essaierai de survivre.

— J'espère bien, cow-boy.

Avant qu'elle ait compris ce qui se passait, Matt l'attirait contre lui pour l'embrasser. La surprise lui fit ouvrir la bouche, et il en profita pour enrouler sa langue à la sienne. Elle résista un instant, puis elle se relâcha et se laissa aller contre lui. Il ferma les yeux et la serra de plus près, ses mains parcourant son dos avec une frénésie soudaine. Elle sentit les battements sourds de son cœur ne faire qu'un avec ceux de Matt.

Quelque part, elle entendit un bruit de porte et de voix. Elle se raidit dans ses bras et le repoussa.

— Je ne pense pas que ce soit une bonne idée, dit-elle d'une voix rauque.

Slade et Kurt se tenaient sur le perron. Slade alluma une cigarette et Kurt mit les mains dans les poches de son jean. Les deux hommes les fixaient.

— Super ! marmonna Matt.

— Nous ferions mieux de nous en tenir désormais à des relations professionnelles, déclara-t-elle d'une voix qu'elle tentait d'assurer.

Elle ouvrit sa voiture et se glissa à l'intérieur.

— Vous n'en pensez pas un mot. Regardez les choses en face, inspecteur, ajouta-t-il à voix basse. Je vous plais.

— Vous êtes insupportable.

— On me l'a déjà dit.

Un sourire confiant et irrévérencieux étirait ses lèvres.

— Bonne nuit, cow-boy.

Elle claqua la portière et serra les dents. Pourquoi cet homme l'attirait-il autant ? Et pourquoi lui avait-elle permis de l'embrasser de nouveau ?

Elle tourna la clé et le moteur démarra au quart de tour.

« Regardez les choses en face, inspecteur. Je vous plais. »

Si seulement il savait. Son goût imprégnait encore ses lèvres et son cœur battait à tout rompre. Elle le désirait avec une force qui commençait à lui faire peur, mais une telle éventualité était ridicule et absolument hors de question. Elle alluma les phares, mit les essuie-glaces en marche et poussa le chauffage à fond.

Elle passa rapidement la marche arrière et recula. Les phares balayèrent le parking et s'arrêtèrent sur Matt. Il avait les bras croisés sur la poitrine, les jambes écartées et les yeux braqués sur son 4x4. Elle passa la première et appuya sur l'accélérateur.

— En effet, tu me plais, Matt McCafferty, mais nous n'irons pas plus loin.

Matt rassembla son courage et retourna vers la maison. Il devina la réprobation dans les yeux de son frère.

— Bon sang, qu'est-ce que tu fiches ? lui lança ce dernier.

Il jeta son mégot d'un coup d'ongle. La braise décrivit un arc de cercle et atterrit sur une plaque de neige.

— Quoi ?

— Ne fais pas l'innocent, Matt ! Je croyais que tu surveillais la police pour t'assurer qu'elle faisait son travail.

— C'est ce que je fais.

— En embrassant l'inspectrice chargée de l'enquête ? N'essaies-tu pas plutôt de l'attirer dans ton lit ?

— Bas les pattes, Slade ! Je sais ce que je fais.

— Tu dépasses les bornes. Tu ferais mieux de la laisser s'occuper du cas de Randi. Et de garder la tête froide.

— Mêle-toi de tes affaires ! répondit sèchement Matt.

— Tu es ridicule !

Matt saisit son frère par le col de sa chemise et se rapprocha.

— Je t'ai dit de laisser tomber, Slade.

— Arrêtez, tous les deux ! J'ai une idée.

Le regard de Kurt s'était rétréci et il fixait l'allée où les feux arrière du 4x4 de Kelly venaient de disparaître.

— Laquelle ? demanda Matt sans desserrer son étreinte.

— Confidences sur l'oreiller.

— Je n'aime pas ça, dit Slade.

Matt lâcha son frère et se recula, lançant un regard meurtrier au détective.

— Moi non plus.

— Avant de vous battre, écoutez-moi, leur ordonna Kurt. Les femmes confient parfois au lit certaines choses qu'elles tairaient normalement. Ce qui pourrait nous procurer un sérieux avantage.

— C'est hors de question.

— Nous sommes tous décidés à découvrir qui a tenté de tuer Randi et tous les moyens sont permis, non ? Alors écoute-moi, Matt. Tu couches avec ton inspectrice et tu t'arranges pour obtenir les informations que la police pourrait nous cacher. Ce n'est pas comme si tu tombais amoureux d'elle. Tu ne risques rien, tu vis loin d'ici. Et, en attendant de rentrer chez toi, tu prends du bon temps.

— Ce n'est pas sûr qu'elle parle, objecta Slade.

— Elle le fera, s'il sait la convaincre. Elles le font toutes.

Sur ce, il s'éloigna et traversa le parking enneigé jusqu'à son véhicule.

— Je ne l'aime pas, laissa tomber Matt. Ni lui ni ses manières.

Slade lui lança un regard dur.

— Ce n'est pas grave. Contente-toi de suivre ses conseils. De toute façon, cette Kelly Dillinger te plaît. Maintenant, tu as une bonne excuse pour céder à ses charmes.

- 8 -

Kelly enfonça rageusement la pédale de l'accélérateur et se dit qu'elle venait de gagner la médaille de la crétine du siècle. Qu'est-ce qui lui avait pris de flirter si effrontément avec Matt alors qu'il était hors de question qu'elle en tombe amoureuse ? Non contente de le laisser l'embrasser, elle avait éprouvé le besoin de le défier.

Elle conduisit jusqu'à chez elle telle une possédée.

Elle passa le reste de la soirée à éplucher le roman de Randi et à tenter de se familiariser avec l'état d'esprit de la jeune femme. La gouvernante des McCafferty semblait penser que ce livre était important ; mais Kelly ne comprenait pas pourquoi. Apparemment, il s'agissait d'un ouvrage de fiction. Elle n'y dénicha aucun indice sur l'identité de l'agresseur de Randi ni sur celle du père de son fils.

Mais cette histoire de rodéo la perturbait. Non seulement le père de Randi et deux de ses frères, Matt et Slade, avaient été dans le circuit, mais elle aussi, et elle avait même été élue « princesse ».

Kelly tapota son stylo contre ses dents, songeuse. Randi était donc fascinée par le monde des cow-boys, fascinée au point d'avoir fréquenté récemment Sam Donahue, un homme qui, lui aussi, était un proche du circuit des rodéos.

Mais en quoi cette relation était-elle liée au livre de Randi ? Ou bien était-ce encore une fausse piste parmi tant d'autres ?

— Je perds mon temps, dit-elle en s'étirant.

Elle jeta un coup d'œil à la pendule. Minuit passé. Elle

tombait de sommeil. Elle alla se coucher et passa une nuit agitée à rêver d'un cow-boy musclé dont les baisers lui coupaient le souffle.

Quand elle entra dans le commissariat, le lendemain matin, elle n'était toujours pas parvenue à chasser Matt McCafferty de ses pensées. Elle posa la copie du roman de Randi et le CD sur le bureau de son chef.

— Voici tout ce que Striker a trouvé, déclara-t-elle.

Espinoza parcourut le manuscrit.

— Y avez-vous découvert des indices ?

— Seulement que Randi McCafferty a une imagination débridée, répondit-elle en s'adossant au meuble de rangement. Et un style incisif.

Elle fit un bref compte rendu de l'entretien de la veille.

— Ce qui me dérange, c'est que ce ne soit pas la police de Seattle qui l'ait trouvé, ce bouquin, marmonna Espinoza.

— Moi aussi.

— Vous feriez bien de vérifier ce détail et d'interroger les policiers au sujet de Striker. Voici votre billet d'avion. Vous partez demain, dit-il en lui tendant une enveloppe.

Matt jura en reposant le combiné sur son socle. Thorne lui lança un regard réprobateur. Il était assis dans la cuisine, tentant d'enseigner aux jumelles à jouer à la bataille. Nicole berçait le petit J. R., et les fillettes jetaient les cartes sur le tas en désordre. Des tasses de chocolat chaud étaient posées sur la table, et il ne restait, du plat de pop-corn, que quelques grains de maïs nageant dans un fond de beurre fondu.

— Des soucis ? demanda Thorne.

— Oui. Il y a eu un gros orage dans les montagnes et les lignes de téléphone sont coupées. Je ne parviens pas à joindre Kavanaugh.

Scrutant l'obscurité par la fenêtre, il jura intérieurement. Il avait travaillé dur pour acquérir ce ranch qui faisait aujourd'hui sa joie et sa fierté, et qui était la preuve qu'il était capable de s'en sortir sans l'aide de personne. Il s'imaginait parfaitement finir ses jours sur ces terres chèrement acquises, à la frontière de l'Idaho. Sauf que, depuis quelque temps, il n'imaginait plus rien de la sorte.

A cause de Kelly Dillinger.

— Il faut que tu sois patient, lui conseilla Thorne en prenant une carte sur la pile. Mike t'appellera dès qu'il pourra.

Mais Matt était anxieux. Sans véritable envie, il se versa une tasse de café. Il aurait voulu rentrer chez lui, s'occuper de ses bêtes, retrouver sa liberté. Mais àchaque jour qui passait il se sentait davantage attaché à Grand Hope, à ses frères, aux enfants, à Randi et, bien qu'il déteste l'admettre, à Kelly Dillinger.

— J'ai gagné ! s'exclama fièrement une petite voix.

Matt but une gorgée de café, grimaça à cause de son goût amer et jeta le reste dans l'évier, luttant contre la nervosité qui lui collait à la peau ces derniers temps.

— Je vais en ville, déclara-t-il soudain en prenant sa veste. Faire une visite à Randi.

— Tu veux pas jouer avec nous ? demanda Mindy.

— Pas maintenant, ma chérie, répondit-il en caressant les boucles brunes de la fillette. Une autre fois.

Un chœur d'au revoir l'accompagna jusqu'à la porte. Il était heureux que son frère aîné se marie. Nicole avait déjà une famille, mais elle était belle et savait mieux que quiconque s'y prendre avec lui. Ils semblaient très amoureux l'un de l'autre et projetaient de mettre la maison de Nicole en location pour s'installer au ranch jusqu'à ce que Randi se réveille. Ensuite, ils avaient l'intention d'acheter un terrain et d'y construire une maison.

Si toutefois Randi se réveillait, songea Matt en fronçant les sourcils. Ses bottes crissèrent sur la neige durcie. Des nuages cachaient la lune et les étoiles, mais il avait cessé de neiger. Il grimpa dans son pick-up et démarra. Il avait l'intention de se rendre à l'hôpital, puis de passer au commissariat, voir si Kelly Dillinger y était encore.

*
* *

— Je voulais t'inviter à boire un verre de vin, mais comme tu n'es pas là, il faudra que tu attendes mon retour de Seattle, dit Kelly, laissant un message sur le répondeur de Karla. Je rentrerai avant Thanksgiving. A bientôt.

Elle raccrocha et s'étira. Elle avait prévu de papoter un peu avec sa sœur ou de jouer à un quelconque jeu de société avec ses neveux. A la place, elle décida de prendre un bain en lisant un bon livre. Faute de temps, elle ne s'était pas accordé ce luxe depuis des siècles. Elle se contentait généralement d'une douche rapide le matin et, si besoin était, le soir. Mais après avoir eu froid toute la journée sur des scènes d'accident et de vandalisme, ce petit plaisir serait le bienvenu.

Elle enleva son uniforme, attacha ses cheveux en chignon sur sa nuque, alluma deux bougies et remplit la baignoire. Posant son verre de vin et son livre sur le bord, elle se plongea avec délice dans l'eau chaude et odorante.

Fermant les yeux, elle laissa la chaleur du bain relâcher la tension de ses muscles. Son esprit vagabonda, puis revint inexorablement sur Matt McCafferty. En dépit de ses efforts pour le chasser de ses pensées, elle évoqua ses baisers…

Elle savait qu'elle jouait avec le feu. L'embrasser était un luxe qu'elle ne pouvait s'autoriser. Du moins pas avant que le mystère qui entourait Randi soit éclairci. Et Dieu seul savait quand ce miracle se produirait. Elle sirota son vin et tenta de s'absorber dans son livre. Elle relut pour la troisième fois le même paragraphe. Ses pensées revenaient sans cesse au thème du roman de Randi. Rodéos. Courses d'obstacles. Cavaliers montant à cru. Matt McCafferty… Elle imagina son corps mince et musclé à califourchon sur un cheval fougueux, une main en l'air, l'autre serrant la bride. Elle soupira et reposa le livre sur le bord de la baignoire. « Oublie-le », se dit-elle. Elle ferma les yeux et était sur le point d'y parvenir, quand elle entendit la sonnette retentir.

Qui diable pouvait bien lui rendre visite à cette heure ?

Karla. Sa sœur avait écouté son message en arrivant chez elle et avait décidé de passer la voir.

— J'arrive ! cria-t-elle.

Elle sortit du bain, passa un peignoir et des pantoufles et se précipita vers la porte d'entrée. Regardant par le judas, elle découvrit Matt McCafferty debout sur le seuil.

Son cœur fit un bond dans sa poitrine et elle ouvrit la porte avant de se rendre compte qu'elle était nue sous son peignoir.

Matt resta muet un instant, les yeux écarquillés.

— Oh… Je… je ne savais pas qu'il était si tard, finit-il par bafouiller.

Elle réprima un sourire. Il s'attendait visiblement à tomber sur l'inspecteur Dillinger, vêtue de son uniforme.

— Que puis-je pour vous ? demanda-t-elle.

— J'étais en ville et j'ai pensé, euh… je suppose que j'aurais dû appeler avant, reconnut-il en détournant le regard. Enfin j'ai pensé que nous pourrions aller boire un verre ou un café ou faire autre chose.

— *Autre chose ?* répéta-t-elle.

— J'aurais mieux fait de téléphoner, marmonna-t-il.

— C'est généralement ainsi que l'on procède, oui.

Son pouls s'accéléra bêtement sous le regard de Matt qui ne la quittait pas.

« Dieu qu'elle est belle », songea Matt en se demandant ce qui avait bien pu le pousser à venir. Il avait pris pour prétexte de garder un œil sur l'enquête, mais il devait admettre qu'il se mentait à lui-même. Attiré irrésistiblement, il s'était efforcé de se convaincre de rebrousser chemin, mais n'y était pas parvenu. Il avait eu envie de venir voir Kelly parce que son impertinence et sa beauté l'intriguaient. Mais il ne s'attendait pas à la trouver dans cette tenue. Il ne le regrettait pas, d'ailleurs. Elle était encore plus fascinante qu'en uniforme. Plus fragile et vulnérable, aussi, et tellement sexy et féminine avec son chignon. Des mèches bouclées et humides entouraient son beau visage aux pommettes rosies, ses yeux aux cils sombres étaient moqueurs, et sa bouche étirée par un sourire était si…

— J'imagine qu'il est désormais trop tard, déclara-t-il vivement.

— Pour m'inviter à sortir ? demanda-t-elle en croisant les bras sous sa poitrine. Effectivement.

— Peut-être demain, alors ?

— Je ne serai pas là. Je pars en voyage d'affaires pour un ou deux jours.

— On pourrait peut-être se voir à votre retour.

— Je ne pense pas que ce soit une bonne idée.

— Pourquoi ?

— Je ne suis pas sûre que ce soit approprié.

— Vous souciez-vous des convenances ?

— Je ne voudrais pas que mon professionnalisme et mon objectivité soient mis en doute.

Se faisait-il des idées ou avait-il lu une lueur de défi dans ses yeux ? Une odeur de jasmin lui parvint aux narines. Il fut incapable de se contenir et la prit dans ses bras.

— Au diable le professionnalisme !

— Matt ! Arrêtez ! dit-elle dans un souffle.

— Et au diable l'objectivité !

Il posa sa bouche sur la sienne.

Kelly frissonna. Les lèvres de Matt étaient chaudes et avaient un léger goût de vin. Elle poussa un petit gémissement, et Matt intensifia son baiser et son étreinte. Puis il glissa les doigts dans les replis de son peignoir et, semblant perdre toute maîtrise de lui-même, la souleva du sol et franchit le seuil.

— Hé ! dit-elle, haletante. Qu'est-ce que vous faites ?

Il referma la porte d'un coup de talon.

— Ce que j'ai eu envie de faire dès la première fois que je vous ai vue, répondit-il.

La portant dans ses bras, il se dirigea vers la chambre à coucher. La flamme vacillante des bougies de la salle de bains adjacente se reflétait dans le miroir embué. Ils basculèrent sur le lit ancien recouvert d'un édredon.

Kelly savait qu'elle aurait dû protester, résister à la tentation. Mais les lèvres de Matt l'électrisaient, ses mains étaient chaudes et insistantes. Il lui embrassa les paupières, les joues, le cou, tout en enlevant sa veste qu'il laissa tomber sur le sol. Ses doigts rugueux repoussèrent son peignoir, et ses lèvres se pressèrent sur son épaule nue.

Elle sentit le désir naître au creux de son ventre.

Il dénoua sa ceinture et se pencha sur elle. Son souffle balaya ses seins. Elle frémit intérieurement et son corps s'enflamma comme un brasier.

Elle ne pouvait lui résister. Rien ne parviendrait à la convaincre de le repousser. Elle savait que ses parents la désapprouveraient, que son chef considérerait son attitude comme une trahison, et que sa sœur lui rappellerait qu'elle ne pouvait pas choisir plus mal. Mais les lèvres de Matt l'attiraient comme un aimant, et le désir pulsant au creux de son ventre était impossible à refréner.

Il retira avec les dents les épingles qui retenaient ses cheveux, glissa ses mains sous le coton de son peignoir qui s'ouvrit comme une fleur et caressa sa peau. Une sensation torride la traversa. Il l'embrassa tendrement sur la joue et contempla son corps.

— Je savais que vous étiez belle, inspecteur, murmura-t-il en effleurant son mamelon de la paume. J'en étais sûr.

Il pressa doucement le bout rose, sa bouche entoura la pointe de son sein, ses dents la mordillèrent, sa langue la lécha.

Elle retint à grand-peine un gémissement et s'arc-bouta contre lui.

Elle fondait littéralement, chavirait de plaisir. A présent, rien ni personne ne pourrait l'arracher des bras de Matt, de ses lèvres sur elle.

Une moiteur chaude explosa entre ses jambes. Comme s'il l'avait deviné, ses doigts descendirent, frôlant son ventre pour plonger dans sa toison bouclée, fouiller son intimité avec habileté, trouver le point sensible qui l'électrisait. Cette fois, elle ne put se retenir ; un long gémissement s'échappa du fond de sa gorge et elle se cambra davantage. Elle en voulait plus. Elle désirait tout ce que Matt pouvait lui donner.

Elle défit fébrilement les boutons de sa chemise, et ses doigts caressèrent son torse puissant, couvert d'une douce toison. Elle caressa ses muscles tendus et vigoureux. Elle voulait le sentir tout entier en elle, peau contre peau. Elle s'agrippa à ses épaules.

— Oh… Oh…, susurra-t-elle en retenant son souffle.

Elle avait l'impression que tout son être était concentré sur l'endroit que Matt caressait. Elle se contorsionna, sentant son plaisir s'intensifier, plus impérieux et plus sauvage à chaque seconde qui passait.

— Oui, ma chérie, murmura-t-il, oui… Viens…

Le monde tournait autour d'elle. Matt chercha sa bouche, leurs langues se mêlèrent. Son souffle chaud balaya sa peau brûlante.

— S'il te plaît, chuchota-t-elle d'une voix si basse qu'elle la reconnut à peine. Je t'en prie, Matt…

— Tout ce que tu veux, mon cœur.

Elle chercha le bouton de son jean, sentit le renflement qui bombait le tissu délavé.

De sa main libre, il lui saisit le poignet et arrêta son geste.

— Doucement, chérie. Chaque chose en son temps.

Ses caresses s'intensifièrent. Elle renversa la tête en arrière, son corps s'arqua et elle poussa un cri quand le premier spasme la traversa, suivi par un plaisir intense qui la fit crier de nouveau.

— Oooh, soupira-t-elle, haletante, cherchant son souffle.

Mais il n'avait pas terminé. Ses doigts s'enfoncèrent plus profondément encore dans son intimité, accélérèrent leur va-et-vient, provoquant un nouveau tourbillon de sensations délicieuses. Elle s'accrocha à lui et cria de nouveau tandis que des ondes de plaisir la traversaient.

— Matt, oh ! Matt…

Elle ne parvenait plus ni à reprendre sa respiration ni à penser. Tout ce qu'elle savait, c'est qu'elle le voulait, tout entier, en elle, autour d'elle.

Maintenant.

Elle chercha sa ceinture et ses doigts tentèrent de défaire

l'énorme boucle qui la fermait. Avant qu'il puisse protester, elle l'embrassa, touchant sa langue du bout de la sienne, l'invitant à la pénétrer.

La peau luisante de sueur, il grogna, puis s'allongea à côté d'elle, capitulant.

Clic ! fit la boucle en s'ouvrant.

Il lui mordit la lèvre quand sa main caressa son sexe dressé.

Quelque part une cloche se mit à sonner. La sonnette de la porte d'entrée.

— Oh non ! s'écria Kelly, laissant retomber sa main.

— Tu attends une visite ? demanda-t-il langoureusement.

— Non.

La sonnette retentit encore, insistante.

— Quelqu'un a vraiment envie de te voir.

— Mon Dieu, c'est Karla ! Je lui ai laissé un message sur son répondeur tout à l'heure. Elle est certainement venue avec ses enfants.

— Qui est Karla ?

— Ma sœur, dit-elle en sautant du lit.

Elle prit une chemise et un jean dans l'armoire, puis se précipita dans la salle de bains.

Matt referma la fermeture Eclair de son jean et sa ceinture. La sonnette retentit de nouveau, suivie par une voix inquiète :

— Kelly ? Tu es là ? C'est moi.

— Je sais que c'est toi, grommela Kelly en sortant de la salle de bains, pieds nus et les cheveux attachés. Matt, tu vas aller t'asseoir dans le salon. Tu te verses un verre de vin et tu fais comme si nous étions en train de parler de l'enquête et, ajouta-t-elle en s'interrompant pour soupirer bruyamment et lui jeter un regard contrit, courage, prépare-toi au pire !

Puis elle disparut presque en courant.

Il se rendit dans le salon. Il venait de se servir un verre de vin lorsqu'il entendit une porte s'ouvrir. Des voix féminines lui parvinrent.

— Bon sang, Kelly, n'as-tu pas entendu la sonnette ?

J'ai failli geler à force de t'attendre dehors. Pourquoi as-tu mis si longtemps… Oh !

Une petite femme aux cheveux blond-roux coupés court fit son entrée. Elle posa ses grands yeux verts sur Matt et se figea.

— Que se passe-t-il ici, Kelly ? demanda-t-elle en regardant le verre de vin dans la main de Matt.

— Euh, Matt est venu pour parler de l'enquête.

— Matt ? répéta la jeune femme.

— Oui. Matt McCafferty, tu sais bien. Matt, je… je vous présente ma sœur, Karla.

— Enchanté, Karla, dit Matt d'une voix traînante en tendant sa main à Karla qui la serra visiblement à contrecœur.

— Egalement, répondit machinalement Karla. Attendez un peu, est-ce que je rêve ou non ?

— Que veux-tu dire ? Matt et moi, nous parlions…

— Stop ! dit Karla en levant la main. Ne me raconte pas de salades. Je ne suis pas aveugle, Kelly. J'espère que tu sais ce que tu fais.

— Bien sûr.

— Voulez-vous un verre de vin ? proposa Matt en contournant le comptoir pour prendre un verre sur l'étagère.

— Je préférerais un alcool fort, mais bon, d'accord.

Karla se contenta de cligner des yeux, prit le verre de chardonnay des mains de Matt et, après un regard réprobateur à sa sœur, se laissa lourdement tomber dans le fauteuil en rotin orné d'un coussin vert.

— Alors, Kelly, comment va l'enquête ? demanda-t-elle d'un ton sarcastique.

— Nous rencontrons pas mal d'obstacles, mais nous avançons quand même, expliqua Kelly.

— Hum. Karla toussota en sirotant son vin.

Elle n'en croyait visiblement pas un mot. Matt versa le reste de la bouteille dans un autre verre et le tendit à Kelly.

— Je pars pour Seattle demain, déclara Kelly.

— Tu dis sur ton message que tu seras de retour pour Thanksgiving.

— En effet.

Kelly s'assit sur le canapé, tandis que Matt s'adossait au comptoir.

— Tant mieux ! s'exclama Karla, un peu trop vivement. Je n'ai aucune envie d'avoir à expliquer aux parents que tu ne pourras pas venir à cause de ton travail.

— Papa comprendrait. Il a été policier.

— Donc votre famille combat le crime depuis toujours, fit remarquer Matt.

— Oui, depuis trois générations.

— Jusqu'à ce que papa se fasse tirer dessus et se retrouve invalide, compléta Karla. Et vous ? Que font vos parents ? demanda-t-elle à Matt avec un sourire glacial, ignorant le regard furibond que lui jetait sa sœur.

— Mon père était un cow-boy qui pratiquait le rodéo. Puis, il y a plus de cinquante ans, il a acheté un ranch. Il a ensuite étendu son activité aux affaires.

Les lèvres de Karla se serrèrent et elle décocha un regard irrité à Kelly.

— Il ne se souvient pas, n'est-ce pas ?

— Notre mère a travaillé pour votre père pendant quelques années, précisa Kelly.

— Pas seulement quelques années, rectifia Karla. Elle a consacré sa vie à votre père, monsieur McCafferty. Elle a été sa secrétaire, ou plutôt son assistante personnelle, comme il disait. Et que s'est-il passé quand ses affaires ont commencé à péricliter ? Il l'a fichue à la porte du jour au lendemain ! Comme ça ! dit-elle en claquant des doigts, les joues rouges de colère. Elle s'est retrouvée sans travail, sans retraite, sans argent.

Matt ne répondit pas. La jeune femme ne lui semblait pas en état d'entamer une discussion sur ce sujet. Il se contenta de lui adresser un petit sourire d'excuse, visant à lui faire comprendre qu'il s'agissait là des affaires de son père, et non des siennes.

Karla haussa les épaules et jeta un coup d'œil par la porte ouverte de la chambre ; son visage se renfrogna.

Elle sembla sur le point de dire quelque chose, mais, à la place, elle se leva.

— Je ferais mieux d'y aller, dit-elle vivement. Je crois que je vous ai interrompus.

Matt regarda sa montre, finit son verre et prit sa veste.

— Restez, Karla. Je dois rentrer de toute façon. Tenez-moi au courant quand vous aurez du nouveau, dit-il à Kelly.

— Entendu, répondit-elle en le raccompagnant à la porte.

— A bientôt. Et bon voyage.

— Merci.

— Enchanté d'avoir fait votre connaissance, ajouta-t-il à l'adresse de Karla.

— Moi de même.

Elle le fixa comme s'il était le diable incarné, et Matt se sentit obligé de marquer le coup. Après avoir lancé un clin d'œil exagéré à Karla, il enlaça la taille de Kelly et l'attira vers lui.

— Merci pour l'hospitalité, inspecteur. Ne m'oubliez pas.

Se penchant en avant, il l'embrassa longuement.

Kelly se raidit, puis se relâcha légèrement. Il jeta ensuite un dernier regard à Karla et disparut.

— Oh, mon Dieu, murmura Karla, les yeux ronds et une main sur le cœur.

Kelly rassembla tout son courage pour les reproches qui ne manqueraient pas de venir.

— Tu es amoureuse de lui, n'est-ce pas ? s'écria Karla.

Kelly soupira.

— Non, bien sûr. C'est ridicule, répondit-elle d'un ton brusque.

Elle chercha son verre et avala les dernières gouttes de vin, s'efforçant de rassembler ses esprits. Amoureuse de Matt McCafferty ? Son cœur battit à tout rompre à cette pensée. Se pouvait-il qu'elle se soit éprise de ce cow-boy insolent ?

— Je le devine dans tes yeux, rétorqua Karla. Je n'arrive pas à y croire, Kelly. C'est finalement un satané McCafferty qui est parvenu à faire fondre la glace qui emprisonnait ton cœur, murmura-t-elle en regardant sa sœur d'un air abasourdi. En d'autres circonstances, nous aurions pu commémorer l'événement, mais vu que l'homme de tes rêves est le fils de John Randall, je crois que je ferais mieux de faire appel à un prêtre afin qu'il t'exorcise !

— Très drôle !

— As-tu perdu l'esprit ? Papa et maman vont piquer une crise quand ils l'apprendront, et ton chef risque de te renvoyer. Et l'enquête, que devient-elle dans l'histoire ?

— Papa et maman n'ont pas à se mêler de ma vie, ni mon chef quand je ne suis pas en service. Quant à l'enquête, je ne l'ai en rien compromise.

— Pour l'instant, déclara Karla, pas convaincue, en se dirigeant vers la chambre pour l'examiner. Mais cela ne saurait tarder.

— Ce ne sont pas tes affaires et tu exagères, répondit Kelly en mettant son verre dans l'évier.

— Pas du tout. Enfin, Kelly, ne joue pas les idiotes. Ces McCafferty ne valent rien. Tu ne peux pas leur faire confiance.

— J'ai déjà eu droit à cette leçon de morale.

— Désolée. Avant, c'était toi qui la donnais. Ecoute, Kelly, pour l'amour du ciel, quoi que tu fasses, ne tombe pas amoureuse de Matt McCafferty, lui conseilla-t-elle, avec toute la sagesse de quelqu'un qui a commis toutes les bêtises possibles en matière de cœur.

— D'accord.

— Ce serait une erreur fatale.

— J'ai dit « d'accord ».

— Tu es une fieffée menteuse. Tu l'es déjà, probablement, affirma Karla en levant les mains pour prévenir toute protestation. Et si c'est le cas, tu es dans les ennuis jusqu'au cou. Je peux te garantir que ton… Matt va te briser le cœur.

- 9 -

— Où vas-tu ? lança Slade en voyant Matt descendre l'escalier, son sac sur l'épaule.

Slade discutait dans le salon avec Larry Todd, une tasse de café à la main. D'après ce que Matt put entendre, Larry lui faisait part de la nécessité de construire une nouvelle étable.

— Cela ne coûtera pas cher. Un simple toit soutenu par des piliers. Ce qui permettra au bétail de s'abriter et facilitera le travail pour le nourrir.

— Pourquoi pas, répondit Slade, puis il regarda Matt qui s'arrêta sous l'arche.

— J'espère que Thorne et toi pourrez assurer la permanence, lui dit-il. Je vais passer deux jours à Seattle.

— Je vois, affirma Slade. Tu vas rejoindre *ton* inspectrice, n'est-ce pas ?

Un sourire sarcastique étirait ses lèvres, et les bois accrochés au-dessus de la cheminée, qui semblaient sortir de sa tête, le rendaient plus diabolique encore.

Matt préféra ne pas relever.

— Je m'arrêterai chez moi avant de revenir et je serai de retour pour Thanksgiving, déclara-t-il.

— Thanksgiving est dans quelques jours à peine. Nicole voudrait que nous allions essayer les smokings pour le mariage.

— Ah oui ?

— Elle sera furieuse si tu ne le fais pas. La cérémonie aura lieu dès que Randi sera réveillée.

— Il n'y aura pas de problème, rétorqua Matt non sans irritation. Dis-lui de ne pas s'inquiéter. Randi n'a pas encore repris connaissance et ce sera un voyage éclair.

Attiré par l'odeur de café, il se dirigea vers la cuisine. Il s'était réveillé de mauvaise humeur. Il avait mal dormi, le sommeil hanté par des rêves érotiques peuplés d'images de Kelly, des rêves qui l'avaient obligé à prendre une douche glacée au saut du lit.

En passant devant le bureau, il aperçut Thorne, le téléphone coincé contre son épaule, qui regardait d'un air consterné l'écran de son ordinateur.

— Je m'absente pendant deux jours ! lui lança-t-il.

Absorbé par sa conversation, Thorne leva la main pour lui signifier d'attendre quelques secondes.

— Ne quittez pas, Eloïse, j'ai un problème à régler. Où vas-tu ? demanda Thorne à son frère.

— Striker a dit que je devais garder la police à l'œil, et comme Kelly Dillinger a été envoyée à Seattle par son chef j'ai décidé d'y aller aussi.

— Est-elle au courant ?

— Non.

— Thanksgiving est dans trois jours.

— Je sais. Slade m'a déjà rafraîchi la mémoire au sujet du smoking. Je m'en occuperai dès mon retour.

— Tu as intérêt, dit la voix de Nicole.

Matt jura intérieurement et se retourna pour affronter sa future belle-sœur.

— Sinon, poursuivit-elle en refoulant un sourire, je t'enduirai de goudron et de plumes et je t'écorcherai vif.

— Merci, docteur. Autre chose ?

— Je pense que cela suffira. Pour l'instant.

— Es-tu toujours aussi méchante, au réveil ?

— Seulement quand je veux quelque chose, le rassura-t-elle en s'appuyant contre l'encadrement de la porte. Thorne, je vais voir Randi. Jenny arrivera d'un instant à l'autre pour s'occuper des jumelles et du bébé. Juanita lui donne son biberon. J'ai embrassé les filles, mais elles se sont déjà rendormies. Elles ne devraient pas te donner de travail.

— Je ne me fais pas d'illusions, grommela Thorne.

— Je leur passerai un coup de fil plus tard. J'espère que tu diras au revoir à ton neveu avant de partir, ajouta-t-elle à l'intention de Matt.

— Je n'y manquerai pas.

— Parfait !

Elle envoya un baiser à Thorne et traversa le hall d'un pas vif en direction de la cuisine.

— Je téléphonerai, promit Matt en la suivant.

Juanita tenait J. R. dans ses bras et lui chantait une berceuse en espagnol. Le nourrisson, fasciné, la fixait de ses yeux ronds.

Matt se versa un café, pensif. Juanita et Jenny s'occupaient à merveille de J. R. Mais c'est Randi qui aurait dû le bercer, le nourrir, le langer. Matt sentit ses muscles se contracter en pensant à l'ordure qui avait tenté à deux reprises d'assassiner sa sœur. Qui cela pouvait-il bien être ? Le père mystérieux de l'enfant ? Matt ne parvenait pas à s'imaginer, déclarant à J. R. : « Ton père ne t'a pas reconnu et, en plus, il a tenté deux fois de tuer ta mère. Quand elle était enceinte de toi et lorsqu'elle était à l'hôpital, dans le coma. »

Toujours d'une humeur maussade, Matt avala quelques gorgées de café, puis vida le reste de sa tasse dans l'évier.

— Tu t'en vas ? demanda Juanita en regardant son sac.

— Pas avant d'avoir essayé son smoking, dit Nicole, mi-sérieuse, mi-taquine.

— Je m'en occupe, assura-t-il en tapotant le derrière du bébé. Et toi, sois sage, d'accord ?

J. R. gazouilla doucement et Matt se sentit fondre. L'émotion désormais habituelle qui l'envahissait à la vue du bébé — et de Kelly — lui serra le cœur.

Il jura intérieurement. Depuis l'accident de Randi, il avait changé. Beaucoup trop à son goût. Furieux contre lui-même et le monde entier, il enfonça son chapeau sur sa tête et sortit, ignorant les protestations de Juanita, qui lui conseillait de prendre un bon petit déjeuner avant de partir.

« Il va te briser le cœur », songea Kelly en se glissant derrière le volant de sa voiture de location, à l'aéroport de Seattle. Tout en naviguant dans la circulation dense en direction du centre-ville, ses essuie-glaces balayant la pluie battante, elle savait qu'il existait un zeste de vérité dans les préoccupations de sa sœur. Elle était en train de s'éprendre de Matt McCafferty et commettait une erreur monumentale.

Pourtant, malgré ses efforts pour se convaincre de couper les ponts, elle savait qu'elle en était incapable. Matt l'attirait comme la lumière attirait les papillons.

— Pauvre idiote, marmonna-t-elle en changeant de file.

Le véhicule devant elle freina brusquement et quelqu'un klaxonna. Elle trouva enfin l'adresse du commissariat et se gara sur le parking. Puis elle courut sous la pluie jusqu'à l'entrée du bâtiment.

Elle passa les cinq heures suivantes à discuter avec le policier massif et amical qui détenait toutes les informations sur l'affaire. Oscar Trullinger lui confirma que personne ne pouvait affirmer que le livre de Randi McCafferty était lié aux agressions dont elle avait été victime et qu'ils ne possédaient pas d'élément nouveau. Parmi les hommes que la jeune femme fréquentait, aucun ne semblait avoir de raison de lui en vouloir. Sam Donahue travaillait dans un ranch aux alentours de Spokane, à l'ouest de l'Etat de Washington, Joe Paterno, le photographe, était en mission en Alaska, et Brodie Clanton, dont le grand-père avait fondé le *Clarion*, se trouvait en vacances à Puerto Vallarta, au Mexique.

Tout en se rendant au siège du *Seattle Clarion*, elle essaya d'analyser toutes ces informations, et finit par trouver étrange que tous les petits amis de Randi se trouvent actuellement hors de la ville ; il faudrait qu'elle creuse davantage le sujet.

Les locaux du journal étaient situés au troisième étage d'un immeuble en brique marron. L'espace avait été divisé en box par des cloisons insonorisées. Les tables encombrées étaient occupées par des journalistes, tapant sur des claviers d'ordinateur, parlant au téléphone ou visionnant des bulletins d'informations sur des écrans de télévision. Par les fenêtres, on distinguait des buildings, le ciel gris et bas et les eaux vertes du Puget Sound, le bras de mer baignant la ville.

— Puis-je vous aider ? demanda une réceptionniste.

— J'aimerais parler à Bill Withers, répondit Kelly en montrant son badge. Inspecteur Kelly Dillinger de Grand Hope, dans le Montana. Je désire lui poser quelques questions au sujet de Randi McCafferty.

La jeune femme sourit poliment.

— M. Withers est absent actuellement.

Kelly n'en fut pas étonnée.

— Et Joe Paterno ou Sarah Peeples ? enchaîna-t-elle, bien qu'elle connaisse déjà la réponse pour Paterno.

— Joe est en mission et ne sera pas de retour avant plusieurs jours. Mais Sarah est là. Je vais l'informer de votre visite, dit-elle en appuyant sur un bouton pour passer le message.

Quelques minutes après, une petite femme au visage allongé et aux boucles blondes ébouriffées fit son apparition. Elle portait une veste sur une robe courte ajustée et des bottes. Une dizaine de bracelets cliquetaient à ses poignets.

— Bonjour. Je suis Sarah et je suis ravie de vous voir. Comment va Randi ?

— Elle se maintient.

— Venez avec moi. Mon bureau est un véritable fouillis, mais nous y serons tranquilles pour parler.

Elle conduisit Kelly à travers un labyrinthe de tables jusqu'à un bureau d'angle.

— J'ai entendu dire que Randi était encore dans le coma et que quelqu'un avait peut-être tenté de l'assassiner, reprit Sarah à mi-voix.

— C'est ce que nous cherchons à découvrir.

— Quelle horreur ! Le journal relate sans arrêt ce genre d'affaires, mais nous ne nous sentons vraiment touchés que lorsqu'une personne que nous connaissons est concernée.

— C'est vrai. J'espérais que vous pourriez m'éclairer sur les fréquentations de Randi. Ses amis, ses ennemis.

— Et que je saurais qui est le père de son fils, compléta Sarah avec un petit sourire. C'est la question à un million de dollars, non ? Aucune idée ! Je me demande qui pourrait bien lui vouloir du mal, avoua-t-elle en fronçant les sourcils d'un air pensif. J'espère seulement que ce n'est pas le père de son bébé. Mais il existe tellement de gens bizarres dans ce monde…

Pendant les heures qui suivirent, Kelly interrogea Sarah et les autres employés du journal. Mais personne ne lui apporta le plus petit morceau d'information susceptible de faire avancer son enquête. Personne ne savait qui aurait pu en vouloir à Randi, qui elle aurait pu offenser par inadvertance ou encore qui était le père de son fils. Kelly apprit néanmoins que la jeune femme fréquentait quelques amies du lycée et une en particulier, Sharon Okano, en plus d'une tante et d'une cousine du côté maternel. Ses collègues semblaient savoir qu'elle écrivait un roman qui se déroulait dans le monde du rodéo, et qu'il lui arrivait de rédiger des articles en free lance en dehors de sa rubrique.

Il faisait déjà nuit lorsque Kelly se présenta à la réception de son hôtel surplombant la baie d'Elliot. Elle monta dans sa chambre d'où elle contempla les eaux grises, puis téléphona à Sharon, l'amie de Randi. Elle tomba sur un répondeur qui promettait de la rappeler dès que possible. Elle laissa son nom, le numéro de son hôtel et celui du poste de police de Grand Hope. Elle appela ensuite Espinoza et laissa un message à son intention. Puis elle décida de visiter la ville. Des gratte-ciel aux fenêtres éclairées se dressaient contre les collines escarpées, il y avait un trafic intense dans les rues, et les piétons, emmitouflés dans des imperméables et protégés par des parapluies, se hâtaient sur les trottoirs mouillés.

Elle marcha lentement jusqu'au front de mer, où un vent violent soufflait en rafales sur les eaux sombres du détroit et sur les ferry-boats. Bien que l'on soit encore en novembre, un petit air de fête flottait déjà dans l'air, et les vitrines des magasins étaient ornées des premières décorations de Noël.

Elle s'offrit un bol de soupe aux palourdes dans un petit restaurant sur les quais, et retourna à l'hôtel à pied, fatiguée, les pensées envahies par Matt McCafferty. Elle avait failli faire l'amour avec lui et elle savait que si l'opportunité se représentait, elle recommencerait volontiers. Elle serra les poings dans ses poches, mesurant les conséquences que cet acte fatal aurait sur sa vie.

Elle était adulte et lui aussi. Quel mal y aurait-il ?

Mais elle était *aussi* policier et lui, le frère d'une victime, peut-être même un suspect, bien que cette dernière hypothèse lui paraisse complètement absurde.

Quand elle arriva à l'hôtel, elle avait les cheveux trempés, les mains et les joues gelées. Elle entra par la porte tournante et se dirigeait vers l'ascenseur lorsqu'elle sentit que quelqu'un lui emboîtait le pas. Un parfum d'after-shave musqué lui parvint, mêlé à une légère odeur de cuir et de chevaux.

Elle sourit.

— Comment avez-vous fait pour me trouver ? demanda-t-elle.

— Un simple travail de détective.

Elle faillit éclater de rire.

— Je vois.

Ils entrèrent ensemble dans la cabine. Matt la regarda ; ses yeux sombres contenaient de l'humour et une autre nuance, bien plus dangereuse. Il pressa le bouton du dernier étage.

Elle tendit le bras pour appuyer sur celui de son étage, mais il saisit sa main.

— Vous pourriez peut-être venir boire un verre dans ma chambre.

— Vous croyez ? dit-elle, la gorge serrée. Je sais que nous nous sommes laissés… un peu aller, l'autre soir. Mais vu les circonstances, ce n'est vraiment pas une bonne idée de nous compromettre davantage.

— Nous le sommes déjà, inspecteur.

Il ne la touchait pas, mais elle avait l'impression qu'elle était prisonnière de ses bras, que la cabine de l'ascenseur devenait plus étroite au fil des secondes. Elle éprouva soudain un accès de claustrophobie, comme si elle manquait d'air.

— De nous compromettre avant que l'affaire soit résolue, tout au moins, précisa-t-elle. Je n'ai pas envie de perdre mon objectivité.

— Trop tard…

Il l'enlaça.

Bien que sachant pertinemment qu'elle aurait mieux fait de le repousser, elle leva la tête, et ses lèvres glacées allèrent à la rencontre de sa bouche chaude. Matt l'embrassa, longuement, avec une passion qui l'électrisa jusqu'au plus profond d'elle-même.

Elle comprit qu'il avait gagné la partie. Sans prendre la peine de protester ou de résister, elle se laissa soulever du sol. Comme un jeune marié le soir de sa nuit de noces, il lui fit passer le seuil de sa suite.

Elle ferma les yeux et tenta d'oublier tout ce qui aurait pu lui gâcher ce moment merveilleux. Ils étaient seuls, enfin, et passer une petite nuit ensemble ne ferait de mal à personne.

Il défit la fermeture Eclair de sa veste et la lui ôta sans cesser de l'embrasser. Il retira ensuite son pull, ses bottes et son jean, qui atterrirent sur le tapis épais. Elle ne fit pas un geste pour l'arrêter. Elle se contenta de répondre à son baiser avec une ferveur égale à la sienne.

Tandis qu'elle le déshabillait à son tour, elle eut vaguement conscience des lumières tamisées, du feu qui crépitait dans l'âtre et des fleurs qui embaumaient la pièce. Mais ce décor s'évanouit aussitôt quand les mains calleuses de Matt parcoururent sa peau, que sa langue la goûta et qu'elle sentit son sexe dur et chaud contre son ventre. Il la fit tomber doucement en arrière sur l'énorme lit recouvert d'un couvre-lit en satin.

— Comment m'as-tu retrouvée ? demanda-t-elle.

— Quand je veux quelque chose, je l'obtiens, répondit-il en caressant son menton d'un doigt. Tu m'as dit que tu partais et j'ai décidé de te suivre.

— Seattle est une grande ville.

— Je suis un grand garçon déterminé, répliqua-t-il avec un sourire malicieux.

— Et qui a beaucoup de contacts.

— Effectivement.

Il lui embrassa l'épaule et elle frissonna de désir. Puis il abaissa la bretelle de son soutien-gorge. Ses mains parcoururent ses hanches, glissèrent sur son dos, la serrèrent étroitement. Il prit la pointe de son sein dans sa bouche et la pinça légèrement de ses lèvres. Elle crut qu'elle allait mourir de plaisir et se cambra en gémissant.

— Oh Kelly…, murmura-t-il contre son ventre.

Il fit glisser sa culotte le long de ses jambes et la jeta par terre, tout en léchant, goûtant chaque recoin de sa peau. Elle se contorsionna sous l'effet de ses caresses. Sa vision se troubla et plus rien n'exista, hormis les sensations délicieuses qui la submergeaient par vagues.

Son corps se couvrit de sueur, son sang rugit dans ses oreilles, pulsa dans ses veines. Elle s'entendit pousser un gémissement rauque. Une chaleur intense naquit dans sa nuque et envahit son corps. Elle se colla à lui.

— Matt, s'il te plaît…, gémit-elle d'une voix rauque.

Leurs lèvres se cherchèrent, se trouvèrent, les bras musclés de Matt l'entourèrent. Se tenant en équilibre au-dessus d'elle, il la pénétra d'une seule poussée. Elle haleta, le souffle coupé. Puis il se mit à bouger. Elle accorda ses mouvements aux siens. Enflammée, éperdue de plaisir, elle lui griffa le dos. Leurs souffles entrecoupés se mêlaient et se répondaient. Le rythme s'intensifia.

Elle plongea son regard dans celui de Matt qui la fixait, sombre, intense, profond, fouillant son âme. Une onde de plaisir naquit au centre de son intimité, des milliers d'étoiles colorées dansèrent devant ses yeux, et elle eut l'impression que l'univers basculait. Matt jouit avec un grognement sourd en retombant sur elle, l'entourant de ses bras, enfouissant son visage dans son cou.

— Kelly, murmura-t-il. Oh, Kelly !

Ils restèrent enlacés jusqu'à ce que leurs souffles s'apaisent.

Elle se lova contre lui, posa sa joue sur son épaule tandis qu'il lui caressait le visage et repoussait ses cheveux.

De vagues pensées concernant les conséquences de son acte la traversèrent, mais elle les chassa rapidement.

— Dis-moi, cow-boy, qu'y aura-t-il pour le dessert ?

— Tu veux vraiment le savoir ? demanda-t-il en riant.

— Mmm, approuva-t-elle en passant les doigts dans la toison bouclée de son torse. As-tu encore des ressources ?

— Tu l'as cherché, chérie…

Rapide comme l'éclair, il l'enlaça et pressa sa bouche contre la sienne.

— … alors, tu l'auras.

— Matt ! Attends un peu…

Il étouffa ses protestations sous un baiser. En un instant, elle était de nouveau offerte, le cœur battant, oubliant le reste du monde, simplement effleurée par la pensée diffuse qu'elle venait de tomber désespérément et irrésistiblement amoureuse de cet homme.

- 10 -

— Randi est sortie du coma, lui annonça Slade.

La voix de son frère dans le combiné parvint difficilement jusqu'au cerveau endormi de Matt. Mais la bonne nouvelle le réveilla tout à fait. Il regarda Kelly qui s'étirait en bâillant à côté de lui, ses cheveux roux étalés sur l'oreiller, ses beaux yeux chocolat encore ensommeillés.

— Quand ? demanda-t-il, en enroulant d'un geste tendre une mèche de cheveux de la jeune femme autour de son doigt.

— Depuis peu.

— A-t-elle dit quelque chose ?

— Pas encore. Je suis sur le chemin de l'hôpital.

— Nous prenons le premier vol pour Grand Hope.

— *Nous ?* répéta Slade avec un ricanement qui tapa sur les nerfs de Matt. Tu me raconteras tout à ton retour, ajouta-t-il avant de raccrocher.

— C'était au sujet de Randi ? demanda Kelly.

— Oui. Elle s'est réveillée.

— Allons-y ! Qu'attendons-nous ? dit-elle vivement en se mettant aussitôt à la recherche de ses vêtements éparpillés dans la chambre.

Quand Matt et Kelly entrèrent dans la chambre d'hôpital, Slade, Thorne et Nicole étaient déjà réunis autour de la jeune femme.

— Je veux savoir pourquoi je ne peux pas voir mon bébé !

Non seulement elle était consciente, mais elle semblait prête à sauter à la gorge de tous ceux qui se mettaient en travers de son chemin. Assise dans son lit, elle lançait des regards furibonds au petit groupe qui l'entourait.

Matt sourit.

Les yeux noisette de sa sœur étaient brillants, son visage, légèrement bouffi, et ses courts cheveux auburn se dressaient sur sa tête selon des angles bizarres. Elle avait un peu de mal à articuler, car sa mâchoire avait été recousue et l'on venait juste de lui enlever les fils. Elle grimaça en levant la main droite, sans doute parce que ses côtes cassées étaient encore douloureuses, et son expression révélait une contrariété évidente.

Mais elle semblait aller très bien, nota-t-il, non sans un certain soulagement.

— Pourquoi ne peut-elle pas voir J. R. ? demanda-t-il.

— Nous nous en occupons, répondit Nicole.

— Eh bien, faites vite ! insista Randi en plissant les yeux pour lire le nom inscrit sur le badge. Et d'abord, qui êtes-vous ?

— Le Dr Stevenson.

— J'avais remarqué. Mais j'ai déjà rencontré deux autres médecins qui prétendaient se charger de moi.

En dépit de ses difficultés à parler, le message était clair : Randi McCafferty avait repris connaissance, elle était en colère et ne semblait pas décidée à se laisser intimider par qui que ce soit.

— Je suis le médecin urgentiste qui vous a soignée quand on vous a amenée ici, lui expliqua Nicole. Et vous étiez dans un sale état, précisa-t-elle, peu disposée, elle aussi, à se laisser intimider. En plus d'être dans le coma, vous aviez une commotion cérébrale, un poumon perforé, des côtes cassées, la mâchoire fracturée et le tibia quasiment en mille morceaux. Certains os se sont déjà ressoudés, vous pouvez parler, mais je crains que vous ne puissiez marcher avant un certain temps. De plus, vous avez subi une césarienne. Ensuite, quelqu'un a injecté de l'insuline dans votre perfusion et vous avez failli mourir. Alors, vous feriez mieux d'écouter les conseils des médecins et de vous rétablir avant d'exiger quoi que ce soit.

Randi la fixa un instant sans rien dire, quelque peu calmée.

— Vous êtes donc mon médecin attitré ?

— Vous en avez plusieurs. En fait, toute une équipe. Mais si je m'intéresse particulièrement à vous, c'est parce que je vous ai accueillie et que j'ai des liens avec votre famille.

— Des liens ? répéta Randi. Lesquels ?

— Nicole est ma fiancée, lui apprit Thorne. Crois-moi, nous t'amènerons ton bébé dès que le pédiatre et les médecins seront d'accord.

— Ta *fiancée* ? murmura Randi en grimaçant, comme si elle avait ressenti une douleur soudaine. Toi, Thorne, tu vas te marier ?

— En effet. Nous attendions que tu te réveilles pour que tu puisses participer à la cérémonie.

— Attends, je n'y comprends rien. Depuis combien de temps suis-je inconsciente ?

— Plus d'un mois, répondit Slade.

— Mon Dieu ! s'exclama-t-elle avant de contempler le plâtre de Thorne. Que t'est-il arrivé ?

— J'ai eu un accident, mais j'ai eu beaucoup de chance. Mon avion est tombé.

— Quoi ? Et toi ? demanda-t-elle à Slade. Ta joue ?

Slade passa la main sur la cicatrice qui barrait sa joue.

— Un accident de ski. Tu ne t'en souviens pas ?

Elle secoua lentement la tête et son regard s'assombrit.

— J'ai oublié pas mal de choses, murmura-t-elle, comme pour elle-même. On dirait que tout le monde a des ennuis et que notre nom est maudit. Et toi, tu vas bien ? ajouta-t-elle en se tournant vers Matt.

— Oui.

— Tu n'as pas frôlé la mort ? Pas été blessé ? Tu n'es pas fiancé ?

— Fiancé, pas encore, avança-t-il.

— Ouf ! Quant à toi, dit-elle à Thorne, tu me raconteras

les détails de ta vie amoureuse plus tard. Pour l'instant, je veux voir mon fils. Alors, soit vous l'amenez ici, soit c'est moi qui irai là-bas.

— Sois patiente, implora Slade d'une voix inhabituellement tendre. Nous l'avons nommé J. R., à la mémoire de papa. Juanita s'occupe de lui au ranch et nous vous réunirons dès que possible.

— Ne me raconte pas d'histoires, s'il te plaît ! J. R. ? Je n'ai pas très envie de garder « J. R. ». En mémoire de papa ? Allons ! s'écria-t-elle en jetant un regard sceptique à ses frères. Qui a eu cette brillante idée ?

— Moi, dit Thorne.

— Je m'en doutais. Tu as toujours eu une mentalité de boy-scout. Tu ne supportais pas papa.

Thorne faillit répliquer, mais choisit de se taire.

Kelly s'approcha du lit de Randi et lui adressa un sourire encourageant.

— Je suis l'inspecteur de police Kelly Dillinger. Si les médecins le permettent, j'aimerais vous parler de votre accident.

— Quel accident ?

— Celui que tu as eu là-haut, à Glacier Park, expliqua Thorne. On pense que tu as été poussée hors de la route.

— Tu veux dire que quelqu'un a essayé de me tuer ?

— C'est une possibilité, dit Kelly. Ou peut-être était-ce un simple accident et le coupable a pris la fuite. Mais cela semble aujourd'hui peu probable, étant donné l'épisode de l'insuline. Quelqu'un a injecté de l'insuline dans votre perfusion, il y a quelques jours. Le Dr Stevenson vous a sauvée in extremis.

Le regard de Randi passa d'un frère à l'autre.

— Dites-moi qu'elle exagère.

— J'ai bien peur que non, lui assura Matt.

— Mon Dieu ! s'exclama Randi en se laissant retomber en arrière. Je ne me souviens de rien. En fait, de pas grand-chose. Je vous ai tous reconnus, je sais que je suis journaliste et que je vis à Seattle, quant au reste… c'est le trou noir.

— Et le père de ton enfant ? demanda Thorne.

Un silence pesant s'installa dans la pièce.

Randi avala sa salive et devint toute pâle. Elle regarda ses mains. L'une d'elles était percée par l'aiguille de la perfusion, l'autre entourée d'un pansement. Aucune trace d'alliance à l'annulaire gauche. Elle se mordit la lèvre et cligna des yeux comme pour refouler ses larmes.

— Le père de mon enfant ? Je… Bon sang, je ne sais pas !

— Ça suffit, intervint Nicole. Elle doit se reposer.

— Pas question ! lança Randi, inflexible. Etes-vous mère ?

— Oui. De jumelles.

— Alors vous comprenez que j'ai envie de voir mon bébé. Quant à vous, dit-elle en regardant Kelly, j'aimerais bien répondre à vos questions, mais j'ai tout oublié. Peut-être la vue de mon fils me rafraîchira-t-elle la mémoire.

Matt sourit. Il savait reconnaître un mensonge et, sauf erreur de sa part, sa demi-sœur les manipulait tous en beauté. Elle voulait voir son enfant et était prête à tout pour arriver à ses fins, même à mentir sur ses souvenirs. Mais il la comprenait.

— Je m'en occupe, lui promit-il.

— Ne t'emballe pas, intervint Nicole gentiment mais fermement. Nous ferons venir J. R. ici dès que ce sera possible.

Matt ne releva pas. Il lança un coup d'œil à sa sœur, meurtrie mais déterminée, comme tous les McCafferty, et lui sourit. Au diable les procédures hospitalières et l'enquête policière, il tiendrait sa promesse.

— Voilà, c'est à peu près tout, conclut Kelly dans le bureau d'Espinoza, un peu plus tard.

Assis derrière son bureau, les jambes croisées et le menton posé sur ses doigts, le commandant Espinoza écoutait Kelly lui raconter ses visites à la police de Seattle et au *Clarion*, puis sa courte entrevue avec Randi McCafferty.

— Pensez-vous qu'elle soit amnésique ?

— Je ne sais pas, reconnut-elle en haussant les épaules. Elle se souvient de ses frères, de son travail et de la ville où elle vivait, mais pas de l'accident. Elle a semblé abasourdie quand nous avons fait référence à un acte de malveillance, mais elle est par contre bien déterminée à voir son enfant. J'ai l'impression que nous n'obtiendrons rien d'elle, pas même le nom du père, tant qu'on ne lui donnera pas son fils.

— Etrange, murmura Espinoza en jouant avec son stylo.

— Pas vraiment. L'instinct maternel est très fort.

Il lui adressa un regard qui voulait dire : « Qu'en savez-vous ? », mais eut la décence de ne pas formuler sa question. La conversation se prolongea, puis Espinoza lui demanda comment elle avait su que Randi s'était réveillée, puisqu'il avait appelé à l'hôtel et que personne n'avait répondu. Kelly ne put esquiver cette question et reconnut qu'elle était tombée par hasard sur Matt McCafferty à Seattle, et que c'était lui qui le lui avait dit. Le regard que lui lança son chef lui indiqua, mieux que des mots, ce qu'il pensait de ce *hasard*.

— Certaines personnes sont persuadées qu'un ou peut-être tous les frères McCafferty sont suspects, enchaîna-t-il, ne voulant vraisemblablement pas s'engager dans cette voie.

— Pourquoi ?

— Parce que leur demi-sœur a hérité du pactole. Elle était visiblement la préférée de son père. Si elle était hors circuit, tout reviendrait à son fils, et ses frères seraient probablement nommés tuteurs.

— Je vous ai déjà dit que cette théorie ne tenait pas la route ! rétorqua-t-elle un peu trop vivement.

Agacée par Espinoza, son travail, elle-même et la vie en général, elle sortit du bureau de son chef, s'efforçant de ne pas claquer la porte. Elle se servit une tasse de café, écouta Stella lui raconter les commérages et lui donner ses messages téléphoniques, puis elle se terra dans son bureau, où elle mit son travail à jour jusqu'à l'heure du déjeuner. Elle passa ensuite l'après-midi à éplucher les informations concernant l'affaire McCafferty et à se poser des questions.

Qui essayait de tuer Randi et de terroriser le reste de la famille, et pourquoi ? La remarque d'Espinoza au sujet du mobile de ces deux tentatives de meurtre lui tournait dans la tête. En dehors de ses frères, à qui profiterait la mort de Randi ? Un petit ami éconduit ? Le père de J. R. ? Quelqu'un qui convoitait son poste ou bien gardait une rancune tenace contre la famille ?

John Randall s'était fait de nombreux ennemis durant sa vie, mais il était mort, et Kelly doutait que l'on puisse chercher à se venger sur sa descendance. Et Randi ? Avait-elle offensé dans sa rubrique une personne qui lui avait demandé conseil ? Quelqu'un savait-il qu'elle écrivait un livre sur la corruption, et si oui, qui ?

Il y avait trop de questions sans réponses dans cette affaire, pensa Kelly, découragée. Elle s'étira et éteignit son ordinateur. L'équipe de nuit était arrivée. Elle salua ses collègues, puis se dirigea vers son 4x4.

Dehors, la température était largement en dessous de zéro, et le vent glacial n'arrangeait rien. La neige s'était remise à tomber et les flocons se collaient au pare-brise.

Kelly mit le chauffage à fond et écouta les informations locales. Un bulletin révéla que Randi McCafferty, dans le coma depuis plus d'un mois, avait repris connaissance. Kelly soupira. Ils allaient devoir affronter de nouveaux assauts de journalistes.

Il était plus de 19 heures quand elle arriva chez elle. Elle se déshabilla et se doucha. Elle venait juste d'ouvrir une boîte de soupe lorsque le téléphone sonna.

— Il était temps que tu rentres ! s'écria Karla sans préambule.

Kelly tira sur le fil du téléphone pour pouvoir mettre la soupe sur le feu.

— Je travaillais, figure-toi.

— Je sais.

— Et je suis de mauvaise humeur.

— J'aurais pensé que le réveil de Randi McCafferty t'aurait rendue euphorique.

— Alors tu es déjà au courant.

— Comme tout le monde. Je me demandais ce qu'elle avait déclaré.

— Pas grand-chose, dit Kelly en éteignant le feu. Allons, Karla, tu sais bien que je n'ai pas le droit de te révéler quoi que ce soit sur cette affaire.

— Mais j'ai entendu dire qu'elle n'avait pas donné l'identité du père du bébé.

— Tu ne devrais pas écouter les commérages, ma sœur.

— Je travaille dans un salon de coiffure, tu sais bien : le lieu où l'on cause.

— Alors tu dois déjà être au courant de tout et tu n'as pas besoin d'en savoir plus.

— Très drôle. J'ai regardé la télévision à midi, et le présentateur a fait allusion à une interview de Randi qui serait diffusée au journal du soir.

Kelly s'adossa contre le mur de la cuisine et regarda les flocons de neige tourbillonner par la fenêtre.

— Encore faudrait-il que les journalistes parviennent à franchir la barrière dressée par ses demi-frères, les policiers et le personnel hospitalier. Et même si c'était le cas, crois-moi, ils n'apprendront rien.

— Que veux-tu dire ? Pourquoi pas ?

— Ecoute, je t'en ai déjà trop dit. Comment vont mes neveux préférés ? enchaîna Kelly, changeant de sujet.

— Ils ont fait des bêtises. Aaron a trouvé des flacons de teinture à la maison, et Spencer a pris l'initiative de refaire une beauté à la lapine. Pauvre petite chose, elle a des taches rouges partout. Cette année, nous ne peindrons pas des œufs de Pâques, mais des lapines.

— Mais Honey va bien ?

— Oui. Juste un peu traumatisée. Je crois qu'il va falloir que je l'emmène voir un psychologue pour animaux. Je crains qu'elle soit obligée de suivre une thérapie. Je suppose que je devrais m'estimer heureuse qu'ils ne lui aient pas fait une permanente. Imagine-toi ce que cela aurait donné, ajouta-t-elle en soupirant. Bref ! Ce n'est pas vraiment drôle.

Ils auraient pu lui en mettre dans les yeux. J'ai ramené tout mon stock dans le salon et je vais devoir faire construire des coffres-forts à la maison. Mais trêve de plaisanterie, parle-moi de ta vie amoureuse.

Kelly leva les yeux au ciel. Elle aurait dû s'attendre à cette question de la part de sa sœur, mais elle fut néanmoins prise par surprise et ne répondit pas tout de suite.

— Tu étais bien à Seattle hier, non ? insista Karla. Tout comme Matt McCafferty. Il se trouve que j'ai entendu la nouvelle à la cafétéria. Mais peut-être n'était-ce qu'une *coïncidence.*

— Tu vas encore à la pêche aux informations.

— Et toi, tu éludes ma question.

— Depuis quand te mêles-tu de ma vie amoureuse ?

Il y eut un silence, puis Karla déclara, toute trace d'humour ayant disparu de sa voix :

— Depuis que tu t'es éprise de ce fumier de Matt McCafferty.

Kelly vécut la soirée de Thanksgiving comme un cauchemar. Bien qu'elle apprécie la compagnie de sa famille, elle était distraite et un peu distante. Son père et sa mère étaient ensemble, Karla avait ses enfants, et elle, elle se sentait seule.

A cause de Matt.

Une partie d'elle-même aurait préféré participer aux festivités avec lui. Elle avait commandé deux tartes à la boulangerie, une aux pommes et une à la citrouille, et avait passé la matinée à aider sa mère à farcir la dinde et à préparer les patates douces. Mais elle ressentait comme un manque.

Avant le repas, la famille avait prié, et son père avait découpé la volaille avec le cérémonial habituel. Mais, pour la première fois de sa vie, Kelly avait l'impression de ne pas être à sa place. Ce qui était totalement ridicule.

— Qu'est-ce qui ne va pas, ma chérie ? lui demanda sa mère en remplissant le lave-vaisselle.

— Je vais bien, répondit Kelly.

— Est-ce à cause de ton travail ? insista Eva Dillinger.

— Pas exactement, intervint Karla.

— Qu'est-ce que cela veut dire ? s'inquiéta aussitôt Eva. Kelly ?

— Rien, maman.

Karla plia le torchon qu'elle tenait à la main et le posa sur la poignée du four.

— Kelly est amoureuse, déclara-t-elle comme si elle annonçait la fin du monde.

— C'est vrai ? demanda Eva en esquissant un sourire.

Kelly lança à sa sœur un coup d'œil furieux.

— Et qui est l'heureux élu ? ajouta Eva.

— Karla aurait mieux fait de se taire. Je ne suis pas amoureuse, prétendit-elle.

— Mais tu fréquentes quelqu'un. Qui est-ce ?

Elle eut envie d'étrangler sa sœur, et si son regard avait eu le pouvoir de tuer, Karla aurait déjà été six pieds sous terre.

— Rien de sérieux, maman, soupira-t-elle. Ne t'énerve pas.

— Ce n'est pas..., dit Eva en s'interrompant.

— De quoi parlez-vous ? demanda Ronald en entrant dans la cuisine. Kelly a un petit ami ?

Kelly leva la main, jurant intérieurement.

— Ce n'est pas vraiment un petit ami. J'ai seulement passé un peu de temps avec Matt McCafferty. A cause de l'affaire.

Un lourd silence tomba. On n'entendit plus que le bruit de la télévision venant du salon. Puis Karla grimaça, comme si elle comprenait enfin l'ampleur de sa gaffe. Elle rompit le silence.

— J'aurais mieux fait de me taire.

Le visage de Ronald était devenu rouge de fureur, tandis que sa femme avait pâli et s'était appuyée contre le comptoir.

— Non, non, tu as bien fait, murmura Ronald. Tu sais,

ma petite fille, ta mère et moi ne voulons que ton bien, et je ne comprends pas pourquoi tu te lies avec…

— Stop, Ron. Laisse-la. Elle est assez grande pour faire ses propres choix, le coupa Eva d'une voix douce.

Le soutien de sa mère affecta douloureusement Kelly. Elle eut envie de s'excuser, mais, en même temps, n'en vit pas l'utilité. Son père serra les mâchoires et fit rouler son fauteuil vers le salon.

— Joyeux Thanksgiving, grommela Karla entre ses dents. Je suis désolée, Kelly. J'aurais mieux fait de tenir ma langue.

— Je ne te le fais pas dire mais, au moins, les choses sont claires, maintenant, déclara Kelly.

Le reste de la soirée se déroula dans une ambiance tendue, la conversation se cantonnant à Aaron et Spencer. Kelly mourait d'envie de s'échapper. Elle étouffait, se sentait anxieuse et, pour la première fois de sa vie, indécise quant à son avenir. Elle avait toujours su qu'elle voulait devenir policier, et rien ni personne n'avait pu la faire changer d'avis. Aucun homme n'avait réussi à la détourner de son objectif. Mais elle n'avait jamais non plus éprouvé, pour un homme, les sentiments qu'elle ressentait pour Matt.

L'esprit ailleurs, elle quitta enfin la maison familiale et rentra chez elle.

Qu'allait-elle faire de sa vie ? Il fallait qu'elle trouve une solution, songea-t-elle en entrant dans le garage. Pire, il fallait qu'elle décide si Matt McCafferty en ferait partie ou non. Mais la situation semblait inextricable. Matt avait son ranch, loin d'ici. Elle ne pouvait pas lui demander de l'abandonner, et il n'était pas non plus question qu'elle quitte Grand Hope.

En arrivant dans le salon, elle vit que la lumière rouge de son répondeur clignotait. Elle enleva sa veste et ses bottes et pressa le bouton. En entendant la voix de Matt, son cœur bondit dans sa poitrine.

« Bonsoir, c'est Matt. J'ai pensé que vous pourriez peut-être vous joindre à nous pour le dîner de Thanksgiving qui aura lieu dans quelques jours. Je ne sais pas exactement quand, mais dès que Randi sera sortie de l'hôpital. Je vous préviendrai. Bon, je vous rappelle, au revoir. »

Kelly écouta le message plusieurs fois.

Matt l'invitait donc à une réunion de famille. Elle allait dîner chez les McCafferty. Elle contempla son reflet dans le miroir. Une lueur d'espoir brillait dans ses yeux et le rouge de ses joues ne pouvait être attribué uniquement au froid qu'elle venait d'endurer.

— Oh, Seigneur, murmura-t-elle en soupirant, tu t'es mise dans de beaux draps, ma fille.

Il lui faudrait se forger une carapace. Dans tous les cas de figure, Matt finirait par partir. Il était lié à son ranch, situé à des milliers de kilomètres de là. Ils n'avaient pas d'avenir en commun.

Les moments qu'ils avaient passés ensemble avaient été merveilleux, intimes, mais n'impliquaient aucun compromis, aucun engagement. Il était un cow-boy qui vivait une vie solitaire dans l'ouest sauvage du Montana, elle était policier et avait pour vocation de faire respecter la loi. Ses liens se trouvaient ici, à Grand Hope, avec sa famille.

Mais pourquoi ses pensées empruntaient-elles ce chemin ?

Caressait-elle l'espoir ridicule d'épouser un jour Matt McCafferty ? Juste parce qu'ils avaient dormi ensemble ? Quelle idée !

Elle redressa les épaules avec détermination, repoussa les cheveux de son visage et décida que, pour l'instant et peut-être pour le reste de sa vie, elle jouirait simplement de la sensation d'être tombée amoureuse.

Même si c'était à sens unique.

Après tout, que pouvait-il lui arriver de pire ?

- 11 -

Matt remplit la mangeoire de Diablo Rojo de foin. Le poulain le regarda avec méfiance.

— Tu ne me fais toujours pas confiance, hein mon vieux ?

Le cheval s'ébroua et frappa le sol du pied.

— Eh bien moi non plus. Tant que je ne t'aurai pas dompté, je me méfierai de toi.

Diablo Rojo leva brusquement la tête et la secoua, ce qui fit cliqueter son licou et effraya le cheval qui occupait le box voisin.

— Tout doux. Du calme. Regarde ce que tu as fait.

Mais le fougueux animal ne sembla pas le moins du monde embarrassé. La bête était difficile à intimider. C'était d'ailleurs la raison pour laquelle Matt l'aimait bien.

Il finit de remplir toutes les mangeoires, puis quitta l'écurie. Le jour n'était pas encore levé et la lune projetait des ombres informes sur le sol. Le souffle de Matt formait un petit nuage et ses bottes crissaient sur le sentier qu'il avait ouvert dans la neige. Il tapa ses bottes sur le perron et entra dans la maison. Il s'était réveillé avant l'aurore, après une nuit agitée. Les rares fois où il s'était assoupi, il avait rêvé de Kelly. Et quand il ne dormait pas, il repassait dans sa tête leur nuit d'amour à Seattle. Il revoyait la peau blanche et lisse de la jeune femme, ses mamelons roses durcis, la lueur coquine qui brillait dans ses yeux et ses cheveux roux qui retombaient en cascade sur ses épaules. Incapable de trouver le sommeil, il s'était habillé rapidement, avait mis la cafetière électrique en marche et s'était rendu aux écuries, bien décidé à chasser l'image de Kelly de son esprit.

Il n'y était pas parvenu. A chaque coup de fourche, à chaque ration d'avoine versée dans les mangeoires, il avait pensé à elle, au fait qu'il en était tombé amoureux.

Et cette évidence le terrorisait.

De mauvaise humeur, il se rendit dans la cuisine et se versa une tasse de café. Il tira une chaise près de la fenêtre et but lentement le breuvage brûlant en se demandant ce qu'il allait faire. Il avait bien eu l'intention de se marier un jour, mais certainement pas avec une femme policier, tête de mule et ambitieuse.

D'autant plus que sa famille vivait à Grand Hope et qu'elle n'accepterait jamais de quitter sa ville pour aller vivre dans un trou perdu dans les montagnes. Et puis, il y avait cette vieille animosité entre leurs deux familles.

Beaucoup trop d'obstacles.

Il devait arrêter de la voir. Il n'avait pas l'intention de vivre une histoire d'amour à distance, et elle non plus, sûrement. Elle n'était pas la femme qu'il lui fallait. Il s'y ferait.

Mais tandis qu'il s'efforçait de se convaincre d'envoyer Kelly Dillinger aux oubliettes le plus rapidement possible, son pouls s'emballa et il se retrouva bientôt dans un état d'excitation intense. Il n'avait pas éprouvé un tel désir depuis des années. Surtout pour une femme en particulier.

Bon sang ! Il ne savait plus quoi faire.

Et, pour tout arranger, il venait d'inviter la jeune femme au dîner de Thanksgiving ! Mais que lui était-il passé par la tête ?

En trente-sept ans d'existence, il n'avait jamais convié aucune femme à une fête familiale. Il y avait bien songé, une ou deux fois, mais avait vite renoncé, croyant que sa conquête du moment interpréterait son invitation comme une forme d'engagement.

Pourtant, il avait invité Kelly.

Il avala une gorgée de café et chassa ces pensées de son esprit.

Ce matin, Randi arrivait à la maison. Elle allait voir son fils pour la première fois. Il fallait qu'il se concentre sur cet événement. Les médecins n'étaient pas d'accord pour la laisser sortir de l'hôpital, mais elle n'avait pas cédé, se montrant inflexible et impatiente. Comme Nicole vivait au ranch, les autorisations et décharges avaient été dûment signées par toutes les personnes concernées. La chambre d'amis était disponible, et un lit médicalisé devait être livré dans la matinée.

Matt espérait de tout son cœur que sa sœur serait en sécurité ici et qu'elle se rétablirait vite. Du moins, la proximité de son fils lui ferait du bien et l'aiderait peut-être à retrouver la mémoire. Si toutefois elle disait la vérité au sujet de sa prétendue amnésie, ce dont il doutait quelque peu.

Randi avait été l'enfant chérie de John Randall, la seule fille que lui avait donnée sa seconde femme, Penelope. Bien qu'elle ait toujours été un garçon manqué, probablement parce qu'elle avait été élevée en compagnie de trois demi-frères turbulents et plus âgés qu'elle, Randi avait été choyée à l'excès. « La princesse », tel était le surnom que John Randall lui avait donné. Randi avait donc grandi en étant persuadée qu'elle pouvait tout se permettre, et surtout que tout le monde la traiterait avec la même adoration que son père. Mais elle s'était trompée. Ses rapports avec le père de son fils n'avaient certainement pas été idylliques. C'était souvent le problème avec les relations amoureuses : même avec les meilleures intentions du monde, elles finissaient par mal tourner. Les deux mariages de son père, qui s'étaient soldés par deux divorces, le prouvaient bien.

Des phares éclairèrent le mur de l'étable et, quelques instants plus tard, le break de Juanita s'arrêta sur le parking. La gouvernante entra dans la cuisine en frissonnant, souffla dans ses mains et retira l'écharpe qui lui couvrait la tête.

— Tu t'es réveillé tôt, remarqua-t-elle en se versant une tasse de café.

— C'est un grand jour.

— *La señorita* Randi rentre à la maison, dit-elle avec un grand sourire.

— C'est ce qui est prévu, oui, répondit-il en se levant. Je ferais mieux de m'occuper de libérer la chambre d'amis.

— Et après, nous allons avoir le mariage *del señor Thorne y de la señorita Nicole ! ¡ Qué felicidad !*

Ses yeux sombres brillèrent à la pensée des premières noces de la famille.

— Oui, Juanita, approuva Matt sans réel enthousiasme. C'est un grand bonheur.

— Et tu seras peut-être le prochain.

— A me marier ? Ça m'étonnerait, dit-il par habitude, comme chaque fois que l'on évoquait cette possibilité.

Juanita ne fit pas de commentaire, mais il surprit le sourire entendu qui venait de naître sur ses lèvres. Elle semblait persuadée qu'il était sur le point de se passer la corde au cou. Etait-ce si évident ?

Il pensa de nouveau à Kelly. Il la voulait. Il la désirait comme aucune autre femme avant elle, mais il ne pouvait imaginer qu'elle accepte d'épouser un rancher qui vivait si loin de chez elle. Non, conclut-il pour la énième fois, sa relation avec Kelly était vouée à l'échec.

Il entendit des pleurs et monta à l'étage. J. R. s'était réveillé et poussait de petits cris mêlés de hoquets.

Il prit le bébé et le serra contre son épaule.

— Bonjour, mon grand. Qu'est-ce qui ne va pas ? Tu as faim, hein ?

Il installa le nourrisson sur la table à langer, lui retira son pyjama et sa couche mouillée avec dextérité, le nettoya et le changea. Puis il descendit dans la cuisine où Juanita avait déjà réchauffé un biberon qu'elle lui tendit. Il se rendit dans le salon et s'installa dans le rocking-chair devant les braises qui couvaient. J. R. le fixait de ses yeux brillants et affamés, entourant le biberon de ses poings minuscules.

— Maman arrive aujourd'hui, chuchota Matt. Elle va littéralement fondre au premier regard qu'elle posera sur toi. Toi et moi, nous allons bien prendre soin d'elle, d'accord ?

Il s'appuya contre le dossier et se balança, se demandant s'il ferait un jour la même chose pour son propre bébé. Il s'imagina s'occupant d'un enfant de Kelly, peut-être une fille aux cheveux roux, aux grands yeux chocolat…

Bizarrement, cette pensée ne l'effraya pas. Au contraire. Il la trouva carrément attirante.

Le lit de Randi McCafferty était relevé et on lui avait enlevé sa perfusion. Elle était en jogging, avait passé du rouge à lèvres couleur pêche sur ses lèvres, et arborait l'air de quelqu'un qui n'avait pas envie qu'on l'embête.

— Je vous ai déjà dit tout ce dont je me souvenais, affirma-t-elle à Kelly. Je rentre chez moi pour voir mon fils. Demain, ma famille va commémorer un Thanksgiving tardif, et j'aimerais bien oublier cette affaire pour l'instant, d'accord ? Je sais que vous ne faites que votre travail, mais laissez-moi un peu tranquille.

— Nous essayons juste de vous aider, répliqua Kelly sans se laisser intimider. Nous voulons simplement vous protéger, vous et votre bébé.

— Je sais. Inutile de me faire la morale quant à ma sécurité. Croyez-moi, j'ai déjà compris pourquoi je devrais obéir à la police et rester *prisonnière* à l'hôpital jusqu'à ce que celui qui a voulu m'assassiner soit sous les verrous. Mais tout ira bien, ajouta-t-elle en s'interrompant pour soupirer et passer ses doigts raides dans ses boucles courtes. Ecoutez, je ne voudrais pas ressembler à une ingrate ou à une peste. J'apprécie ce que vous faites, mais je deviendrai folle si je reste enfermée ici. J'ai besoin de nouer des liens avec mon bébé. C'est ce qu'il y a de plus important pour moi, vous comprenez ? Alors auriez-vous la gentillesse de venir au ranch dans quelques heures, quand je me serai installée et que nous aurons commencé à nous habituer l'un à l'autre, mon fils et moi ?

L'honnêteté de ses yeux toucha Kelly. Espinoza n'apprécierait certainement pas qu'elle cède, mais elle ne se sentait pas particulièrement disposée à rester dans ses petits papiers ; elle était encore blessée par ses insinuations concernant sa vie amoureuse.

« Ne parle pas d'amour. Ne te fais pas d'illusions. Tu t'es bien amusée, mais ce n'était que du sexe, rien d'autre. »

A peine avait-elle chassé ces pensées de son esprit que Matt fit son entrée, apportant avec lui son odeur bien à lui de cuir et de musc, et des souvenirs qu'elle ferait mieux de refouler au plus vite. Ses yeux sombres cherchèrent les siens et elle fut submergée par une chaleur intense. Elle reporta vivement son regard sur Randi.

— Je comprends, Randi. Je passerai vous voir après le dîner.

— Merci. D'ici là, mes frères prendront soin de moi.

— Nous essaierons, inspecteur, promit Matt.

Il lui adressa un sourire suggestif qui la replongea aussitôt dans la passion qu'ils avaient partagée à Seattle. Elle sentit ses joues s'empourprer. Elle était policier, bon sang ! Elle ne pouvait pas se permettre de se laisser émouvoir comme une écolière stupide. Surtout par un cow-boy macho.

— Comment allez-vous ? demanda-t-il.

— Bien. J'ai hâte de sortir d'ici et... Oh, tu ne t'adressais pas à moi, dit Randi.

— Si. Je vous posais la question à toutes les deux.

— Je vais bien, répliqua vivement Kelly. Je serai dans le hall pour m'assurer que la presse ne vous créera pas de problèmes.

— Nous nous débrouillerons. Slade est en train de vérifier que tous les papiers sont signés, et nous sommes garés près de la sortie.

— Parfait. Je passerai vous voir vers 19 heures, ce soir. Cela vous convient-il ? demanda-t-elle à Randi avec un sourire professionnel.

— Très bien. Et merci encore.

Kelly sortit de la chambre comme un automate. Elle se demanda pourquoi elle se sentait aussi mal à l'aise en présence de Matt. Ils avaient passé la nuit ensemble, et alors ? On était au XXIe siècle, elle avait trente-deux ans, avait quitté le collège depuis des années et était inspecteur de police. Elle n'avait de comptes à rendre à personne sur sa vie sexuelle. Elle n'avait jamais été une femme facile, n'avait jamais considéré le sexe comme un but en soi et ne s'était jamais autorisé d'aventures sans lendemain. En vérité, sa vie amoureuse s'était limitée à un petit ami au collège, un autre au lycée et à un seul amant depuis. Contrairement à sa sœur, qui s'était éprise une dizaine de fois et mariée deux fois, elle avait toujours été prudente avec ses sentiments et avait préféré utiliser sa tête plutôt que son cœur.

Enfin, jusqu'à maintenant. Jusqu'à sa rencontre avec ce maudit Matt McCafferty.

Il la rattrapa avant qu'elle ait eu le temps de s'éloigner.

— Kelly ! Pour le dîner de Thanksgiving, 18 heures, cela vous convient-il ?

— Je ne termine qu'à 17 heures, mais oui, je viendrai.

— Parfait. Et aussi…

Il se balança d'un pied sur l'autre et lui jeta un coup d'œil rapide.

— … Le mariage de Thorne et Nicole aura lieu samedi soir, et je me demandais si… si vous vouliez bien m'accompagner.

— Ah oui ? demanda-t-elle d'un air taquin.

— A moins que vous ayez d'autres projets, marmonna-t-il.

Elle éclata de rire devant son air renfrogné. Cet homme avait un drôle d'effet sur son humeur. Un instant auparavant, elle était muette et gênée, et maintenant elle flirtait comme elle n'avait jamais osé le faire.

— Oh, je décommanderai, répondit-elle d'un air dégagé.

Elle tourna les talons et s'éloigna, mais il la rattrapa et lui saisit le bras. La faisant pivoter, il l'embrassa à lui couper le souffle.

— Et n'oubliez pas d'annuler *tous* vos rendez-vous, murmura-t-il avant de disparaître dans la chambre de Randi.

Kelly toussa, remarqua deux infirmières qui détournaient

les yeux, feignant de n'avoir rien vu, et aperçut Nicole Stevenson qui se dirigeait vers elle, un sourire en coin.

— Il est drôlement arrogant, n'est-ce pas ?

— Euh… oui. C'est vrai, répondit Kelly, s'efforçant de se donner une contenance.

— Comme ses frères. Kelly, je voudrais m'excuser. Je sais que je peux parfois paraître un peu sèche, surtout quand il s'agit de mes patients. Mais sachez que je n'ai rien contre vous.

— Je sais.

— Et j'espère que vous viendrez à mon mariage. Les invitations ont peut-être été lancées à la dernière minute, mais Thorne et moi voulions attendre que Randi puisse y assister. La cérémonie aura lieu samedi soir.

— Je viendrai, c'est promis.

Elle retourna au commissariat et s'enferma dans son bureau, stores baissés, avec l'intention de s'occuper des affaires en instance. Mais elle finit par s'absorber de nouveau dans le dossier de Randi McCafferty. Elle parcourut la liste de ses amis, parents, collègues de lycée et de travail : aucun d'eux ne se détachait en tant qu'ennemi potentiel. En dehors de ses demi-frères, elle avait une tante du côté maternel, Bonnie Lancer, et une cousine, Nora, la fille de cette dernière. Ses amis formaient un petit groupe qui communiquait essentiellement par mail et parfois par téléphone. Kelly avait parlé avec tous ceux qui étaient entrés en contact avec Randi les trois mois précédant son accident et avait fait chou blanc. La piste de la Ford marron qui aurait pu envoyer la voiture de Randi dans le décor n'avait rien donné jusqu'à présent, et Kelly ne voyait pas en quoi le livre que Randi écrivait pouvait avoir mis quelqu'un suffisamment en colère pour vouloir la mort de son auteur.

Elle était sur le point de terminer sa journée quand Stella l'appela au téléphone.

— Inspecteur Dillinger, il y a quelqu'un qui… Oh non ! Vous n'allez pas recommencer !

La porte s'ouvrit brusquement et Matt entra dans son bureau.

— Quand cesserez-vous de vous comporter ainsi ! s'écria Kelly, ignorant son pouls qui s'accélérait.

Stella, l'air penaud, arriva derrière lui. Sans lui laisser le temps de s'excuser, Kelly lui assura que tout allait bien, et la réceptionniste se hâta de retourner derrière son standard, non sans jeter des regards noirs à Matt.

— Nous sommes dans un commissariat et vous ne pouvez pas faire irruption de cette manière, reprit Kelly. Vous allez finir par traumatiser cette pauvre Stella.

Elle regarda le cow-boy dans sa veste en mouton retourné couverte de neige et son jean délavé qui, immobile, remplissait la pièce de sa présence.

— J'ai besoin de vous parler, dit-il.

— Pour une raison professionnelle ?

— Plus ou moins.

— Je suis sur mon lieu de travail, déclara-t-elle. J'espère que c'est sérieux.

— Vraiment ?

Elle vit une lueur de défi passer dans ses yeux sombres. Son cœur s'accéléra et elle devina qu'il songeait à la nuit qu'ils avaient passée ensemble. Sa gorge se dessécha au souvenir de sa peau chaude, de ses mains fiévreuses, de ses grognements de plaisir.

— Cela vaudrait mieux, dit-elle en s'éclaircissant la voix. Que puis-je faire pour vous ?

Il ne répondit pas tout de suite et eut l'audace de sourire. Un des coins de sa bouche se releva lentement, et un air malicieux se peignit sur son visage.

— Voilà une question tendancieuse, inspecteur…

— J'imagine que vous avez une bonne raison d'envahir mon bureau, de malmener Stella et de me faire perdre mon temps.

Il s'adossa contre l'armoire.

— Je vous ai entendue dire que vous veniez au ranch, tout à l'heure.

— Plus tard. Vers 19 heures. C'est exact.

— Pourquoi pas maintenant ?

— Pour quel motif ? s'enquit-elle.

— C'est à cause de Randi. Elle ne veut pas coopérer.

— Ce qui veut dire ?

— Ce qui veut dire qu'elle est têtue comme une mule ! bougonna Matt, furieux. Elle ne semble pas prendre ces agressions au sérieux. Elle a refusé la présence d'un garde du corps, rembarre tout le monde en disant que nous sommes paranoïaques, et affirme que tout va pour le mieux.

— Même si quelqu'un a poussé sa voiture hors de la route et injecté de l'insuline dans sa perfusion ?

— Oui.

— Comment expliquez-vous cela ?

— Je ne sais pas. Je suppose que c'est cette maudite tendance à la rébellion, typiquement familiale. Je pensais que vous seriez peut-être capable de lui faire entendre raison. Elle avait l'air de vous écouter, à l'hôpital.

— Pas vraiment.

— Elle a toujours plus ou moins fait comme elle l'entendait. Peut-être qu'une femme parviendrait à lui faire entendre raison, mais Nicole est de service et Jenny s'occupe des jumelles. Alors, qu'en pensez-vous ?

— Donnez-moi dix minutes et j'arrive.

— Parfait.

Sans réfléchir, elle lui saisit le coude, le fit pivoter et écrasa ses lèvres sur les siennes. Il eut un mouvement de surprise, et elle en profita pour approfondir son baiser.

— Vous, vous cherchez les ennuis, dit-il en l'enlaçant.

Elle recula et le gratifia d'un regard séducteur.

— Et qui va me les créer ?

— Vous allez voir…

— Du calme ! C'était juste une petite revanche.

Il eut un rire, profond et chaleureux, puis il souleva son chapeau et lui fit une révérence moqueuse avant d'ouvrir la porte.

— Je vous attends au ranch, inspecteur.

« Je n'y manquerai pas, cow-boy », pensa-t-elle en prenant le téléphone. Elle voulait parler à Kurt Striker pour savoir s'il avait obtenu de nouveaux éléments. Mais comme il ne répondait pas, elle se contenta de lui laisser un message.

En sortant de son bureau, elle tomba sur son chef. Il sentait la cigarette, et son gilet était couvert de neige.

— Ne me dites pas que vous allez encore au Flying M Ranch, Dillinger.

Ses lèvres étaient serrées et son regard sombre la transperça de part en part.

— Randi McCafferty est sortie de l'hôpital aujourd'hui et elle refuse de coopérer avec qui que ce soit, éluda-t-elle.

— Et votre amoureux a pensé que vous pourriez lui faire entendre raison, c'est cela ?

Kelly se hérissa mais refusa de relever.

— J'ai besoin de l'interroger, commandant.

Les yeux de Roberto Espinoza lancèrent des éclairs. Il soupira bruyamment.

— Très bien, si c'est pour le travail.

— Et sinon ? Vous savez bien que je suis une professionnelle.

— Je sais, c'est juste que…

Il ne termina pas sa phrase. Il ôta son chapeau, le suspendit au portemanteau et passa les doigts dans ses cheveux.

— … Je suppose que c'est votre problème.

— En effet.

Malgré sa colère, elle se contint. Exploser maintenant ne ferait qu'empirer les choses. Pour l'instant, elle devait garder la tête froide, interroger Randi McCafferty et essayer de deviner ce dont elle se souvenait vraiment. Elle avait l'intuition que la jeune femme en savait plus qu'elle ne voulait bien l'admettre.

C'était son travail de la faire parler, et elle était bien décidée à aller jusqu'au bout.

- 12 -

— Je vous ai déjà dit que j'avais oublié, affirma Randi.

Mais Kelly n'en croyait pas un mot.

Assise dans le lit médicalisé installé dans la chambre d'amis, le bébé blotti dans ses bras, Randi ne disait pas la vérité, c'était évident. Mais elle était si totalement absorbée par son fils que savoir qui avait pu attenter à sa vie était le dernier de ses soucis. Si la Terre avait cessé de tourner, elle n'y aurait pas accordé plus d'importance.

Kelly se tenait debout près du lit, Matt était appuyé contre le chambranle. Harold entra dans la chambre et, après avoir tourné plusieurs fois en rond, se coucha sur la descente de lit en poussant un long soupir.

— Randi, vous aviez promis de répondre à mes questions, lui rappela Kelly.

— Je le ferai, dès que J. R. s'endormira. Oh, et puis il ne s'appellera pas J. R. ! Et ne me regardez pas comme si j'étais devenue folle ! Beaucoup de gens rentrent chez eux sans savoir quel nom donner à leur enfant. Enfin, cela arrive parfois, ajouta-t-elle en voyant le regard sceptique de son frère. Et toi, fiche-moi la paix ! Appelle-le J. R., si ça te chante, mais aussitôt que j'aurai trouvé le prénom adéquat, je changerai !

— Il sera peut-être trop tard, risqua Matt d'une voix traînante, visiblement amusé par l'irritation de sa sœur.

— Pas du tout. J'ai déjà traité de ce genre de cas dans ma rubrique. L'importance du prénom est vitale.

— N'en avais-tu pas choisi un ?

— Oui. Sarah. Mais il n'est plus vraiment adapté. Oh, dit-elle en souriant à Juanita qui lui apportait un biberon. *Gracias*, Juanita, tu es un amour.

Les yeux écarquillés, le bébé se mit à téter avidement, s'arrêtant de temps en temps pour observer la femme qui le regardait, rayonnante de fierté.

— N'est-il pas magnifique ? murmura Randi.

Kelly opina en silence, envahie par une pointe d'envie, et eut toutes les peines du monde à ne pas regarder Matt.

— Il est malin comme un singe et il sera fort comme un Turc, renchérit ce dernier en souriant. Toutes les universités prestigieuses du pays vont se l'arracher.

— Je n'en doute pas, répondit Randi en gloussant. Et toi, poussin, qu'en penses-tu ?

— Oh non, ne le surnomme pas ainsi, gémit Matt. Appelle-le « mon vieux » ou « petit homme », mais laisse tomber ces surnoms mièvres et efféminés.

— Tais-toi ! lança Juanita d'un air attendri. *Es un angel.* Il est parfait.

— Juanita, ne dis pas ces choses-là devant lui, s'exclama Matt. Tu risques de lui donner la grosse tête. Regarde ce qui est arrivé à Slade.

— J'ai tout entendu ! déclara Slade en entrant dans la chambre.

Kelly comprit qu'elle n'en obtiendrait pas davantage tant qu'elle ne serait pas seule avec Randi.

— Je reviendrai vous voir plus tard, Randi. Quand votre fils dormira, lui proposa-t-elle.

— Merci, dit Randi, reconnaissante.

Kelly prit congé et quitta la chambre, suivie de Matt.

— Vous voyez ce que je voulais dire ? lui dit-il en l'accompagnant dans l'entrée. Elle ne prend rien au sérieux.

— Elle ne pense qu'à son bébé, ce qui est normal.

— Et elle adopte la politique de l'autruche. Si nous ne parvenons pas à découvrir l'auteur de ces agressions et qu'il frappe de nouveau, elle sera bien avancée, marmonna-t-il en se frottant nerveusement la nuque.

— Pensez-vous qu'elle ne soit pas en sécurité ici ?

— C'est mieux qu'à l'hôpital, en tout cas. Il n'y a pas de reporters, pas d'inconnus.

— Oh, mais cela risque de ne pas durer.

— Le problème, c'est que Randi ne se rend pas compte que la priorité absolue pour l'instant est de découvrir qui lui en veut. Rien d'autre n'a d'importance.

— Pas même son bébé ?

Matt serra les dents.

— Tout tourne autour de lui et de sa sécurité. Que croyez-vous qu'il adviendrait s'il lui arrivait malheur ?

— Je préfère ne pas l'imaginer.

Un galop de petits pas retentit au-dessus d'eux et, quelques secondes plus tard, les jumelles étaient en bas des marches. Quelque part, le téléphone sonna. Nicole apparut dans la minute qui suivit, deux minuscules jeans à la main. Avec pour tout vêtement un sweat-shirt et une petite culotte, les fillettes s'enfuirent en un mouvement confus de boucles brunes, de joues roses et d'yeux brillants de malice.

— Elles me fatiguent, soupira Nicole en repoussant ses cheveux de son visage. Je voulais juste leur faire essayer leur robe pour le mariage.

Matt se mit à rire.

— Tu ferais mieux de laisser leur beau-père s'en occuper.

— Oui, excellente idée ! dit-elle.

Thorne sortit du bureau.

— Matt, c'est pour toi. Kavanaugh au téléphone.

— Excusez-moi.

— Je reviens dès que j'aurai maîtrisé les filles, dit Nicole à Kelly. Retrouvez-moi dans la cuisine, si vous voulez. Nous ferons plus ample connaissance.

— D'accord, répondit Kelly.

Elle devait peut-être tenter d'interroger encore une fois Randi. Matt avait raison. Sa priorité absolue était de découvrir l'auteur des tentatives d'assassinat, une mission qu'elle avait tendance à perdre de vue depuis que Matt hantait trop souvent ses pensées.

Elle avait toujours été déterminée à suivre les traces de son père et à être un bon policier. Aucun homme n'était parvenu à la détourner de son but. Jusqu'à présent.

Elle s'attarda dans l'entrée, dans l'espoir que Slade quitterait la chambre de sa sœur et lui laisserait le champ libre. Les babillages et les rires des jumelles lui parvenaient de la cuisine, accompagnés d'odeurs de cannelle, de muscade, de pomme et de citrouille. Elle entendait la voix grave de Matt venant du salon, sans pour autant saisir ses paroles.

Elle contempla les photos accrochées au mur et s'arrêta sur celle de Matt, chevauchant un cheval sauvage qui ruait. Il était beaucoup plus jeune et semblait aussi indompté que l'animal qu'il montait. Un rebelle et un briseur de cœurs. Anita Espinoza avait fait partie des innombrables femmes qui s'étaient crues capables de le séduire.

Comme elle.

Quand le bruit venant de la cuisine se calma, Kelly surprit sans le vouloir la conversation de Slade et Randi par la porte de la chambre restée ouverte.

— Que se passe-t-il ? demandait Randi. J'ai été inconsciente un mois et, en me réveillant, je trouve non seulement ce précieux bébé, mais encore Thorne fou amoureux et sur le point de se marier ! Qui l'aurait cru ? Un célibataire endurci comme lui ! Et Matt, que lui arrive-t-il ? J'étais persuadée que son ranch était à ses yeux la chose la plus importante au monde et que rien ni personne ne serait capable de l'en détourner. Que fait-il ici ?

— Il est ici parce qu'il s'inquiète pour toi.

— Mon œil ! J'ai bien vu comme il tourne autour de cette inspectrice.

— Kelly, précisa Slade.

Kelly se figea.

— Oui. Matt est un autre homme avec elle. Il la dévore des yeux chaque fois qu'il la regarde, comme si elle était la plus belle femme du monde.

Kelly sourit, tout en se reprochant d'écouter aux portes.

— Ce n'est peut-être pas aussi sérieux que tu le penses.

— Pourquoi ? A cause de cette femme, Nell, qui habite près de chez lui ?

— Cette relation dure depuis des années.

Le sang de Kelly se glaça dans ses veines. Matt n'avait jamais mentionné l'existence de quelqu'un dans sa vie. Mais ils ne s'étaient jamais juré fidélité, tous les deux. Et puis Matt était un homme viril. Qu'est-ce qui l'empêcherait d'avoir une liaison ? Ou même plusieurs, si ça lui chantait ? Matt était un McCafferty, un bourreau des cœurs, un séducteur.

— Je ne suis pas aveugle, Slade, reprit Randi. Il est amoureux, c'est évident, même s'il ne le sait pas encore.

— Ou bien, c'est un jeu. Tu le connais. Un vrai coureur de jupons. Il tombe fou amoureux jusqu'à…

Il y eut un long silence pendant lequel Kelly sentit son cœur se serrer.

— … ce que la femme ne soit plus qu'un autre nom à son palmarès, conclut Randi.

— Ce n'est pas ce que je voulais dire.

— Disons, une conquête de plus sur sa liste, une galipette dans le foin, appelle cela comme tu veux, c'est pareil, non ? Toujours la même vieille rengaine masculine !

La voix de Randi était montée d'un cran ; la jeune femme semblait scandalisée par l'attitude de son frère.

— Qu'est-ce qui t'agace autant, hein ? demanda Slade d'un ton ironique.

— Je trouve ce genre de comportement dégradant et humiliant ! Une foule de femmes m'écrivent pour se plaindre d'être utilisées par des hommes qui leur font croire qu'ils sont amoureux, et dès qu'ils ont eu ce qu'ils voulaient ils partent en courant. C'est vieux comme le monde et très commun. Et toujours d'actualité !

— Ne t'énerve pas. Mais, dis-moi, le sujet semble sensible. On dirait que quelqu'un t'a déjà fait ce coup-là. Peut-être le père de ton fils ?

Un silence s'installa entre le frère et la sœur. Dans le couloir, Kelly retenait son souffle ; peut-être allait-elle apprendre quelque chose d'intéressant pour l'enquête ?

— Nous parlions de Matt, reprit Randi. J'espérais qu'il aurait dépassé le stade de ce type de comportement.

— C'était une idée de Striker, expliqua Slade. Pour que l'un de nous garde la police à l'œil.

— Pourquoi ? N'avez-vous pas confiance en eux ?

— Nous voulions juste être tenus au courant. Les flics ne sont pas forcément très bavards.

— Laisse-moi deviner. Striker a *suggéré* que Matt tombe amoureux ou, plutôt, qu'il attire cette femme dans son lit… Mon Dieu, Slade, dis-moi que c'est faux et qu'il ne se sert pas d'elle ! De toute façon, elle semble beaucoup trop intelligente pour se laisser berner. C'est absolument répugnant !

Kelly sentit ses jambes se dérober. Elle aurait voulu disparaître dans un trou de souris.

— Il tablait sur des confidences sur l'oreiller, poursuivit Slade.

— Alors c'est un véritable idiot, car cette femme n'est pas assez bête pour tomber dans le panneau. D'ailleurs, elle est trop bien pour lui ! s'écria Randi d'un ton furieux. Ça me donne envie de l'étrangler, ainsi que Striker et toi !

« Moi aussi », songea Kelly, sentant le rouge lui monter aux joues. Quelle idiote elle avait été !

Elle en avait assez entendu. Elle se dirigea vers le salon sur la pointe des pieds et feignit de s'intéresser à des magazines agricoles. Slade sortit bientôt de la chambre de Randi. Du coin de l'œil, elle vit qu'il lui lançait un regard noir, puis il prit le chemin de la cuisine au moment où Matt émergeait du bureau.

— Désolé de vous avoir fait attendre, dit-il d'un air sinistre. Le type qui était censé s'occuper de mes bêtes s'est cassé la jambe, et je vais être obligé de sauter dans le premier avion pour me rendre à mon ranch.

Elle se força à sourire.

— Je comprends.

— Je ne serai pas là demain pour les festivités.

Elle saisit sa veste accrochée au portemanteau et l'enfila rapidement.

— Ce n'est pas grave, j'ai déjà fêté Thanksgiving, dit-elle d'un ton glacial. Je ferais mieux d'y aller. Randi n'est pas disposée à me parler. Je reviendrai un autre jour.

Elle se dirigea vers la porte et quand il essaya de prendre son bras, elle se dégagea vivement.

— Kelly ?

— J'ai vu clair dans votre jeu, McCafferty, affirma-t-elle d'un ton sec, sans prendre la peine de s'expliquer.

Elle ouvrit brutalement la porte et sortit. Le vent glacial lui coupa le souffle, mais l'aida à s'extirper de ses sombres pensées et lui rappela qu'elle n'était pas morte, malgré le sentiment de vide provoqué par les horreurs qu'elle venait d'entendre.

— Kelly ! Je vous accompagne, lança Matt.

Sans prendre la peine de mettre une veste, il la rattrapa.

— Inutile.

— J'en ai envie.

— Je suis capable d'aller jusqu'à ma voiture toute seule !

— Kelly ! Attendez !

Elle continua à marcher sur le tapis blanc crissant, remarquant à peine la neige qui s'était remise à tomber.

— Kelly, que se passe-t-il, bon sang ? demanda-t-il tandis qu'elle ouvrait la portière de son 4x4.

— Je me suis réveillée, dit-elle en s'installant au volant. Il faut que j'y aille. Je reviendrai parler avec Randi et je vous tiendrai au courant du déroulement de l'enquête, mais j'ai réfléchi et je ne pense pas que ce soit une bonne idée de poursuivre notre relation.

— Mais qu'est-ce qui vous prend ? Expliquez-moi.

— Nous nous sommes bien amusés à Seattle, mais il m'est impossible de compromettre ma conscience professionnelle.

Elle ignora l'incrédulité de ses yeux sombres, la douleur qui sembla déformer son visage.

— Enfin, Kelly, je croyais que nous avions déjà résolu ce problème.

— J'ai changé d'avis. Nous avons des intérêts différents. Nous n'avons pas le même parcours.

— On dirait une conversation impersonnelle.

— Non. J'ai mon travail ici et vous avez votre ranch.

— Et alors ?

— Et alors c'est tout. Je dois boucler cette enquête et, vous, vous allez retourner tranquillement chez vous, dit-elle en mettant le contact. Au revoir, Matt.

Elle devina sur son visage les émotions qui l'agitaient. Incrédulité, méfiance et une rage évidente qui faisait battre une veine sur sa tempe. Mais il resta muet et ne fit aucun geste pour la retenir.

« Il s'en remettra, pensa-t-elle en enclenchant la marche arrière. Comme d'habitude. »

Bon Dieu, que s'était-il passé ? songea Matt en jetant deux jeans, deux chemises et sa trousse de toilette dans son sac. Il n'y comprenait rien. L'attitude de Kelly n'avait ni queue ni tête. L'instant d'avant, elle flirtait avec lui. Et tout à coup, juste après l'appel de Kavanaugh, elle s'était montrée froide comme un glaçon et lui avait déclaré que leur aventure, si torride à peine quelques jours auparavant, était terminée.

Il n'y croyait pas.

Aucune femme n'aurait montré une telle passion pour ensuite se détourner aussi rapidement. Pas sans avoir une bonne raison.

Il ferma son sac d'un geste rageur et passa la lanière sur son épaule. Il jeta un dernier coup d'œil à sa chambre, submergé par le sentiment qu'il laissait derrière lui davantage qu'un vieux lit et une collection de trophées de rodéo poussiéreux.

Il n'y avait pas seulement ses frères et Randi, mais aussi le bébé, les jumelles, et Kelly. Il lui était insupportable d'imaginer qu'il ne verrait pas la jeune femme pendant quelques jours et, pire encore, qu'ils ne feraient peut-être plus jamais l'amour.

— Remets-toi, mon vieux, ce n'est qu'une femme.

Mais ce discours ne fonctionnait plus. Car la clé du problème était justement là : elle n'était pas n'importe quelle femme.

Mais il n'avait plus le temps de se poser des questions. Il devait rentrer chez lui pour s'occuper de ses bêtes. Randi et son fils étaient protégés par ses frères et Striker, armés de la collection de fusils de John Randall.

Et puis, il reviendrait bientôt. A cause de sa famille, des questions sans réponses sur les agressions contre Randi et, plus important encore, de Kelly.

Karla regarda sa montre et repoussa vers Kelly le reste de la pizza qu'elles partageaient. Elles déjeunaient au Montana Joe, près de la tête de bison aux yeux de verre, tandis que la foule emmitouflée s'agglutinait devant le comptoir pour commander leur déjeuner à emporter. Une vieille chanson de Madonna passait en fond sonore, couverte par le brouhaha des conversations.

— Alors comment ça, tu ne vas pas assister au mariage ? s'étonna Karla. Je croyais que tu mourais d'envie de te rapprocher du clan McCafferty.

— Tu croyais vraiment que j'étais passée à l'ennemi ?

Karla souleva un sourcil dubitatif.

— Ce n'était pas le cas ?

— Non. J'ai réfléchi et j'en suis arrivée à la conclusion que mélanger le travail et le plaisir n'était pas une bonne idée.

Karla s'appuya contre le dossier rembourré du box et jeta sa serviette dans son assiette.

— C'est bien triste, soupira-t-elle.

— Je pensais que tu n'approuvais pas.

— C'est vrai. Mais je commençais à croire à l'existence d'un amour impossible. Du genre « Roméo et Juliette », les amants maudits qui s'aiment malgré les querelles de famille.

— Dans tes rêves !

— Je me disais que j'avais été malchanceuse et que si

toi, tu rencontrais l'amour, j'aurais peut-être moi aussi une autre chance, et que cette fois, ce serait la bonne.

— Désolée de te décevoir, dit Kelly, soupirant à son tour. Tu es vraiment une romantique indécrottable, Karla.

— Oui, c'est mon plus gros défaut.

— Encore une mauvaise nouvelle : il est presque 13 heures.

— Oh, zut ! Il faut que je me dépêche ! J'ai rendez-vous avec une cliente pour une permanente.

Elle s'extirpa du box, enfila un poncho en laine et posa un chapeau en daim à larges bords sur sa tête.

— Seigneur ! Tu ressembles à un mauvais garçon dans un de ces vieux westerns-spaghettis de Clint Eastwood.

— Sérieusement, Kelly, réfléchis bien avant de rompre avec Matt. Papa et maman finiront par se faire une raison.

— Pourquoi cette volte-face ? demanda Kelly en mettant sa veste.

— Simplement parce que j'ai envie que tu sois heureuse. Ces derniers temps, tu semblais tellement gaie.

— Mais je suis toujours gaie.

— Tu rigoles ! Ton travail t'absorbe trop et tu es seule. Ce n'est pas bien. Tu as l'air complètement éteinte.

— Merci !

— Je ne plaisante pas. Tu ne peux pas être dans la peau d'un policier jour et nuit.

Kelly aurait voulu protester, mais Karla n'avait pas tort. Depuis qu'elle avait quitté Matt, l'autre soir, elle s'était plongée corps et âme dans l'affaire, passant tous les détails en revue. Elle avait dormi moins de cinq heures, ces deux dernières nuits. Mais elle sentait qu'elle approchait du but.

— C'est un travail difficile et tu t'en acquittes à merveille, mais il t'épuise, poursuivit Karla. Tu as besoin de t'amuser. Ce n'est pas une coïncidence si tu as tellement changé depuis que Matt McCafferty est entré dans ta vie.

— Parce que tu sais ce qui est bon pour moi toi, maintenant !

— Je l'ai toujours su, affirma Karla tandis qu'elles

poussaient la double porte. Si seulement je pouvais être aussi sûre de ce qui est bon pour moi !

Avec un signe de la main, elle traversa la rue en direction de son salon.

Kelly, encore étonnée de la volte-face de sa sœur, sauta dans son 4x4 et prit la route du Flying M Ranch. Elle n'était pas allée au dîner de Thanksgiving, mais n'avait pas abandonné son projet d'interroger Randi. Autant profiter de l'absence de Matt.

Sa gorge se serra à cette pensée et la douleur qu'elle s'était efforcée d'ignorer se raviva.

— Tu finiras par surmonter ton chagrin, se dit-elle en prenant un virage un peu trop vite.

Elle se gara sur le parking du ranch et frappa à la porte.

Une jeune fille mince avec un piercing dans le nez, vêtue d'une tunique bariolée et d'une jupe longue, lui ouvrit.

— Bonjour, je suis Jenny Riley, la baby-sitter des jumelles, déclara-t-elle.

— Bonjour, Jenny. Je suis l'inspecteur Kelly Dillinger. Je suis venue voir Randi.

— Elle est dans le salon, et Kurt Striker, dans le bureau avec Thorne.

Génial ! Le détective qui ne faisait pas confiance à la police et qui avait conseillé à Matt d'avoir recours aux confidences sur l'oreiller était présent. Kelly aurait bien aimé l'étrangler.

— Voulez-vous que je les prévienne de votre arrivée ? demanda Jenny.

— Non, je préfère voir Randi en tête à tête.

— Désirez-vous boire quelque chose ? Café, thé ou chocolat chaud ? Je suis sur le point d'emmener les filles à leur cours de danse, mais il me reste un peu de temps. Juanita sera furieuse si je ne vous offre rien.

— Non merci. Je viens juste de déjeuner.

Un hurlement strident retentit et Jenny se hâta vers la cuisine tandis que Kelly se rendait dans le salon.

Randi était allongée sur le canapé. Le bébé dormait, blotti

contre elle, et Kelly ne put retenir un sourire à la vue de ses cheveux roux qui pointaient sous la couverture brodée.

— Il est adorable, murmura-t-elle avec envie.

— N'est-ce pas ? Asseyez-vous, lui proposa Randi en désignant une chaise près de la cheminée. Voulez-vous boire quelque chose ?

Kelly plongea son regard dans celui de la jeune maman.

— Non merci. Je veux seulement des réponses, Randi. Je crois que vous en savez plus que vous ne le dites. Soit vous protégez quelqu'un, soit vous avez peur de dire la vérité, ou peur de quelqu'un, mais dans tous les cas vous ne vous rendez pas compte du danger que vous et votre fils courez. Et, sans votre aide, l'enquête piétine.

Randi détourna les yeux vers la fenêtre. Elle sembla hésiter, tapotant des doigts sur le bord du sofa.

— Connaissez-vous quelqu'un qui pourrait vous en vouloir assez pour vous tuer ? lui demanda Kelly.

— En dehors de mes frères ? plaisanta Randi.

— Je parle sérieusement.

— Je sais. J'ai certainement des ennemis, mais j'ai oublié leurs noms.

— Vous rappelez-vous qui est le père de votre fils ?

Randi se raidit, arracha un morceau de cuir du canapé.

— Je… je m'efforce de me rappeler…

— Inutile de mentir.

— J'ai dit que je faisais mon possible.

— D'accord. Et le livre que vous écriviez ?

Kelly eut l'impression que la jeune femme pâlissait.

— C'est de la pure fiction, dit-elle vivement.

— Une affaire de corruption dans les milieux du rodéo ?

— En effet. Ça, c'est juste la toile de fond.

— Est-ce lié à votre père ou à vos frères ?

— Non. Bien sûr, je m'en suis inspirée. Mais tout cela est encore confus dans mon esprit.

— Et Sam Donahue ? C'est un cow-boy et un fan de rodéo. Il fournit des chevaux pour les compétitions, n'est-ce pas ?

— Je vous ai dit que tout était confus dans mon esprit.

— Mais il a été votre petit ami.

— Il me semble. Je me souviens vaguement de lui.

— Pourrait-il être le père de votre enfant ?

Randi garda le silence, et l'air de défi entêté, typique du clan McCafferty, se peignit soudain sur ses traits.

— Existe-t-il une possibilité que vous ayez offensé quelqu'un dans votre rubrique ? poursuivit Kelly.

— Peut-être. Je ne sais pas.

— Et Joe Paterno, le photographe avec qui vous travailliez ? Vous en souvenez-vous ?

Randi avala sa salive sans répondre.

— Vous le fréquentiez, non ?

— Ah bon ?

— Il était souvent en mission, mais il avait loué un studio au-dessus d'un garage, dans une vieille maison du quartier de Queen Anne. Cela vous évoque-t-il des souvenirs ?

— Je ne me rappelle pas des détails. Les noms me sont familiers, mais…

Kelly ouvrit sa sacoche et en retira trois photos qu'elle posa sur la table basse. L'une d'elles était de Joe Paterno en train de prendre une photo. L'autre, découpée dans un journal, représentait Sam Donahue, un homme blond et élancé, coiffé d'un chapeau de cow-boy, les yeux plissés à cause du soleil. A l'arrière-plan, on distinguait un enclos avec des chevaux et du bétail. La troisième était un instantané sur papier brillant de Brodie Clanton qui portait un costume et une cravate et arborait le sourire typique d'un avocat ayant des ambitions politiques.

Randi se pencha en avant et observa un instant les photos. Pas un muscle de son visage ne tressaillit.

— Vous avez fait du beau travail, inspecteur.

- 13 -

— Je suis déterminée à découvrir qui a tenté de vous tuer, Randi, mais j'ai besoin de votre aide, dit Kelly. Qui croyez-vous que cela puisse être ?

Randi se mordilla la lèvre inférieure en contemplant les clichés, et sembla se plonger dans une intense réflexion. Lorsqu'elle releva la tête, elle porta son attention vers l'entrée du salon et tressaillit.

— Qui êtes-vous ?

Kelly se retourna et aperçut Kurt Striker. Elle se retint à grand-peine de lui dire ce qu'elle pensait de lui ; elle n'avait jamais mélangé sa vie privée et sa vie professionnelle jusqu'à maintenant, et il était hors de question qu'elle commence aujourd'hui.

— Kurt Striker.

— Le détective privé que mes frères ont engagé pour essayer de découvrir la vérité, je suppose, dit Randi.

— Exactement, approuva Kurt en s'avançant vers elle.

Randi ignora sa main tendue et déclara en faisant la moue :

— Personne n'a besoin de vous pour enquêter sur mon accident.

— Il ne s'agit pas d'un accident, affirma Kurt.

Randi regarda Kelly d'un air interrogateur et Kelly opina.

— La police est capable de se débrouiller seule, laissa tomber Randi en jetant un regard noir à Kurt.

Ce dernier eut le culot de sourire et s'assit sur un coin de la table, face à Randi.

— Ma présence vous pose-t-elle un problème, madame ?

— Oui, répliqua-t-elle en ajustant la couverture de son bébé. Mon fils et moi avons besoin de calme et de paix. Et ne m'appelez pas « madame ». Je trouve cela humiliant. J'ai un nom.

— D'accord, Randi. Cependant, si vous désirez que la vie redevienne normale, il faut en finir avec cette histoire. L'inspecteur Dillinger vous posait une question importante quand je suis arrivé. Qui a bien pu vouloir vous tuer ?

— Honnêtement, je n'en sais rien.

— Vous devriez au moins vous rappeler du nom du père de votre enfant.

— Je devrais, oui.

Kelly était ravie. Randi ne cédait pas d'un pouce. Elle se pencha vers elle et lui sourit.

— Randi, ce que je vais vous demander est essentiel. Nous pensons que le véhicule qui vous a poussée hors de la route était une Ford marron, peut-être une camionnette ou un tout-terrain. Vous souvenez-vous de quoi que ce soit ?

— Juste que j'étais pressée. J'éprouvais comme un sentiment d'urgence, expliqua-t-elle en contemplant le feu d'un air pensif. Je n'étais qu'à quelques semaines de l'accouchement et j'avais beaucoup de choses à faire avant.

— Mais votre gynécologue se trouve à Seattle.

— Je sais. Et cela me préoccupait. Mais je pensais que si je passais un peu de temps ici et que je parvenais à finir l'ébauche de mon livre, je pourrais peaufiner les premiers chapitres pendant mon congé maternité, et les envoyer à mon agent. Il croyait pouvoir trouver un éditeur intéressé. C'est tout ce dont je me souviens.

— N'y avait-il aucun véhicule qui vous suivait ?

— Non.

— Connaissez-vous quelqu'un qui possède une voiture marron ?

— Je ne crois pas, dit-elle en regardant les photos. Est-ce qu'un de ces hommes a un véhicule qui ressemble à celui qui a provoqué l'accident ?

— Non, reconnut Kelly. Mais le coupable aurait pu

emprunter la voiture d'un ami, ou bien en voler une. Nous avons effectué des recherches approfondies dans tous les garages situés autour de Glacier Park, de Grand Hope et de Seattle. Nous avons trouvé des véhicules qui pourraient correspondre, mais nous n'avons pas réussi à établir de relation avec l'affaire. Un des noms de cette liste vous évoque-t-il des souvenirs ? demanda-t-elle en sortant une feuille de sa sacoche.

— Non, aucun, répondit Randi après avoir parcouru la liste des yeux.

Kurt tendit la main.

— Puis-je jeter un coup d'œil ?

Kelly eut envie de l'envoyer sur les roses, mais elle se retint. Peut-être pouvait-il l'aider.

— Je vous en prie.

Il lut attentivement le document, puis regarda Kelly.

— Bon travail.

— Merci.

— Je cherche un partenaire, inspecteur.

— J'ai déjà un poste.

— Cela pourrait valoir la peine, financièrement.

— Je ne suis pas intéressée.

— Condamnée à perpétuité, hein ?

Elle ne releva pas et se tourna vers Randi :

— Si des souvenirs vous reviennent, faites-le-moi savoir. Vous pouvez garder les photos et la liste, j'ai des copies.

— Merci. Je vous tiendrai au courant.

— Je vous raccompagne, proposa le détective.

— Ce n'est pas nécessaire.

Mais Kurt Striker n'obéissait visiblement qu'à ses propres lois et la suivit malgré tout. Quand la porte d'entrée se referma derrière eux, il déclara :

— Je ne sais pas ce que vous avez contre moi, inspecteur Dillinger. Si nous collaborions, nous serions plus rapides et efficaces, et l'affaire serait plus vite résolue.

— Vous voulez sans doute que je vous facilite la vie en vous donnant accès aux informations dont nous disposons, afin que vous puissiez vous attribuer le mérite d'avoir tiré l'affaire au clair et recevoir votre argent sans faire d'efforts.

— Je veux juste connaître le fin mot de l'histoire.

— D'accord, dit-elle entre ses dents. Je m'en souviendrai.

Elle lui tourna le dos et descendit deux marches.

— Vous savez, inspecteur, sauf erreur de ma part, si vous êtes furieuse, ce n'est pas ma faute, mais celle de Matt McCafferty.

Elle ravala une riposte cuisante et ne se retourna pas. Elle n'avait rien à dire. Kurt Striker avait hélas raison.

— Je te propose le prix fort, Matt. J'ai demandé une estimation à deux agences immobilières du coin, mais si tu n'as pas confiance, tu peux toujours recommencer.

Mike était assis dans son vieux pick-up avec Arrow, son chien de chasse, ses béquilles posées sur le siège du passager, et parlait par la vitre ouverte à Matt, debout dans l'allée enneigée qui menait à sa maison. Kavanaugh sortit une enveloppe de la boîte à gants et la lui tendit en souriant.

— Pourquoi désires-tu autant acheter mon ranch ? lui demanda Matt.

— Carolyn est enceinte et notre maison est devenue trop petite. Nous y resterons le temps de rénover celle-là. Nous terminerons le premier étage, rajouterons une salle de bains, et Carolyn décidera de l'aménagement du rez-de-chaussée. Pas cet été mais le prochain, quand le bébé marchera, nous déménagerons ici et je louerai ma maison au contremaître.

— Ah, parce que tu en as un ?

Le sourire de Kavanaugh s'élargit.

— Si tout va bien, j'en aurai un d'ici là. Tu sais, je l'aurais bien acheté, ce ranch, la fois où il a été mis en vente, mais tu m'as pris de vitesse. Maintenant, j'ai réussi à mettre un peu d'argent de côté. De toute façon, tu n'es jamais là.

Matt fronça les sourcils en contemplant sa propriété. La maison était spacieuse, mais le premier étage, composé de trois chambres, n'avait jamais été achevé. En bas, la cuisine méritait d'être agrandie, et la salle de bains était minuscule. La plomberie et l'électricité avaient besoin d'être refaites, et l'ensemble manquait totalement d'isolation. C'était parfait pour lui, qui aimait vivre à la dure, mais pour une femme et des enfants, l'endroit était vraiment trop rustique.

Il y avait aussi deux étables, l'une ayant plus de cent ans et l'autre qu'il avait fait construire, cinq ans auparavant. Le terrain vallonné était bordé de forêts, et la rivière qui le traversait passait aussi sur les terres de Kavanaugh.

Il ouvrit l'enveloppe et constata que l'offre de Mike était honnête. Il connaissait la valeur de son ranch.

— Mais j'aurais besoin d'un contrat, dit Mike. Les grandes lignes y sont déjà ébauchées dans ma proposition. Je te paierai le reste dans cinq ans, soit de ma poche, soit grâce à un prêt.

Matt regarda son ranch une dernière fois.

— O.K. Il est à toi, déclara-t-il, tendant la main à Mike qui la serra, un peu surpris néanmoins.

— Aussi vite ?

— Oui. J'appellerai le cabinet d'avocats qui a fait les papiers du ranch. C'est Jansen, Monteith & Stone, basés à Missoula. Thorne y a travaillé en sortant du lycée. Ce sont eux qui s'occupaient des démarches légales de mon père.

— J'en ai entendu parler.

Ils discutèrent quelques instants, puis Kavanaugh s'en alla.

Matt remonta lentement l'allée et gravit les trois marches qui menaient à la véranda. A l'intérieur, il écouta ronfler le vieux poêle et grincer les fenêtres à chaque rafale de vent. Les meubles étaient vieux, la plupart avaient été achetés avec la maison. Désormais, plus rien ne le retenait ici. Il ne perdit pas de temps et appela le cabinet. Après avoir transité par plusieurs secrétaires, il fut mis en ligne avec Bill Jansen, l'homme qui avait fait la division du Flying M Ranch, d'après le testament de John Randall.

— Que puis-je faire pour vous, monsieur McCafferty ? demanda l'avocat après les préliminaires habituels sur la santé, le temps et le football.

Matt résuma ses souhaits. Il désirait proposer à ses frères de racheter leurs parts du ranch familial grâce à l'argent de la vente de ses terres. Il voulait aussi faire un legs à Eva Dillinger, basé sur l'accord conclu à l'époque où elle travaillait pour son père.

— Ça, cela risque d'être assez compliqué, lui expliqua Jansen. Votre père m'avait en effet parlé d'une sorte de fonds de retraite, mais il n'existe aucun contrat écrit.

— Alors trouvons une solution. Il ne s'agit pas de verser à Eva Dillinger une rente à vie, mais de lui donner ce qu'on lui doit. Je vais en parler à mes frères. Ce don devra également être anonyme.

— Je ne pense pas que ce soit possible.

— Pourquoi ?

— Non seulement le bénéficiaire voudra connaître l'origine du legs, mais le gouvernement aussi.

— Ne pourriez-vous pas vous abriter derrière une société quelconque ? demanda Matt. Non, laissez, ce n'est pas grave, je lui expliquerai.

Il n'avait pas envie de s'occuper de cette affaire. Il avait d'autres préoccupations. Mais il fallait qu'il répare le mal que son père avait causé à Eva Dillinger et à sa famille.

— Alors ce ne sera pas anonyme, nous sommes bien d'accord, monsieur McCafferty.

— Entendu. Vous est-il possible de me faxer les papiers au Flying M Ranch afin que je les fasse signer par mes frères ? Pouvez-vous faire cela rapidement ?

— Oui, à moins que je rencontre des problèmes imprévus.

— Il n'y a pas de raison.

— Une de nos jeunes associées doit se rendre à Grand Hope dans quelques jours. Je lui expliquerai la situation. S'il y avait une difficulté, vous pourrez la rencontrer sur place. Elle s'appelle Jamie Parsons. Elle a suivi ses dernières années de lycée là-bas. Peut-être la connaissez-vous.

Le nom lui sembla vaguement familier.

— Peut-être.

— Elle vous appellera dès son arrivée en ville. Elle y

restera quelque temps, car elle doit vendre la maison de sa grand-mère, Anita Parsons.

— Anita Parsons ? répéta Matt. Cela me dit quelque chose.

— Elle est morte il y a deux mois. Votre père devait la connaître.

— C'est possible.

— Bon, je m'occupe de la vente et du rachat des parts tout de suite. Il me faudra juste les signatures de vos frères.

— Vous les aurez.

Matt ne leur avait pas encore fait part de son projet, mais il était certain qu'ils accepteraient. Thorne prévoyait d'acheter un terrain pour y construire une maison, et Slade n'était pas du genre à s'enraciner. Il était le seul des trois à avoir une vocation de fermier.

Après avoir raccroché, il contempla la vieille maison où il avait passé tant d'années de solitude. Il y avait été heureux, mais, à présent, il voulait davantage de la vie. Comme, par exemple, une femme policier aux cheveux roux.

Le processus étant enclenché, il fallait poursuivre. Il fit le numéro du Flying M Ranch. Il tomba sur Thorne et lui expliqua la situation en deux mots :

— J'ai réfléchi et j'ai décidé de vendre mes terres à Kavanaugh. Je viens m'installer à Grand Hope. Faites-moi une proposition honnête et je vous achèterai vos parts du ranch.

— Aussi vite ?

— Oui.

Thorne hésita un instant, puis déclara :

— Je suis d'accord. Attends une seconde que j'appelle Slade et nous conclurons un accord.

— Aussi vite ? répéta Matt.

— Oui.

*
* *

Kelly était furieuse. Elle n'avait aucune envie d'assister au mariage de Thorne McCafferty, mais elle n'avait pas le choix. Espinoza avait insisté.

— L'enquête n'est pas terminée, avait-il déclaré. L'assassin potentiel pourrait être présent. C'est une opportunité de rencontrer les gens proches de la famille.

— Dois-je vraiment y aller ? avait-elle protesté.

— Exactement. Habillée en conséquence, en vous mêlant aux invités et en ouvrant vos yeux et vos oreilles. Cela vous pose-t-il un problème, inspecteur Dillinger ?

— Pas du tout, avait-elle répondu.

Trois heures plus tard, elle avait revêtu une robe de soie bleu nuit et nouait ses cheveux en chignon sur sa nuque. Elle appréhendait de revoir Matt.

— Tu parviendras à surmonter. C'est pour ton travail.

Mais, tandis qu'elle se poudrait le nez, appliquait du mascara sur ses cils et du rouge à lèvres pêche sur ses lèvres, elle savait qu'elle se mentait à elle-même et qu'elle risquait fort de ne rien surmonter du tout. Elle qui avait affronté des hommes deux fois plus grands qu'elle pendant sa formation, qui avait pointé son revolver sur un criminel qui la menaçait de son arme, elle, un policier qui n'avait pas peur de conduire à cent soixante kilomètres à l'heure pour poursuivre un suspect, était intimidée par une simple cérémonie de mariage.

C'était pathétique !

C'était ridicule.

Le téléphone sonna alors qu'elle passait son manteau et prenait ses clés. Elle faillit ne pas répondre, mais finit par décrocher à la troisième sonnerie.

— Kelly ?

— Qui veux-tu que ce soit ? lança-t-elle à sa sœur, de mauvaise humeur.

— Que sais-tu au sujet d'un legs destiné à maman ? demanda Karla sans se démonter par cet accueil froid.

— Un legs ?

— Exactement. Elle a reçu une lettre d'une avocate de

Missoula, Jamie Parsons, qui prétend qu'elle est bénéficiaire d'un don.

— En quel honneur ?

— C'est ce que je voudrais bien savoir.

— N'est-ce pas précisé ?

— Non. Maman a appelé le cabinet et parlé à l'avocate, mais cette dernière s'est montrée évasive et a refusé de lui donner les informations par téléphone. Elle a dit qu'elle serait sur place dans quelques semaines. N'est-ce pas étrange ?

— Très.

— J'ai dit aux parents d'accepter. Mais tu les connais, ils sont certains qu'il s'agit d'une erreur. Qu'en penses-tu ?

— Quel est le nom du cabinet ?

— Jansen, Monteith & Stone. Maman affirme que ce sont eux qui s'occupaient des affaires de John Randall quand elle travaillait pour lui. Penses-tu que ce soit une coïncidence ?

— Je suis policier, Karla. Je ne crois pas aux coïncidences.

— Je suis coiffeuse, Kelly, et je crois à la réincarnation, aux vies antérieures et à mes chances de gagner à la loterie.

Kelly sourit malgré elle.

— Je vérifierai l'information.

— Merci. Amuse-toi bien au mariage !

— Je n'y vais pas pour m'amuser.

— D'accord. Si tu le prends comme ça. Allons, Kelly, courage ! Tu n'en mourras pas.

Mais Kelly n'en était pas persuadée.

Matt passa les doigts dans le col de la chemise de son smoking pour pouvoir respirer. Les endroits confinés le rendaient claustrophobe, et l'antichambre de la chapelle où Thorne allait se marier n'était pas plus grande qu'un mouchoir de poche. Peut-être était-ce dû au fait qu'il n'était pas en très bons termes avec Dieu, ou parce que le thermostat était déréglé et la température trop élevée. Mais, s'il voulait être tout à fait franc avec lui-même, c'était surtout parce qu'il avait revu Kelly.

Kelly. L'inspecteur Kelly Ann Dillinger.

La femme qui avait refusé de répondre à ses appels.

Il était rentré à Grand Hope depuis une demi-journée et lui avait déjà laissé trois messages. En vain.

— Nous signerons les papiers la semaine prochaine, dit Slade en se regardant dans un petit miroir, repoussant une mèche qui tombait sur son front.

— Dès que l'avocat entrera en contact avec nous.

— Bill Jansen ? s'enquit Thorne d'un air absent.

— Non, son associée. Une femme. Jamie Parsons.

Slade se figea.

— Qui ?

— Jamie Parsons. Elle vient ici pour vendre la maison de sa grand-mère, précisa Matt, non sans remarquer l'ombre qui passa dans les yeux bleus de son frère. Tu la connais ? Elle a fréquenté le lycée d'ici il paraît. Sa grand-mère s'appelait Anita.

— Nita.

— Donc tu sais qui c'est.

— Je l'ai connue il y a longtemps, marmonna Slade, tandis que des notes d'orgue leur parvenaient. Il est temps d'y aller ! dit-il à Thorne, pressé de changer de sujet. Tes derniers instants de célibataire sont arrivés, mon vieux !

Un grand sourire éclaira le visage de Thorne.

— Mais tu peux encore changer d'avis, suggéra Slade.

— Non merci, lui assura Thorne en riant.

La porte de la chapelle s'ouvrit et le pasteur, un homme grand et maigre, aux joues rouges et aux grands yeux gris cachés derrière des verres épais, s'avança vers eux.

— Etes-vous prêt ?

Thorne opina.

— Alors, allons-y.

Thorne se tourna vers ses frères :

— Vous n'y couperez pas non plus, tous les deux. Vos jours de célibataires sont comptés.

Slade grogna et Matt ne releva pas.

— Ceux qui résistent le plus tombent le plus vite, ajouta Thorne.

— En tout cas en ce qui concerne Matt, c'est à moitié fait, fit remarquer Slade avec un sourire entendu.

Pour une fois, Matt ne protesta pas. Oui, il était prêt, sauf que la femme qu'il voulait semblait l'éviter soigneusement.

— N'y a-t-il pas un proverbe qui affirme que l'orgueil précède la chute ? lança Thorne en ajustant sa cravate. Tu ferais bien de t'en souvenir, Slade.

Se redressant, il précéda ses frères jusque dans la chapelle éclairée par des bougies. L'endroit, vieux de plus de cent ans, était relativement exigu. La famille et les amis étaient serrés sur les bancs de bois sombre.

Le regard de Matt trouva aussitôt Kelly, et son cœur fit un bond dans sa poitrine. La jeune femme éclipsait le reste de l'assemblée. Dieu qu'elle était belle ! Il s'efforça de regarder vers le fond de l'église où Nicole attendait. Vêtue d'une robe longue beige, elle remonta l'allée à pas lents avant de prendre la main de Thorne.

Il songea qu'il aimerait bien être à la place de son frère. Il se souvint du jour où son père l'avait regardé essayer de dompter Diablo Rojo, puis lui avait conseillé de se marier et de fonder une famille afin d'assurer la continuité de leur nom.

Il sentit une boule se former dans sa gorge.

Son père avait raison. Et il avait trouvé la femme de sa vie. Il ne lui restait plus qu'à la reconquérir.

Puis la cérémonie commença. Nicole pleura de bonheur tandis que Thorne lui passait l'alliance au doigt et l'embrassait.

Puis ils se rendirent tous jusqu'au Badger Creek Hotel où avait lieu la réception. Construit plus d'un siècle auparavant, au bord de la rivière qui lui avait donné son nom, l'endroit avait été une étape sur l'itinéraire de la diligence, et jouissait d'un passé pittoresque. Il avait dernièrement été restauré dans le style XIXe.

Slade s'arrêta sur le parking pour fumer une cigarette

et Matt grimpa l'escalier qui menait à la salle de bal, dans l'espoir de rencontrer Kelly.

La foule s'était déjà rassemblée dans l'immense salle décorée pour la circonstance. De grandes fenêtres entouraient la pièce, et les centaines d'ampoules des trois lustres en cristal brillaient de tout leur éclat. Un orchestre jouait en sourdine, et une fontaine de champagne était disposée à côté d'une sculpture en glace représentant un cheval au galop.

Matt remarqua Kelly dès qu'il entra. Elle était superbe dans sa robe longue bleu nuit. Un collier en argent ornait son cou gracile et ses cheveux, tirés en arrière, dégageaient les courbes pures de son visage.

Il prit deux flûtes de champagne sur une table recouverte d'une nappe en lin et se dirigea vers elle.

— Inspecteur, dit-il de sa voix traînante, vous êtes magnifique.

Elle souleva un sourcil.

— Allez, McCafferty, avouez que mon uniforme vous manque.

— C'est vous qui me manquez.

— Je n'ai pas bien compris.

— Menteuse, murmura-t-il en lui tendant un verre. Un toast est de rigueur.

— En l'honneur des mariés ?

— Cela viendra plus tard.

Il lui prit la main et l'entraîna sur la terrasse enneigée.

— Que faites-vous ? Attendez !

— Non. J'ai déjà attendu trop longtemps.

Il l'entoura de son bras, la serra contre lui et, avant qu'elle ait eu le temps de protester, l'embrassa jusqu'à qu'il la sente se relâcher. Alors, il releva la tête.

— N'est-ce pas mieux ainsi ?

— Non ! Enfin, je veux dire… Ecoutez, Matt, arrêtez votre… votre comédie !

— Quelle comédie ? demanda-t-il.

— Je sais que vous ne m'avez courtisée que pour pouvoir surveiller l'enquête.

— Non, je…

— Ne niez pas ! J'ai surpris par hasard une conversation entre Randi et Slade, s'écria-t-elle, sentant la colère monter. Vous m'avez séduite parce que Kurt Striker vous l'a conseillé.

— Et vous y avez cru ?

— Oui.

Il fut envahi par une rage brûlante et essaya, tant bien que mal, de garder son sang-froid et de relativiser les choses.

— Ne me prenez pas pour une idiote, Matt. C'est inutile.

— Je ne me le permettrais pas.

— Bien. Alors oublions ce qui s'est passé entre nous.

— Pas question !

— Vraiment ?

— Je n'oublierai jamais, Kelly. Jamais.

Elle commença à s'éloigner et avait déjà atteint la porte lorsqu'elle se retourna ; les larmes ruisselaient sur son visage.

— Je vous aime, Kelly.

Elle ferma les yeux, et les rayons de la lune firent briller les larmes qui coulaient.

— Vous n'êtes pas obligé de…

— Je vous aime, bon sang !

Elle s'adossa contre la porte.

— Je suis venue ce soir parce que mon chef me l'a ordonné.

— Et avez-vous repéré des suspects ?

— Juste le marié et ses frères ! Je sais que vous avez fait une sorte de legs à ma mère, probablement à cause de votre mauvaise conscience par rapport à l'attitude de votre père, enchaîna-t-elle. C'est très bien, d'accord, mais vous n'y étiez pas obligé. Ce n'était pas votre problème.

— C'est vous…

— Moi qui suis votre problème ? J'imagine !

— Ce n'est pas ce que je voulais dire !

— Le passé est derrière nous. Ma famille se débrouille très bien et nous sommes tout à fait capables de nous assumer. Nous n'avons pas besoin de votre charité.

— Ce n'est pas ça !

— Aucune importance.

— Bon sang ! s'exclama-t-il en posant son verre pour s'approcher d'elle. Vous êtes venue ici pour me voir. Le legs pour votre mère, c'était pour redresser un tort causé par mon père. Mes frères sont d'accord. Et je ne vous laisserai pas tranquille tant que vous n'aurez pas accepté de m'épouser.

— Quoi ? Oh, mon Dieu ! Quand cesserez-vous…

— Je vous aime, répéta-t-il. Que dois-je faire pour vous convaincre ?

Le cœur de Kelly faillit exploser.

Matt l'aimait. Matt voulait l'épouser. Si seulement elle pouvait le croire, lui faire confiance… Elle ouvrit la bouche pour protester, mais il lui arracha le verre des mains, le jeta par-dessus la balustrade dans la rivière, et l'attira dans ses bras.

— C'est impossible, murmura-t-elle.

— Bien sûr que non.

— Vous êtes fou ? Oui.

— Fou de vous.

Elle sentit une boule lui nouer la gorge.

Il la regarda longuement, intensément.

— J'ai vendu mon ranch. Je reviens vivre à Grand Hope. Et je veux que vous soyez ma femme et la mère de mes enfants. M'aimez-vous ?

— Oui.

— Alors nous allons nous marier, dit-il en l'étudiant avec son sourire en coin si sexy et ravageur.

— Je… je ne sais plus quoi dire.

— Ne dites rien. Embrassez-moi.

Elle faillit rire tout en pleurant. Elle pencha la tête en arrière et les lèvres de Matt se posèrent sur les siennes. La musique leur parvenait par la porte ouverte, et ils se mirent à danser, seuls sur la terrasse recouverte de neige. Au-dessus d'eux, les étoiles scintillaient dans le ciel du Montana.

Kelly se laissa aller contre le grand corps rassurant de Matt. Elle songea à l'enquête, au danger qui menaçait toujours les frères McCafferty, Randi et le petit J. R. Maintenant, elle savait qu'elle allait épouser Matt et était plus déterminée que jamais à découvrir la personne qui terrorisait cette famille… Sa famille.

Mais ce soir, elle voulait danser avec Matt, rire avec lui. Quel que soit le sort que l'avenir leur réservait, ils seraient ensemble pour l'affronter.

— Devons-nous annoncer nos fiançailles ? demanda Matt.

— Ce soir ?

— Pourquoi attendre ?

— Nous le ferons demain. Cette soirée appartient à Nicole et à Thorne.

Matt l'embrassa.

— D'accord, inspecteur. Rejoignons la fête. Vous n'avez plus de champagne. De plus, n'étiez-vous pas censée rechercher le coupable ?

— Absolument, cow-boy.

— Je suppose que vous n'avez repéré aucun suspect.

— Juste les frères McCafferty, plaisanta-t-elle en le suivant à l'intérieur. *Los hombres* les moins recommandables et les plus sexy que je connaisse.

— Tu as sans doute raison, dit-il avec un clin d'œil. Bienvenue dans le clan.

— Avec grand plaisir.

Il passa son bras autour de ses épaules, et ils rejoignirent les autres invités.

Le cœur de Kelly battait la chamade, sa tête tournait et elle lutta pour contenir les larmes de joie qui menaçaient de déborder. Elle sourit à l'homme qu'elle aimait, celui qu'elle attendait depuis toujours et qui serait bientôt son mari, le cow-boy de son cœur.

Mme Matt McCafferty.

Inspecteur Kelly McCafferty.

De toute manière, les deux sonnaient bien.

Épilogue

Un cheval hennit doucement quand Matt entra dans l'écurie obscure. Il alluma. Les juments et les poulains s'agitèrent dans leur stalle. Diablo Rojo passa la tête par-dessus la porte de son box et s'ébroua.

— Moi aussi, je suis content de te voir.

Matt sortit de sa poche un morceau de pomme. Repoussant son chapeau en arrière, il regarda le poulain dans les yeux et lui tendit le fruit.

— Juanita fait une tarte et j'ai pensé qu'elle n'y verrait que du feu. Mais si elle s'en aperçoit, elle risque de m'écorcher vif. Nous sommes amis à présent, toi et moi, hein, Diablo ?

Les lèvres douces du cheval saisirent délicatement le bout de pomme dans la paume ouverte de Matt. L'animal secoua la tête ; ses yeux sombres brillaient d'un feu qu'aucun homme, pas même un McCafferty, ne serait jamais capable de dompter.

— C'est bien ce que je pensais.

Matt caressa le large chanfrein de la bête et sourit.

Au printemps, il ferait transférer son propre troupeau. D'ici là, il serait marié et peut-être aurait-il aussi un enfant en route.

La porte grinça et Kelly se glissa à l'intérieur, apportant avec elle un souffle d'air froid. Des flocons de neige s'étaient déposés sur sa veste et dans ses cheveux. Le cœur de Matt battit plus fort, comme chaque fois qu'il la voyait, depuis le jour où il l'avait rencontrée.

— Je me suis doutée que je te trouverais ici.

Elle s'avança vers lui en laissant ses doigts traîner sur les barres d'attache, puis elle se mit sur la pointe des pieds et l'embrassa sur la joue.

Avant qu'elle ait pu reculer, il l'entoura de ses bras, la serra contre lui et écrasa ses lèvres sur les siennes. Son parfum l'enveloppa d'une fragrance envoûtante, et son corps chaud contre le sien réveilla aussitôt son désir. Il la voulait. Il la voulait tout de suite. Il la voulait pour le reste de sa vie.

— Tu es venue pour que l'on ait un peu d'intimité ? demanda-t-il en remarquant ses joues en feu.

Le rire de Kelly, grave et doux, décupla son désir.

— Aussi. Mais je voulais surtout savoir si tu allais bien.

— Pourquoi cela n'irait pas ?

Elle haussa les épaules.

— Je veux être sûre que tu es vraiment décidé à vendre ton ranch, dit-elle sur un ton soudain sérieux. Je veux dire, je pourrais déménager, dans le cas contraire.

La tenant toujours serrée dans ses bras, il jeta un regard circulaire sur les box, puis sur le grenier à foin.

— Pas question. Je me suis prouvé à moi-même que j'étais capable d'y arriver tout seul. Maintenant, je veux rester ici, avec la femme que j'aime.

— Ah ? Et qui est-ce ? dit-elle avec un sourire en coin.

Il sourit et la serra plus fort.

— De plus, je ne suis pas le seul à faire des sacrifices, remarqua-t-il. Comment le commandant Espinoza a-t-il pris ta démission ?

Après une longue période de réflexion, Kelly avait finalement décidé de quitter la police pour s'associer à Kurt Striker. Ils avaient fini par s'entendre et la jeune femme était persuadée qu'elle avait fait le bon choix. Elle allait avoir besoin de temps libre et d'horaires plus flexibles.

— Pas très bien, admit-elle.

— A-t-il tenté de te convaincre de rester ?

— Mmm. Il m'a même offert une promotion.

— Et tu as refusé ?

— Sans hésitation. De toute façon, Roberto savait que je ne changerais pas d'avis.

— Mais il a quand même essayé.

Elle sourit.

— Et tes parents ? demanda-t-il.

— Ça, c'est une autre histoire. Mais ils s'y feront avec le temps. Même s'ils sont reconnaissants pour le legs, ils ne sont pas encore sûrs de pouvoir faire confiance à un McCafferty.

— Et leur fille ?

— Nous verrons… Il te faudra être patient.

Il posa un baiser sur son front et elle soupira.

— Viendront-ils au mariage ?

— A contrecœur.

— Vraiment ?

— Non, je plaisante. Mes parents ne rateraient pour rien au monde mon mariage. Karla est tout excitée à l'idée d'être ma demoiselle d'honneur, bien qu'elle m'ait donné quelques avertissements sur le couple et les rêves brisés.

— C'est drôle, ma famille à moi t'adore.

— Ils sont juste contents que tu sois enfin casé.

— Très amusant !

— Ils croyaient que ton cas était désespéré.

— Non sans raison. Mais tu as peut-être tort, vois-tu. Tu les as tout simplement conquis.

— Tu parles, dit-elle, une lueur de joie dans les yeux. Il faut que je me dépêche.

— Déjà ? Tu viens d'arriver.

— J'ai promis à Randi de m'occuper de J. R. Lui a-t-elle trouvé un autre nom, finalement ?

— Elle cherche, je parie, mais en attendant nous l'appelons toujours J. R. Elle n'aime pas beaucoup ce prénom, mais elle finira par s'y faire. Je crois qu'elle n'a pas le choix.

— Je n'ai pas renoncé à découvrir l'auteur des attentats, poursuivit Kelly d'un air pensif. Sauf que je travaillerai avec Kurt, à présent.

— Nous l'aurons. Ensemble. Comme tout ce que nous

ferons à l'avenir, lui assura-t-il en repoussant une mèche de cheveux de son visage.

— Tout ? demanda-t-elle, ses yeux chocolat brillant de l'éclat malicieux qu'il trouvait si enivrant.

— Oui.

Pour le lui prouver, il la pressa contre le mur, lui montrant à quel point il la désirait, et l'embrassa avec fougue.

— Et quand nous aurons des enfants et qu'il faudra nourrir le bébé et le changer au milieu de la nuit ? demanda-t-elle, un peu essoufflée.

— Aucun problème.

— Et quand il faudra les conduire aux leçons de piano ou aux matchs de football, et que tu auras un cheval malade ou du bétail qui s'est échappé par un trou dans la clôture ?

— Nous ferions mieux de cesser de nous inquiéter de ce qui arrivera quand nous aurons des enfants et de commencer par en faire un.

— Maintenant ? Ici ?

— N'importe où. N'importe quand. De toutes les façons possibles. Juste toi et moi.

Ses lèvres caressèrent celles de la jeune femme et, tandis qu'il se baissait pour la soulever du sol, il sentit la boucle de ceinture de son père contre les muscles de son ventre.

— Tu as gagné, cow-boy, chuchota-t-elle contre sa bouche, avant de lui enlever son chapeau et de l'embrasser.

Vous avez aimé *L'inoubliable étreinte* et
Amants ou ennemis ?
Découvrez la suite et fin de votre série
« La fierté des McCafferty »
dès le mois prochain,
dans votre collection Passions.

Retrouvez en octobre 2019, dans votre collection

Passions

Un chalet pour deux, de Christine Rimmer - N°821

Sabra sent son cœur battre à tout rompre. Un inconnu vient de pénétrer dans le chalet où elle a trouvé refuge pendant la tempête de neige qui sévit, et la tient en joue. Blessé, l'homme se montre menaçant, alors qu'elle porte pour seule protection ses sous-vêtements… pendant que ses habits sèchent au coin du feu. Cet homme, qui fait palpiter son cœur plus que de raison, pourrait-il vraiment mettre sa vie en danger ?

Une carte à abattre, de Jessica Lemmon

Zach Ferguson, le milliardaire qui l'a engagée pour redorer son image publique, exige qu'elle l'épouse. Sans lui demander son avis. Sans éprouver aucun sentiment pour elle. Penelope sent une colère sourde la gagner. Lui annoncer qu'elle porte son enfant était une terrible erreur. Mais il est désormais trop tard pour faire demi-tour…

Deux opposés, une destinée, de Sara Orwig - N°822

Noah est de retour après sa mission en Afghanistan. Camilla ne peut garder ce secret pour elle plus longtemps, elle doit lui dire qu'il a un fils de quinze mois, Ethan... Même si cela lui coûte de le revoir alors qu'elle n'a jamais cessé de l'aimer. Car ils aspirent tous deux à une vie contraire : Noah, en communion avec la nature dans son ranch, elle, épanouie comme artiste peintre dans une grande ville.

Double identité pour un Fortune, de Tara Taylor Quinn

Nolan a une double identité. Il n'est pas Nolan Forte, le joueur de saxophone qui a su ravir son cœur lors d'une nuit passionnelle, mais un richissime banquier du nom de Fortune. Et dire que Lizzie pensait être la seule à lui avoir menti en lui cachant sa paternité… Impossible désormais de penser à des projets d'avenir avec cet homme, alors qu'elle tient les nantis en horreur depuis son plus jeune âge

Architecte, femme et mère, de Joss Wood - N°823

SÉRIE : AMOUR, GLOIRE ET POUVOIR 3/3

Jouer les nourrices pour le bébé que doit garder Judah Huntley durant quinze jours ? Darby est prise au dépourvu face à la demande de son nouveau patron new-yorkais au service duquel elle souhaitait mettre ses compétences d'architecte. Même si elle rêve de fonder une famille, accepter cette demande incongrue ne risque-t-il pas de desservir sa carrière ?

Un amour pour Noël, de Brenda Harlen

La seule chose que Serena aime autant que ses animaux de compagnie est sans aucun doute Noël. Une période propice à la magie et à l'espoir. Aussi peine-t-elle à se ressaisir lorsque son regard croise celui du nouveau Père Noël qui anime la soirée des enfants de Rust Creek Falls avec elle. Un homme qui provoque en elle ce qu'elle s'est promis de ne plus jamais ressentir, après les déceptions qui ont réduit son cœur en miettes…

L'envol d'une mariée, de Michelle Major - N°824

SÉRIE : MAGGIE & GRIFFIN 1/3

Maggie vient de tout gâcher. Elle n'avait qu'un « oui » à prononcer, pour favoriser les intérêts de sa famille, avide de conserver leur emprise sur la petite ville de Stonecreek où elle exerce comme maire. Au dernier moment, elle a pris la fuite au pied de l'autel où Trevor Stone devait la prendre pour épouse. Et c'est bien malgré elle que le frère de Trevor, Griffin, lui a porté secours…

Une ombre sur Stonecreek, de Michelle Major

SÉRIE : MAGGIE & GRIFFIN 2/3

Comme si recevoir le blâme des habitants de Stonecreek ne suffisait pas, il aura aussi fallu que Griffin, le seul homme à qui Maggie a offert son cœur, se tourne vers une autre femme, après que l'incendie, dont il la tient pour responsable, a ravagé sa salle de dégustation. Comment pourrait-elle dans ces conditions maintenir sa candidature pour renouveler son mandat de maire, si tout son entourage lui a déjà retiré sa confiance ?

Réunis pour le meilleur, de Michelle Major

SÉRIE : MAGGIE & GRIFFIN 3/3

Pour le bien de Stonecreek, Maggie doit remporter ce contrat avec Livesoft, société californienne spécialisée en nouvelles technologies dont le séduisant P-DG se montre très entreprenant. Pourtant, plus elle essaie d'oublier Griffin et plus ses derniers messages viennent la hanter. Pourrait-elle lui pardonner son erreur et l'aider à élever la petite orpheline qu'il a recueillie, comme il le lui demande ?

Coup de foudre pour un inconnu, de Teri Wilson - N°825

Chloe a désespérément besoin de réconfort. Elle vient de perdre son travail de danseuse dans une troupe professionnelle et de rompre avec son fiancé à quelques jours de Noël. Aussi ne peut-elle accepter que cet impudent d'Anders Kent veuille adopter à sa place le chiot qu'elle a réservé dans un refuge animalier. Même si cet homme séduisant la touche, tant il semble prêt à tout pour combler sa petite nièce avec ce présent.

Séduisante métamorphose, de Catherine Mann

Isabeau n'a pas le droit de craquer. Elle doit finir cette mission qui lancera sa carrière de consultante en communication. Mais Trystan Mikkelson, qu'elle doit faire passer pour un homme d'affaires avant la reprise de l'empire familial dont il a hérité, est le plus bourru et le plus insupportable des clients. Peut-elle encore réussir à transformer malgré lui ce séduisant cow-boy en animal médiatique ?

Pour un été ou pour la vie, de Lisa Jackson - N°826

SÉRIE: : LA FIERTÉ DES MCCAFFERTY 3/4

Lorsqu'elle avait dix-sept ans, Jamie est tombée amoureuse de Slade McCafferty, l'homme le plus fantasque et le plus insaisissable qui soit. Mais, après un été de passion, Slade l'a quittée pour une autre. Plus mûre, plus riche. Une blessure dont Jamie a mis longtemps à guérir, se jetant à corps perdu dans les études et devenant une brillante avocate. Et voilà qu'aujourd'hui Slade est de retour. Seul. Dès qu'elle le revoit, Jamie comprend qu'elle est toujours éprise de lui. Et qu'en dépit de toutes ses bonnes résolutions elle risque de souffrir à nouveau...

Amant ou garde du corps ?, de Lisa Jackson

SÉRIE: : LA FIERTÉ DES MCCAFFERTY 4/4

En plongeant dans le regard intense de Kurt Stricker – un homme qu'elle ne connaît que trop bien –, Randi sent une colère indomptable la gagner. Comment ses frères peuvent-ils lui imposer ce garde du corps, aussi beau qu'arrogant, dont elle ne supporte pas la présence ? Au point qu'elle n'a plus qu'une seule obsession : se débarrasser de lui avant de succomber de nouveau à son charme.

Composé et édité par HarperCollins France.

Achevé d'imprimer en août 2019.

CPi
BLACK PRINT

Barcelone

Dépôt légal : septembre 2019.

MIXTE
Papier issu de sources responsables
FSC® C108412
FSC
www.fsc.org

Pour limiter l'empreinte environnementale de ses livres, HarperCollins France s'engage à n'utiliser que du papier fabriqué à partir de bois provenant de forêts gérées durablement et de manière responsable.

Imprimé en Espagne.